HARCÈLEMENT

MICHAEL CRICHTON

HARCÈLEMENT

roman

FRANCE LOISIRS
123, boulevard de Grenelle, Paris

Titre original : *Disclosure*
© Michael Crichton, 1993

Traduit de l'américain par Bernard Gilles

Une édition du Club France Loisirs, Paris,
réalisée avec l'autorisation des Éditions Robert Laffont

Traduction française : Éditions Robert Laffont, S.A., Paris, 1994
ISBN 2-7242-8394-5

A Douglas Crichton

L'employeur ne pourra refuser d'embaucher, ni licencier, ni faire preuve de discrimination en matière de rémunération, de dispositions contractuelles ou de conditions de travail envers quiconque en raison de sa race, de sa couleur, de sa religion, de son sexe ou de son origine nationale. Il ne pourra non plus limiter le nombre de ses salariés ou de candidats à l'embauche, les séparer ni les classifier d'une façon qui leur porterait préjudice, en raison de leur race, couleur, religion, sexe ou origine nationale.

Loi de 1964 relative
aux droits civils, article 7.

Le pouvoir n'est ni homme ni femme.

KATHARINE GRAHAM.

Lundi

DE : DC/M
ARTHUR KAHN
TWINKLE/KUALA LUMPUR/MALAISIE

A : DC/S
TOM SANDERS
SEATTLE (DOMICILE)

TOM,
EN RAISON DE LA FUSION, JE PRÉFÈRE VOUS ENVOYER CECI CHEZ VOUS
ET NON AU BUREAU.

EN DÉPIT DE TOUS NOS EFFORTS, LES CHAÎNES DE MONTAGE DU
TWINKLE NE TOURNENT QU'À 29 P. 100 DE LEURS CAPACITÉS. LES
CONTRÔLES SUR LES LECTEURS DE DISQUE MONTRENT UN TEMPS
D'ACCÈS DE POSITIONNEMENT DE 120-140 MILLISECONDES, MAIS NOUS NE
SAVONS PAS POURQUOI LES SPÉCIFICATIONS NE DEMEURENT PAS
STABLES. EN OUTRE, NOUS AVONS SUR LES ÉCRANS DES PAPILLOTEMENTS
DUS À L'ALIMENTATION QUI PROVIENNENT DE L'AXE D'ARTICULATION,
ET CELA MALGRÉ LA MISE EN ŒUVRE DES RECOMMANDATIONS DE DC/S
LA SEMAINE DERNIÈRE. LE PROBLÈME N'EST PAS ENCORE RÉSOLU.

COMMENT SE PRÉSENTE LA FUSION ? SERONS-NOUS BIENTÔT RICHES ET
CÉLÈBRES ?

FÉLICITATIONS D'AVANCE POUR VOTRE PROMOTION.

ARTHUR

En ce lundi 15 juin, Tom Sanders n'avait nullement l'intention
d'arriver en retard au travail. Il avait dix minutes pour se raser et
s'habiller s'il voulait prendre le ferry-boat de 7 h 50 et se trouver au
bureau à 8 h 30. Avant la réunion avec les avocats de Conley-White,

il avait encore quelques questions à régler avec Stephanie Kaplan. Une journée de travail éprouvante l'attendait, et le fax qu'il venait de recevoir de Malaisie ne faisait qu'assombrir l'horizon.

Sanders était chef de service chez Digital Communications Technology, à Seattle. Depuis une semaine, l'ambiance était survoltée au bureau, car Conley-White, un groupe de presse de New York, venait de se porter acquéreur de DigiCom. Cette fusion devait permettre à Conley d'acquérir une technologie d'importance vitale pour l'édition au cours du siècle à venir.

Mais les dernières nouvelles de Malaisie n'étaient pas bonnes, et Arthur avait eu raison de lui envoyer ce fax chez lui. Il allait avoir du mal à expliquer la situation aux gens de Conley-White parce qu'ils ne...

— Tom? Où es-tu, Tom?

Sa femme, Susan, l'appelait depuis la chambre. Il sortit la tête de sous le jet d'eau.

— Sous la douche!

Elle répondit quelque chose qu'il n'entendit pas.

— Quoi?

— J'ai dit : est-ce que tu peux donner leur petit déjeuner aux enfants?

Sa femme, avocate, travaillait en ville quatre jours par semaine, dans un cabinet de groupe. Elle réservait son lundi aux enfants, mais s'organisait mal pour les tâches quotidiennes. Il en résultait de fréquentes disputes le lundi matin.

— Tom? Tu peux leur donner leur petit déjeuner?

— Non, je suis déjà en retard!

Sur la tablette de la salle de bains, le réveil indiquait 7 h 34.

Il remplit d'eau le lavabo et se rasa. C'était un bel homme, à la silhouette d'athlète. Du bout des doigts il effleura une ecchymose à la joue gauche, souvenir du match de football américain qu'il avait disputé le samedi précédent avec l'équipe de la société. Mark Lewyn l'avait plaqué au sol; Lewyn était rapide mais maladroit. Quant à lui, il commençait à se faire vieux. Il était encore en bonne condition physique (à deux kilos de son poids idéal), mais, en passant la main dans ses cheveux humides, il vit des fils gris. Le moment était venu d'admettre son âge et de se mettre au tennis!

Susan, encore en robe de chambre, pénétra dans la salle de bains. Même au sortir du lit, sa femme était magnifique.

— Tu es sûr que tu ne peux pas leur préparer le petit déjeuner? Oh, le beau bleu! Très élégant! (Elle déposa un baiser sur sa joue et poussa devant lui une tasse de café.) J'ai rendez-vous chez le pédiatre

14

avec Matthew à 8 h 30, les enfants n'ont encore rien mangé et je ne suis pas habillée. Tu ne veux vraiment pas leur donner leur petit déjeuner ? Dis, tu ne veux pas ?

Elle lui passa la main dans les cheveux d'un air taquin ; sa robe de chambre s'ouvrit et elle ne la referma pas. Elle sourit.

— Je te revaudrai ça, dit-elle.

— C'est pas possible, Sue. (Il l'embrassa distraitement sur le front.) J'ai une réunion, je ne peux pas être en retard.

— Oh, bon, dit-elle en soupirant.

Elle s'en alla avec une petite moue.

Sanders continua de se raser.

Un moment plus tard, il entendit la voix de sa femme.

— Allez, les enfants, on y va ! Eliza, mets tes chaussures.

Pleurs d'Eliza, qui, à quatre ans, n'aimait pas porter de chaussures. Sanders avait presque fini de se raser lorsqu'il entendit à nouveau Susan.

— Eliza, tu mets tes chaussures et tu descends ton frère. Tout de suite ! (Réponse inaudible d'Eliza.) Eliza Ann, je te parle !

Bruits de portes de placards qu'on claque. Les deux enfants se mirent à pleurer.

Eliza, le visage sillonné de larmes, entra dans la salle de bains.

— Papa...

Elle sanglotait. D'une main Sanders l'attira à lui, continuant de se raser de l'autre.

— Elle est assez grande pour m'aider, lança Susan depuis le couloir.

Les pleurs de la fillette redoublèrent. Sanders ne supportait pas de voir Eliza pleurer.

— D'accord, Sue, je vais m'occuper d'eux. (Il ferma le robinet et prit l'enfant dans ses bras.) Allez, viens, Lize, on va prendre un petit déjeuner.

Dans le couloir, Susan eut l'air soulagée.

— Je n'ai besoin que de dix minutes, c'est tout. Consuela est encore en retard. Je ne sais pas ce qu'elle a.

Sanders ne répondit pas. Le petit Matthew, âgé de neuf mois, était assis au milieu du couloir, en larmes. Sanders le souleva de terre et l'installa au creux de son autre bras.

— Allez, les enfants ! On va manger.

Lorsqu'il ramassa Matthew, la serviette qui lui ceignait les reins se détacha. Eliza se mit à pouffer.

— J'ai vu ton zizi, papa.

Elle balança le pied, frappant le pénis de son père.

— On ne donne pas de coup de pied là à son papa ! dit Sanders.

Il ramassa la serviette, la noua tant bien que mal autour de ses reins et gagna le rez-de-chaussée.

— N'oublie pas de mettre les vitamines dans les céréales de Matthew ! cria Susan dans son dos. Une goutte. Et ne lui donne plus de riz soufflé, il le vomit. Il aime bien les flocons d'avoine, maintenant.

Elle pénétra dans la salle de bains, claquant la porte derrière elle. Sa fille le considéra d'un air sérieux.

— Ça va être encore une journée difficile, papa ?

— Oui, j'en ai bien l'impression.

Dans l'escalier, il se dit qu'il allait manquer le ferry et serait en retard pour la première réunion de la journée. Pas de beaucoup, quelques minutes seulement, mais il ne pourrait pas discuter avec Stephanie avant ; peut-être pourrait-il l'appeler depuis le bateau, et...

— Est-ce que j'ai un zizi, papa ?

— Non, Lize.

— Pourquoi ?

— C'est comme ça, ma chérie.

— Les garçons ont des zizis, et les filles ont des zigounettes, dit-elle solennellement.

— C'est ça.

— Pourquoi ?

— Parce que.

Il déposa sa fille sur une chaise, devant la table de la cuisine, alla chercher la chaise haute dans un coin de la pièce et y installa Matthew.

— Qu'est-ce que tu veux, Lize ? Des Rice Krispies ou des Chex ?

— Des Chex.

Matthew se mit à taper sa cuiller contre sa chaise. Sanders sortit du placard les boîtes de céréales et deux bols. Eliza le regarda ouvrir ensuite la porte du réfrigérateur pour y chercher le lait.

— Papa ?

— Oui ?

— Je veux que maman soit heureuse.

— Moi aussi, ma chérie.

Il mélangea les céréales de Matthew avec le lait et posa le bol devant lui. Puis il remplit de Chex celui d'Eliza.

— Ça suffit ?

— Oui.

Il versa le lait sur les céréales.

— Nooon ! (Elle éclata en sanglots.) C'est moi qui voulais verser le lait !

16

– Excuse-moi, Lize...

– Enlève le lait! Enlève-le!

Elle tremblait de tout son corps, le ton était hystérique.

– C'est moi qui voulais verser le lait!

Elle se laissa glisser par terre, s'allongea et se mit à marteler le sol à coups de talon.

– Enlève le lait! Enlève-le!

Eliza se livrait à ce genre d'exercice plusieurs fois par jour. On leur avait dit que ce n'était qu'une phase, mais qu'il convenait de se montrer ferme.

– Je regrette, Lize, mais il va falloir que tu les manges.

Il s'assit à côté de Matthew pour lui donner la becquée. Matthew plongea les mains dans le bol et se tartina les yeux de bouillie. Lui aussi se mit à pleurer.

Avec une serviette en papier, Sanders nettoya le visage de son fils. L'horloge de la cuisine marquait 7 h 55. Il ferait mieux d'appeler au bureau pour prévenir qu'il serait en retard. Mais, d'abord, calmer Eliza.

– Allez, Eliza, calme-toi, maintenant. C'est fini.

Il prit un autre bol, y versa des céréales et tendit le carton de lait à sa fille.

– Vas-y, verse le lait toi-même.

Elle s'assit et croisa les bras sur sa poitrine.

– J'en veux pas!

– Eliza, maintenant, ça suffit! Verse ce lait tout de suite!

– Bon, d'accord, dit la fillette en grimpant sur sa chaise.

Matthew cessa de pleurer et avala goulûment ses flocons d'avoine. Eliza souleva le carton de lait et... le renversa sur la table.

– Ouh, la la...

– C'est rien.

D'une main Sanders essuya le lait avec une éponge, tandis que de l'autre il continuait de nourrir Matthew.

Eliza disposa la boîte de céréales juste derrière son bol, regarda fixement le dessin représentant Dingo qui figurait sur la boîte, et se mit à manger. Pendant un moment, le calme régna dans la cuisine.

Sanders lança un coup d'œil par-dessus son épaule : presque 8 heures. Il faudrait appeler le bureau.

Susan, vêtue d'un jean et d'un chandail beige, l'air détendue, pénétra alors dans la cuisine.

– Excuse-moi de m'être laissé prendre par le temps, dit-elle. Merci de t'être occupé d'eux.

Elle l'embrassa sur la joue.

17

— Tu es heureuse, maman? demanda Eliza.

— Oui, ma chérie, répondit Susan en souriant. (Elle se tourna vers Tom.) Vas-y, je prends le relais. Il ne faut pas que tu te mettes en retard. Ça n'est pas aujourd'hui qu'on doit t'annoncer ta promotion? Le grand jour?

— Je l'espère.

— Appelle-moi dès que tu seras sûr.

— Promis.

Sanders se leva, resserra la serviette autour de ses reins et monta s'habiller. Il y avait beaucoup de circulation en ville, et il fallait qu'il se dépêche s'il voulait attraper le ferry de 8 h 20.

Il gara sa voiture à son emplacement réservé derrière la station-service Shell de Ricky, et parcourut à grandes enjambées l'embarcadère couvert. Il réussit à monter à bord du ferry quelques secondes avant qu'on ne relève la passerelle. Le grondement des machines sous les pieds, il gagna le pont principal.

– Salut, Tom.

Il tourna la tête. Dave Benedict s'avançait vers lui. Benedict était avocat dans un cabinet ayant pour clients de nombreuses sociétés de technologie de pointe.

– Toi aussi tu as manqué celui de 7 h 15 ?

– Oui. C'était la folie à la maison.

– M'en parle pas ! L'école est finie, la colonie de vacances n'a pas encore commencé, et ma femme ne sait plus où donner de la tête. Je devrais être au bureau depuis une heure déjà.

Un moment de silence. Sanders sentait que Benedict et lui avaient eu un réveil identique. Mais les deux hommes n'en parlèrent pas plus. Sanders se demandait souvent pourquoi les femmes discutent volontiers entre amies des détails les plus intimes de leur vie quotidienne, alors que les hommes maintiennent toujours un silence discret sur ces questions.

– A part ça, dit Benedict, comment va Susan ?

– Ça va. Ça va très bien.

– Alors, d'où te vient ce bleu ? demanda Benedict en souriant.

– Le match de football américain de la société, samedi. Ça a un peu dérapé.

– Voilà ce que c'est d'aller jouer avec des enfants, dit Benedict.

DigiCom était célèbre pour la jeunesse de ses employés.

Ils allèrent faire la queue à la cafétéria du bord.

— Je pensais qu'aujourd'hui tu serais arrivé plus tôt que d'habitude, dit Benedict. Ça n'est pas un grand jour pour DigiCom ?

Sanders déposa une sucrette dans son café.

— C'est-à-dire ?

— Ça n'est pas aujourd'hui qu'on annonce la fusion ?

— Quelle fusion ? demanda Sanders sans s'émouvoir.

Cette fusion était encore un secret ; seule une poignée de cadres dirigeants de DigiCom était au courant.

— Allez, dit Benedict. J'ai entendu dire que c'était pratiquement fait, et qu'aujourd'hui Bob Garvin allait annoncer la restructuration et un certain nombre de promotions. (Il avala une gorgée de café.) Garvin se retire, n'est-ce pas ?

Sanders haussa les épaules.

— On verra.

Benedict cherchait visiblement à le faire parler, mais comme Susan traitait beaucoup d'affaires avec le cabinet de Benedict, Sanders ne pouvait se permettre de se montrer grossier. Désormais, toutes les épouses travaillaient, ce qui ne facilitait pas les relations d'affaires.

Les deux hommes regagnèrent le pont. Accoudés au bastingage, ils regardèrent disparaître les maisons de Bainbridge Island. Les eaux grises du Sound défilaient sous leurs yeux tandis que leurs cafés fumaient dans la lumière du matin.

— Alors, comme ça, tu crois que Garvin ne va peut-être pas se retirer ? dit Benedict.

— Personne ne le sait, dit Sanders. Bob a créé cette société il y a quinze ans, à partir de rien. Au départ, il vendait des modems bon marché importés de Corée. C'était l'époque où personne ne savait ce qu'était un modem. Maintenant, la société possède trois immeubles en ville et des usines en Californie, au Texas, en Irlande et en Malaisie. Il fabrique des modems pour fax de la taille d'une pièce de dix cents, il vend des logiciels pour fax et courrier électronique, il s'est lancé dans les disques optiques compacts, et il a développé des algorithmes qui devraient en faire l'un des plus grands fournisseurs du marché de la formation au cours du siècle prochain. Quand tu penses qu'il a commencé en refilant des modems à trois cents bauds ! Je ne crois pas qu'il puisse se retirer.

— Ça n'est pas ce qui est prévu par l'accord de fusion ?

— Je ne suis pas au courant d'une éventuelle fusion, dit Sanders en souriant. Si tu as des informations, merci de m'en faire part.

Sanders ne connaissait pas les conditions de cette fusion. Il travaillait au développement des DOC (ou CD-ROM) et des bases de données électroniques. Bien que ces domaines fussent vitaux pour l'avenir de la société (c'était pour cela que Conley-White s'était porté acquéreur de DigiCom), il s'agissait essentiellement du domaine technique. Sanders était avant tout directeur technique, et il n'était pas tenu au courant des décisions prises au plus haut niveau.

Cette situation avait quelque chose de paradoxal. Au début, alors qu'il vivait en Californie, il était étroitement associé aux décisions de la direction. Mais depuis son arrivée à Seattle, huit ans auparavant, il s'était éloigné du centre de pouvoir.

Benedict continuait de siroter son café.

— En fait, dit-il, j'ai entendu dire que Bob allait vraiment se retirer et confier la présidence à une femme.

— Qui t'a dit ça ?

— Il a déjà une femme comme directrice financière, non ?

— Oui. Depuis longtemps.

Stephanie Kaplan était effectivement la directrice financière de DigiCom, mais il était peu probable qu'elle dirigeât un jour la société. Taciturne, parfois tranchante, Stephanie Kaplan était compétente, mais guère aimée. Garvin ne la tenait pas en particulière estime.

— En tout cas, dit Benedict, on raconte qu'il va désigner une femme qui prendrait sa succession d'ici à cinq ans.

— On a évoqué quelqu'un en particulier ?

Benedict secoua la tête.

— Je pensais que tu serais au courant. Après tout, c'est là que tu travailles.

Toujours sur le pont, Sanders sortit son téléphone cellulaire. Sa secrétaire, Cindy Wolfe, répondit.

— Ici le bureau de M. Sanders.

— Bonjour, c'est moi.

— Bonjour, Tom. Vous êtes sur le ferry?

— Oui. J'arriverai un peu avant 9 heures.

— D'accord, je le leur dirai. (Elle s'interrompit, et, lorsqu'elle reprit la parole, il eut l'impression qu'elle choisissait soigneusement ses mots.) Il y a beaucoup de remue-ménage, ce matin. M. Garvin était là il y a quelques instants. Il vous cherchait. Euh... il semblait surpris de ne pas vous voir.

Sanders fronça les sourcils.

— A-t-il dit ce qu'il voulait?

— Non, mais il est entré dans de nombreux bureaux de l'étage, il a parlé aux gens. Il se prépare quelque chose, Tom.

— Et Stephanie?

— Elle a appelé. Je lui ai dit que vous n'étiez pas encore arrivé.

— Rien d'autre?

— Arthur Kahn a téléphoné de Kuala Lumpur pour savoir si vous aviez reçu son fax.

— Oui, je l'ai reçu. Je le rappellerai. Rien d'autre?

— Non, c'est tout.

— Merci, Cindy.

Il poussa sur le bouton END pour mettre un terme à la communication.

A côté de lui, Benedict montra l'appareil.

— C'est sidérant, ces machins-là. Ils deviennent de plus en plus petits. Celui-là, c'est vous qui le fabriquez?

Sanders acquiesça.

— Je serais perdu sans lui. Surtout en ce moment. Comment se rappeler tous ces numéros de téléphone ? C'est plus qu'un appareil, c'est en même temps mon agenda. Regarde... Il possède une mémoire de deux cents numéros, répertoriés grâce aux trois premières lettres du nom.

Sanders poussa les lettres K, A, H pour obtenir le numéro d'Arthur Kahn en Malaisie, puis il appuya sur la touche SEND. On entendit une longue suite de bips électroniques, treize avec l'indicatif du pays et l'indicatif de zone.

— Mon Dieu ! s'écria Benedict. Où est-ce que tu appelles ? Sur la planète Mars ?

— Non, simplement en Malaisie. Nous avons une usine là-bas.

L'usine DigiCom de Malaisie n'existait que depuis un an et fabriquait les nouveaux lecteurs de DOC, des appareils assez semblables à des lecteurs de disques compacts audio, mais destinés aux ordinateurs. Dans le monde des affaires, il était généralement admis que toutes les informations seraient bientôt de caractère digital et que la plupart seraient emmagasinées sur ces disques compacts. Les programmes d'ordinateurs, les bases de données, les livres, les magazines, tout allait être bientôt enregistré sur disque.

Si ce n'était pas encore le cas, c'est que les DOC étaient notoirement lents. Les utilisateurs étaient obligés d'attendre face à des écrans vides, tandis que les lecteurs cliquetaient et ronronnaient. Mais les utilisateurs d'ordinateurs n'aiment pas attendre. Dans un domaine où la vitesse double tous les dix-huit mois, les DOC avaient infiniment moins progressé au cours des cinq dernières années.

La technologie de DigiCom s'était attaquée au problème, et sa nouvelle génération de lecteurs, baptisés Twinkle, était deux fois plus rapide que tous ses concurrents. Le Twinkle se présentait comme un lecteur unique, multimédia, pourvu de son propre écran. Il tenait dans la main, et on pouvait l'emporter dans le bus ou en train. Une révolution ! Mais l'usine de Malaisie connaissait des problèmes dans la fabrication de ces nouveaux lecteurs.

— Est-il vrai que tu es le seul chef de service à n'être pas ingénieur ?

Sanders sourit.

— C'est vrai. Je viens du marketing.

— N'est-ce pas inhabituel ? dit Benedict.

— Pas vraiment. A la direction commerciale, on passait beaucoup de temps à discuter des caractéristiques techniques des nouveaux produits, mais la plupart d'entre nous étaient incapables de dialoguer avec les ingénieurs. Moi, je le pouvais. Je ne sais pas pourquoi. Je n'ai pas de formation technique, mais j'en savais suffisamment pour qu'ils ne puissent pas me mener en bateau. Alors, rapidement, c'est moi qui ai été chargé des relations avec eux. Et puis, il y a huit ans, Garvin m'a demandé de diriger une division ici. J'ai accepté.

On entendit une sonnerie lointaine. Sanders consulta sa montre. Il était presque minuit à Kuala Lumpur. Pourvu qu'Arthur Kahn soit encore réveillé! Un moment plus tard, après un déclic, une voix pâteuse se fit entendre.

– Allô!

– Arthur, c'est Tom.

Une quinte de toux rocailleuse.

– Oh, Tom, c'est bien. (Nouvelle quinte de toux.) Vous avez eu mon fax?

– Oui, je l'ai reçu.

– Alors, maintenant, vous savez. Je ne comprends pas ce qui se passe. Et j'ai travaillé toute la journée sur la chaîne. J'ai été obligé, puisque Jafar est parti.

Mohammed Jafar, un jeune homme extrêmement compétent, était contremaître de l'usine malaise.

– Jafar est parti? Pourquoi?

Bruit de friture sur la ligne.

– Il a été ensorcelé.

– Je n'ai pas compris.

– Son cousin lui a jeté un sort, c'est pour ça qu'il est parti.

– Hein?

– Eh oui! Incroyable, non? Il a dit que la sœur de son cousin, à Johore, a payé un sorcier pour lui jeter un sort, et il s'est précipité à Orang Asli pour se faire désenvoûter par les médecins sorciers de là-bas. Ce sont les aborigènes qui tiennent un hôpital à Kuala Tingit, dans la jungle, à environ trois heures de Kuala Lumpur. Il est très célèbre. Beaucoup d'hommes politiques vont là-bas quand ils sont malades.

– Ça prendra combien de temps?

– J'en sais rien. Mais les ouvriers me disent que ça durera probablement une semaine.

– Et ces problèmes sur la chaîne, qu'est-ce qui se passe, Arthur?

– Je ne sais pas. Je ne suis même pas sûr que ça vienne de la chaîne. Mais les appareils qui sortent sont très lents. Quand on en prend pour des vérifications au hasard, on a des temps de recherche supérieurs aux cent millisecondes du cahier des charges. On ne sait pas pourquoi ils sont lents ni pourquoi il y a des variations. Mais les

24

ingénieurs, ici, pensent qu'il y a un problème de compatibilité entre le logiciel du gestionnaire et la puce de contrôle qui positionne les optiques partagées.

– Vous pensez que les puces de contrôle sont mauvaises ?

Elles étaient fabriquées à Singapour et livrées par camion à l'usine de Malaisie.

– Sais pas. Soit elles sont mauvaises, soit il y a une aberration dans le code du gestionnaire.

– Et les papillotements sur l'écran ?

Kahn toussota.

– Je crois qu'il y a un problème de conception, Tom. On n'arrive pas à le fabriquer. Les connecteurs des axes d'articulation qui transmettent le courant à l'écran sont montés à l'intérieur de la coque plastique. Ils sont censés maintenir le contact électrique quelle que soit la position de l'écran. Mais il y a des sautes de courant. On bouge les axes d'articulation, et l'écran se met à papilloter.

Sanders fronça les sourcils.

– C'est une conception tout à fait standard, Arthur. Tous les ordinateurs portables du monde ont le même genre d'axe d'articulation. Ça fait au moins dix ans que c'est comme ça.

– Je sais, dit Kahn. Mais le nôtre ne fonctionne pas. Ça me rend fou.

– Envoyez-moi donc quelques appareils.

– C'est déjà fait. Vous les aurez en fin de journée, ou demain au plus tard.

– D'accord. (Un moment de silence.) Quel est votre pronostic, Arthur ?

– Eh bien, en ce moment, on n'arrive pas à tenir nos quotas de production, et nous sortons des appareils 30 à 50 p. 100 plus lents que ce qui est prévu au cahier des charges. Ça n'est pas un excellent lecteur, Tom. Il est à peine meilleur que ceux mis sur le marché par Sony et Toshiba. Sauf que les leurs sont bien moins chers. Conclusion, nous avons un gros problème.

– Ça prendra combien de temps, à votre avis ? Une semaine ? Un mois ?

– Un mois s'il ne s'agit pas d'un problème de conception. S'il faut revoir la conception, disons quatre mois. Si c'est une puce, ça pourrait prendre un an.

– Magnifique, dit Sanders en soupirant.

– Les choses en sont là : ça ne marche pas, et nous ne savons pas pourquoi.

– A qui d'autre en avez-vous parlé ? demanda Sanders.

25

— A personne. Vous êtes le seul au courant, mon ami.

— Je vous remercie.

Kahn toussota.

— Allez-vous étouffer cette histoire jusqu'à la fusion ?

— Je ne sais pas. Je ne suis pas sûr de le pouvoir.

— Bon, de mon côté, je ne dirai rien. Vous pouvez être tranquille. Si l'on me questionne, je n'ai pas le moindre indice. Ce qui, en plus, est vrai.

— D'accord. Merci, Arthur. Je vous rappelle.

Sanders raccrocha. Ce Twinkle défaillant posait un véritable problème à la veille de la fusion avec Conley-White, et Sanders ne savait pas trop comment l'aborder. Il lui faudrait pourtant se décider rapidement ; la sirène du ferry se fit entendre, et il aperçut les piliers noirs de Colman Dock et les gratte-ciel de Seattle.

DigiCom était installé dans trois immeubles différents bordant une place historique de Seattle, Pioneer Square. Cette place affectait la forme d'un triangle, avec, au centre, un petit parc dominé par une pergola en fer forgé ornée de vieilles horloges. Tout autour, des immeubles en brique rouge du début du siècle, avec leurs façades sculptées et la date de construction gravée au fronton, abritaient désormais des cabinets d'architectes, des sociétés de design et un certain nombre de sociétés de haute technologie, dont Aldus, Advance HoloGraphics et DigiCom. Au départ, DigiCom occupait le Hazard Building, du côté sud de la place. Au fur et à mesure de sa croissance, elle colonisa trois étages de l'immeuble adjacent, le Western Building, puis la tour Gorham, sur James Street. Mais les bureaux de la direction occupaient toujours les trois derniers étages du Hazard Building et surplombaient donc la place. Le bureau de Sanders se trouvait au troisième étage, mais il espérait s'installer prochainement au quatrième.

Il gagna le troisième étage à 9 heures du matin et sentit immédiatement qu'il se passait quelque chose d'anormal. Les couloirs bruissaient de rumeurs, la tension était perceptible à chaque pas. Les employés étaient rassemblés autour des imprimantes à laser et des machines à café ; à son approche, les conversations cessaient, les visages se détournaient.

Il fronça les sourcils.

Mais, en sa qualité de chef de division, il ne pouvait tout de même pas s'arrêter pour demander à une secrétaire ce qui se passait. Poursuivant son chemin, il se maudissait d'être arrivé en retard un jour aussi important.

A travers les cloisons en verre de la salle de conférences, il aperçut

Mark Lewyn, qui, à trente-trois ans, dirigeait la division conception-produits, s'entretenant avec des gens de Conley-White. La scène valait le coup d'œil : Lewyn, jeune, beau garçon, sûr de lui, vêtu d'un jean noir et d'un tee-shirt Armani, parlait avec animation devant des cadres de Conley-White, en complet bleu, qui prenaient des notes, assis à une table, droits comme des piquets, devant des maquettes d'appareils.

En apercevant Sanders, Lewyn lui adressa un signe de la main, s'avança jusqu'à la porte et sortit la tête.

— Salut, mec.

— Salut, Mark. Dis-moi...

— Je voudrais simplement te dire une chose, dit Lewyn en l'interrompant. Qu'ils aillent tous se faire foutre! Garvin! Phil! Tous! Cette fusion, c'est de la merde. Cette réorganisation, ça pue. Je suis avec toi, mon vieux.

— Écoute, Mark, est-ce que tu peux...

— Je suis occupé, dit Lewyn, faisant un signe de tête en direction des cadres de Conley-White. Mais je voudrais que tu saches que je ne suis pas d'accord. C'est pas bien, ce qu'ils font. On en reparlera plus tard, d'accord ? Tiens bon, mon pote! Garde la tête haute!

Et il retourna dans la salle de conférences.

Les cadres de Conley-White observaient Sanders à travers la cloison vitrée. Il se dirigea à grands pas vers son bureau, de plus en plus mal à l'aise. Lewyn était connu pour sa propension à dramatiser, mais tout de même...

C'est pas bien, ce qu'ils font.

Pas besoin d'être devin pour comprendre ce que ça voulait dire. Il n'allait pas bénéficier de la promotion. Un peu de sueur perla à son front, et un léger vertige s'empara de lui. Il s'appuya au mur un bref instant et prit une profonde inspiration.

Pas de promotion! Il avala une nouvelle goulée d'air et se remit en marche.

Au lieu de la promotion à laquelle il s'attendait, il allait apparemment y avoir une sorte de réorganisation. En rapport avec la fusion, bien sûr.

Neuf mois auparavant, les divisions techniques avaient subi une réorganisation complète qui avait créé la plus grande confusion à Seattle. Les employés ne savaient plus à qui s'adresser pour obtenir du papier pour la photocopie ou pour démagnétiser un moniteur. Le tohu-bohu avait duré des mois, et les groupes techniques n'avaient retrouvé un rythme de travail efficace que depuis quelques semaines. Et, à présent, on parlait d'une nouvelle réorganisation ? Absurde!

Pourtant, c'était celle de l'année précédente qui avait permis à Sanders de se trouver dans la course pour assumer la direction des divisions techniques. On avait alors structuré le groupe des produits d'avant-garde en quatre subdivisions : conception des produits, programmation, téléinformatique et fabrication, toutes placées sous l'autorité d'un chef de département, pas encore nommé. Au cours des derniers mois, Tom Sanders avait été pressenti de manière informelle pour assurer cette fonction de chef de département, notamment parce que, en sa qualité de chef de la fabrication, il était le plus à même de coordonner l'activité des autres divisions.

A présent, qu'allait-il se passer ? Peut-être allait-il continuer à diriger les différentes usines DigiCom à travers le monde. Mais le bruit avait couru, récemment, que le siège de la société, à Cupertino, allait reprendre la direction de la fabrication et la confier aux différents directeurs de produits, là-bas, en Californie. Sanders n'avait guère prêté l'oreille à ces rumeurs, car elles étaient peu vraisemblables ; les directeurs de produits avaient suffisamment à faire avec la commercialisation de leurs appareils sans avoir à s'inquiéter de leur fabrication.

Désormais, il était bien obligé de prendre ces rumeurs au sérieux. Si elles se révélaient fondées, il pouvait fort bien se retrouver privé de travail, et pas seulement de promotion.

Privé de travail ?

Il tenta de se rappeler ce que lui avait dit Benedict le matin même, sur le ferry. L'avocat, toujours à l'affût des rumeurs, semblait en savoir long. Plus même que ce qu'il avait laissé échapper.

Est-il vrai que tu es le seul chef de service à ne pas être ingénieur ?

Puis, d'un air entendu :

N'est-ce pas inhabituel ?

Il se remit à transpirer. Une nouvelle inspiration, profonde, pour se calmer.

Il pénétra enfin dans son bureau, au bout du couloir, espérant y trouver Stephanie Kaplan, la directrice financière. Kaplan pourrait lui expliquer ce qui se passait. Mais elle n'était pas là. Sa secrétaire, Cindy Wolfe, était occupée à classer des dossiers.

— Où est Stephanie ? demanda-t-il.

— Elle ne viendra pas.

— Pourquoi ?

— Ils ont annulé votre réunion de 9 h 30 à cause des changements de personnel.

— Quels changements ? demanda Sanders. Que se passe-t-il ?

— Il va y avoir une sorte de restructuration, dit Cindy. (Elle évita son regard et baissa les yeux sur l'agenda posé sur le bureau.) Il y a un déjeuner privé avec tous les chefs de division, qui aura lieu à midi et demi dans la grande salle de conférences; Phil Blackburn va venir vous parler, il sera là d'un moment à l'autre. Voyons... Qu'y a-t-il d'autre? Ah oui, les lecteurs de Kuala Lumpur doivent arriver cet après-midi. Gary Bosak voudrait vous voir à 10 h 30. (Son doigt courait le long des lignes, sur le cahier.) Don Cherry a appelé deux fois à propos du Corridor, et vous venez de recevoir un appel d'Eddie, depuis Austin.

— Rappelez-le, voulez-vous?

Eddie Larson était contrôleur de production à l'usine d'Austin, celle qui fabriquait les téléphones cellulaires. Cindy composa le numéro, et, quelques instants plus tard, Sanders entendit la voix familière avec son accent texan.

— Salut, Tommy.

— Salut, Eddie. Qu'est-ce qui se passe?

— Y a quelques problèmes à l'usine. Tu as une minute?

— Oui, bien sûr.

— Alors, il faut te féliciter pour ton nouveau poste?

— Je n'ai encore reçu aucune nouvelle, répondit Sanders.

— Mouais. Mais tu vas bien l'avoir, non?

— Je n'ai encore reçu aucune nouvelle, répéta Sanders.

— Est-ce que c'est vrai qu'ils vont fermer l'usine d'Austin?

Sanders fut tellement surpris qu'il en éclata de rire.

— Quoi?

— Eh bien, c'est ce qu'on dit, ici. Que Conley-White va racheter la société et fermer notre usine.

— Personne ne rachète la société et personne ne ferme l'usine! Elle est parfaitement rentable.

Un moment de silence.

— Tu me le dirais si tu savais quelque chose, n'est-ce pas, Tommy?

— Oui, je te le dirais. Mais ça n'est qu'une rumeur, Eddie. Alors oublie ça. Et maintenant, quel est le problème dans l'usine?

— Des conneries. Les ouvrières exigent qu'on enlève les pin-up dans le vestiaire des hommes. Elles trouvent ça insultant pour elles. Mais c'est de la foutaise, dit Larson. Parce que les femmes ne vont jamais dans le vestiaire des hommes.

— Alors comment ont-elles su, pour les pin-up?

— Parce qu'il y a des femmes dans les équipes de nettoyage, la nuit.

Sanders laissa échapper un soupir.

— On ne peut pas se permettre d'avoir des plaintes pour des histoires de sexe. Fais enlever ces pin-up.

— Même si les femmes en ont dans leur vestiaire?

— Oui, fais-les enlever, Eddie.

— Tu veux que je te dise? Tout ça, c'est des conneries féministes.

On frappa à la porte. Sanders leva les yeux et aperçut sur le seuil Phil Blackburn, le chef du service juridique.

— Eddie, il faut que je te laisse.

— C'est bon, mais laisse-moi te dire que...

— Eddie, excuse-moi, mais il faut que j'y aille. Appelle-moi s'il y a des problèmes.

Sanders raccrocha, et Blackburn s'avança dans la pièce. Sanders eut l'impression que le bonhomme arborait un sourire trop large.

C'était mauvais signe.

Philip Blackburn, chef du service juridique de DigiCom, était un homme mince de quarante-six ans, vêtu d'un complet Hugo Boss vert foncé. Comme Sanders, Blackburn travaillait chez DigiCom depuis une dizaine d'années, ce qui en faisait un « ancien », un de ceux qui étaient entrés au début. Lorsque Sanders avait fait sa connaissance, Blackburn était un jeune avocat barbu, fougueux défenseur des droits civiques, frais émoulu de Berkeley. Mais Blackburn avait depuis longtemps abandonné la contestation pour l'argent, qu'il poursuivait avec une obstination rare, tout en défendant soigneusement ces nouvelles valeurs d'entreprise que sont la diversité et l'égalité des chances. Blackburn, jamais en retard d'une mode vestimentaire ou langagière, avait gagné dans certains services le sobriquet de « PC Phil », en référence à la mode du « politically correct » qui sévissait aux États-Unis. L'un des cadres de la société l'avait surnommé « M. Météo » pour sa propension à deviner d'où venait le vent.

On se gaussait de ses tics. Pomponné, soucieux de son apparence, Blackburn ne cessait de se passer la main dans les cheveux, sur le visage, sur son complet, semblant se caresser, effacer les plis de ses vêtements. Si l'on ajoute à cela une tendance malheureuse à se frotter et à se gratter le nez, on comprendra pourquoi il était l'objet d'incessantes plaisanteries. Les blagues étaient féroces : on se méfiait de lui, on le considérait à la fois comme un donneur de leçons et un tueur à gages.

Dans ses discours publics, Blackburn pouvait faire preuve de charisme et, dans le privé, donner quelque temps l'illusion de l'honnêteté intellectuelle. Néanmoins, au sein de la société, on le considérait pour ce qu'il était réellement : un mercenaire, un homme dépourvu de convictions personnelles, l'exécuteur des basses œuvres de Garvin.

Durant les premières années, Sanders et Blackburn avaient été amis intimes. Collègues de travail, ils avaient même vécu ensemble un certain temps, lorsque, en 1985, Blackburn, à la suite d'un divorce difficile, avait partagé l'appartement de célibataire de Sanders, à Sunnyvale. Un an plus tard, Blackburn avait été témoin au mariage de Sanders avec une jeune avocate, Susan Handler.

Mais en 1989, lorsque Blackburn se remaria, Sanders ne fut pas invité à la cérémonie, car leurs relations étaient devenues tendues. Chez DigiCom, on murmurait que c'était inévitable : Blackburn appartenait au petit cercle dirigeant de Cupertino, cercle qu'avait quitté Sanders en venant s'installer à Seattle. En outre, les deux hommes s'étaient durement affrontés à propos de l'installation des usines en Irlande et en Malaisie. Selon Sanders, Blackburn ignorait les contraintes des pays étrangers.

Blackburn avait, par exemple, exigé qu'à Kuala Lumpur le personnel ouvrier fût composé pour moitié de femmes et qu'elles fussent mêlées aux hommes, alors que les directeurs malais voulaient les cantonner à certains postes, loin des hommes.

Phil s'était entêté.

– Mais c'est un pays musulman ! ne cessait de lui répéter Sanders.

– Je m'en contrefiche ! DigiCom se bat pour l'égalité.

– Mais, Phil, c'est leur pays. Ils sont musulmans.

– Et alors ? C'est notre usine !

Leurs désaccords s'étaient amplifiés. Le gouvernement malais ne voulait pas qu'on engageât de contremaîtres chinois, bien qu'ils fussent les plus qualifiés ; la politique malaise en la matière voulait qu'on formât des contremaîtres malais. Sanders s'opposa à une mesure discriminatoire aussi flagrante, avant tout parce qu'il tenait à embaucher les meilleurs contremaîtres. Mais Phil, violemment opposé à toute discrimination aux États-Unis, se plia sans discussion aux exigences du gouvernement malais, sous prétexte que DigiCom devait adopter une attitude réellement multiculturelle. A la dernière minute, Sanders dut se rendre à Kuala Lumpur pour y rencontrer les sultans de Selangor et de Pahang et se rendre à leurs demandes. Phil déclara alors que Sanders avait « capitulé devant les extrémistes ».

Et encore, ce ne furent là que quelques-unes des nombreuses controverses qui s'élevèrent à propos du travail de Sanders en Malaisie.

Sanders et Blackburn se saluaient désormais avec la cordialité superficielle d'anciens amis qui n'ont plus rien à se dire. Sanders serra la main du directeur juridique.

— Alors, Phil, que se passe-t-il?

— C'est un grand jour, dit Blackburn en s'installant dans un fauteuil, devant le bureau de Sanders. Il y a eu de nombreuses surprises. Je ne sais pas ce que tu sais déjà.

— J'ai entendu dire que Garvin avait pris des décisions à propos de la restructuration.

— Oui. Plusieurs décisions.

Un moment de silence. Blackburn gigota dans son fauteuil et se mit à contempler ses mains.

— Je sais que Bob voulait t'entretenir lui-même de tout ça. Il est venu ce matin, tôt, pour parler à tout le monde dans la division.

— Je n'étais pas là.

— Euh... Ça a surpris tout le monde que tu sois en retard aujourd'hui.

Sanders ne releva pas et continua de regarder Blackburn.

— En tout cas, Tom, reprit Blackburn, la décision est la suivante. Dans le cadre de la fusion, Bob a décidé d'aller chercher quelqu'un en dehors du groupe des produits d'avant-garde pour diriger la division.

On y arrivait donc! Sanders prit une profonde inspiration pour tenter d'alléger le poids sur sa poitrine. Tout son corps était tendu, mais il s'efforçait de ne pas le montrer.

— Je sais que ça doit être un choc pour toi, reprit Blackburn.

Sanders haussa les épaules.

— Bah, j'avais déjà entendu des rumeurs.

Tandis qu'il parlait, les pensées se bousculaient dans sa tête. Il n'obtiendrait pas de promotion, il n'aurait pas la possibilité de...

— Eh bien... (Blackburn s'éclaircit la gorge.) Bob a décidé de nommer Meredith Johnson à la tête du département.

— Meredith Johnson?

— Oui. Elle travaille au siège, à Cupertino. Je crois que tu la connais.

— Oui, je la connais, mais... (Sanders secoua la tête; c'était absurde.) Mais Meredith vient de la direction commerciale. Elle a fait des études de commerce.

— Au départ, oui. Mais, comme tu le sais, depuis deux ans elle est à la division des services généraux.

— Phil, le groupe des produits d'avant-garde est un département technique.

— Toi-même tu n'es pas un technicien, Tom. Et tu as fait de l'excellent travail.

34

— Mais j'étais plongé là-dedans pendant des années quand j'étais à la direction commerciale. Écoute, le groupe des produits d'avant-garde se compose avant tout d'équipes de programmeurs et d'ouvriers d'usine. Comment veux-tu qu'elle dirige tout ça ?

— Bob n'attend pas qu'elle dirige directement. Elle supervisera simplement les directeurs du groupe, qui seront placés sous son autorité. Son titre officiel sera vice-présidente pour le planning et les opérations d'avant-garde. Dans le cadre du nouvel organigramme, ça comprendra tout le groupe des produits d'avant-garde, le département commercial et le département télécommunications.

— Mon Dieu ! lança Sanders en s'enfonçant dans son siège. C'est pratiquement tout !

Blackburn hocha lentement la tête.

— J'ai l'impression, dit alors Sanders, que c'est Meredith Johnson qui va diriger cette société.

— Je n'irai pas jusque-là. Dans le nouvel organigramme, elle ne dirigera directement ni les finances, ni la distribution, ni les ventes. Cela dit, à mon avis, il est clair que Bob l'a placée en première ligne pour lui succéder en tant que directeur quand il se retirera d'ici à deux ans. (Blackburn passa d'une fesse sur l'autre dans son fauteuil.) Mais, ça, c'est le futur. Pour le moment...

— Un instant. Elle aura quatre directeurs du groupe des produits d'avant-garde sous son autorité, c'est bien ça ?

— Oui.

— Qui seront ces directeurs ? Ça a été décidé ?

— Eh bien... (Phil toussota. Il passa la main sur sa poche de poitrine et tira sur sa pochette.) Bien sûr, la décision de nommer les directeurs de division appartiendra à Meredith.

— Ce qui veut dire que je pourrais me retrouver sans travail.

— Mais enfin, Tom ! Il n'en est pas question. Bob tient à ce que tout le monde reste dans les divisions. Y compris toi. Il n'a aucune envie de te perdre.

— Mais c'est Meredith qui décidera si oui ou non je conserve mon travail.

— Techniquement, oui, dit Blackburn en levant les mains en un geste d'apaisement. Mais je crois que c'est de pure forme.

Sanders, lui, ne voyait pas les choses de la même façon. Garvin aurait très bien pu nommer les chefs de division en même temps qu'il nommait Meredith à la tête du groupe des produits d'avant-garde. Si Garvin décidait de confier la direction de l'entreprise à une femme issue de la direction commerciale, libre à lui. Mais il pouvait aussi s'assurer de laisser en place les chefs de division qui l'avaient servi, lui et la société.

– Bon Dieu! s'exclama Sanders. Ça fait douze ans que je suis dans cette boîte!

– Et j'espère que tu resteras avec nous plus longtemps encore, dit doucement Blackburn. Écoute, c'est dans l'intérêt de tout le monde de garder les équipes en place, parce que, comme je te l'ai dit, elle ne peut pas les diriger directement.

– Hum. Hum.

Blackburn tira sur ses manchettes et se passa la main dans les cheveux.

– Écoute, Tom. Je sais que tu es déçu de n'avoir pas été nommé à ce poste. Mais ne t'inquiète pas du fait que ce soit Meredith qui nomme les chefs de division. En fait, elle ne procédera à aucun changement. Ta situation est garantie. (Un moment de silence.) Tu connais Meredith, Tom.

– Oui, je la connaissais, dit Sanders avec un hochement de tête. J'ai même pratiquement vécu avec elle un bout de temps. Mais ça fait des années que je ne l'ai plus revue.

Blackburn eut l'air surpris.

– Vous n'avez pas gardé le contact?

– Pas vraiment, non. Quand elle a été engagée à DigiCom, à Cupertino, moi, j'étais déjà à Seattle. Je l'ai rencontrée une fois là-bas, par hasard. On s'est dit bonjour. C'est tout.

– Alors, tu l'as connue seulement il y a longtemps, dit Blackburn comme si tout s'éclairait brusquement. Ça fait six ou sept ans?

– Plus que ça, puisque ça fait huit ans que je suis à Seattle. Alors ça doit faire... Quand je sortais avec elle, elle travaillait pour Novell, à Mountain View. Elle vendait des cartes Ethernet à de petites entreprises pour les télévisions locales. Quand était-ce déjà... ?

Sanders se rappelait fort bien sa relation avec Meredith Johnson, mais les dates se brouillaient dans son esprit. Il essaya de se remémorer quelque événement notable, anniversaire, promotion, déménagement. Finalement, il se souvint d'avoir regardé le résultat des élections à la télévision avec elle : les ballons qui s'envolaient vers le plafond, les applaudissements des partisans. Elle buvait de la bière. C'était au début de leur relation.

– Bon Dieu, Phil, ça doit bien faire dix ans!

– Autant que ça?

A l'époque de leur rencontre, il y avait des milliers de jolies représentantes qui travaillaient à San Jose. Des jeunes femmes de moins de trente ans, fraîches émoulues de l'université, qui débutaient dans le métier en faisant des démonstrations de leurs produits, tandis que des cadres expérimentés, à leurs côtés, se chargeaient du laïus auprès des clients. Au bout d'un certain temps, la plupart de ces jeunes femmes en savaient assez pour assurer elles-mêmes les ventes. A l'époque où Sanders avait fait la connaissance de Meredith, elle maîtrisait suffisamment le jargon informatique pour disserter sur les bus annulaires à jeton et les systèmes à base 10. Elle n'avait pas de connaissances approfondies, mais n'en avait pas besoin. Elle était belle, sexy, intelligente, et possédait une maîtrise de soi et un sens de l'à-propos qui lui permettaient de se tirer de bien des mauvais pas. A l'époque, Sanders l'avait admirée. Mais il n'avait jamais songé qu'elle pût un jour occuper un poste de premier plan dans une grande société.

Blackburn haussa les épaules.

— Il s'est passé beaucoup de choses en dix ans, Tom. Meredith n'est pas seulement une bonne commerciale. Elle a repris des études et a passé un diplôme de gestion. Avant d'être engagée chez nous, elle a travaillé pour Symantec puis pour Borland. Ces deux dernières années, elle a travaillé très étroitement avec Garvin. Elle est devenue un peu sa protégée. Sur de nombreuses affaires, il a été très content de son travail.

Sanders secoua la tête.

— Et maintenant, c'est elle mon patron...

— Ça te pose un problème?

— Non. Mais ça fait drôle. Avoir pour patron une ancienne petite amie...

— Eh oui, les femmes se rebiffent, à présent. (Il souriait, mais Sanders sentait qu'il l'observait avec attention.) On dirait que ça te gêne un peu, Tom.

— Il faut du temps pour s'y habituer.

— Avoir une femme au-dessus de toi, ça te pose un problème?

— Pas du tout. J'ai travaillé pour Eileen quand elle dirigeait les ressources humaines, et on s'entendait très bien. Ça n'est pas ça. Non, c'est simplement étrange de penser que Meredith Johnson sera mon patron.

— C'est une gestionnaire hors pair, dit Phil en se levant et en rajustant sa cravate. Je crois que, quand tu t'y seras fait, tu verras qu'elle est extrêmement compétente. Donne-lui sa chance, Tom.

— Bien sûr.

— Je suis certain que tout se passera bien. Et n'oublie pas l'avenir. Après tout, d'ici à un an environ tu devrais être riche.

— Ça veut dire qu'on va toujours distribuer des actions du département des produits d'avant-garde?

— Oh oui, tout à fait.

Le plan de fusion avec Conley-White prévoyait en effet que le département des produits d'avant-garde serait séparé du reste de la société et deviendrait une société à part entière. Les salariés du département auraient alors la possibilité d'acheter des actions à bas prix avant leur mise sur le marché. Les profits escomptés étaient énormes.

— Nous mettons au point les derniers détails, dit Blackburn. Mais je pense que les chefs de division, comme toi, seront intéressés à hauteur de vingt mille actions et une option initiale de cinquante mille actions à vingt-cinq cents, avec le droit d'acquérir cinquante mille actions supplémentaires par an pendant cinq ans.

— Et la distribution d'actions aura lieu même si Meredith dirige l'ensemble des divisions ?

— Fais-moi confiance. La distribution aura lieu d'ici à dix-huit mois. C'est prévu dans les accords de fusion.

— Aucun risque qu'elle change d'avis ?

— Aucun, répondit Blackburn en souriant. Je vais même te confier un petit secret : au départ, ce transfert d'actions était une idée de Meredith.

Après avoir quitté le bureau de Sanders, Blackburn gagna un bureau vide, dans le couloir, et téléphona à Garvin.

— Je viens de parler à Tom Sanders.

— Alors ?

— Je dirais qu'il prend bien la chose. Il était déçu, bien sûr, mais je crois qu'il avait déjà entendu des rumeurs.

— Et la nouvelle structure ? demanda Garvin. Comment a-t-il réagi ?

— Il est un peu inquiet. Il a exprimé des réserves.

— Pourquoi ?

— Il estime qu'elle n'a pas les compétences techniques pour diriger le département

— Les compétences techniques ? grommela Garvin. Ça, je m'en contrefous !

— Bien sûr, mais je crois qu'il y avait un certain malaise au niveau personnel. Vous savez qu'autrefois ils ont eu une relation ?

— Oui, répondit Garvin, je le sais. Ils continuaient à se parler ?

— D'après lui, ils n'ont plus aucun contact depuis des années.

— Ils sont en mauvais termes ?

— Il ne semble pas.

— Alors qu'est-ce qui l'inquiète ?

— Je crois qu'il se fera à l'idée.

— Je l'espère. S'il vous semble que ce n'est pas le cas, dites-le-moi.

Garvin raccrocha. Blackburn fronça les sourcils. Sa conversation avec Sanders lui avait laissé un vague sentiment de malaise.

Cela semblait s'être bien passé, et pourtant... Sanders n'accepterait sûrement pas cette restructuration sans réagir. Sanders était populaire à Seattle, et il pouvait facilement leur causer des ennuis. Il était trop indépendant, n'avait pas l'esprit d'équipe, et désormais la société aurait besoin de cadres décidés à travailler en équipe. Plus il y songeait, plus Blackburn était persuadé que Sanders allait leur créer des problèmes.

Assis à son bureau, Tom Sanders, lui, demeurait plongé dans ses pensées. Il essayait de faire coïncider le souvenir qu'il avait gardé d'une jeune et jolie commerciale de Silicon Valley avec l'image d'un cadre supérieur assurant la direction de plusieurs divisions d'une grande société, chargée, en outre, de la cotation en Bourse d'une nouvelle société. Mais ces pensées étaient parasitées par des images surgies du passé : Meredith, souriante, vêtue seulement d'une chemise à lui. Une valise ouverte sur un lit. Des bas et un porte-jarretelles blancs. Un bol de pop-corn sur le canapé bleu du salon. La télévision allumée, le son coupé.

Et, pour une raison inconnue, l'image d'une fleur, un iris violet, en verre coloré. C'était l'une de ces images hippies de Californie du Nord, tellement galvaudées. Sanders se rappelait à présent d'où elle lui venait : elle se trouvait sur la vitre de la porte d'entrée de son appartement quand il vivait à Sunnyvale, à l'époque où il avait rencontré Meredith. Mais pourquoi songeait-il à cela, précisément maintenant ?

— Tom ?

Il leva les yeux. Cindy se tenait dans l'encadrement de la porte et le considérait d'un air soucieux.

— Vous voulez un café, Tom ?

— Non, merci.

— Don Cherry a rappelé pendant que vous étiez avec Phil. Il veut que vous veniez voir le Corridor.

— Ils ont des problèmes ?

— Je ne sais pas. Il avait l'air tout excité. Vous voulez le rappeler ?

— Pas tout de suite. Je descendrai le voir dans une minute.

Elle s'attarda sur le seuil.

– Vous avez pris un petit déjeuner ? Vous voulez un gâteau ?

– Non, ça va, merci.

– Vous êtes sûr ?

– Ça va, Cindy. Je vous assure.

Elle partit. En se tournant vers son moniteur, il s'aperçut que l'icône de son courrier électronique clignotait. Mais il songeait à nouveau à Meredith Johnson.

Il avait plus ou moins vécu avec elle pendant six mois. Durant un certain temps, leur relation avait été assez intense. Pourtant, bien qu'il en conservât quelques images fortes, il se rendait compte que les souvenirs de cette époque étaient curieusement vagues. Avait-il vraiment vécu avec Meredith pendant six mois ? Quand s'étaient-ils rencontrés exactement, et quand avaient-ils rompu ? Sanders était surpris de la difficulté qu'il éprouvait à établir une chronologie. Espérant y voir plus clair, il tenta de retrouver d'autres éléments de sa vie à cette époque : quel poste occupait-il chez DigiCom à ce moment-là ? Travaillait-il encore à la direction commerciale, ou était-il déjà dans les divisions techniques ? Il n'aurait su le dire précisément. Il lui faudrait vérifier dans les dossiers.

Il se mit alors à songer à Blackburn. Ce dernier avait quitté sa femme et était venu s'installer chez lui à l'époque de sa liaison avec Meredith. Ou alors était-ce après, lorsque les choses s'étaient déjà gâtées ? Phil s'était peut-être installé chez lui plus tard, au moment de sa rencontre avec Susan. Il n'en était plus très sûr. En y réfléchissant bien, il se rendait d'ailleurs compte qu'il n'était plus sûr de rien touchant à cette époque de sa vie. Ces événements avaient eu lieu il y a dix ans, dans une autre ville, et ses souvenirs se brouillaient.

Il poussa le bouton de l'interphone.

– Cindy ? J'aurais une question à vous poser.

– Oui, je vous écoute.

– C'est maintenant la deuxième semaine de juin. Que faisiez-vous, la deuxième semaine de juin, il y a dix ans ?

– C'est facile, répondit-elle sans hésiter : je passais mes examens à l'université.

Visiblement, elle ne se trompait pas.

– Bon, dit-il. Dans ce cas, que faisiez-vous en juin il y a neuf ans ?

– Il y a neuf ans ? (Le ton était déjà moins assuré.) Attendez... Voyons... En juin, il y a neuf ans ? Euh..., je crois que je voyageais en Europe avec mon petit ami.

– Pas celui que vous avez en ce moment ?

– Non... Celui-là, c'était vraiment un pauvre type.

– Ça a duré longtemps ? demanda Sanders.

– Nous y sommes restés un mois.

– Non, je veux dire votre relation.

– Oh... Attendez... Nous avons rompu, euh..., ça devait être en décembre... Oui, je crois que c'était en décembre, ou peut-être en janvier, après les vacances... Pourquoi ?

– Je voulais simplement me rendre compte d'une chose.

Il se sentait soulagé par le ton hésitant de Cindy.

– Au fait, demanda-t-il, jusqu'à quand remontent les archives du bureau dont nous disposons ici ? La correspondance, les relevés d'appels téléphoniques ?

– Il faudrait que je vérifie. Je sais qu'on a environ trois ans.

– Et avant ?

– Avant ? Combien de temps ?

– Dix ans.

– Hou là ! C'était quand vous étiez à Cupertino. Je ne sais pas si ces documents sont conservés là-bas. Ils les mettaient sur fiches ou c'était jeté ?

– Je ne sais pas.

– Vous voulez que je vérifie ? demanda Cindy.

– Non, pas maintenant, merci.

Il coupa la communication. Il ne tenait guère à ce qu'elle fasse des recherches à Cupertino. Du moins, pas pour l'instant.

Sanders se frotta les paupières. Ses pensées le ramenaient vers le passé. A nouveau, il vit la fleur en verre coloré. Elle était grande, brillante, banale. La banalité de cette fleur l'avait toujours embarrassé. A l'époque, il vivait dans un immeuble de Merano Drive. Vingt appartements disposés autour d'une petite piscine d'eau glacée. Tous les locataires travaillaient pour une société de technologie de pointe. Personne ne se baignait jamais dans la piscine. De toute façon, Sanders n'était pas souvent là. A l'époque, il se rendait en Corée deux fois par mois avec Garvin. Dans la société, tout le monde voyageait en classe touriste. Ils ne pouvaient même pas s'offrir la classe affaires.

Il revenait chez lui épuisé par la longueur du vol, et la première chose qu'il apercevait, c'était cette saleté de fleur en verre coloré sur la porte.

Meredith, à l'époque, affectionnait les bas blancs et les porte-jarretelles blancs, avec de petites fleurs blanches sur les pinces et...

– Tom ?

Il leva les yeux. Cindy se tenait dans l'encadrement de la porte.

– Si vous voulez voir Don Cherry, dit-elle, il vaudrait mieux y aller maintenant, parce que vous avez rendez-vous à 10 h 30 avec Gary Bosak.

Il avait l'impression qu'elle le traitait comme un invalide.

— Mais ça va, Cindy, vous savez.

— Je sais. Je vous rappelais simplement votre rendez-vous.

— Bon, d'accord, j'y vais maintenant.

En descendant par l'escalier jusqu'au deuxième étage, il se sentit heureux de l'occasion qui lui était ainsi offerte de se changer les idées. Cindy avait eu raison de lui faire quitter le bureau. En outre, il était curieux de voir ce que l'équipe de Cherry avait réalisé avec le Corridor.

Chez DigiCom, tout le monde appelait le Corridor l'EIV, c'est-à-dire l'Environnement d'informations virtuelles. L'EIV était, avec le Twinkle, la pièce maîtresse de ce futur en forme d'informations digitales qu'envisageait DigiCom. A l'avenir, les informations seraient stockées sur disques ou disponibles au sein d'importantes bases de données auxquelles les utilisateurs auraient accès grâce aux lignes téléphoniques. Depuis trente ans, les utilisateurs voyaient les informations sur des écrans de télévision ou d'ordinateur, mais bientôt il existerait d'autres moyens de présenter l'information. Le plus radical, et le plus excitant, était l'environnement virtuel. Les utilisateurs porteraient des lunettes spéciales pour voir un environnement à trois dimensions, produit par l'ordinateur, qui leur donnerait l'impression de se mouvoir dans un autre monde. C'était une technologie passionnante mais extrêmement complexe. A DigiCom, l'EIV était l'un des programmes favoris de Garvin; il y avait consacré énormément d'argent, forçant les programmeurs de Don Cherry à y travailler nuit et jour pendant deux ans.

Mais jusque-là ils n'avaient connu que des déboires.

Sur l'écriteau accroché à la porte, on pouvait lire : « EIV ». Et, en dessous : « Quand la réalité ne suffit pas. » Sanders glissa sa carte dans la fente, la porte s'ouvrit. Dans le vestibule, il entendit des éclats de voix venant de la pièce principale ; il devait y avoir une demi-douzaine de personnes. Dès le vestibule, il remarqua l'odeur nauséabonde qui flottait dans l'air.

Le chaos le plus total régnait dans la pièce principale. Les fenêtres étaient grandes ouvertes, mais l'atmosphère empestait le liquide nettoyant. La plupart des programmeurs étaient accroupis ou assis par terre et s'affairaient devant des pièces détachées. Les appareils d'EIV étaient entièrement démontés au milieu d'un enchevêtrement de fils multicolores. Même les rampes de marche circulaires, de couleur noire, avaient été démontées, et les éléments en caoutchouc étaient nettoyés un à un. D'autres fils pendant du plafond étaient reliés aux scanners à laser qui exhibaient leurs entrailles de circuits imprimés. Tout le monde parlait en même temps. Au centre de la pièce se tenait une sorte de jeune bouddha vêtu d'un tee-shirt bleu électrique sur lequel on lisait : « La réalité, ça craint » – Don Cherry, directeur de la division programmation. Il avait vingt-deux ans, était célèbre pour son impertinence et considéré comme indispensable.

En apercevant Sanders, il s'écria :

– Dehors ! Dehors, les gestionnaires ! Allez, dehors !

– Pourquoi ? Je croyais que tu voulais me voir.

– Trop tard ! Tu as laissé passer l'occasion. Maintenant, c'est fini.

L'espace d'un instant, Sanders crut que Cherry faisait allusion à la promotion qu'il n'avait pas obtenue, mais le jeune homme s'avança vers lui le sourire aux lèvres, enjambant ses programmeurs affalés.

— Excuse-moi, Tom. Tu arrives trop tard. On en est à la synchronisation de précision, maintenant.

— Ah bon ? On dirait qu'il y a eu un bombardement, ici. Et qu'est-ce que c'est que cette odeur effroyable ?

— Oui, je sais, dit Cherry en levant les mains en un geste d'impuissance. J'ai demandé aux gars de se laver tous les jours, mais qu'est-ce que tu veux que j'y fasse ? Ce ne sont que des programmeurs. Moins que des chiens.

— Cindy m'a dit que tu m'avais appelé plusieurs fois.

— Oui. Le Corridor fonctionnait, et je voulais que tu le voies. Mais finalement, c'est peut-être mieux que tu ne l'aies pas vu.

Sanders considéra l'amoncellement de pièces répandues autour de lui.

— Il fonctionnait ?

— Oui. Il y a un moment. Maintenant, on en est à la synchronisation de précision. (D'un geste du menton, Cherry montra les programmeurs affairés autour des rampes de marche.) On a fini par trouver l'aberration sur la boucle principale hier soir à minuit. La vitesse de rafraîchissement a doublé. Le système marche bien maintenant. C'est pour ça qu'il faut ajuster les rampes de marche et les servos à la réponse actualisée. C'est un problème mécanique, dit-il d'un ton dédaigneux, mais on va s'en charger.

Les programmeurs ne cachaient pas leur agacement lorsqu'ils se trouvaient confrontés à des problèmes mécaniques. Vivant presque totalement dans le monde abstrait des codes d'ordinateur, ils jugeaient indigne d'eux la mécanique concrète.

— Quel est le problème, exactement ? demanda Sanders.

— Tiens, regarde : voici notre dernière réalisation. L'utilisateur met ce casque, dit-il en montrant un appareil qui ressemblait à une grosse paire de lunettes de soleil argentées, et il se place sur la rampe de marche, ici.

La rampe de marche était l'une des innovations de Cherry. Ronde, de la taille d'un petit trampoline, sa surface était composée de petites billes de caoutchouc très serrées. La rampe fonctionnait comme une trépigneuse multidirectionnelle; en marchant sur les billes, l'utilisateur pouvait se déplacer dans toutes les directions.

— Une fois sur la rampe, expliqua Cherry, l'utilisateur entre dans une base de données. L'ordinateur, là-bas (il montra une pile de boîtes dans un coin), capte l'information venant de la base de données et construit un environnement virtuel qui est projeté à l'intérieur du casque. Lorsque l'utilisateur marche sur la rampe, la projection change, de sorte qu'il a l'impression de cheminer le long d'un corridor bordé de tous côtés par des tiroirs emplis de données. L'utilisateur peut s'arrêter n'importe où, ouvrir un tiroir et compulser des fiches. C'est une simulation complètement réaliste.

— Ça peut accueillir combien d'utilisateurs ?

— Pour l'instant, cinq en même temps.

— Et à quoi ressemble le Corridor ? demanda Sanders. A un treillis métallique ?

Dans ses premières versions, le Corridor était strié de blanc et noir à la façon d'un squelette. L'ordinateur avait plus de facilité à dessiner un nombre limité de lignes.

— Un treillis métallique ? répéta Cherry d'un air dédaigneux. Je t'en prie! On a abandonné ça il y a quinze jours. On en est maintenant aux surfaces en 3-D entièrement modélisées en couleurs 24-bits, avec des cartes de texture anticrénelage. Nous rendons des surfaces véritablement courbées, pas des polygones. Ça a l'air complètement réel.

— Et à quoi servent les scanners laser ? Je croyais que vous donniez la position par infrarouges.

Des capteurs à infrarouges étaient montés au-dessus des casques, en sorte que le système pouvait détecter la direction où regardait l'utilisateur et ajuster en conséquence l'image dans le casque

— Nous les utilisons toujours, dit Cherry. Les scanners servent à la représentation de corps.

— La représentation de corps ?

— Oui. Maintenant, si tu marches dans le Corridor avec quelqu'un, tu peux te retourner et le voir. Les scanners captent une empreinte de texture en trois dimensions en temps réel : ils lisent le corps et l'expression du visage, et dessinent le visage virtuel de la personne virtuelle qui se tient avec toi dans la pièce virtuelle. On ne peut pas voir les yeux, bien sûr, parce qu'ils sont dissimulés par le casque, mais le système génère un visage à partir de l'empreinte emmagasinée. Pal mal, hein ?

— Tu veux dire qu'on peut voir les autres utilisateurs ?

— C'est ça. On voit leurs visages, leurs expressions. Et ça n'est pas tout. Si les autres utilisateurs du système ne portent pas de casque, on peut quand même les voir. Le programme identifie les autres utilisateurs, tire leur photo des dossiers personnels et la colle sur l'image virtuelle d'un corps. Ça fait un peu bizarre, mais c'est pas mal. (Cherry agita une main en l'air.) Et ça n'est pas tout. Nous avons aussi mis au point un aide virtuel.

— Comment ça ?

— Mais oui, les utilisateurs ont toujours besoin d'être aidés quand ils sont sur le terrain. Alors on a fabriqué un ange. Il vole à côté de l'utilisateur et répond à ses questions.

Cherry souriait.

Sanders se mit à considérer la pièce d'un air songeur. Cherry lui détaillait ses succès, mais visiblement il se passait autre chose. Il était impossible de ne pas remarquer la tension des gens et l'énergie qu'ils consacraient à leur travail.

— Hé, Don! s'écria alors l'un des programmeurs. Ça devait être quoi, le comptage Z?

— Plus de cinq, dit Cherry.

— Je l'ai à quatre-trois.

— Quatre-trois, ça craint. Porte-le au-dessus de cinq ou t'es viré! (Il se tourna vers Sanders.) Il faut encourager les troupes.

Sanders plongea les yeux dans ceux de Cherry.

— Bon, ça va. C'est quoi, le vrai problème?

Cherry haussa les épaules.

— C'est rien. Je te l'ai dit : on en est à la synchronisation de précision.

— Allez, Don!

Cherry laissa échapper un soupir.

— Eh bien... Quand on a branché la vitesse de rafraîchissement, on a gêné le module de construction. Tu vois, la boîte construit la pièce en temps réel. Avec un rafraîchissement plus rapide des capteurs, il faut construire les objets beaucoup plus rapidement. Sans ça, la pièce semble rester à la traîne derrière. On a l'impression d'être soûl. Quand on bouge la tête, la pièce glisse derrière soi, elle se remet à niveau.

— Et alors?

— Ça fait vomir l'utilisateur.

— Fabuleux, dit Sanders avec un soupir.

— Il a fallu démonter les rampes de marche parce que Teddy a dégobillé partout.

— Fabuleux, Don.

— Et alors? C'est pas grave. Ça se nettoie. (Il secoua la tête.) Cela dit, j'aurais préféré que Teddy n'ait pas pris d'œufs à la mexicaine au petit déjeuner. C'était regrettable. Y avait des petits bouts d'omelette partout dans les coussinets.

— Tu sais qu'on a une démonstration demain pour les gens de Conley-White?

— Pas de problème. On sera prêts.

— Écoute, Don, je ne peux pas me permettre de faire vomir leurs directeurs.

– Fais-moi confiance, Tom, dit Cherry. On sera prêts. Ils vont adorer notre système. S'il y a des problèmes dans la société, c'est pas avec le Corridor.

– C'est promis ?

– Garanti.

Sanders était de retour dans son bureau à 10 h 20 ; Gary Bosak le trouva assis à sa place habituelle. Bosak était un homme de grande taille, d'environ vingt-cinq ans, vêtu d'un jean, d'un tee-shirt Terminator et chaussé de baskets. Il tenait à la main une grosse serviette en cuir, du genre de celles que transportent partout les avocats.

— Vous êtes pâle, dit Bosak. Il faut dire que, dans ce bâtiment, tout le monde est pâle aujourd'hui. Il y a de la tension dans l'air ; vous vous en êtes rendu compte ?

— Oui, j'ai remarqué.

— Le contraire m'aurait étonné. Bon, on commence ?

— Bien sûr.

— Cindy ? lança Bosak. M. Sanders sera injoignable pendant quelques minutes.

Bosak ferma à clé la porte du bureau. En sifflotant gaiement, il débrancha le téléphone de bureau et l'appareil près du canapé. Ensuite, il ferma les volets. Il y avait un petit appareil de télévision dans un coin : il l'alluma. Il fit claquer les fermetures de sa serviette, en sortit une petite boîte en plastique et brancha une fiche sur le côté. Une lumière se mit à clignoter, et la boîte émit un sifflement. Bosak la posa au milieu de la table. Obtenant la plupart de ses informations de manière illégale, Bosak ne les délivrait jamais sans avoir branché son brouilleur sonore.

— J'ai de bonnes nouvelles pour vous, dit Bosak. Votre type est net. (Il sortit de sa serviette un dossier qu'il se mit à compulser.) Peter John Nealy, vingt-trois ans, employé chez DigiCom depuis seize mois. Travaille à présent comme programmeur au groupe des produits d'avant-garde. Ah, nous y sommes ! Voici ses relevés de notes au lycée et à l'université... Son dossier chez Data General, son

50

dernier employeur. Tout est en ordre. Et, maintenant, les histoires plus récentes... Son plafond de crédit chez TRW... Les notes de téléphone de son appartement... Les notes de téléphone de sa ligne cellulaire... Relevés de banque... Compte d'épargne... Ses deux derniers PV... Ses relevés de cartes de crédit des douze derniers mois, Visa et Master... Ses voyages... Ses messages sur courrier électronique à l'intérieur et à l'extérieur de la société... Des tickets de parking... Ça, ce sont des notes d'hôtel... Le Ramada Inn à Sunnyvale, ses trois derniers séjours, ses notes de téléphone là-bas, les numéros qu'il a appelés. Ses trois dernières locations de voiture avec le kilométrage parcouru... le téléphone cellulaire de la voiture de location, les numéros qu'il a appelés... Voilà, c'est tout.

— Et alors ?

— J'ai vérifié les numéros qu'il a appelés. Il aurait pu y avoir un problème. Beaucoup d'appels à Seattle Silicon, mais Nealy fréquente une fille qui travaille là-bas. Elle est secrétaire au service commercial, il n'y a pas d'interférences. Il appelle souvent aussi son frère, un programmeur qui travaille chez Boeing, sur la conception d'ailes d'avion ; là non plus il n'y a pas d'interférence possible. Ses autres appels sont destinés à des fournisseurs et à des vendeurs de codes, et ils sont tous normaux. Pas d'appels après les heures de travail. Pas d'appels à des cabines publiques. Pas d'appels à l'étranger, rien de suspect. Pas de mouvements bancaires inexpliqués, pas d'achats soudains. Pas de raison de croire qu'il va bientôt déménager. Je dirai qu'il ne fréquente personne qui puisse vous intéresser.

— C'est bon.

Sanders jeta un coup d'œil aux papiers étalés devant lui et demeura un instant silencieux.

— Dites-moi, Gary... Certains de ces renseignements proviennent de notre propre société.

— Oui. Et alors ?

— Comment les avez-vous obtenus ?

— Dites donc ! dit Bosak en souriant. Vous êtes bien curieux.

— Et comment avez-vous eu le dossier de Data General ?

Bosak secoua la tête.

— Ça n'est pas pour ça que vous me payez ?

— Oui, mais...

— Bon, alors ! Vous voulez des renseignements sur un de vos salariés, et je vous les donne. Votre gars est irréprochable. Il ne travaille que pour vous. Vous voulez d'autres renseignements sur lui ?

— Non, répondit Sanders.

— Parfait. Moi, il faut que j'aille dormir. (Bosak rassembla ses dossiers et les remit dans sa serviette.) Au fait, vous allez recevoir un coup de fil de mon contrôleur judiciaire.

– Hum...

– Je peux compter sur vous ?

– Bien sûr, Gary.

– Je lui ai dit que je vous conseillais en matière de sécurité des télécommunications.

– C'est bien ce que vous faites.

Bosak débrancha sa boîte de brouillage, la remit dans sa serviette et rebrancha les téléphones.

– C'est toujours un plaisir de travailler pour vous. A qui est-ce que je laisse la facture, à vous ou à Cindy ?

– Donnez-la-moi. A bientôt, Gary.

– Quand vous voulez. Si vous avez encore besoin de moi, vous savez où me trouver.

Sanders jeta un rapide coup d'œil à la facture à en-tête de NE Professional Services, Inc. of Bellevue, Washington. Le nom de la société était une plaisanterie de Bosak : les lettres NE formaient en effet les initiales de Necessary Evil (le mal nécessaire). D'ordinaire, les sociétés de technique de pointe employaient des policiers à la retraite ou des détectives privés pour enquêter sur leurs collaborateurs, mais de temps à autre elles faisaient appel à des pirates de l'informatique comme Gary Bosak ; ces derniers arrivaient en effet à se faufiler dans les banques de données électroniques et recueillaient de précieux renseignements sur des salariés soupçonnés par leurs employeurs. L'avantage, avec Bosak, c'est qu'il travaillait rapidement et qu'il pouvait parfois donner un rapport en quelques heures ou, au plus tard, le lendemain. Les méthodes de Bosak étaient bien entendu illégales, et, en faisant appel à lui, Sanders avait enfreint cinq ou six lois. Cela dit, la pratique de l'enquête sur les salariés était tolérée pour les firmes de technologie de pointe dans la mesure où un seul document pouvait être acheté des centaines de milliers de dollars par un concurrent.

Dans le cas du dénommé Pete Nealy, une enquête était particulièrement nécessaire. Nealy était chargé du développement de nouveaux algorithmes de compression destinés à coder et à décoder des images vidéo sur des disques optiques compacts. Son travail était d'importance vitale pour la nouvelle technique des Twinkle. Les images digitales ultrarapides de ces disques allaient bouleverser une technologie encore trop lente et entraîner une révolution dans les méthodes de formation. Mais si la concurrence entrait en possession des algorithmes de Twinkle, l'avance de DigiCom serait considérablement réduite, ce qui voulait dire...

Bourdonnement de l'interphone.

— Tom, dit Cindy, il est 11 heures. C'est la réunion du groupe des produits d'avant-garde. Vous voulez que je vous communique l'ordre du jour ?

— Pas besoin, répondit Sanders. Je crois savoir de quoi il va être question.

Dans la salle de conférences du troisième étage, la réunion du groupe des produits d'avant-garde avait déjà commencé. Une fois par semaine, les chefs de division discutaient ainsi des problèmes qui se posaient à eux et faisaient circuler l'information. La réunion était d'ordinaire présidée par Sanders. Autour de la table se trouvaient réunis Don Cherry, directeur de la programmation, Mark Lewyn, le bouillant directeur de la conception des produits, tout de noir vêtu (en Armani!), et Mary Anne Hunter, directrice de la télé-informatique. Petite, rayonnante, Hunter était vêtue d'un short et d'un sweat-shirt et chaussée de Nike; elle ne déjeunait jamais, préfé-rant courir une dizaine de kilomètres après chaque réunion.

Lewyn se laissait emporter par une de ses colères homériques.

— C'est une insulte pour tout le monde dans le département. Je me demande comment elle a obtenu ce poste. Je ne sais pas quelles compétences elle a pour occuper une telle fonction, mais...

Lewyn s'interrompit en voyant Sanders pénétrer dans la pièce. Il y eut un silence gêné. Les gens le regardèrent puis détournèrent le regard.

— J'étais sûr que vous seriez en train de parler de ça, dit Sanders en souriant.

Personne ne broncha.

— Allez, ajouta-t-il, ça n'est pas un enterrement.

Mark Lewyn s'éclaircit la gorge.

— Je le regrette pour toi, Tom. Je trouve cette histoire outra-geante.

— Tout le monde sait que ce poste aurait dû te revenir, dit Mary Anne Hunter.

— Ç'a été un choc pour nous tous, renchérit Lewyn.

54

— Oui, dit Cherry en souriant. On a essayé comme des fous de te faire virer, mais on ne se doutait pas que ça marcherait.

— Je vous remercie tous, dit Sanders, mais cette société est celle de Garvin, et il y fait ce qu'il veut. Il a eu bien souvent raison. Et moi, je suis majeur. Personne ne m'a jamais rien promis.

— Vraiment, tu encaisses le coup ? demanda Lewyn.

— Oui, crois-moi. Ça va.

— Tu as parlé avec Garvin ?

— J'ai parlé avec Phil.

— Cet enfoiré sentencieux ! dit Lewyn en hochant la tête.

— Est-ce que Phil a dit quelque chose à propos de la distribution d'actions ? demanda Cherry.

— Oui, répondit Sanders. La distribution aura lieu comme prévu. Un an après la fusion, le département sera coté en Bourse.

Un murmure courut autour de la table. Les gens étaient soulagés. La cotation en Bourse, cela voulait dire beaucoup d'argent pour tous ceux qui étaient là.

— Et qu'a dit Phil à propos de Mme Johnson ?

— Pas grand-chose. Il a seulement dit que c'était elle que Garvin avait choisie pour diriger la partie technique.

A cet instant, Stephanie Kaplan, directrice financière de DigiCom, fit son entrée dans la pièce. C'était une femme de haute taille, les cheveux prématurément gris, et le plus souvent taciturne ; on l'appelait le « Bombardier furtif » en raison de sa propension à écraser dans l'œuf les projets qui ne lui semblaient pas rentables. Kaplan travaillait à Cupertino, mais assistait une fois par mois aux réunions du département à Seattle. Ces derniers temps, on l'y avait vue plus souvent.

— Nous essayons de réconforter Tom, expliqua Lewyn à la nouvelle venue.

Stephanie Kaplan prit un siège et adressa à Sanders un sourire qui se voulait réconfortant. Elle ne prononça pas un mot.

— Et vous, demanda Lewyn, est-ce que vous saviez qu'on allait nommer cette Meredith Johnson ?

— Non, dit Kaplan. Ça a été une surprise pour tout le monde. Et ça n'a pas été bien accueilli partout.

Puis, comme si elle en avait trop dit, elle ouvrit sa serviette et s'absorba dans ses notes. Comme d'habitude, elle se mit en retrait, et les autres ne tardèrent pas à l'ignorer.

— Je crois que Garvin la tient en haute estime, dit Cherry. Ça fait seulement quatre ans que Meredith Johnson est à DigiCom et elle ne s'y est pas particulièrement illustrée. Mais Garvin l'a prise sous son aile. Il y a deux ans, elle a commencé à grimper rapidement. Pour je ne sais quelle raison, il la trouve extraordinaire.

— Il la baise ? demanda Lewyn.

— Non, je crois qu'il l'aime bien, c'est tout.

— Elle doit bien se faire baiser par quelqu'un.

— Attendez une minute, dit Mary Anne Hunter en se redressant. Qu'est-ce que vous racontez là ? Si Garvin avait engagé un type de chez Microsoft pour diriger ce département, personne n'aurait dit que c'était parce qu'il baisait avec quelqu'un.

— Ça dépend de l'allure qu'aurait eue le gars, dit Cherry en riant.

— Je parle sérieusement. Pourquoi, quand une femme obtient une promotion, c'est forcément parce qu'elle baise avec un type ?

— Écoute, dit alors Lewyn. Si on avait embauché Ellen Howard, de Microsoft, on ne serait pas en train d'avoir cette conversation, parce que nous savons tous ici qu'Ellen est parfaitement compétente. On ne serait peut-être pas enchantés, mais on l'accepterait. Meredith Johnson, personne ne la connaît. Enfin, est-ce que quelqu'un la connaît, ici ?

— Oui, moi, dit Sanders.

Un moment de silence accueillit sa déclaration.

— Je sortais avec elle.

Cherry éclata de rire.

— Alors c'est avec toi qu'elle baise !

Sanders secoua la tête.

— Il y a des années de ça.

— Comment est-elle ? demanda Mary Anne Hunter.

— Oui, répéta Cherry avec un sourire lascif, comment est-elle ?

— Ferme-la, Don !

— Et toi, Mary Anne, prends les choses un peu plus à la légère.

— Quand je la fréquentais, dit Sanders, elle travaillait pour Novell. Elle avait environ vingt-cinq ans. Elle était intelligente et ambitieuse.

— Intelligente et ambitieuse, dit Lewyn en écho. Parfait. Mais le monde est plein de gens intelligents et ambitieux. Le problème, c'est de savoir si elle est capable de diriger un département technique, ou si on va se retrouver avec un nouveau Freeling le hurleur.

Deux ans auparavant, Garvin avait confié la direction du département à un directeur commercial nommé Howard Freeling. L'idée était d'opérer une rencontre entre les produits et les consommateurs, et de développer des produits plus proches des nouvelles tendances du marché. Freeling créa des groupes d'observation, et tout le monde consacra énormément de temps à observer derrière une glace sans tain des clients potentiels jouer avec les nouveaux produits.

Mais Freeling était peu au fait des questions techniques. Aussi, lorsqu'il se trouvait confronté à un problème, se mettait-il à hurler. Il se comportait comme un touriste dans un pays dont il ne parle pas la langue et qui croit se faire comprendre des autochtones en leur braillant aux oreilles. Le passage de Freeling au groupe des produits d'avant-garde fut un véritable désastre. Les programmeurs le détestaient ; les concepteurs se rebellèrent devant son projet de boîtiers aux couleurs fluorescentes ; les problèmes dans les usines d'Irlande et du Texas restèrent sans solution. Finalement, les ouvriers de l'usine de Cork firent grève pendant onze jours. Freeling s'y rendit et se mit à hurler. Les cadres irlandais démissionnèrent en bloc, et Garvin le licencia.

— Alors ? C'est un nouveau hurleur ?

Stephanie Kaplan s'éclaircit la gorge.

— Je crois que Garvin a compris la leçon. Il ne ferait pas deux fois la même erreur.

— Vous croyez que Meredith Johnson est compétente pour ce boulot ?

— Je n'en sais rien, répondit très posément Kaplan.

— Vous ne vous avancez pas, dit Lewyn.

— Mais je crois qu'elle sera meilleure que Freeling, dit-elle.

— En tout cas, dit Cherry, d'après ce que j'ai entendu dire, elle est plus belle.

— Espèce de sexiste ! lança Mary Anne Hunter.

— Qu'est-ce qu'il y a ? Je n'ai pas le droit de dire qu'elle est belle ?

— On parle de sa compétence, pas de son apparence.

— Écoute, rétorqua Cherry, en venant ici, je suis passé devant la machine à café où il y avait des femmes qui bavardaient. Et tu sais ce qu'elles racontaient ? Elles se demandaient si Whether Gere a de plus belles miches que Mel Gibson. Elles parlaient de la raie de son cul, de ses fesses hautes et musclées, tout ça. Alors je ne vois pas pourquoi elles, elles peuvent...

— On s'éloigne du sujet, dit Sanders.

— Ce que vous dites tous ne m'intéresse pas, dit Hunter. La vérité, c'est que les hommes occupent une position dominante chez Digi-Com ; aux échelons supérieurs, il n'y a pratiquement aucune femme, sauf Stephanie. Moi, je trouve très bien que Bob ait choisi une femme pour diriger ce département, et je trouve qu'on devrait la soutenir. (Elle regarda Sanders.) Nous t'aimons tous beaucoup, Tom, mais je crois que tu comprends ce que je veux dire.

— Oui, on t'aime tous, dit Cherry, du moins on t'aimait jusqu'à ce qu'on ait nommé notre nouvelle directrice, si charmante.

— Je soutiendrai Meredith Johnson... si elle est compétente, dit Lewyn.

— Non, dit Mary Anne Hunter, je sais que tu ne le feras pas. Tu lui mettras des bâtons dans les roues. Tu trouveras un prétexte pour te débarrasser d'elle.

— Dis donc...

— Non! Mais de quoi on parle, ici? Vous crevez tous de dépit parce que maintenant c'est une femme qui va vous diriger.

— Mary Anne...

— J'en suis persuadée!

— Je crois que Tom est dépité parce qu'il n'a pas eu ce poste, dit Lewyn.

— Je ne suis pas dépité, dit Tom.

— Eh bien, moi, oui, dit Cherry. Parce que Meredith a été la petite amie de Tom et que, maintenant, il va avoir une relation privilégiée avec notre nouvelle directrice.

— Peut-être, dit Sanders d'un air dubitatif.

— D'un autre côté, il se peut qu'elle te déteste, dit Lewyn. Moi, toutes mes anciennes petites amies me détestent.

— Je crois qu'elles ont de bonnes raisons pour ça, dit Cherry en riant.

— Revenons à l'ordre du jour, voulez-vous? dit Sanders.

— Quel ordre du jour?

— Le Twinkle.

Un murmure courut autour de la table.

— Encore!

— Saleté de Twinkle!

— Ça se présente si mal que ça? demanda Cherry.

— Ils n'arrivent pas à réduire le temps de recherche ni à résoudre le problème de l'axe d'articulation. Les chaînes fonctionnent à 29 p. 100 de leurs capacités.

— Ils devraient nous envoyer quelques exemplaires pour examen, dit Lewyn.

— On devrait les recevoir aujourd'hui.

— D'accord. On en reste là pour l'instant?

— Moi, je suis d'accord, dit Sanders en promenant le regard autour de la table. Quelqu'un d'autre a un problème? Mary Anne?

— Non, ça va. D'ici à deux mois, les premiers prototypes de téléphones-cartes devraient sortir des chaînes.

Les téléphones cellulaires de la nouvelle génération n'étaient pas plus grands qu'une carte de crédit; il fallait les déplier pour s'en servir.

— Quel poids font-ils?

— Maintenant, ils pèsent cent treize grammes; ça n'est pas extraordinaire, mais ça va encore. Le problème, c'est l'alimentation. En mode conversation, les piles ne durent que cent quatre-vingts minutes. Et le clavier se bloque quand on forme le numéro. Mais ça, c'est le problème de Mark. Avec les chaînes de production, on est dans les temps.

— C'est bon. (Sanders se tourna vers Don Cherry.) Et le Corridor?

Cherry s'enfonça dans son siège et croisa les mains sur son ventre; il rayonnait de satisfaction.

— Je suis heureux de vous annoncer que depuis une demi-heure le Corridor marche du putain de tonnerre de Dieu.

— C'est vrai?

— C'est le scoop du jour.

— Plus personne ne vomit?

— Je t'en prie! Ça, c'est de l'histoire ancienne.

— Attends un peu! s'écria Mark Lewyn. Veux-tu dire qu'il a fait vomir quelqu'un?

— Ce n'est qu'une rumeur malveillante. Tout ça, c'est du passé. Il y a une demi-heure, on a éliminé la dernière aberration de retard, et maintenant toutes les fonctions sont opérationnelles. On peut prendre n'importe quelle base de données et la transformer en environnement 3-D en couleurs 24-bits dans lequel on peut évoluer en temps réel. Désormais, on peut se balader dans toutes les bases de données du monde.

— Et c'est stable?

— Comme du roc.

— Tu l'as expérimenté avec des utilisateurs profanes?

— C'est béton.

— Alors tu es prêt à faire une démonstration aux gens de chez Conley?

— On va leur faire péter les neurones. Ils vont en être soufflés!

En sortant de la salle de conférences, Sanders tomba sur un groupe de dirigeants de Conley-White que Bob Garvin emmenait faire un tour de la maison.

Robert T. Garvin semblait tout droit sorti des pages du magazine *Fortune*; autant dire qu'il avait l'allure dont rêvent tous les PDG. Cinquante-neuf ans, bel homme, le visage taillé à coups de serpe, et des cheveux poivre et sel toujours en désordre, comme s'il revenait d'une partie de pêche dans le Montana ou d'un week-end de voile à Puerto Rico. Autrefois, comme tout le monde chez DigiCom, il venait au bureau en jean et en chemise à carreaux, mais au cours des dernières années, il avait opté pour les complets bleu marine Caraceni. Ce n'était là qu'un des nombreux changements qui s'étaient opérés en lui après la mort de sa fille, cinq ans auparavant.

Brusque et presque grossier dans le privé, Garvin savait se montrer charmant en public.

– Ici, au deuxième étage, expliquait-il aux cadres de Conley-White, vous avez les divisions techniques et les laboratoires des produits d'avant-garde. Oh, Tom! (Il passa le bras autour des épaules de Sanders.) Je vous présente Tom Sanders, le chef de notre division des produits d'avant-garde. C'est l'un de ces brillants jeunes gens qui ont fait de cette société ce qu'elle est. Tom, je te présente Ed Nichols, le directeur financier de Conley-White.

Nichols avait largement plus de cinquante ans, un profil d'oiseau de proie, et tenait constamment la tête en arrière, comme s'il cherchait à échapper à de mauvaises odeurs. Il regarda Sanders par-dessus ses lunettes demi-lune, d'un air vaguement désapprobateur, et lui serra la main d'une façon toute formelle.

– Enchanté, monsieur Sanders.

— Monsieur Nichols...

— Et voici John Conley, reprit Garvin, neveu du fondateur, et vice-président de la société.

Devant Sanders se tenait un homme râblé, de carrure athlétique, qui n'avait pas trente ans. Lunettes cerclées d'acier. Complet Armani. Poignée de main virile. L'allure sérieuse. On devinait chez lui la richesse autant que la détermination.

— Bonjour, monsieur.

— Bonjour.

— ... et Jim Daly, du cabinet Goldman & Sachs.

Un homme mince, la calvitie prononcée, l'allure d'une cigogne, vêtu d'un costume à fines rayures. Daly semblait hagard, et serra la main de Sanders avec un bref signe de tête.

— ... et bien sûr Meredith Johnson, de Cupertino.

Elle était plus belle encore que dans son souvenir. Elle avait changé, quoique de façon assez subtile. Elle avait vieilli, bien sûr, et de fines rides apparaissaient à présent sur son front et au coin de ses yeux. Mais elle se tenait plus droite, et il émanait de sa personne une confiance en soi qui ne peut venir que de l'exercice du pouvoir. Un tailleur bleu marine, des cheveux blonds, de grands yeux. Et puis ces cils incroyablement longs. Il l'avait oublié.

— Bonjour, Tom, ça fait plaisir de te revoir.

Un sourire chaleureux. Son parfum.

— Bonjour, Meredith, moi aussi, je suis content de te revoir.

Elle lâcha sa main et reprit sa place au milieu du groupe qui suivait Garvin dans le couloir.

— A l'étage en dessous, reprit Garvin, se trouve l'unité d'Environnement d'informations virtuelles. Vous la verrez demain.

Mark Lewyn sortit alors de la salle de conférences.

— Tu as fait la connaissance de la bande de truands ? demanda-t-il à Sanders.

— Oui.

Lewyn les regarda s'éloigner.

— Difficile d'imaginer que ces gars-là vont diriger notre société. J'ai mené une réunion ce matin avec eux, et laisse-moi te dire qu'ils n'y connaissent absolument rien. C'est terrifiant.

Lorsque le petit groupe fut arrivé à l'extrémité du couloir, Meredith Johnson se retourna et articula silencieusement, de façon qu'on pût lire sur ses lèvres : « Je t'appelle. » Un sourire radieux, et elle disparut.

Lewyn laissa échapper un soupir.

— J'ai l'impression que tu as fait une touche avec la haute direction, Tom.

– C'est possible.

– Moi, j'aimerais savoir ce que Garvin lui trouve de si extra-ordinaire.

– Il faut dire qu'elle a une allure formidable, dit Sanders.

– On verra, on verra, dit Lewyn en se détournant.

A midi vingt, Sanders quitta son bureau pour aller déjeuner dans la grande salle de conférences. Dans le couloir, il croisa une infirmière en blouse blanche qui regardait dans tous les bureaux.

— Mais où est-il ? Il était encore là il y a une minute.

— Qui ça ? demanda Sanders.

— Le professeur, dit-elle en chassant une mèche rebelle qui lui barrait les yeux. Je ne peux pas le laisser seul une minute.

— Quel professeur ?

Mais, en entendant des femmes pouffer dans une salle voisine, il n'eut pas besoin d'attendre la réponse.

— Le professeur Dorfman ? dit-il.

— Oui, le professeur Dorfman, répondit l'infirmière avec un sourire lugubre.

Elle se dirigea vers la salle d'où provenaient les rires, Sanders sur ses talons. Max Dorfman était un consultant allemand, à présent fort âgé. Il venait régulièrement donner des cours dans les plus grandes écoles de commerce américaines et avait acquis une réputation de véritable gourou auprès des sociétés de technologie de pointe. Dans les années 80, il avait siégé au conseil d'administration de DigiCom, apportant son prestige à la jeune société de Garvin. Durant toutes ces années, il avait été le mentor de Sanders. En fait, c'était Dorfman qui l'avait convaincu de quitter Cupertino, huit ans auparavant, et d'accepter le poste qu'on lui proposait à Seattle.

— Je ne savais pas qu'il était encore vivant, dit Sanders.

— Ça, pour être vivant... ! dit l'infirmière.

— Il doit bien avoir quatre-vingt-dix ans.

— En tout cas, il ne fait pas plus de quatre-vingt-cinq.

Ils virent alors Mary Anne Hunter quitter la pièce vers laquelle ils se dirigeaient. Elle arborait un large sourire, comme si elle venait de quitter son amant.

— Tom, tu ne devineras jamais qui est là.

— Max.

— Exactement! Oh, tu devrais le voir : il n'a pas changé.

— Ça ne m'étonne pas.

Depuis le couloir, il sentait l'odeur de la cigarette.

— Voyons, professeur! lança l'infirmière d'un air sévère en pénétrant dans la salle de repos des employés.

Elle trouva Dorfman sur sa chaise roulante, entouré d'une nuée de jolies secrétaires, tenant à la main un long fume-cigarette.

Sanders, lui, demeura dans le couloir.

— Qu'est-ce qu'il fait ici? demanda-t-il à Mary Anne Hunter.

— Garvin lui a demandé de venir pour le conseiller à propos de la fusion. Tu ne vas pas lui dire bonjour?

— Tu connais Max. Il va me rendre fou.

Dorfman aimait battre en brèche le sens commun, mais il le faisait toujours de manière indirecte. Il adoptait un ton ironique, à la fois moqueur et provocateur. Il adorait les contradictions et n'hésitait pas à mentir. Convaincu de mensonge, il s'écriait aussitôt : « Oui, c'est vrai. Je ne sais pas à quoi je pensais. » Puis il recommençait à discourir de la même façon elliptique et déconcertante. Il ne disait jamais vraiment ce qu'il pensait, laissant à son interlocuteur le soin de tirer les conclusions. Ses séminaires chaotiques laissaient les cadres confus et épuisés.

— Mais vous étiez tellement amis, dit Hunter, un peu surprise. Il serait sûrement ravi que tu ailles le saluer.

— Il est occupé, maintenant. Plus tard, peut-être. (Sanders consulta sa montre.) De toute façon, nous allons être en retard au déjeuner.

Il reprit son chemin. Mary Anne Hunter le suivit, les sourcils froncés.

— Tu l'aimes toujours autant, hein? dit-elle

— Il a toujours su se faire aimer de tout le monde. C'est ce qu'il faisait le mieux.

Elle sembla sur le point de dire quelque chose, puis se ravisa et haussa les épaules.

— Moi, ça ne me dérange pas, dit-elle.

— Simplement, je ne suis pas d'humeur pour ce genre de conversation, dit Sanders en guise d'explication. Peut-être plus tard, mais pas maintenant.

Ils gagnèrent le rez-de-chaussée par l'escalier.

Comme toutes les sociétés de technologie de pointe, DigiCom tenait à l'aspect fonctionnel de ses locaux et n'y avait donc pas prévu de réfectoire. Les employés prenaient leurs déjeuners ou leurs dîners dans les restaurants voisins, le plus souvent à Il Terrazzo. Mais cette fois-ci, discrétion oblige, les directeurs des divisions techniques de DigiCom, les cadres supérieurs de Conley-White et les banquiers de Goldman & Sachs se retrouvèrent à midi et demi dans la grande salle de conférences lambrissée, au rez-de-chaussée du bâtiment. La philosophie égalitariste de la société voulait que les places ne fussent pas fixées à l'avance, mais les principaux dirigeants de Conley-White se retrouvèrent néanmoins rassemblés autour de Garvin à une extrémité de la table. Là résidait le pouvoir.

Sanders prit un siège à l'autre bout de la table et fut surpris lorsque Stephanie Kaplan vint s'installer à sa droite. D'habitude, elle s'asseyait non loin de Garvin. A la gauche de Sanders était assis Bill Everts, le directeur des ressources humaines, un homme gentil et un peu ennuyeux. Tandis que les serveurs en veste blanche s'affairaient autour d'eux, Sanders parla de la pêche dans l'île d'Orcas, passion d'Everts. Comme d'habitude, Stephanie Kaplan demeura silencieuse pendant presque tout le repas, semblant se retirer en elle-même.

Au bout d'un certain temps, Sanders s'aperçut qu'il ne tenait pas compte de sa présence. Vers la fin du repas, il se tourna vers elle.

– J'ai remarqué que, ces derniers mois, vous étiez plus souvent à Seattle, Stephanie. Est-ce à cause de la fusion ?

– Non, dit-elle en souriant. C'est parce que mon fils vient d'entrer à l'université, ici, et que je viens le voir.

– Qu'est-ce qu'il étudie ?

— La chimie. Il veut travailler dans la chimie des matériaux. Apparemment, c'est un domaine d'avenir.

— C'est ce que j'ai entendu dire.

— La moitié du temps, je ne comprends pas de quoi il parle. Ça fait drôle, quand votre enfant en sait plus que vous.

Il acquiesça, cherchant autre chose à lui dire. Ce n'était guère facile : bien qu'il l'eût croisée depuis des années dans des réunions, il savait peu de chose d'elle. Elle était mariée à un professeur d'économie de l'université d'État de San Jose, un moustachu jovial et joufflu. Lorsque Sanders et elle se retrouvaient ensemble, elle demeurait silencieuse, et il faisait les frais de la conversation. C'était une femme grande, anguleuse, plutôt mal à l'aise, et qui semblait résignée à son manque de charme en société. On la disait excellente joueuse de golf, au point que Garvin refusait désormais de jouer avec elle. Ceux qui la connaissaient ne s'étonnaient pas qu'elle eût commis l'erreur de battre Garvin trop souvent; elle avait la réputation de ne pas avoir l'échine assez souple pour obtenir une promotion.

Garvin ne l'aimait pas vraiment, mais pour rien au monde il ne l'aurait laissée s'en aller. Effacée, dépourvue d'humour, c'était cependant une travailleuse acharnée, et son dévouement pour Digi-Com était légendaire. Elle travaillait tard tous les soirs et la plupart des fins de semaine. Quelques années auparavant, alors même qu'elle venait d'apprendre qu'elle souffrait d'un cancer, elle avait refusé de prendre le moindre jour de repos. Apparemment, son cancer avait dû être soigné; en tout cas, Sanders n'en avait plus jamais entendu parler. Mais cet épisode semblait avoir ancré plus encore Stephanie Kaplan dans le domaine impersonnel qui était le sien, à savoir les chiffres et les calques, et encouragé sa tendance à agir en coulisse. Plus d'un directeur, arrivant à son travail le matin, avait eu la surprise de voir son projet favori impitoyablement sabré par le Bombardier furtif. La tendance qu'avait Stephanie Kaplan à rester en retrait lorsqu'elle se trouvait au milieu de gens ne trahissait donc pas seulement sa gêne : cette discrétion révélait également le pouvoir qu'elle détenait au sein de la société et la façon dont elle l'exerçait. Elle était mystérieuse... et potentiellement dangereuse.

Alors qu'il cherchait encore quelque chose à lui dire, Stephanie Kaplan se pencha vers lui et lui murmura, d'un ton confidentiel :

— Ce matin, au cours de la réunion, je ne pouvais pas dire grand-chose, Tom. Mais j'espère que ça va, pour vous. J'espère que vous ne prenez pas trop mal cette nouvelle réorganisation.

Sanders réussit à dissimuler sa surprise. En douze ans, Kaplan ne lui avait jamais rien dit d'aussi personnel. Pourquoi le faisait-elle aujourd'hui? Il répondit avec prudence :

— Eh bien... ç'a été un choc.

Elle le regarda droit dans les yeux.

— Ç'a aussi été un choc pour beaucoup d'entre nous. Ça a fait des vagues à Cupertino. Des tas de gens ont mis en doute le discernement de Garvin.

Sanders fronça les sourcils. Kaplan ne se risquait jamais à critiquer Garvin, fût-ce indirectement. Cherchait-elle à le mettre à l'épreuve ? Il ne répondit pas et se mit à remuer sa fourchette d'un air distrait.

— J'imagine que cette nomination ne doit guère vous faire plaisir, ajouta-t-elle.

— C'était surtout très inattendu, répondit-il.

Kaplan le considéra d'un air curieux, comme s'il l'avait déçue. Puis elle opina du chef.

— C'est toujours comme ça quand il y a une fusion, dit-elle alors. (Le ton s'était fait plus ouvert, moins confidentiel.) Je travaillais chez CompuSoft quand ils ont fusionné avec Symantec, et c'était exactement la même chose : des annonces de dernière minute, des changements dans l'organigramme, des postes promis, des postes refusés. Tout le monde en apesanteur pendant des semaines. Il faut dire ça n'est pas facile de réunir deux sociétés, notamment ces deux-ci. Il y a d'énormes différences dans les cultures d'entreprise. Garvin doit faire beaucoup d'efforts pour les rassurer. (Elle indiqua d'un geste l'extrémité de la table où se tenait Garvin.) Regardez-les : tous les gens de Conley sont en complet-veston ; chez nous, personne ne porte de complet, sauf les conseillers juridiques.

— Ce sont des gens de la côte est, dit Sanders.

— C'est plus profond que ça, rétorqua-t-elle. Conley-White aime à se présenter comme une société de communication aux activités diversifiées, mais ses activités ne sont pas si diversifiées que ça. Ils travaillent essentiellement dans le livre scolaire. C'est rentable, mais ils vendent des livres aux conseils d'enseignement du Texas, de l'Ohio ou du Tennessee, pour la plupart profondément conservateurs. Chez Conley-White, ils sont donc conservateurs par instinct et par expérience. Ils désirent cette fusion parce qu'ils ont besoin d'acquérir une technologie de pointe qui leur permette d'aborder le XXIᵉ siècle. Mais ils ont du mal à admettre que les cadres de cette société soient si jeunes, que les employés viennent travailler en jean et en tee-shirt, et que tout le monde s'appelle par son prénom. Ça les choque. En outre, ajouta Kaplan en baissant à nouveau la voix, il y a des divisions au sein même de Conley-White. Garvin doit compter aussi avec cela.

— Quelles divisions internes ?

D'un mouvement du menton, elle désigna le bout de la table.

— Vous avez dû remarquer que leur PDG n'est pas là. Le grand homme ne nous fait pas l'honneur de sa présence. Il ne viendra qu'à la fin de la semaine. Pour l'heure, il n'a envoyé que ses sous-fifres. Le cadre le plus élevé dans la hiérarchie est Ed Nichols, leur directeur financier.

Sanders coula un regard en direction de l'homme au visage anguleux.

— Nichols est opposé à l'achat de notre société. Il la trouve trop chère et trop faible. L'année dernière, il a voulu conclure une alliance stratégique avec Microsoft, mais Gates l'a rembarré. Puis Nichols a cherché à acquérir InterDisk, mais ça a échoué : trop de problèmes, en plus, InterDisk avait une mauvaise image à cause du licenciement abusif d'un cadre. Alors ils se sont rabattus sur nous. Mais Ed n'est guère heureux de ce choix.

— C'est vrai qu'il n'a pas l'air content, dit Sanders.

— En outre, il déteste le jeune Conley.

John Conley, l'avocat à lunettes, était assis à côté de Nichols. Beaucoup plus jeune que les autres cadres de Conley-White, il discutait avec Nichols en agitant sa fourchette.

— Ed Nichols tient Conley pour un petit con.

— Mais Conley n'est que vice-président. Il n'a pas tant de pouvoir que ça, dit Sanders.

Stephanie Kaplan secoua la tête.

— Vous oubliez que c'est lui l'héritier.

— Et alors ? Qu'est-ce que ça change ? La photo de son grand-père trône dans la salle du conseil d'administration ?

— Conley possède 4 p. 100 des actions de Conley-White et en contrôle 26 p. 100 supplémentaircs, détenues par sa famille ou investies dans des fonds de placement contrôlés par la famille. John Conley possède la majorité des actions avec droit de vote.

— Et lui, il est favorable à la fusion ?

— Oui, dit Kaplan avec un hochement de tête. C'est lui qui a choisi notre société. Il avance rapidement, avec l'aide d'amis comme Jim Daly, de chez Goldman & Sachs. Daly est très malin, mais il faut dire que les banquiers touchent toujours d'importantes commissions lors des opérations de fusion. Nichols a donc l'impression d'avoir perdu la maîtrise de l'opération et d'être entraîné à des dépenses qu'il désapprouve. Il ne voit pas pourquoi Conley-White devrait tout à coup nous couvrir d'or. S'il le pouvait, il ne conclurait pas l'affaire... rien que pour emmerder Conley.

— Mais c'est Conley qui mène à bien cette affaire?

— Oui. Et c'est un type tranchant. Il disserte volontiers sur les avantages de la jeunesse face à la vieillesse, il évoque l'ère de l'informatique, la nouvelle vision qu'il faut avoir de l'avenir, etc. Ça fait enrager Nichols. Ed Nichols se targue d'avoir fait doubler la valeur de la société en dix ans, et il a l'impression que ce petit corniaud lui fait la leçon.

— Et Meredith, quelle est sa place, dans tout ça?

Kaplan hésita.

— Meredith est à sa place.

— Ce qui veut dire?

— Elle vient de l'Est. Elle a passé son enfance dans le Connecticut et est allée à l'université de Vassar. Ça plaît aux gens de Conley, ils se sentent en terrain connu.

— C'est tout? Elle a l'accent qui convient?

— Ne le répétez pas, dit alors Stephanie Kaplan, mais je crois aussi qu'ils la jugent faible. Ils estiment pouvoir la manœuvrer facilement après la fusion.

— Et Garvin se prête à ce jeu?

Elle haussa les épaules.

— Bob est réaliste. Il a besoin de capital. Il a bâti cette société avec beaucoup d'habileté, mais il va falloir une injection massive de capitaux maintenant que nous allons entrer en concurrence directe avec Sony et Philips. Conley-White est une vache à lait. Bob voit l'avenir en rose... et, pour obtenir leur argent, il est prêt à faire tout ce qu'ils veulent.

— Et, bien sûr, Bob aime bien Meredith.

— Oui. C'est vrai.

Sanders la laissa jouer un peu avec sa fourchette, avant de lui demander :

— Et vous, Stephanie, qu'en pensez-vous?

Elle haussa les épaules.

— Elle est compétente.

— Compétente mais faible?

— Non, dit Stephanie en secouant la tête. Meredith est vraiment compétente, ça n'est pas la question. C'est son manque d'expérience qui m'inquiète un peu. Elle va devoir diriger quatre grosses unités techniques qui vont connaître une croissance très rapide. J'espère seulement qu'elle sera à la hauteur.

On entendit une cuiller tinter contre un verre, et Garvin gagna l'estrade installée à l'extrémité de la salle.

— Bien que vous en soyez encore au dessert, déclara-t-il, je vous propose de commencer tout de suite, de façon à en avoir fini à 14 heures. Laissez-moi vous rappeler le calendrier. Si tout se passe comme prévu, nous annoncerons la fusion au cours d'une conférence de presse, ici, vendredi à midi. Et maintenant, permettez-moi de vous présenter nos nouveaux associés...

Tandis que Garvin présentait les dirigeants de Conley-White, qui se levaient les uns après les autres, Stephanie Kaplan se pencha vers Sanders.

— Tout ça, c'est de la poudre aux yeux, murmura-t-elle. La vraie raison de ce déjeuner, vous la connaissez.

— ... Enfin, dit Garvin, laissez-moi vous présenter quelqu'un que certains d'entre vous ne connaissent pas encore : notre nouvelle vice-présidente pour le planning et les opérations d'avant-garde, Meredith Johnson.

Quelques brefs applaudissements. Meredith Johnson gagna à son tour l'estrade. Avec son tailleur bleu marine, elle était l'image même du cadre supérieur respectable. Elle était aussi extraordinairement belle.

Une fois sur l'estrade, elle mit des lunettes à monture d'écaille et baissa les lumières de la salle.

— Bob m'a demandé de vous présenter la façon dont la nouvelle structure va fonctionner et de vous dire quelques mots sur ce qui se passera dans les mois à venir. (Elle se pencha vers l'ordinateur destiné aux exposés.) Alors, si j'arrive à faire fonctionner cette machine... Attendez...

Dans la salle plongée dans la pénombre, Don Cherry capta le regard de Sanders et secoua lentement la tête.

— Ah, voilà..., dit alors Johnson.

Derrière elle, des images animées générées par l'ordinateur se projetèrent sur l'écran. La première montrait un cœur rouge, qui se brisa en quatre parties.

— Le cœur de DigiCom, commença Meredith Johnson, a toujours été son groupe des produits d'avant-garde, composé de quatre divisions, comme vous le voyez ici. Mais comme dans le monde entier toutes les informations tendent à être digitalisées, ces divisions vont inévitablement fusionner.

Sur l'écran, le cœur se reconstitua et se transforma en un globe terrestre qui se mit à tourner. Puis différents produits se mirent à sortir du globe.

— Dans un proche avenir, il importera peu au consommateur de savoir à quel endroit de la planète il se trouve et d'où lui vient l'information. Il sera équipé d'un téléphone cellulaire, d'un modem avec fax incorporé et d'un ordinateur qui tient dans le creux de la main. Nous nous trouvons face à une véritable globalisation de l'information. Cela implique le développement de nouveaux produits pour nos marchés principaux, à savoir le monde des affaires et la formation.

Le globe se transforma en salles de classes sur tous les continents, en étudiants penchés sur leurs bureaux.

— Au fur et à mesure que la technique évoluera de l'imprimé au digital et à l'environnement virtuel, le marché de la formation sera de plus en plus important pour notre société. Maintenant voyons exactement ce que cela signifie et où cela nous entraîne.

Elle évoqua alors les hypermédias, la vidéo intégrée, les systèmes d'enseignement, les structures de groupes de travail, les sources universitaires, l'adhésion des consommateurs. Elle passa au problème des coûts : frais de recherche et revenus escomptés, objectifs à cinq ans, impondérables. Puis aux défis à relever : contrôle de la qualité, appréciations des utilisateurs, réduction des cycles de développement.

Sa présentation était impeccable. Dans la salle régnait un silence respectueux.

— Bien que le moment ne soit pas venu d'entrer dans les détails techniques, reprit Johnson, je voudrais cependant souligner ceci : les temps de recherche des nouveaux lecteurs, inférieurs à cent millisecondes, associés aux nouveaux algorithmes de compression, devraient amener la standardisation industrielle des disques compacts à vidéo intégrale digitalisée à soixante champs par seconde. Nous parlons là de processeurs RISC indépendants de la plate-forme, assistés par des affichages en couleurs 32-bits sur matrices actives, des copieurs portables à 1 200 DPI et des mises en réseaux dans les configurations locales et mondiales. Ajoutez à cela une banque de données virtuelle générée de façon autonome — surtout lorsque les logiciels à mémoire morte pour la définition et la classification des objets seront opératoires —, et les perspectives d'avenir sont des plus excitantes.

Sanders s'aperçut que Don Cherry la regardait intensément, bouche bée. Il se pencha vers Kaplan.

— On dirait qu'elle connaît son affaire.

— Oui, dit Kaplan avec un hochement de tête. C'est la reine des exposés. Elle a commencé par ça : des démonstrations. Les apparences, ç'a toujours été son point fort.

Sanders lui jeta un regard surpris, mais Stephanie Kaplan détourna les yeux.

Meredith termina son exposé. Les lumières se rallumèrent, elle regagna sa place sous les applaudissements. Les gens se levèrent, prêts à retourner à leur travail. Quittant Garvin, Meredith Johnson se dirigea vers Don Cherry et lui glissa quelques mots. Cherry souriait, visiblement sous le charme. Puis elle traversa la pièce et s'entretint brièvement avec Mary Anne Hunter et Mark Lewyn.

— Elle n'est pas bête, dit Kaplan en l'observant, elle va faire sa cour à tous les chefs de division, d'autant qu'elle ne les a pas nommés au cours de son exposé.

Sanders fronça les sourcils.

— Vous croyez que ça veut dire quelque chose ?

— Seulement si elle s'apprête à procéder à des changements.

— Phil m'a dit qu'elle ne comptait pas le faire.

— Mais on ne sait jamais, pas vrai ? dit Stephanie Kaplan en se levant. Il faut que j'y aille..., et il semble que vous soyez le prochain sur la liste.

Kaplan s'éclipsa discrètement, tandis que Meredith Johnson, souriante, s'approchait de Sanders.

— Je voulais m'excuser de ne pas avoir cité ton nom ni celui des autres chefs de division, lui dit-elle. Je ne voudrais pas que cela donne lieu à de fausses interprétations, c'est simplement que Bob m'avait demandé de faire le plus court possible.

— J'ai l'impression que tu as su conquérir tout le monde. La réaction a été très favorable.

— Je l'espère. Écoute, dit-elle en lui posant la main sur le bras, demain, nous allons avoir une série de réunions épuisantes. J'ai demandé à tous les directeurs de venir me voir aujourd'hui. Est-ce que tu voudrais venir boire un verre dans mon bureau, en fin de journée ? On pourrait parler des affaires en cours, et peut-être aussi se rappeler le bon vieux temps.

— Bien sûr.

Il sentait sur son bras la chaleur de sa main. Elle ne la retira pas.

— On m'a donné un bureau au quatrième étage, reprit-elle. Avec un peu de chance il devrait y avoir des meubles dans la journée. 18 heures, ça te va ?

— Parfait.

Elle sourit.

— Tu aimes toujours autant le chardonnay sec ?

Malgré lui, il fut flatté qu'elle s'en souvînt.

— Oui, toujours, dit-il en souriant.

— Je vais voir si je peux en avoir. On pourra aborder ensuite les problèmes immédiats, comme ce lecteur au cent millième de seconde.

— Parfait. A propos...

– Je suis au courant, dit-elle en baissant la voix. On va s'en occuper. (Les dirigeants de Conley-White s'avançaient vers eux.) On en reparlera ce soir.

– Entendu.

– A tout à l'heure, Tom.

– A tout à l'heure.

Alors que tout le monde quittait la salle de conférences, Mark Lewyn s'approcha de lui.

— Alors, dis-moi, qu'est-ce qu'elle t'a raconté ?

— Meredith ? demanda Sanders.

— Non, la Furtive. Pendant tout le repas, Stephanie Kaplan t'a murmuré des choses à l'oreille. Qu'est-ce qui se passe ?

Sanders haussa les épaules.

— Oh, tu sais, le bavardage habituel.

— Allez ! Stephanie ne bavarde pas. Elle ne sait pas comment faire. Elle t'a plus parlé à toi qu'à nous tous en dix ans.

Sanders était surpris par l'anxiété qui perçait dans la voix de Lewyn.

— En fait, répondit-il, nous avons surtout parlé de son fils. Il vient d'entrer à l'université.

Mais Lewyn n'en croyait pas un mot.

— Elle prépare quelque chose, hein ? dit-il en fronçant les sourcils. Elle ne parle jamais sans but précis. C'est à propos de moi ? Je sais qu'elle critique l'équipe de conception. Elle nous trouve gaspilleurs. Je lui ai dit plusieurs fois que ça n'était pas vrai...

— Écoute, Mark, ton nom n'a même pas été prononcé. Je te le jure.

Puis, pour changer de sujet, il demanda :

— Qu'est-ce que tu penses de Meredith Johnson ? Costaud, son exposé, tu ne trouves pas ?

— Oui. Elle est impressionnante. Mais il y a quand même quelque chose qui me tracasse. (Il avait gardé les sourcils froncés et semblait mal à l'aise.) Meredith Johnson n'a-t-elle pas été imposée au dernier moment par la direction de Conley-White ?

– C'est ce que j'ai entendu dire. Pourquoi?

– Son exposé. Pour mettre au point une présentation graphique comme celle-là, il faut au moins deux semaines, dit Lewyn. Dans mon groupe de conception, je mets les dessinateurs dessus un mois à l'avance, ensuite on le reprend pour la synchronisation, on compte une semaine pour les révisions et les corrections, puis une autre semaine pour le transférer à un lecteur. Et ça, c'est dans mon groupe, qui travaille rapidement. Pour les cadres, ça prend plus longtemps. Ils confient leurs idées à un assistant qui se charge de les faire réaliser, mais quand ils visionnent le résultat, ils veulent tout changer. Ça prend du temps. Si c'est Meredith Johnson qui a conçu son exposé, je dirai qu'elle est au courant pour son nouveau poste depuis un certain temps. Des mois.

Ce fut au tour de Sanders de froncer les sourcils.

– Comme d'habitude, reprit Lewyn, ce sont les lampistes sur le terrain qui sont les derniers avertis. Ce que je me demande, c'est ce qui va encore nous arriver...

Sanders revint à son bureau vers 14 h 15. Il appela sa femme pour la prévenir qu'il avait une réunion à 18 heures et qu'il rentrerait tard.

— Que se passe-t-il ? lui demanda Susan. J'ai reçu un coup de téléphone d'Adele Lewyn. Elle dit que Garvin a baisé tout le monde et qu'ils changent toute l'organisation.

— Je ne sais pas encore, répondit-il prudemment, car Cindy venait d'entrer dans la pièce.

— Tu as toujours ta promotion ?

— En principe, la réponse est non.

— C'est incroyable ! Comme c'est triste, Tom. Ça va ? Tu n'es pas furieux ?

— Je dirai que si.

— Tu ne peux pas parler ?

— C'est ça.

— Bon. Je te laisserai de la soupe. On se verra quand tu rentreras.

Cindy déposa une pile de dossiers sur son bureau. Lorsque Sanders eut raccroché, elle lui demanda :

— Elle est déjà au courant ?

— Elle s'en doutait.

Cindy hocha la tête.

— Elle a appelé à l'heure du déjeuner. J'imagine que les épouses ont dû se parler.

— Tout le monde doit discuter de ce qui se passe.

Cindy gagna la porte, mais se retourna avant de sortir.

— Comment s'est passée la réunion ? demanda-t-elle, avec un peu d'hésitation dans la voix.

— On nous a présenté Meredith en sa qualité de nouvelle directrice de toutes les divisions techniques. Elle a fait un exposé. Elle a dit que les chefs de division seraient placés sous son autorité et qu'elle conserverait ceux qui sont en place.

— Alors, pour nous, il n'y a pas de changement ? Ça ne fait qu'un échelon hiérarchique de plus ?

— Jusqu'à présent, oui. C'est ce qu'on me dit. Pourquoi ? Qu'avez-vous entendu dire ?

— La même chose.

— Dans ce cas, ça doit être vrai, dit-il en souriant.

— A votre avis, est-ce que je peux acheter l'appartement ?

Depuis quelque temps, elle projetait d'acheter un appartement sur Queen Anne's Hill, pour elle et sa fille.

— Quand devez-vous donner une réponse ? demanda Sanders.

— J'ai encore quinze jours. Jusqu'à la fin du mois.

— Dans ce cas, attendez. Pour être tout à fait sûre, si vous voyez ce que je veux dire.

Elle acquiesça et quitta la pièce. Un moment plus tard, elle était de retour.

— J'ai failli oublier. Un coup de fil du bureau de Mark Lewyn. Les lecteurs Twinkle viennent d'arriver de Kuala Lumpur. Leurs concepteurs sont en train de les examiner. Vous voulez les voir ?

— J'y vais.

La division conception-produits occupait tout le premier étage du Western Building. Comme toujours, l'atmosphère qui y régnait était chaotique ; tous les téléphones sonnaient, mais il n'y avait pas de réceptionniste dans la salle d'attente, devant les ascenseurs. Sur les murs de cette petite salle étaient collées des affiches d'une exposition du Bauhaus, à Berlin en 1929, et d'un vieux film de science-fiction, *The Forbin Project*. Deux visiteurs japonais, assis à côté du distributeur de Coca déglingué et du distributeur de friandises, échangeaient des propos sur un rythme rapide. Sanders les salua d'un signe de tête, puis se servit de sa carte pour ouvrir la porte menant aux bureaux.

Devant lui s'étendait un large espace délimité par des cloisons disposées selon des angles inhabituels et peintes de façon à imiter la pierre veinée. Des fauteuils métalliques à l'allure inconfortable étaient dispersés un peu partout. La musique rock était assourdissante. Tout le monde était habillé de façon décontractée : la plupart des concepteurs portaient des shorts et des tee-shirts. Aucun doute n'était permis : on se trouvait dans une zone de créativité.

Sanders gagna le présentoir où étaient disposées les dernières créations de l'équipe : des modèles de petits lecteurs de DOC et des téléphones cellulaires miniatures. Les équipes de Lewyn étaient chargées de concevoir les produits de l'avenir. La plupart semblaient absurdement petits : un téléphone cellulaire pas plus grand qu'un crayon, un autre, vert pâle et gris, qui ressemblait à une version postmoderne d'une radio-bracelet de Dick Tracy, un micro-lecteur de CD dont l'écran tenait au creux de la main.

Bien que ces appareils semblassent outrageusement petits, Sanders s'était depuis longtemps habitué à l'idée que les prototypes n'avaient pas plus de deux ans d'avance. Sanders avait du mal à se souvenir de ses débuts chez DigiCom, lorsque les ordinateurs « portables », de la taille d'une valise, pesaient une quinzaine de kilos, et les premiers téléphones cellulaires étaient des merveilles pesant près de huit kilos que l'on transportait grâce à une courroie d'épaule. A l'époque, les gens trouvaient cela miraculeux. A présent, les consommateurs se plaignent si leurs appareils pèsent plus de quelques grammes.

Sanders passa devant la grosse machine à découper la mousse, enchevêtrement de tubes et de lames derrière leurs boucliers de plexiglas, et finit par trouver Mark Lewyn et les gens de son équipe penchés sur trois lecteurs de DOC bleu foncé tout juste arrivés de Malaisie. L'un des lecteurs était déjà dépecé sur une table; sous la lumière vive des halogènes, les techniciens fouillaient ses entrailles avec de minuscules tournevis, levant les yeux de temps à autre sur les écrans de contrôle.

— Qu'est-ce que tu as trouvé? demanda Sanders.

— Ah, la la, ça n'est pas bon, Tom, dit-il en levant les mains d'un air catastrophé. Pas bon du tout!

— Explique-moi.

Du doigt, Lewyn montra l'appareil démonté sur la table.

— Il y a une tige métallique à l'intérieur de la charnière. Ces agrafes maintiennent le contact avec la tige quand le boîtier est ouvert; c'est comme ça que l'écran continue d'être alimenté.

— Oui...

— Mais l'alimentation est intermittente. On dirait que les tiges sont trop petites. Elles devraient mesurer cinquante-quatre millimètres, mais elles semblent n'en faire que cinquante-deux, cinquante-trois.

Lewyn arborait un air sombre, comme si les conséquences de ce qu'il venait de découvrir étaient catastrophiques. Les tiges faisaient un millimètre de moins que prévu, et le monde courait à sa perte! Il fallait calmer Lewyn, ce que Sanders avait déjà souvent fait.

— On peut arranger ça, Mark. Il faudra ouvrir tous les boîtiers et remplacer les tiges, mais on peut le faire.

— Bien sûr, dit Lewyn, mais il y a encore les agrafes. Notre cahier des charges stipule que les agrafes doivent être en acier 16/10, afin que la tension soit suffisante pour qu'elles fassent ressort et maintiennent le contact avec la tige. Mais ces agrafes doivent être du 16/4. Elles sont trop rigides. Alors, quand on ouvre le boîtier, elles plient mais ne reviennent pas.

— Il faudra aussi remplacer les agrafes. On pourra le faire en remplaçant les tiges.

79

— Ce n'est pas si facile que ça. Les agrafes sont pressées à chaud dans les boîtiers. Elles sont solidaires du boîtier.

— Aïe ! Tu veux dire qu'il faudra remplacer les boîtiers simplement parce qu'on a de mauvaises agrafes ?

— Exactement.

Sanders secoua la tête.

— On en a déjà sorti quelque chose comme quatre mille.

— Eh bien, il faudra les refaire.

— Et le lecteur lui-même ?

— Il est lent, dit Lewyn. C'est incontestable. Mais je ne sais pas exactement pourquoi. C'est peut-être un problème d'alimentation. Ou alors c'est la puce de contrôle.

— Et si c'est la puce de contrôle...

— On est dans la merde ! Si c'est un problème de conception primaire, il faudra retourner à la table à dessin. Si ça n'est qu'un problème de fabrication, il faudra modifier les chaînes et peut-être refaire les stencils. De toute façon, ça prendra des mois.

— Quand est-ce qu'on saura ?

— J'ai envoyé un lecteur et un boîtier d'alimentation aux gars du diagnostic, dit Lewyn. Ils devraient m'envoyer un rapport vers 17 heures. Je te le ferai parvenir. Meredith est déjà au courant ?

— Je dois la voir à 18 heures.

— Bon. Appelle-moi après ton entrevue avec elle.

— Bien sûr.

— D'une certaine façon, ça n'est pas mauvais, dit Lewyn.

— Qu'est-ce que tu veux dire ?

— D'emblée, elle se trouve confrontée à un gros problème. On verra comment elle s'en tire.

Sanders se dirigea vers la sortie. Lewyn le suivit.

— Au fait, dit Lewyn, t'es pas furax de ne pas avoir eu le poste ?

— Je suis déçu, répondit Sanders. Mais pas furax. Il n'y a pas de raison d'être furax.

— A mon avis, tu t'es fait baiser la gueule par Garvin. Tu es là depuis longtemps, tu as fait la preuve que tu pouvais diriger le département, et il met quelqu'un d'autre à ta place.

Sanders haussa les épaules.

— Après tout, c'est sa société.

Lewyn passa le bras autour des épaules de Sanders et l'étreignit avec rudesse.

— Tu sais, Tom, tu es parfois trop raisonnable. Tu te fais du tort.

— Je ne savais pas qu'être raisonnable était un défaut.

— Si, être trop raisonnable, c'est un défaut, dit Lewyn. Tu finiras par te laisser mettre sur la touche.

— J'essaie seulement de tenir le coup, dit Sanders. Je veux être là le jour où le département sera transformé en société indépendante.

— Oui, c'est vrai. Il faut que tu restes. (Ils arrivèrent devant les ascenseurs.) Tu crois qu'elle a eu le poste parce que c'est une femme ?

Sanders secoua la tête.

— Va savoir.

— Les bonshommes se font encore avoir. Moi, je commence à en avoir marre de la pression qui est exercée constamment pour embaucher des femmes. Écoute, regarde mon groupe de concepteurs. Il y a 40 p. 100 de femmes chez nous, plus que dans les autres divisions, mais on me dit toujours qu'il devrait y en avoir plus. Plus de femmes, plus de...

Sanders l'interrompit.

— Mark, la société a changé.

— Mais pas en mieux, rétorqua Lewyn. Ça blesse tout le monde. Quand j'ai commencé chez DigiCom, la seule question, c'était : êtes-vous compétent ? Si tu étais compétent, tu étais engagé. Maintenant, la compétence n'est que l'une des exigences. Il faut aussi avoir le sexe et la couleur de peau qui correspondent aux profils de la direction des ressources humaines. Et, si tu es incompétent, on ne peut pas te licencier. Résultat, on commence à avoir de la camelote comme ce lecteur Twinkle. Parce que plus personne n'est fiable. Personne n'est responsable. On ne peut pas fabriquer des produits en se fondant sur une théorie, parce que les produits qu'on fabrique sont réels. S'ils sont mauvais, ils sont mauvais. Personne ne les achètera.

De retour au troisième étage, Sanders utilisa sa carte électronique pour pénétrer dans le couloir. Tout en gagnant son bureau, il songeait à ce que lui avait dit Lewyn : qu'il finirait par se laisser mettre sur la touche par Garvin, qu'il se montrait trop passif, trop compréhensif.

Mais Sanders ne voyait pas les choses de cette façon. Lorsqu'il avait dit à Lewyn que cette société était celle de Garvin, il était sincère. Bob était le patron, et il pouvait faire ce qu'il voulait. Sanders était déçu de ne pas avoir obtenu ce poste, mais personne ne le lui avait promis. Jamais. Comme d'autres dans les bureaux de Seattle, il avait fini par croire que ce serait lui qui serait nommé. Mais ni Garvin ni Phil Blackburn ne lui en avaient jamais parlé. Il n'avait donc aucune raison de râler. S'il était déçu, c'est parce qu'il s'était bercé d'illusions. Il avait vendu la peau de l'ours avant de l'avoir tué.

Quant à sa prétendue passivité, qu'attendait donc Lewyn de lui ? Qu'il fasse un scandale ? Qu'il se mette à hurler ? Ça ne servirait à rien. Car Meredith Johnson avait bel et bien obtenu le poste, qu'il le veuille ou non. Démissionner ? Pour le coup, ça aurait été idiot ! Car, en démissionnant, il perdrait tous les avantages que lui procurerait la constitution du département en société à part entière. Ce serait un véritable désastre.

A la réflexion, il ne pouvait qu'accepter la nomination de Meredith Johnson et se faire une raison. En dépit de ses rodomontades, Lewyn, placé dans la même situation, aurait agi de même.

Le plus urgent, c'était le problème du Twinkle. L'équipe de Lewyn avait démonté trois lecteurs au cours de l'après-midi et n'avait encore trouvé aucune explication aux dysfonctionnements de l'appareil. Le seul point qu'ils avaient mis en évidence, c'était la non-conformité de certains composants avec les spécifications du cahier des charges. Sanders ne tarderait pas à découvrir pourquoi. Mais le véritable problème – la lenteur du lecteur – restait entier. Ce mystère, il faudrait bien...

– Tom ? Vous avez laissé tomber votre carte.

Baissant les yeux, il aperçut sa carte magnétique, blanche sur la moquette grise.

– Oh, merci.

Visiblement, il devait être plus préoccupé qu'il ne voulait bien l'avouer. On ne pouvait aller nulle part dans le bâtiment DigiCom sans sa carte. Il la ramassa et la glissa dans sa poche.

Il sentit alors une autre carte. Les sourcils froncés, il sortit les deux cartes de sa poche et les examina.

Elles étaient identiques : même logo bleu DigiCom, un numéro de série et une bande magnétique au dos. Incapable de se souvenir de son numéro de carte, donc de savoir laquelle des deux lui appartenait, Sanders les remit dans sa poche en se disant qu'une fois dans son bureau il vérifierait les numéros sur l'ordinateur.

Il jeta un coup d'œil à sa montre : 16 heures. Plus que deux heures avant son entrevue avec Meredith Johnson. Il avait encore beaucoup à préparer. Marchant à grands pas, les yeux baissés, il se dit qu'il lui faudrait apporter les dossiers de production et les cahiers des charges techniques. Elle ne comprendrait probablement pas tout, mais il faudrait quand même les lui montrer. Quoi d'autre ? Il ne fallait tout de même pas qu'il arrive à ce premier rendez-vous en ayant oublié quelque chose.

Une fois encore, ses pensées furent troublées par des images surgies du passé. Une valise ouverte. Le bol de pop-corn. La verrière.

– Alors ? fit une voix familière. On ne dit plus bonjour aux vieux amis ?

Sanders leva les yeux. Il se trouvait devant la salle de conférences aux cloisons de verre. A l'intérieur, un homme seul, assis dans un fauteuil roulant, le dos tourné à Sanders, contemplait le ciel de Seattle.

– Bonjour, Max, dit Sanders.

– Bonjour, Thomas, dit Max Dorfman sans se retourner.

– Comment saviez-vous que c'était moi ?

– Ça doit être mes pouvoirs magiques, dit Dorfman d'un ton sarcastique. Mais, Thomas... je vous vois.

– Comment ? Vous avez des yeux derrière la tête ?

– J'ai un reflet devant moi, sur la vitre. Je vous ai vu marcher la tête baissée, comme un malheureux, accablé.

Dorfman fit pivoter son fauteuil roulant. Il avait les yeux brillants, le regard moqueur.

— Vous étiez un jeune homme plein d'avenir, et maintenant vous marchez la tête baissée ?

Sanders n'était pas d'humeur à badiner.

— Disons que ça n'est pas mon jour, Max.

— Et vous voulez que tout le monde le sache ? Qu'on vous prenne en pitié ?

— Non.

Il se souvenait combien Dorfman jugeait ridicule toute forme de pitié ou de compassion. Pour lui, un cadre cherchant à se faire plaindre n'était qu'une éponge qui absorbait des sentiments inutiles.

— Non, Max, répéta Sanders. Je réfléchissais.

— Ah ! Ça, ça me plaît ! C'est bien, de réfléchir. Et à quoi réfléchissiez-vous, Thomas ? A la verrière de votre appartement ?

Sanders était stupéfait.

— Comment le saviez-vous ?

— Peut-être mes pouvoirs magiques, dit Dorfman en riant. Ou alors je peux lire dans les pensées. Vous croyez que je peux lire dans les pensées, Thomas ? Êtes-vous bête à ce point ?

— Max, je ne suis pas d'humeur à plaisanter.

— Bon, dans ce cas, j'arrête. Si vous n'êtes pas d'humeur, il faut que j'arrête. Il faut respecter votre humeur. (Il frappa l'accoudoir de son fauteuil d'un air irrité.) Si je le sais, Thomas, c'est parce que vous me l'avez dit ! Voilà comment je savais à quoi vous pensiez !

— Je vous l'ai dit ? Quand ?

— Ça doit bien faire neuf ou dix ans.

— Qu'est-ce que je vous ai dit ?

— Vous ne vous en souvenez pas ? Pas étonnant que vous ayez des problèmes. Vous feriez mieux de regarder encore un peu par terre. Ça vous ferait du bien. Non, c'est vrai... Continuez à regarder par terre, Thomas.

— Max, je vous en prie !

— Je vous agace ? demanda Dorfman en souriant.

— Vous m'agacez toujours.

— Ah ! bien. Alors il y a peut-être un espoir. Pas pour vous, bien sûr..., pour moi. Je me fais vieux, Thomas. A mon âge, l'espoir se présente différemment. Ça doit être difficile à comprendre, pour vous. Je ne peux plus me déplacer seul. Il faut que quelqu'un me pousse, de préférence une jolie femme. Mais en général elles n'aiment pas faire ce genre de chose. Alors voilà, je me retrouve sans jolie femme pour me pousser. Ce qui n'est pas votre cas.

84

Sanders soupira.

— Max, ça ne serait pas possible d'avoir une conversation normale ?

— Excellente idée, dit Dorfman. Ça me plairait beaucoup. Mais qu'est-ce que c'est, une conversation normale ?

— Est-ce qu'on ne pourrait pas parler comme des gens ordinaires ?

— Si ça ne vous paraît pas trop ennuyeux, d'accord, Thomas. Mais je suis inquiet. Vous savez comme les vieux ont toujours peur d'être ennuyeux.

— Max, qu'est-ce que vous vouliez dire à propos de cette verrière ?

Il haussa les épaules.

— Je pensais à Meredith, bien sûr. A qui d'autre ?

— Qu'est-ce qu'il y a, à propos de Meredith ?

— Qu'est-ce que vous voulez que j'en sache ? dit Dorfman avec agacement. Tout ce que je sais, c'est ce que vous m'en avez dit. Par exemple, que vous vous rendiez au Japon, ou en Corée, et qu'à votre retour Meredith...

— Tom, excusez-moi de vous interrompre, dit Cindy en apparaissant dans l'encadrement de la porte.

— Oh, mais ne vous excusez pas, dit Max. Dites-moi, Thomas, qui est cette ravissante créature ?

— Je m'appelle Cindy Wolfe, monsieur Dorfman, et je travaille pour Tom.

— Quel heureux homme !

Cindy se tourna vers Sanders.

— Excusez-moi, Tom, mais un dirigeant de Conley-White se trouve dans votre bureau, et je me suis dit que vous voudriez...

— Oui, oui, dit immédiatement Dorfman. Il faut qu'il y aille. Conley-White..., ça doit être très important.

— Un instant, dit Sanders à sa secrétaire. Max et moi étions au beau milieu d'une conversation.

— Non, non, Thomas. Nous ne parlions que du passé. Il vaut mieux que vous y alliez.

— Max...

— Si vous voulez encore me parler, dit-il avec son accent allemand, si vous croyez que c'est important, venez me voir au Quatre Saisons. Vous connaissez cet hôtel. Il y a un très beau hall, avec de très hauts plafonds. C'est très bien pour les vieux comme moi. Maintenant, allez-y, Thomas. (Ses yeux se rétrécirent à la dimension de deux fentes.) Et laissez la belle Cindy avec moi.

Sanders eut un moment d'hésitation.

— Faites attention à lui, Cindy. C'est un vieux dégoûtant.

— Très, très dégoûtant, ajouta Dorfman.

Sanders s'éloigna en direction de son bureau. En partant, il entendit Dorfman :

— Et maintenant, belle Cindy, pouvez-vous me conduire jusque dans le hall, une voiture m'attend. Et si vous voulez bien faire plaisir à un vieux bonhomme, j'aurais quelques questions à vous poser. Il se passe tellement de choses intéressantes dans cette société. Et les assistantes sont au courant de tout, n'est-ce pas ?

En le voyant entrer, Jim Daly se leva.

– Monsieur Sanders ? Je suis content qu'on vous ait trouvé.

Les deux hommes se serrèrent la main. D'un geste, Sanders indiqua un siège à son visiteur et prit place lui-même derrière son bureau. Sanders n'était pas surpris : depuis plusieurs jours, il s'attendait à la visite de Daly ou d'un de ses collègues de la banque Goldman & Sachs, car ces derniers s'étaient déjà entretenus individuellement avec la plupart des chefs de division. Ils étaient à la recherche d'informations techniques, car la technologie de pointe, objet même de la fusion, demeurait un sujet mal connu des banquiers. Sanders s'attendait donc à des questions à propos du lecteur Twinkle et peut-être du Corridor.

– Je vous remercie de prendre ainsi sur votre temps, commença Daly en passant la main sur son crâne chauve.

C'était un homme de haute taille qui, assis, semblait plus grand encore.

– Je voulais vous poser un certain nombre de questions, disons... confidentielles.

– Je vous écoute.

– C'est à propos de Meredith Johnson, dit Daly. Mais je vous le répète, si ça ne vous dérange pas, j'aimerais que cette conversation reste entre nous.

– C'est entendu.

– Je crois que vous avez été très impliqué dans l'installation des usines en Irlande et en Malaisie et qu'il y a eu une certaine controverse, au sein de la société, à propos de la façon dont se sont opérées ces installations.

– Bah, dit Sanders en haussant les épaules, Phil Blackburn et moi ne partageons pas toujours le même point de vue.

— Ce qui, à mon avis, témoigne de votre bon sens. Mais j'ai le sentiment que, lors de ces discussions, votre point de vue était celui de la compétence technique, alors qu'au sein de la société certains défendent d'autres points de vue. Est-ce que je me trompe ?

— Non, c'est ça.

Où voulait-il en venir ?

— C'est pour cela que j'aurais aimé avoir votre opinion, dit Daly. Bob Garvin vient de nommer Mme Johnson à un poste extrêmement important, ce que beaucoup approuvent chez Conley-White. Il serait certainement injuste de préjuger de la façon dont elle s'acquittera de sa tâche. Mais, inversement, je commettrais une négligence en ne m'enquérant pas de ses fonctions antérieures. Vous me suivez ?

— Pas vraiment, dit Sanders

— Je me demande ce que vous pensez de l'action de Mme Johnson eu égard aux opérations techniques de la société. Notamment de son rôle dans les opérations de DigiCom à l'étranger.

Sanders fronça les sourcils, tentant de rassembler ses souvenirs.

— Je ne crois pas qu'elle y ait été beaucoup mêlée, dit-il. Il y a eu un conflit du travail, il y a deux ans, à Cork. Elle faisait partie de l'équipe qui est allée négocier un accord. Elle a aussi fait du lobbying à Washington à propos des tarifs des panneaux publicitaires. Et je sais qu'elle dirigeait à Cupertino l'équipe chargée d'approuver les plans de la nouvelle usine de Kuala Lumpur.

— Exactement.

— Mais je ne crois pas qu'elle ait été plus impliquée que ça dans les opérations extérieures.

— Ah bon. On m'a peut-être mal renseigné.

Daly se tortilla sur son siège, mal à l'aise.

— Qu'avez-vous entendu dire ? demanda Sanders.

— Sans entrer dans les détails, disons qu'on a mis en doute ses compétences.

— Je vois.

Qui avait pu parler de Meredith à Daly ? Certainement pas Garvin, ni Blackburn. Stephanie Kaplan ? Impossible d'en être sûr. Mais, d'un autre côté, Daly n'avait pu parler qu'à des cadres supérieurs de la société.

— Je me demandais, reprit Daly, si vous-même aviez pu mettre en doute ses compétences techniques. Je vous demande ça en toute confidentialité, bien sûr.

A ce moment-là, l'écran de l'ordinateur de Sanders bippa trois fois. Un message vint s'y inscrire.

LIAISON VIDÉO DIRECTE DANS UNE MINUTE : DC/S-DC/M.
ÉMETTEUR : A. KAHN.
RÉCEPTEUR : T. SANDERS.

– Quelque chose ne va pas ? demanda Daly.

– Non. Je vais recevoir une communication vidéo directe de Malaisie.

– Dans ce cas, je serai bref. Allons-y franchement. Au sein de votre division, certains doutent-ils des capacités de Meredith Johnson à occuper ce poste ?

Sanders haussa les épaules.

– C'est la nouvelle patronne. Vous savez comment ça se passe, on s'inquiète toujours lorsqu'il y a un nouveau patron.

– Vous êtes très diplomate. Je veux dire, met-on en doute ses compétences ? Après tout, elle est assez jeune. Elle change de lieu de résidence. Elle a affaire à de nouvelles têtes, à une nouvelle équipe, à de nouveaux problèmes. Et, ici, elle ne sera plus autant sous l'aile de Bob Garvin.

– Je ne sais pas quoi vous dire. Je crois qu'il faut attendre et voir comment les choses vont se passer.

– J'ai aussi entendu dire qu'il y a eu des problèmes dans le passé, lorsqu'on a placé à la tête de cette division un non-technicien, un homme surnommé... Freeling le hurleur, c'est ça ?

– Oui. Il n'a pas fait l'affaire.

– Y a-t-il les mêmes inquiétudes à propos de Meredith Johnson ?

– Je les ai entendues exprimer.

– Et ses mesures budgétaires ? Son plan de réduction des coûts ? C'est le nœud de la question, non ?

Quel plan de réduction des coûts ? se dit Sanders.

L'écran bippa à nouveau.

LIAISON VIDÉO DIRECTE DANS 30 SECONDES : DC/S-DC/M.

– Votre machine se met à nouveau en marche, dit Daly en s'extirpant du fauteuil. Je vous laisse. Merci de m'avoir consacré autant de votre temps, monsieur Sanders.

– Je vous en prie.

Ils se serrèrent la main. Daly quitta le bureau. Trois signaux sonores se firent entendre l'un après l'autre :

LIAISON VIDÉO DIRECTE DANS 15 SECONDES : DC/S-DC/M

Sanders se plaça face à son moniteur et tourna sa lampe de bureau de façon qu'elle éclairât son visage. Le compte à rebours avait commencé. Sanders consulta sa montre. Il était 9 heures en Malaisie. Arthur devait probablement l'appeler depuis l'usine.

Un petit rectangle apparut au centre de l'écran et s'élargit progressivement. Il aperçut le visage d'Arthur et derrière lui les chaînes, brillamment éclairées. C'était l'usine moderne dans toute sa splendeur : propre, silencieuse, les ouvriers en tenue de ville, disposés de part et d'autre du tapis roulant. Chaque poste de travail était éclairé par des projecteurs qui aveuglaient un peu la caméra.

Kahn se frotta le menton en toussotant.

— Bonjour, Tom, comment allez-vous ?

Lorsqu'il se mit à parler, son image se brouilla légèrement et sa voix n'était pas synchronisée, car elle était transmise immédiatement, alors que le passage de l'image par satellite impliquait un très léger décalage. Ce manque de synchronisation surprenait, au début, et donnait à ce genre d'échange un caractère presque onirique. On avait l'impression de parler à quelqu'un qui se trouvait sous l'eau. Puis l'on finissait par s'y habituer.

— Ça va, Arthur, merci.

— Bien. Vous savez, je regrette pour cette réorganisation. Vous connaissez mes sentiments.

— Merci, Arthur.

Il se demanda comment Kahn, en Malaisie, pouvait être déjà au courant. Mais, dans une entreprise, certaines nouvelles vont vite.

— Je suis à l'usine, dit Arthur. Comme vous pouvez le voir, les chaînes tournent au ralenti. Les contrôles ne sont pas meilleurs. Qu'est-ce qu'ils disent, à la conception-produits ? Ils ont reçu les appareils ?

— Ils sont arrivés aujourd'hui. Je n'ai pas encore de nouvelles. Ils travaillent dessus.

— Hum... Bon. Les appareils ont été transmis au service diagnostic ? demanda Kahn.

— Oui. Je crois qu'ils viennent de les envoyer.

— Ah bon. Parce que le service diagnostic vient de nous demander de leur envoyer dix appareils sous plastique scellé à chaud. Ils ont insisté pour que les emballages soient scellés à l'intérieur de l'usine, dès la sortie de la chaîne. Vous êtes au courant ?

— Non. Je me renseigne et je vous rappelle.

— D'accord, parce que, moi, je trouve ça bizarre. Dix appareils, ça fait beaucoup. Si on les envoie tous ensemble, la douane risque de se poser des questions. Et je ne comprends pas cette histoire de scellement à chaud. De toute façon, on les envoie emballés dans du plastique. Évidemment, les emballages ne sont pas scellés. Pourquoi est-ce qu'ils ont demandé ça, à votre avis ?

Kahn avait l'air préoccupé.

90

– Je ne sais pas, dit Sanders. Je vais me renseigner. Tout ce que je peux vous dire, c'est que la pression est forte, par ici. On a absolument besoin de savoir pourquoi ces lecteurs ne fonctionnent pas.

– Nous aussi, lança Kahn. Croyez-moi. Ça nous rend fous.

– Quand allez-vous les envoyer ?

– Il faut d'abord que je trouve une machine à sceller à chaud. Je pense pouvoir les envoyer mercredi, de façon que vous les ayez vendredi.

– Trop tard, dit Sanders. Il faut les envoyer aujourd'hui, au plus tard demain. Vous voulez que je vous fasse parvenir une machine à sceller ? Je peux probablement en obtenir une chez Apple.

Apple possédait également une usine à Kuala Lumpur.

– C'est une bonne idée, dit Kahn. Mais je peux m'en occuper moi-même. Je demanderai à Ron de m'en prêter une.

– Parfait. Et Jafar ?

– Quelle histoire ! dit Kahn. Je viens d'avoir l'hôpital, apparemment il a des crampes et il vomit. Il ne peut rien manger. Les médecins aborigènes prétendent qu'on lui a jeté un sort !

– Ils croient aux sorts ?

– Et comment ! Ici, il y a trois lois contre la sorcellerie. On peut être traîné en justice.

– Vous ne savez pas quand il reviendra ?

– Personne ne peut le dire. Il a l'air vraiment malade.

– C'est bon, Arthur. Rien d'autre ?

– Non. Je vais aller chercher la machine à sceller. Et appelez-moi quand vous avez des nouvelles.

– Promis.

Kahn fit un dernier geste d'adieu, et la communication prit fin.

ARCHIVAGE DE CETTE COMMUNICATION SUR DISQUE OU SUR BANDE ?

Il cliqua sur DAT, et la communication fut archivée sur bande digitale. Il se leva. Il vaudrait mieux être au courant de toute cette affaire avant son rendez-vous avec Meredith. Il gagna le bureau de Cindy.

Elle lui tournait le dos et parlait au téléphone en riant. Elle se retourna, aperçut Sanders et cessa immédiatement de rire.

– Écoute, dit-elle dans l'appareil, il faut que je raccroche.

– Pouvez-vous me sortir les notices de production sur le Twinkle des deux derniers mois ? demanda-t-il. Non... Sortez-moi plutôt tout ce qu'il y a depuis l'ouverture de la chaîne. Et appelez Don Cherry pour moi. J'ai besoin de savoir ce que fait son groupe de diagnostic avec les lecteurs.

Il retourna à son bureau. Il remarqua que le curseur de son courrier électronique clignotait, et il poussa la clé pour lire ses messages. En attendant la réponse, il jeta un coup d'œil sur les trois fax posés sur son bureau. Deux, venant d'Irlande, étaient les traditionnels rapports d'activité hebdomadaires. Le troisième était une demande de réparation de toiture à l'usine d'Austin ; elle avait été retenue aux services généraux, à Cupertino, et Eddie l'avait transmise à Sanders pour qu'il fasse accélérer les choses.

L'écran se mit à clignoter. Il lut le premier de ses messages électroniques.

ON A VU ARRIVER UN COMMISSAIRE AUX COMPTES DES SERVICES GÉNÉRAUX. IL INSPECTE TOUS LES LIVRES, IL AFFOLE TOUT LE MONDE. ON RACONTE QUE D'AUTRES VONT ARRIVER DEMAIN. QUE SE PASSE-T-IL ? LES RUMEURS VONT BON TRAIN DANS L'USINE. DITES-MOI CE QU'IL FAUT RÉPONDRE. EST-CE QUE LA SOCIÉTÉ VA ÊTRE VENDUE OU NON ?

EDDIE

Sanders n'hésita pas. Il ne pouvait révéler à Eddie ce qui se passait. Rapidement, il pianota sa réponse sur le clavier.

LES COMMISSAIRES AUX COMPTES SE SONT ÉGALEMENT RENDUS EN IRLANDE LA SEMAINE DERNIÈRE. GARVIN A ORDONNÉ UNE INSPECTION DÉTAILLÉE DE LA SOCIÉTÉ, ET ILS EXAMINENT TOUT. DITES AU PERSONNEL DE NE PAS S'EN FAIRE ET DE RETOURNER AU TRAVAIL.

TOM

Il appuya sur le bouton SEND. Le message disparut.

— Tu m'as appelé ?

Don Cherry pénétra dans la pièce sans frapper à la porte, s'écroula sur la chaise et croisa les mains derrière la nuque.

— Bon Dieu, quelle journée ! J'ai pas arrêté de carburer tout l'après-midi.

— Et moi, donc !

— J'ai eu des gugusses de chez Conley, en bas, qui sont venus demander à mes gars quelle différence il y avait entre les DOC et les mémoires à accès direct. Comme s'ils avaient le temps pour ça ! Et puis, à un moment, il y a un des gugusses qui entend « mémoire flash », et qui demande : « Combien de fois ça flashe ? » comme si c'était un flash d'appareil photo ! Et mes gars sont obligés de se coltiner de genre de machins. Ce sont quand même des gens ultra-compétents dans leur domaine, ils ne sont pas censés faire des cours de rattrapage pour avocats ! Tu ne peux pas mettre un terme à cette histoire ?

— Personne ne le peut, répondit Sanders.

— Meredith, peut-être, dit Cherry en souriant.

Sanders haussa les épaules.

— C'est elle la patronne.

— Eh oui. Bon, tu m'as fait appeler ?

— Ton groupe de diagnostic travaille sur les lecteurs Twinkle, non ?

— Oui. En vérité, ils travaillent sur les morceaux qui restent après que les artistes aux gros doigts de Lewyn les ont dépecés. Pourquoi est-ce que ces appareils ont d'abord atterri à la conception-produits ? Il ne faut jamais, tu m'entends, jamais laisser un designer approcher d'un composant électronique, Tom. Les designers devraient être autorisés uniquement à dessiner sur des feuilles de papier. Et il ne faut leur donner qu'une seule feuille à la fois.

— Qu'est-ce que vous avez trouvé à propos de ces lecteurs ? demanda Sanders.

— Rien encore. Mais on a quelques idées sur la question.

— C'est pour ça que vous avez demandé à Arthur Kahn de vous envoyer dix appareils sous plastique scellé dans l'usine même ?

— Tu l'as dit, bouffi.

— Kahn se demandait pourquoi.

— Laisse-le se triturer les méninges. Ça lui fera du bien. Ça l'empêchera de se tripoter.

— Moi aussi, j'aimerais savoir.

— Écoute, peut-être que notre idée ne vaut pas un clou. Pour le moment, tout ce qu'on a, c'est une puce suspecte. C'est tout ce que les clowns de Lewyn nous ont laissé. C'est pas grand-chose, pour travailler.

— La puce est mauvaise ?

— Non, elle est bonne.

— Qu'est-ce qu'il y a de suspect, alors ?

— Écoute, dit Cherry, il y a suffisamment de rumeurs qui se baladent comme ça. Tout ce que je peux te dire, c'est que nous travaillons dessus et qu'on ne sait encore rien. On recevra les lecteurs scellés demain ou mercredi et, une heure plus tard, on saura. Ça te va ?

— Tu crois que c'est un gros ou un petit problème ? Il faut que je sache. Le sujet va être abordé au cours des réunions de demain.

— Pour l'instant, on n'en sait rien. Ça peut être n'importe quoi. On travaille dessus.

— Arthur pense que ça peut être sérieux.

— Il a peut-être raison. Mais ce problème, on le résoudra. Je ne peux pas t'en dire plus.

— Don...

— Je comprends que tu aies besoin d'une réponse, dit Cherry, mais est-ce que tu comprends que je ne peux pas te la donner?

Sanders le regarda droit dans les yeux.

— Tu aurais pu appeler. Pourquoi t'es-tu déplacé?

— Puisque tu me le demandes... J'ai un petit problème. C'est délicat. Une histoire de harcèlement sexuel.

— Encore? On dirait qu'il n'y a que ça, en ce moment, ici.

— Ici et ailleurs, dit Cherry. J'ai entendu dire qu'à UniCom il y a en ce moment quatorze plaintes qui sont instruites. Plus encore chez Digital Graphics. Quant à Microsoft, attention les yeux! De toute façon, là-bas, ce sont tous des porcs. Mais, pour mon affaire, je voudrais ton opinion.

— D'accord, dit Sanders en soupirant.

— Ça se passe dans un de mes groupes de programmeurs. Ce sont des gens plutôt âgés : entre vingt-cinq et vingt-neuf ans. La chef d'équipe du modem fax, qui trouve un de ses gars mignon, l'a invité plusieurs fois le soir, mais, lui, il a toujours refusé. Aujourd'hui, sur le parking, à l'heure du déjeuner, elle lui a encore demandé de sortir avec elle : il a de nouveau refusé. Alors elle est montée dans sa voiture et a embouti celle du gars. Et puis elle est partie. Il n'y a pas eu de blessés, et lui n'a pas envie de porter plainte. Mais ça l'inquiète, il trouve que ça commence à aller un peu loin. Il est venu me demander conseil. Qu'est-ce que je dois faire, à ton avis?

Sanders fronça les sourcils.

— Tu crois que tu as la version complète? Elle s'est emportée contre lui simplement parce qu'il a refusé de sortir avec elle? Ou aurait-il fait autre chose qui aurait entraîné sa réaction?

— Il dit que non. C'est un type franc. Un peu fruste, pas le genre compliqué.

— Et elle?

— Elle, elle a du caractère, ça, c'est sûr. Elle engueule même parfois les gens de mon équipe. D'ailleurs, il faut que je lui en parle.

— Qu'est-ce qu'elle dit de l'incident qui a eu lieu sur le parking?

— Je ne sais pas. Le type m'a demandé de ne pas lui en parler. Il est gêné et il n'a pas envie d'envenimer les choses.

Sanders haussa les épaules.

— Qu'est-ce que tu veux faire? Les gens en ont marre, mais personne ne veut parler... Si cette femme lui a bousillé sa voiture, j'imagine qu'il a dû faire quelque chose. Il a dû coucher une fois avec elle, maintenant il ne veut plus la revoir, et elle est dépitée.

— C'est aussi ce que je crois, dit Cherry, mais ce n'est pas sûr.

— Et la voiture?

– Rien de grave. Un feu arrière défoncé. Alors, qu'est-ce que je fais ? Je laisse tomber ?

– S'il ne veut pas porter plainte, à ta place, moi, je laisserais tomber.

– Tu crois que je devrais lui en toucher un mot, à elle ?

– Je ne le ferais pas. Si tu l'accuses de s'être mal conduite, même si ça reste entre vous, tu risques de t'attirer des ennuis. Personne ne te soutiendra. Parce qu'il y a toutes les chances pour que ton gars ait effectivement fait quelque chose pour la provoquer.

– Il affirme pourtant le contraire.

Sanders soupira.

– Écoute, Don, les gens nient toujours. Je n'ai jamais entendu personne dire : « Oui, je mérite ce qui m'est arrivé. » Jamais.

– Alors je laisse tomber ?

– Rédige une petite note, que tu archiveras, disant qu'il t'a raconté cette histoire, prends bien soin d'écrire que c'est sa version à lui, et classe l'affaire.

Cherry opina du chef et s'en alla. Arrivé à la porte, il s'immobilisa et se retourna vers Sanders.

– Dis-moi, comment se fait-il qu'on soit tous les deux convaincus que ce type a fait quelque chose ?

– Parce qu'il y a toutes les chances pour. Et maintenant, trouve-moi ce qui ne va pas dans ces foutus lecteurs !

A 18 heures, il souhaita le bonsoir à Cindy, prit les dossiers relatifs au Twinkle et gagna le bureau de Meredith. Le soleil, encore haut dans le ciel, inondait la pièce. On avait l'impression d'être en plein après-midi et non en fin de journée.

On avait donné à Meredith le bureau d'angle, celui qu'occupait autrefois Ron Goldman. Meredith avait également une nouvelle assistante. Sanders se dit qu'elle avait dû suivre son chef depuis Cupertino.

— Je suis Tom Sanders, dit-il. J'ai rendez-vous avec Mme Johnson.

— Et moi je suis Betsy Ross, de Cupertino. (Elle le regarda droit dans les yeux.) Mais je vous en prie, épargnez-moi vos réflexions.

— Entendu.

— Tout le monde se croit obligé de me rappeler l'histoire du drapeau. J'en ai par-dessus la tête *.

— Entendu.

— C'est comme ça depuis l'enfance !

— Entendu. Je ne vous dirai rien.

— Je vais prévenir Mme Johnson que vous êtes là.

---

* Le premier drapeau américain a été conçu par Betsy Griscom Ross. (N.d.T.)

Meredith Johnson était au téléphone lorsque Sanders pénétra dans la pièce. Elle lui adressa un signe de la main.

— Entre, Tom, assieds-toi.

Par les fenêtres de son grand bureau, on apercevait tout Seattle, la Space Needle, les tours Arly, le bâtiment SODO. La ville resplendissait sous le soleil.

— J'en ai pour une minute, dit Meredith à Tom. (Elle reprit sa conversation téléphonique.) Oui, Ed, je suis avec Tom en ce moment, on reverra tout ça ensuite. Oui. Il a apporté les dossiers.

Sanders lui tendit la chemise contenant les renseignements sur le lecteur. Montrant du doigt l'attaché-case ouvert sur le coin de son bureau, Meredith lui fit signe de la déposer à l'intérieur.

— Oui, Ed, je crois qu'il faut aller de l'avant. Personne n'a l'intention de retarder les choses. Non, non... Si vous voulez, on en reparlera demain matin à la première heure.

Sanders déposa la chemise dans l'attaché-case.

— C'est ça, Ed, dit Meredith. Tout à fait d'accord. Absolument.

Elle s'avança vers Tom et posa une fesse sur le coin du bureau. La jupe de son tailleur bleu marine remonta haut sur la cuisse. Elle ne portait pas de bas.

— Tout le monde est d'accord pour dire que c'est très important, Ed, reprit Meredith. Oui.

Elle se mit à balancer un pied, sa chaussure à talon haut en équilibre sur les orteils. Elle sourit à Sanders. Ce dernier, mal à l'aise, recula un peu.

— C'est promis, Ed. Oui, tout à fait.

Meredith reposa le combiné sur l'appareil derrière elle, et se retourna vers Sanders, faisant pointer ses seins sous le chemisier de soie.

— Et voilà, c'est fait, dit-elle en se penchant en avant. Les gens de chez Conley ont entendu parler des problèmes du Twinkle, ajouta-t-elle en soupirant. C'était Ed Nichols et il était inquiet. C'est le troisième coup de téléphone que j'ai cet après-midi à propos du Twinkle. On dirait que DigiCom ne fabrique que cet appareil. Alors, comment trouves-tu mon bureau ?

— Très beau. Tu as une très belle vue.

— Oui, la ville est magnifique. (Elle s'appuya sur un bras et croisa les jambes. Elle vit qu'il l'avait remarqué.) En été, je ne porte pas de bas. J'aime sentir l'air sur ma peau nue. C'est plus agréable, quand il fait chaud.

— Jusqu'à la fin de l'été, dit Sanders, il fera chaud comme ça.

— Je dois t'avouer que le temps ici me fait peur. Il faut dire qu'après la Californie... (En souriant, elle décroisa les jambes.) Mais tu te plais, ici, non ? Tu as l'air heureux.

— Oui. (Il haussa les épaules.) On finit par s'habituer à la pluie. (Il montra l'attaché-case.) Tu veux qu'on discute de cette histoire de Twinkle ?

— Tout à fait, dit-elle en glissant du bureau.

Elle s'avança vers lui et plongea son regard dans le sien.

— J'espère que ça ne t'ennuie pas si j'abuse d'abord un peu de ton temps.

— Non, non, pas du tout.

Elle fit un pas en arrière.

— Tu nous sers le vin ? dit-elle.

— D'accord.

— Regarde s'il est assez frais. Je me souviens que tu l'aimais bien froid.

— C'est vrai, dit-il en remuant la bouteille dans son seau à glace.

En vérité, il ne l'appréciait plus aussi froid, mais à l'époque c'était vrai.

— On a passé de bons moments ensemble, dit Meredith.

— Oui.

— Je me dis parfois que les plus beaux jours de ma vie, c'était quand nous étions jeunes tous les deux, que nous étions ensemble.

Il hésita, ne sachant que répondre. Il remplit les deux verres.

— Oui, répéta-t-elle, on a passé de bons moments. J'y pense souvent.

Moi, jamais, songea Sanders.

— Et toi, Tom ? Tu y penses parfois ?

– Bien sûr.

Il traversa la pièce et lui tendit un verre. Ils trinquèrent.

– Bien sûr que j'y pense, reprit Sanders. Tous les hommes mariés songent au bon vieux temps du célibat. Tu sais que je suis marié, maintenant.

– Oui, dit-elle avec un hochement de tête. Très marié, m'a-t-on dit. Tu as combien d'enfants? Trois?

– Seulement deux, répondit-il en souriant. Mais parfois j'ai l'impression qu'ils sont trois.

– Ta femme est avocate?

– Oui.

Il se sentait en terrain plus sûr.

– Je me demande comment on peut supporter le mariage, dit alors Meredith. J'ai essayé. Encore trois versements et j'aurai fini de payer la pension de ce salaud.

– Qui as-tu épousé?

– Un cadre du service financier de CoStar. Il était mignon. Drôle. Mais j'ai fini par me rendre compte que c'était le chasseur de dot typique. Ça fait trois ans que je lui verse une pension. En plus, il baisait comme un pied. (D'un geste de la main, elle sembla vouloir évacuer le sujet. Puis elle consulta sa montre.) Maintenant assieds-toi et explique-moi ce qui ne va pas avec ce Twinkle.

– Tu veux le dossier? Je l'ai mis dans ta mallette.

– Non, non. (Elle tapota le canapé, à côté d'elle.) Raconte-moi tout ça toi-même.

Il s'assit à côté d'elle.

– Tu as l'air en forme, Tom.

Elle s'enfonça en arrière, se débarrassa vivement de ses chaussures et se mit à remuer les orteils.

– Mon Dieu, quelle journée! s'exclama-t-elle.

– Beaucoup de travail?

– Beaucoup de dossiers à suivre. Je suis contente que nous travaillions ensemble, Tom. Je sens que je pourrai compter sur toi.

– Merci. Je ferai de mon mieux.

– Alors? C'est si grave que ça?

– Eh bien..., c'est difficile à dire.

– Dis-moi tout.

– On a construit des prototypes tout à fait performants, mais les lecteurs qui sortent des chaînes, à Kuala Lumpur, sont loin d'approcher les cent millisecondes de recherche.

Meredith hocha la tête en soupirant.

– On sait pourquoi?

— Pas encore. Mais il y a des pistes.

— La chaîne vient de démarrer, n'est-ce pas?

— Il y a deux mois.

Elle haussa les épaules.

— Donc on a des problèmes avec une nouvelle chaîne de production. Ça n'est pas si terrible que ça.

— Seulement, répliqua Sanders, Conley-White achète notre société pour notre technologie, notamment pour le lecteur de DOC. Et, aujourd'hui, il se peut que nous ne soyons pas capables de le leur fournir comme prévu.

— Tu veux leur dire les choses dans ces termes-là?

— J'ai bien peur qu'ils ne s'en rendent compte par eux-mêmes.

— Peut-être pas. Il ne faut pas perdre de vue la vraie nature des ennuis auxquels nous sommes confrontés. Ça n'est quand même pas la première fois que de gros problèmes au niveau de la production ont été résolus en une journée. On peut leur dire qu'on est en train d'inspecter de fond en comble la chaîne de production du Twinkle et qu'on a repéré un certain nombre de problèmes. Ça n'est pas si terrible que ça.

— Peut-être. Mais on n'en est pas encore sûrs. En réalité, il y a peut-être un problème avec les puces de contrôle, auquel cas il faudra changer notre fournisseur de Singapour. Ou bien c'est un problème plus fondamental. Un problème de conception, dont l'origine est ici.

— Peut-être, dit Meredith, mais, comme tu l'as dit, on n'est encore sûrs de rien, et je ne vois aucune raison de se mettre à faire des spéculations. Le moment est critique.

— Mais pour être honnêtes...

— Ce n'est pas une question d'honnêteté, dit-elle, c'est une question de réalisme. Reprenons les choses depuis le début. Nous leur avons dit que nous avions un lecteur de DOC, baptisé Twinkle.

— Oui.

— Nous avons mis au point un prototype et lui avons fait subir tous les tests possibles et imaginables.

— Oui.

— Et ce prototype marche du tonnerre. Il est deux fois plus rapide que tous les lecteurs japonais.

— Oui.

— Nous leur avons dit que la production a démarré.

— Oui.

— Dans ce cas, dit Meredith, nous leur avons dit tout ce dont nous sommes sûrs pour l'instant. Nous sommes de bonne foi.

100

— Peut-être, mais je ne sais pas si nous pouvons...

— Tom... (Meredith posa la main sur son bras.) J'ai toujours aimé ton côté direct, et je veux que tu saches à quel point j'apprécie ta franchise et ta compétence. Autant de raisons pour lesquelles je suis sûre que les problèmes du Twinkle seront rapidement résolus. De toute façon, nous savons que c'est un bon produit, qui tient ses promesses. Personnellement, j'ai toute confiance en lui et dans tes capacités. Voilà pourquoi je n'aurai aucun problème à exposer ce que je viens de te dire au cours de la réunion de demain. (Elle plongea son regard dans le sien.) Et toi ?

Le visage de Meredith était tout proche du sien, ses lèvres entrouvertes.

— Quoi, moi ?

— Est-ce que ça te pose un problème de dire ça, à la réunion de demain ?

Les yeux de Meredith étaient bleu clair, presque gris. Il l'avait oublié, comme il avait oublié à quel point ses cils étaient longs. Ses cheveux retombaient doucement de part et d'autre de son visage. Elle avait les lèvres pleines. Un air rêveur dans le regard.

— Non, dit-il, ça ne me pose pas de problème.

— Bon. Eh bien, ça, au moins, c'est réglé. (En souriant, elle lui tendit son verre.) On fait encore honneur à cette bouteille ?

— Bien sûr.

Il se leva et alla chercher la bouteille de vin. Elle le suivit du regard.

— Je suis contente de voir que tu ne t'es pas laissé aller. Tu fais du sport ?

— Deux fois par semaine. Et toi ?

— Tu as toujours eu un beau cul. Un beau petit cul bien dur.

— Meredith ! lança Sanders en se retournant.

Elle pouffa.

— Excuse-moi. Je n'ai pas pu m'en empêcher. Nous sommes de vieux amis. (Elle fronça les sourcils, l'air inquiète.) Je ne t'ai pas offensé, au moins ?

— Non.

— Je ne t'imagine pas devenu prude.

— Non, non.

— Pas toi, quand même ! (Elle se mit à rire.) Tu te souviens, la nuit où nous avons brisé le lit ?

Il lui versa du vin.

— On ne l'a pas vraiment brisé.

— Bien sûr que si ! Tu m'avais couchée au pied du lit, et le fond s'est effondré... mais tu n'as pas voulu t'arrêter et nous sommes quand même montés dessus. Quand j'ai saisi les montants, tout a cédé...

— Je m'en souviens, se hâta-t-il de dire pour l'interrompre. Nous avons passé de bons moments. Mais écoute, Meredith...

— La voisine du dessous est montée, tu te rappelles ? Cette vieille Lituanienne. Elle se demandait s'il n'y avait pas eu un mort.

— Écoute. Pour en revenir au lecteur...

Elle prit son verre.

— Je te mets mal à l'aise, hein ? Qu'est-ce que tu t'imagines ? Que je te fais du rentre-dedans ?

— Non, non. Ça n'est pas du tout ça.

— Tant mieux, parce que ça n'est pas du tout le cas. Je te le promets.

Elle le considéra d'un œil amusé, puis, rejetant la tête en arrière et mettant ainsi en valeur son long cou, elle avala une gorgée de chablis.

— En fait, dit-elle, je... Ah! Aïe! Aïe!

— Que se passe-t-il ? demanda-t-il, inquiet.

— Ma nuque... J'ai une crampe... Là...

Les yeux à demi fermés par la douleur, elle montra du doigt un point situé à la base du cou, près de l'épaule.

— Qu'est-ce que je peux faire ?

— Masse un peu... Frotte... Là.

Il posa son verre et se mit à lui masser l'épaule.

— Là ?

— Oui, oh, plus fort... Serre...

Il sentit les muscles de l'épaule se détendre sous ses doigts. Elle laissa échapper un soupir, hocha lentement la tête et ouvrit les yeux.

— Oh... Ça va mieux... Continue de masser.

Il continua.

— Oh, merci. Ça fait du bien. C'est une histoire de nerf coincé. Quand ça me prend, ça fait vraiment... (Elle hocha de nouveau la tête pour vérifier l'amélioration.) Tu as fait ça très bien. Tu as toujours été habile de tes mains, Tom.

Il continua de lui masser le cou. Il aurait pourtant voulu arrêter. Tout cela prenait une tournure qui ne lui plaisait pas. Il se trouvait assis trop près d'elle, il n'avait pas envie de la toucher ainsi. Mais, en même temps, il éprouvait du plaisir au contact de sa peau. Il s'observait lui-même avec une certaine curiosité.

— Oui, tu sais te servir de tes mains, reprit-elle. Quand j'étais mariée, je n'arrêtais pas de penser à toi.

— Ah bon ?

— Bien sûr. Je te l'ai dit : au lit, il était épouvantable. Vraiment, je déteste les hommes qui ne savent pas y faire. (Elle ferma les yeux.) Il faut dire que toi, ça n'a jamais été ton problème.

Elle soupira, se détendit plus encore et sembla s'abandonner contre lui, fondre sous ses mains. La sensation était sans équivoque. Immédiatement, il lui étreignit une dernière fois l'épaule, de façon tout amicale, et retira ses mains.

Elle ouvrit les yeux. Un sourire complice.

— Ne t'inquiète pas, lui dit-elle.

Il se détourna pour avaler une gorgée de vin.

— Je ne suis pas inquiet.

— Je veux dire... à propos du lecteur. S'il s'avère finalement qu'on a de vrais problèmes et qu'il faudra obtenir l'accord de la direction au plus haut échelon, eh bien, on l'aura. Mais ne précipitons pas les choses.

— Ça me paraît raisonnable. (Il se sentait soulagé d'avoir à parler de nouveau du lecteur. Le terrain était plus sûr.) A qui en parleras-tu ? demanda-t-il. Directement à Garvin ?

— Oui, je crois. Je préfère régler cette affaire de façon informelle. (Elle le regarda avec attention.) Tu as changé... Avant, tu n'aurais pas arrêté ton massage.

— Meredith, ce n'est pas moi qui ai changé, c'est la situation. Tu diriges le département, maintenant. Je travaille pour toi.

— Oh, ne sois pas bête.

— Mais c'est vrai.

— Nous sommes collègues. (Elle fit la moue.) Ici, personne ne me juge supérieure à toi. On m'a simplement confié le travail administratif, c'est tout. Nous sommes collègues, Tom. Je veux seulement que nous ayons une relation franche, amicale.

— Moi aussi.

— Parfait. Je suis heureuse que nous soyons d'accord sur ce point. (Rapidement, elle se pencha en avant et déposa un baiser sur ses lèvres.) Voilà. C'était si terrible que ça ?

— Ça n'était pas terrible du tout.

— Qui sait ? Nous serons peut-être obligés d'aller ensemble en Malaisie pour inspecter les chaînes d'assemblage. Il y a de très belles plages en Malaisie. Tu es déjà allé à Kuantan ?

— Non.

— Tu adorerais.

— J'en suis sûr.

— Je te ferai visiter. On pourra prendre un jour ou deux en plus. Se faire dorer au soleil.

— Meredith...

— Personne n'a besoin de le savoir, Tom.

— Je suis marié.

— Mais tu es aussi un homme.

— Ce qui veut dire ?

— Allez, Tom, dit-elle avec une feinte sévérité, ne me dis pas que tu n'as jamais d'aventures, comme ça, à droite à gauche. Je te connais, ne l'oublie pas.

— Tu m'as connu il y a longtemps, Meredith.

— Les gens ne changent pas. Pas comme ça.

— Mais si.

— Allez, allez. Nous allons travailler ensemble, autant le faire avec plaisir.

Il n'aimait pas la tournure que prenaient les événements. Il se sentait coincé dans une situation inconfortable. Et lorsqu'il dit : « Je suis marié, maintenant », il se sentit puritain et ridicule.

— Ta vie privée ne m'intéresse pas, répondit Meredith d'un ton léger. Je ne suis responsable que de ton attitude au travail. Travailler sans un moment de distraction, ça n'est pas bon pour toi. Il faut savoir prendre du bon temps. (Elle se pencha vers lui.) Allez... Rien qu'un petit baiser...

La sonnerie de l'interphone retentit. On entendit la voix de la secrétaire.

— Meredith...

Elle leva les yeux, l'air ennuyée.

— Je vous avais dit : « Pas d'appels. »

— Excusez-moi, mais c'est M. Garvin.

— C'est bon.

Elle quitta le canapé et gagna son bureau, de l'autre côté de la pièce, en disant à haute voix :

— Mais après ça, Betsy, plus d'appels !

— Entendu. Je voulais aussi vous demander, vous êtes toujours d'accord pour que je parte dans dix minutes ? Il faut que j'aille voir le propriétaire pour mon nouvel appartement.

— D'accord. Vous m'avez préparé le paquet ?

— Je l'ai ici.

— Apportez-le-moi, vous pourrez partir ensuite.

— Merci. Vous avez M. Garvin sur la 2.

Meredith décrocha le téléphone et se versa du vin.

— Bob ? Salut. Qu'est-ce qui se passe ?

Impossible de ne pas remarquer la familiarité dans le ton de sa voix.

Le dos tourné, elle se mit à parler avec Garvin. Toujours assis sur le canapé, Sanders éprouvait un étrange sentiment de passivité et de désœuvrement. La secrétaire pénétra dans la pièce, tenant à la main un petit sac en papier brun qu'elle donna à Meredith.

— Bien sûr, Bob, dit Meredith. Je suis on ne peut plus d'accord. On va s'en occuper.

La secrétaire, attendant que Meredith lui fasse signe de partir, sourit à Sanders. Mal à l'aise, ce dernier quitta le canapé, s'approcha de la fenêtre, tira son téléphone cellulaire de sa poche et composa le numéro de Mark Lewyn, qu'il avait promis d'appeler.

Un répondeur se déclencha. Une voix d'homme. « Laissez votre message après le bip sonore. »

« Mark, ici Tom Sanders. J'ai parlé du Twinkle avec Meredith. Elle pense que nous en sommes aux premiers stades de la production et qu'il faut inspecter de fond en comble les chaînes de production. Elle estime que nous ne sommes pas encore sûrs de dénicher un problème majeur, et que demain, vis-à-vis des banquiers et des gens de Conley-White, il faudra traiter cette affaire comme un problème de routine... »

La secrétaire se dirigea vers la sortie et sourit à Sanders en passant devant lui.

« ... si, plus tard, nous avons des problèmes avec ce lecteur, elle pense qu'il faudra voir ça avec la direction. Je lui ai dit ce que tu en pensais, et en ce moment elle est en train de parler avec Bob, alors j'imagine que demain, au cours de la réunion, on adoptera cette position... »

La secrétaire atteignit la porte du bureau. Elle tripota un peu le verrou de la poignée, puis sortit en refermant derrière elle.

Sanders fronça les sourcils. *Elle avait verrouillé la porte derrière elle.* Ce n'était pas tant le geste en lui-même que l'impression qu'il avait de se trouver pris dans un scénario déjà écrit, dans lequel tout le monde, sauf lui, savait quel était son rôle.

« En tout cas, Mark, reprit-il, s'il y a du changement, je te contacterai avant la réunion de demain, et... »

— Laisse tomber ce téléphone, dit soudain Meredith en venant se plaquer contre lui.

Elle repoussa la main de Sanders vers le bas et colla ses lèvres contre les siennes. Il eut vaguement la sensation de laisser tomber le téléphone sur la table, tandis qu'ils continuaient de s'embrasser et basculaient sur le canapé.

— Meredith, attends...

— Oh, j'ai eu envie de toi toute la journée.

Elle l'embrassa à nouveau, se plaça au-dessus de lui et le bloqua avec une jambe. Sa position était inconfortable, mais il se sentait répondre au désir de Meredith. Puis il songea que quelqu'un pourrait entrer. Il se vit allongé sur le canapé, avec sa directrice sur lui, dans son tailleur bleu marine... Pourtant, l'excitation le gagnait.

Elle le sentit, et sa propre excitation à elle ne fit que croître. Elle s'écarta un peu.

— Mon Dieu, qu'est-ce que c'est bon! Je ne supporte plus que ce salaud me touche. Ces affreuses lunettes! Oh, qu'est-ce que j'en ai envie... Ça fait si longtemps que je n'ai pas été bien baisée...

Elle se jeta à nouveau sur lui et écrasa ses lèvres contre les siennes. Il respira son parfum, et les souvenirs affluèrent.

Elle bougea un peu de façon à pouvoir le caresser, et gémit en sentant son sexe gonflé à travers l'étoffe du pantalon. Ses doigts s'activèrent sur la fermeture Éclair. Les pensées, les images les plus contradictoires se bousculèrent alors dans l'esprit de Sanders : son désir pour Meredith, sa femme et ses enfants, des souvenirs d'un passé lointain, avec elle, dans l'appartement de Sunnyvale, le lit qui s'effondrait. A nouveau l'image de sa femme...

— Meredith...

— Oh, ne parle pas. Non! Non!

Elle haletait, la bouche ourlée comme celle d'un poisson rouge. Il se rappela qu'elle faisait toujours ainsi. Il l'avait oublié. Il sentit son haleine contre son visage, vit la rougeur de ses joues. Elle ouvrit la fermeture Éclair. La main chaude se posa sur son sexe.

— Oh, mon Dieu!

Elle se laissa glisser contre lui, lui caressant la poitrine par-dessus la chemise.

— Écoute, Meredith.

— Laisse-moi, dit-elle d'une voix rauque. Simplement une minute.

Les lèvres de Meredith se refermèrent sur son sexe. Elle avait toujours été très douée pour ça. Les images lui revinrent en foule. La façon dont elle aimait faire ça dans les endroits les plus dangereux. Pendant qu'il conduisait sur l'autoroute. Dans les toilettes des hommes au cours d'une réunion de représentants. Sur la plage de Napili, pendant la nuit. Ses impulsions secrètes, sa chaleur secrète. Après lui avoir présenté Meredith, le cadre de la ConTech lui avait dit : « C'est une sacrée suceuse. »

Sa bouche sur son sexe, ses reins à lui qui se cambrent, une sensation tout à la fois de plaisir et de danger. Il s'était passé tant de choses au cours de la journée, tant d'événements imprévus. Il se sentait dominé, maîtrisé. Et en danger. Étendu ainsi, il avait l'impression d'accepter une situation qu'il ne comprenait pas. Cela allait lui attirer des ennuis. Il n'avait pas envie d'aller en Malaisie avec Meredith. Il ne voulait pas d'une aventure avec sa supérieure hiérarchique. Il ne voulait même pas d'une passade, comme ça, pour un soir. Parce que les gens finissent toujours par être au courant ; les ragots circulent autour du distributeur d'eau fraîche, on croise dans les couloirs des regards lourds de sous-entendus. Et, tôt ou tard, les épouses finissent par le savoir. Les portes qui claquent, le divorce, les avocats, la garde des enfants.

Non, il ne voulait rien de tout cela. Sa vie était réglée, tout était à sa place. Il avait des engagements. Cette femme surgie de son passé ne savait rien de cela. Elle était libre. Lui ne l'était pas. Il se tourna un peu sur le côté.

— Meredith...

— Mmmm, tu as bon goût.

— Meredith...

Elle posa les doigts sur ses lèvres.

— Chuuut. Je sais que tu aimes ça.

— C'est vrai que j'aime ça, dit-il, mais...

— Alors laisse-moi.

Tout en lui suçant le sexe, elle déboutonna la chemise de Sanders et pinça ses mamelons. Baissant les yeux, il la vit à califourchon sur ses jambes, la tête penchée. Le chemisier de Meredith était ouvert. Elle saisit les mains de Tom et les plaça sur sa poitrine.

Ses seins étaient toujours parfaits, les mamelons durs sous ses doigts. Elle gémit. Elle s'enroula sur lui et il sentit sa chaleur. Une sorte de bourdonnement emplit les oreilles de Tom. La pièce autour de lui sembla s'estomper. Il n'y eut plus que ce corps de femme et son désir pour elle.

Soudain, une manière de colère virile s'empara de lui. Cloué sur ce canapé, il se sentit dominé par elle, et voulut retrouver la maîtrise de la situation, reprendre l'initiative. Il s'assit, attrapa Meredith par les cheveux et lui releva la tête. Elle plongea ses yeux dans les siens et comprit immédiatement.

— Oui ! dit-elle.

Elle se déplaça pour qu'il pût s'asseoir à côté d'elle. Il glissa la main entre les jambes de Meredith, découvrant la chaleur sous la culotte en dentelle. Il tenta de lui ôter sa culotte et elle se tortilla pour l'aider à la baisser jusqu'aux genoux ; puis elle la jeta au loin du bout du pied. Elle lui caressait les cheveux et approcha les lèvres de son oreille.

— Oui, murmura-t-elle, oui.

Sa jupe bleue était remontée autour de la taille. Il l'embrassa avec violence, pressant les seins de Meredith contre sa poitrine nue. Sa chaleur l'envahissait. Ses doigts redescendirent entre ses jambes.

L'espace d'un instant il demeura sidéré : elle n'était pas très mouillée. Puis il se rappela cela. Elle était excitée dès le début, lui chuchotait des mots d'amour enflammés, mais l'excitation ne s'emparait de son sexe que plus lentement. C'était sa jouissance à lui qui entraînait son orgasme. C'était son désir pour elle qui l'excitait, qui lui frayait la voie vers ce monde secret où elle s'abandonnait. Il se sentait toujours seul dans ces moments-là, il avait le sentiment qu'elle se servait de lui.

Ces souvenirs firent naître en lui une hésitation qu'elle sentit aussitôt. Elle l'attira contre elle, tenta de défaire sa ceinture, joua avec sa langue dans son oreille.

Mais la mâle colère qui s'était emparée de lui s'estompait. Une pensée s'imposa à son esprit : ça ne vaut pas la peine.

Les images, les idées défilaient en bon ordre, familières : il revoit une ancienne amante, accepte une invitation à dîner, éprouve à nouveau du désir, et, soudain, au moment crucial, se rappelle tout ce qui a fait que la relation a échoué, retrouve les agacements d'autrefois, les conflits, les colères, et regrette de s'être fourré dans ce guêpier. Mais, d'habitude, il n'y a aucun moyen d'en sortir.

Les doigts de Tom étaient encore en elle, et elle se lovait contre lui pour qu'il la caresse là où il le fallait. A présent, son sexe ruisselait. Elle ouvrit plus largement les jambes. Elle respirait très fort, lui pétrissant le dos.

– Oh, c'est bon, c'est bon...

D'habitude, il n'y a aucun moyen d'en sortir.

Il était tendu, prêt à la pénétrer. Les mamelons durs de Meredith étaient pressés contre sa poitrine. Elle continuait de le caresser. Elle lui lécha rapidement le lobe de l'oreille, et soudain il n'y eut plus que son désir d'homme, sa mâle fureur, rendue plus intense encore par le fait qu'il n'avait pas réellement envie de se retrouver là, par le sentiment qu'il avait d'être manipulé. Il voulait la baiser. Il allait la baiser.

Sentant à nouveau ses mouvements d'humeur, elle se mit à gémir, cessa de l'embrasser et s'allongea sur le canapé, attendant qu'il la prenne. Les yeux mi-clos, elle l'observait. Les doigts de Tom continuaient leur va-et-vient dans son sexe, lui arrachant des gémissements. Elle remonta sa jupe et allongea les jambes pour lui. Il se pencha sur elle, lui arrachant un sourire victorieux. En voyant le triomphe se peindre ainsi sur son visage, Tom éprouva un sentiment de fureur. Il lui vint l'envie d'effacer brutalement cet air narquois, de faire perdre à Meredith sa maîtrise de soi, comme lui-même l'avait perdue. Il continua de jouer avec le sexe de Meredith, mais il ne la pénétra pas.

Elle creusa les reins, s'offrant à lui.

— Non, non... Je t'en prie...

Il attendait toujours, la regardait. Sa colère s'évanouissait aussi rapidement qu'elle était venue, et les anciennes réticences revenaient en force. Dans un éclair de lucidité, il vit le spectacle qu'il offrait : un homme dans la force de l'âge, marié, le pantalon tire-bouchonné aux genoux, penché sur une femme allongée sur un canapé trop étroit. Mais que faisait-il donc là ?

Il regarda plus intensément Meredith, vit le maquillage qui se fendillait au coin de ses paupières, autour de ses lèvres.

Les mains posées sur ses épaules, elle l'attirait à elle.

— Oh, je t'en prie, non... Non...

Et puis, brusquement, elle se tourna sur le côté et se mit à tousser.

Quelque chose en lui claqua comme une lanière de fouet. Froidement, il se rassit.

— Tu as raison...

Il quitta le canapé et remonta son pantalon.

— ... On ne devrait pas faire ça.

Elle s'assit à son tour.

— Qu'est-ce que tu fais ? (Elle semblait sidérée.) Tu en as envie autant que moi. Tu le sais bien.

— Non, dit-il. On ne devrait pas faire ça, Meredith.

Il boucla sa ceinture, fit un pas en arrière.

Elle le contemplait, stupéfaite, comme quelqu'un qu'on vient de réveiller.

— Tu n'es pas sérieux.

— Ce n'est pas une bonne idée. Ça ne me plaît pas.

Un éclair de fureur passa alors dans les yeux de Meredith.

— Espèce de fils de pute !

Elle se leva d'un bond, se précipita sur lui et lui martela la poitrine à coups de poing.

— Salopard ! Ordure ! Espèce de salopard ! (Il évitait ses coups tout en essayant de boutonner sa chemise.) Espèce d'ordure ! Salopard !

Tandis qu'il se détournait, elle lui saisit les mains puis écarta violemment les pans de sa chemise pour l'empêcher de la boutonner.

— Tu ne peux pas ! Tu ne peux pas me faire ça !

Les boutons sautèrent. Elle le griffa sauvagement, creusant des sillons rouges sur sa poitrine. Il se tourna à nouveau, tentant de lui échapper, avec une seule idée en tête : partir.

Elle lui martela le dos.

— Saleté, tu ne peux pas me laisser comme ça!

— Laisse tomber, Meredith! Ça suffit comme ça!

— Va te faire mettre!

Elle l'attrapa par les cheveux et, avec une force inattendue, le contraignit à baisser la tête avant de le mordre à l'oreille. La douleur le traversa avec violence. Il la repoussa brutalement. Elle perdit l'équilibre, alla buter contre la table basse et s'affala sur le sol.

Elle demeura là, assise, haletante.

— Espèce de salopard!

— Laisse-moi tranquille, Meredith.

Partir. Prendre ses affaires et partir. En saisissant sa veste, il aperçut le téléphone cellulaire sur l'appui de la fenêtre. Il contourna le canapé et le ramassa. Un verre de vin s'écrasa contre la fenêtre, à quelques centimètres de sa tête. Il se retourna. Meredith se tenait au milieu de la pièce, cherchant un autre objet à lui lancer.

— Je te tuerai! dit-elle. Je te tuerai!

— Ça suffit, Meredith.

Elle lui lança un petit sac en papier qui rebondit sur la fenêtre et tomba sur le sol. Une boîte de préservatifs en sortit.

— Je rentre chez moi, dit-il en se dirigeant vers la porte.

— C'est ça. Va retrouver ta femme et ta petite famille de merde!

Il eut l'impression qu'un signal d'alarme s'était déclenché dans son esprit. Il hésita.

— Oui, dit-elle en le voyant hésiter devant la porte. Je sais tout de toi, espèce de trou du cul. Tu ne baises plus ta femme, alors tu viens me faire du plat, ici, tu me provoques et ensuite tu me laisses tomber. Espèce de salaud! Tu crois qu'on peut traiter une femme comme ça? Salopard!

Il posa la main sur la poignée de la porte.

— Si tu me laisses tomber, tu es mort!

Il se retourna et la vit appuyée contre le bureau, en équilibre précaire. Il se dit : elle est soûle.

— Bonsoir, Meredith.

Il tourna la poignée et se rappela alors que la porte était verrouillée. Il débloqua le mécanisme et quitta la pièce, sans un regard en arrière.

Dans le bureau de la secrétaire, une femme de ménage était occupée à vider les corbeilles à papier.

— Je te tuerai pour ce que tu as fait! hurla Meredith dans son dos.

La femme de ménage entendit l'imprécation et regarda Sanders. Il détourna le regard et se dirigea vers l'ascenseur. Il appuya sur le bouton. Un moment plus tard, il décida de prendre les escaliers.

Sur le pont du ferry qui le ramenait à Winslow, Sanders regardait le soleil se coucher. La soirée était calme, la brise imperceptible ; la surface de l'eau était sombre et immobile. Il regarda derrière lui les lumières de la ville, tentant de comprendre ce qui s'était passé.

Depuis le ferry, il apercevait les étages supérieurs de l'immeuble DigiCom émergeant au-dessus de la ligne grise du viaduc de béton bordant le rivage. Il s'efforça de repérer la fenêtre du bureau de Meredith, mais il était déjà trop loin.

Là, sur l'eau, tandis qu'il s'en retournait vers sa famille, s'apprêtant à retrouver la routine quotidienne, les événements vieux d'une heure semblaient avoir déjà pris les couleurs de l'irréel. Il passa ces événements en revue, s'efforçant de trouver le moment où il avait fait fausse route. Il était persuadé que tout était sa faute, qu'il avait trompé Meredith sur ses véritables intentions. Sans cela, elle ne se serait pas jetée sur lui de cette façon. Toute cette affaire était fort embarrassante pour lui, et probablement aussi pour elle. Il se sentait coupable, misérable... et inquiet pour l'avenir. Qu'allait-il se passer, maintenant ? Qu'allait-elle faire ?

Impossible même de l'imaginer. Il se rendit compte alors qu'il ne la connaissait pas vraiment. Ils avaient bien été amants, autrefois, mais il y avait si longtemps. A présent, c'était quelqu'un de différent, avec de nouvelles responsabilités. Elle lui était inconnue.

Bien que la soirée fût douce, il avait froid. Il rentra à l'intérieur, prit place sur un siège et tira le téléphone de sa poche pour appeler Susan. Il appuya sur les boutons, mais la lumière ne s'alluma pas. La batterie était morte. Pendant un instant, il demeura étonné : la batterie devait durer toute une journée, et elle était morte.

Voilà qui couronnait dignement cette journée.

111

Dans les toilettes du ferry, il se regarda dans le miroir. Il avait les cheveux en bataille, du rouge à lèvres sur les lèvres et sur le cou ; il manquait deux boutons à sa chemise, et ses vêtements étaient froissés. Il tourna la tête pour voir son oreille. Une marque sombre était apparue à l'endroit où Meredith l'avait mordu. Il déboutonna sa chemise et examina les longs sillons rouges qui couraient parallèlement sur sa poitrine.

Comment faire pour que Susan ne les voie pas ?

Avec du papier toilette mouillé, il ôta le rouge à lèvres. Il se recoiffa et boutonna sa veste de manière à dissimuler au mieux sa chemise. Puis il alla s'installer dans un fauteuil près d'une fenêtre et regarda la mer.

— Salut, Tom.

Levant les yeux, il aperçut John Perry, son voisin de Brainbridge. Perry était avocat chez Marlin & Howard, l'un des plus anciens cabinets de Seattle. L'homme se montrait toujours d'un enthousiasme débordant, et Sanders, ce soir, n'avait guère envie d'engager la conversation. Mais Perry vint s'installer sur le siège en face de lui.

— Comment ça va ? demanda Perry d'un air jovial.

— Ça va, ça va.

— J'ai eu une journée extraordinaire.

— Je suis content de l'apprendre.

— Vraiment extraordinaire, dit Perry. Nous avons plaidé en audience, et je peux te dire qu'on a décroché la timbale.

— Tant mieux.

Sanders regarda ostensiblement par la fenêtre, espérant que Perry comprendrait et le laisserait seul.

Mais ce ne fut pas le cas.

— Et pourtant, reprit Perry, l'affaire n'était pas facile. Il a fallu ramer tout le long. Article VII, Cour fédérale. On défendait une femme qui travaillait chez MicroTech et qui disait qu'elle n'avait pas eu de promotion parce qu'elle était une femme. A dire vrai, son affaire n'était pas évidente. Parce qu'elle buvait et tout ça, quoi. Bref, il y avait des problèmes. Mais il y a une fille, dans notre cabinet, Louise Fernandez, une Hispanique, et je peux te dire que dans ces affaires de discrimination elle est redoutable. Grâce à elle, le jury a accordé près d'un demi-million de dollars de dommages et intérêts à notre cliente. Cette Louise Fernandez traite ces affaires-là comme personne. Sur les seize qu'elle a traitées, elle en a remporté quatorze. Elle a l'air douce et réservée, mais, à l'intérieur, elle est tranchante comme l'acier. Je vais te dire, les femmes, parfois, elles me font peur.

Sanders ne répondit rien.

La maison était silencieuse, les enfants déjà couchés. Susan les mettait toujours au lit très tôt. Sanders monta à l'étage. Sa femme était assise sur le lit et lisait ; tout autour d'elle, des papiers, des dossiers juridiques. En le voyant, elle se leva et vint le prendre dans ses bras. Involontairement, il sentit son corps se tendre.

— Excuse-moi, Tom, dit-elle. Excuse-moi pour ce matin. Et puis, c'est dur ce qui t'est arrivé au travail.

Elle déposa un baiser sur ses lèvres. Gêné, il se détourna. Avait-elle senti le parfum de Meredith, ou bien... ?

— Tu es furieux pour ce matin ? demanda-t-elle.

— Non, pas du tout. J'ai simplement eu une journée très éprouvante.

— Il y a eu beaucoup de réunions à propos de cette fusion ?

— Oui. Et il y en aura d'autres demain. C'est la folie.

Susan hocha la tête.

— J'imagine. Au fait, tu as reçu un coup de téléphone du bureau. Une certaine Meredith Johnson.

— Ah bon ? dit-il en s'efforçant de garder un ton détaché.

— Oui, oui. Il y a environ dix minutes. (Elle retourna sur le lit.) Qui est cette Meredith Johnson ?

Susan se montrait toujours soupçonneuse lorsqu'une femme téléphonait du bureau.

— C'est le nouveau manitou. Elle vient de Cupertino.

— C'est curieux... Elle parlait comme si elle me connaissait.

— Je ne crois pas que vous vous soyez déjà rencontrées, dit-il en espérant la voir changer de sujet.

— En tout cas, elle s'est montrée très amicale. Elle m'a chargée de te dire que tout était prêt pour la réunion de demain à 8 h 30 et qu'elle te verrait là-bas.

Il ôta ses chaussures et entreprit de déboutonner sa chemise, mais se ravisa aussitôt. Il se pencha pour ramasser ses chaussures.

– Quel âge a-t-elle ? demanda Susan.

– Meredith ? Je ne sais pas. Trente-cinq ans, quelque chose comme ça. Pourquoi ?

– Je me demandais, comme ça.

– Je vais prendre une douche, annonça-t-il.

– D'accord.

Elle se cala plus confortablement dans le lit, rassembla ses dossiers et régla l'inclinaison de la lampe de chevet.

– Tu la connais ? demanda-t-elle alors que Sanders s'apprêtait à quitter la pièce.

– Je l'ai déjà rencontrée. A Cupertino.

– Qu'est-ce qu'elle est venue faire ici ?

– C'est ma nouvelle directrice.

– Alors c'est elle !

– Oui, dit-il, c'est elle.

– C'est donc elle qui est si proche de Garvin ?

– Oui. Qui te l'a dit ? Adele ?

Adele Lewyn, la femme de Mark, était l'une des meilleures amies de Susan.

Elle opina du chef.

– Mary Anne aussi m'a appelée. Le téléphone n'a pas arrêté de sonner.

– Tu m'étonnes.

– Elle baise avec Garvin, ou quoi ?

– Personne n'en sait rien, répondit Tom. Mais, selon l'opinion générale, c'est non.

– Alors pourquoi est-ce qu'il l'a fait venir au lieu de te donner le poste ?

– Je n'en sais rien, Sue.

– Tu n'as pas parlé à Garvin ?

– Il est passé me voir ce matin, mais je n'étais pas encore arrivé.

Elle hocha la tête.

– Tu dois être fumasse. Ou bien est-ce que tu prends bien la chose, comme d'habitude ?

Il haussa les épaules.

– Qu'est-ce que tu veux que je fasse ?

– Tu peux démissionner.

– Pas question.

114

— Ils sont passés par-dessus ta tête. Tu ne te sens pas obligé de démissionner ?

— La situation économique n'est pas brillante, ça ne serait pas facile de retrouver un travail. Et puis j'ai quarante et un ans, je ne me sens pas de tout recommencer. En outre, Phil m'a confirmé que le département allait être transformé en société à part entière d'ici à un an. Même si je n'en suis pas le directeur, je continuerai à occuper un poste important.

— Il t'a donné des détails ?

Il acquiesça.

— Ils nous réservent à chacun vingt mille actions, et des options pour cinquante mille actions supplémentaires. Puis des options pour cinquante mille actions supplémentaires tous les ans.

— A quel prix ?

— D'habitude, c'est vingt-cinq cents l'action.

— Et le prix public sera de combien ? Cinq dollars ?

— Au moins. Le marché des valeurs est raffermi. Disons que ça peut aller jusqu'à dix dollars. Vingt si on est très cotés.

Il y eut un bref moment de silence. Il la savait douée pour les chiffres.

— C'est vrai, dit-elle, tu ne peux pas te permettre de démissionner.

Il avait refait plusieurs fois les calculs. Au minimum, il gagnerait suffisamment d'argent pour rembourser en totalité l'emprunt de sa maison. Mais si les cours crevaient le plafond, les plus-values réalisées pouvaient être énormes, entre cinq et quatorze millions de dollars. Voilà pourquoi la cotation en Bourse était le rêve de tous ceux qui travaillaient dans ce genre de société.

— Ils peuvent même mettre Godzilla à la tête du département, dit-il, ça ne m'empêcherait pas de rester encore au moins deux ans.

— Et ils ont fait ça ? Ils ont nommé Godzilla ?

Il haussa les épaules.

— Je ne sais pas.

— Tu t'entends bien avec elle ?

Il hésita.

— Je n'en suis pas sûr. Bon... Je vais prendre une douche.

— A tout de suite.

Elle replongea le nez dans ses dossiers.

Après la douche, il plaça son téléphone sur le chargeur fixé au-dessus du lavabo et enfila un tee-shirt et un short. Il se regarda dans le miroir : le tee-shirt dissimulait complètement ses égratignures. Mais le parfum de Meredith continuait de l'inquiéter. Il s'inonda les joues d'après-rasage.

Puis il alla voir son fils dans sa chambre. Matthew ronflait, le pouce dans la bouche. Il avait repoussé ses couvertures. Sanders les remit doucement en place et déposa un baiser sur son front.

Il se rendit ensuite dans la chambre d'Eliza. D'abord, il ne la vit pas : ces derniers temps, sa fille avait pris l'habitude de s'enfouir sous une montagne de couvertures et d'oreillers. Il s'approcha sur la pointe des pieds et aperçut alors une petite main qui lui faisait signe.

– Tu ne dors pas, Lize ? chuchota-t-il.

– J'étais en train de faire un rêve, dit-elle, nullement effrayée.

Il s'assit sur le bord du lit et lui caressa les cheveux.

– Quelle sorte de rêve ?

– Je rêvais de la bête.

– Ah bon ?

– En fait, la bête, c'était un prince, mais une méchante sorcière lui avait jeté un sort.

– C'est vrai, dit-il en lui caressant les cheveux.

– Qui l'avait transformé en bête affreuse.

Elle citait les dialogues du film presque mot à mot.

– C'est vrai, répéta-t-il.

– Pourquoi ?

– Je ne sais pas, Lize, l'histoire est comme ça.

– Parce qu'il ne lui avait pas donné un abri contre le froid cruel ?

116

(Là encore, il reconnut les dialogues du film.) Pourquoi il l'a pas fait, papa ?

— Je ne sais pas.

— Parce qu'il n'avait pas d'amour dans son cœur, dit-elle.

— Bon, Lize, c'est l'heure de dormir, maintenant.

— Donne-moi d'abord un rêve, papa.

— D'accord. Eh bien, il y a un magnifique nuage argenté au-dessus de ton lit, et...

— Ça va pas comme rêve, papa, dit-elle, les sourcils froncés.

— Bon, bon, d'accord. Quel genre de rêve veux-tu ?

— Avec Kermit.

— D'accord. Alors Kermit est assis là, à côté de toi, et il va veiller sur toi toute la nuit.

— Et toi aussi.

— Oui. Et moi aussi.

Il l'embrassa sur le front, et elle se retourna face au mur. En quittant la pièce, il l'entendit sucer bruyamment son pouce.

De retour dans sa chambre, il écarta les dossiers de sa femme pour pouvoir se glisser dans le lit.

— Elle était encore éveillée ? demanda Susan.

— Je crois qu'elle va s'endormir. Elle voulait un rêve, avec Kermit.

Susan hocha la tête.

— Oui, Kermit est très important pour elle, en ce moment.

Elle ne fit aucun commentaire sur son tee-shirt. Il se glissa sous les couvertures et se sentit immédiatement épuisé. Il ferma les yeux. Il entendit Susan rassembler ses dossiers, puis, quelques instants plus tard, elle éteignit la lumière.

— Mmmm, dit-elle, tu sens bon.

Elle se blottit contre lui, enfouit le visage dans son cou et passa une jambe sur les siennes. C'était ainsi, invariablement, qu'elle manifestait son désir de faire l'amour, et il avait fini par en concevoir un certain agacement. Il se sentait cloué au lit par le poids de sa jambe.

Elle lui caressa la joue.

— L'après-rasage, c'est pour moi ?

— Oh, Susan...

Il laissa échapper un soupir, exagérant sa fatigue.

— Parce que ça marche, dit-elle avec un petit rire.

Sous la couverture, elle glissa la main sous son tee-shirt.

La colère s'empara brusquement de lui. Elle n'avait aucune délicatesse ! Elle voulait toujours faire l'amour au mauvais moment. Il lui saisit la main.

— Il y a quelque chose qui ne va pas ? demanda-t-elle.

— Je suis très fatigué, Sue.

— Tu as eu une mauvaise journée, hein? dit-elle d'un air compatissant.

— Oui. Très mauvaise.

Elle s'appuya sur un coude, se pencha vers lui et lui caressa les lèvres du bout du doigt.

— Tu ne veux pas que je te fasse oublier ça?

— Non, vraiment.

— Même pas un petit peu?

Il soupira de nouveau.

— Tu es sûr? demanda-t-elle, taquine. Vraiment, vraiment sûr?

Et elle se mit à glisser sous les couvertures.

Il retint sa tête à deux mains.

— Susan. Je t'en prie. Remonte.

Elle pouffa.

— Il n'est que 20 h 30. Tu n'es quand même pas si fatigué que ça!

— Si.

— Je parie que non.

— Susan, bon sang! Je ne suis pas d'humeur.

— D'accord, d'accord. (Elle s'éloigna de lui.) Mais je ne comprends pas pourquoi tu as mis de l'après-rasage, si tu n'as pas envie.

— Oh, je t'en prie!

— On ne fait presque plus l'amour.

— C'est parce que tu es toujours en train de voyager.

— C'est pas vrai!

— Tu n'es pas là deux nuits par semaine.

— Ça n'est pas être toujours en train de voyager, rétorqua-t-elle. En plus, c'est pour mon travail. Je pensais que tu me soutiendrais dans mon travail.

— C'est ce que je fais.

— Se plaindre, ça n'est pas soutenir.

— Écoute! Chaque fois que tu es en voyage, je rentre tôt à la maison. Je fais dîner les enfants, je m'occupe du ménage....

— Parfois! Et, parfois, tu restes tard le soir au bureau, et les enfants restent avec Consuela...

— Mais moi aussi j'ai un métier...

— Alors ne viens pas me raconter tes bobards sur le fait que tu t'occupes de la maison. Tu es beaucoup moins à la maison que moi; c'est moi qui ai deux emplois! En fait, tu fais exactement ce que tu veux. Comme tous les bonshommes!

— Susan...

118

— Oh, ça suffit! Tu rentres tôt une fois de temps en temps et après tu viens jouer les martyrs! (Elle se rassit dans le lit et alluma sa lampe de chevet.) Toutes les femmes que je connais travaillent plus que les hommes.

— Susan, je n'ai pas envie de me bagarrer.

— Bien sûr, c'est encore ma faute! C'est moi qui ai des problèmes. Et merde pour les hommes!

Il était fatigué, mais la colère lui redonna une nouvelle énergie. Il bondit hors du lit et se mit à faire les cent pas dans la chambre.

— Qu'est-ce que ça a à voir, le fait d'être un homme? Il va falloir que je supporte encore ton couplet sur l'oppression des femmes?

Elle se raidit.

— Mais les femmes sont opprimées. C'est un fait!

— Ah bon? Parce que toi, tu es opprimée? Tu ne fais jamais une machine à laver. Tu ne prépares jamais un repas. Tu ne nettoies jamais le sol. Tout ça, on le fait pour toi. Tu as quelqu'un pour t'aider dans toutes les tâches de la vie quotidienne. Il y a quelqu'un qui emmène les enfants à l'école et qui les en ramène. Tu es avocate dans un cabinet de groupe, ne l'oublie pas! Tu es à peu près aussi opprimée que Mme Rockefeller!

Elle était sidérée. Il savait pourquoi : Susan lui avait souvent tenu le discours de l'oppression, et jamais il ne l'avait contredite. Avec le temps, l'idée avait fini par s'imposer entre eux. Mais, à présent, il exprimait un désaccord, il changeait les règles du jeu.

— Je n'arrive pas à te croire, dit-elle. Tu n'es plus le même. (Elle lui jeta un regard pénétrant.) C'est parce que c'est une femme qui a obtenu ton poste?

— Qu'est-ce que tu vas me sortir, maintenant? Le moi fragile des hommes?

— C'est ça, n'est-ce pas?

— Foutaises! Qui a un moi fragile, ici? Toi, tu es tellement fragile que, quand on ne veut pas faire l'amour avec toi, tu déclenches une dispute.

Elle se figea. Il le vit aussitôt : elle n'avait rien à répliquer. Elle le regardait, le visage fermé.

Il tourna les talons, près de quitter la chambre.

— C'est toi qui as commencé la dispute, dit-elle.

Il se retourna.

— Non.

— Mais si! C'est toi qui as commencé à me parler de mes voyages.

— Non. Tu te plaignais parce qu'on ne faisait plus l'amour.

— Je faisais une simple remarque.

– Seigneur! N'épousez jamais une avocate!

– Et, de fait, tu as un moi fragile!

– C'est toi qui viens me parler de fragilité, Susan? Mais tu es tellement centrée sur toi-même que ce matin tu as fait tout un foin pour être belle pour le pédiatre.

– Ah, nous y voilà! Tu es encore furieux parce que tu t'es mis en retard à cause de moi. Et alors? Tu crois que tu n'as pas eu ce poste parce que tu es arrivé en retard?

– Non, je n'ai pas...

– Si tu n'as pas eu ce boulot, c'est parce que Garvin ne te l'a pas donné. Tu n'as pas été à la hauteur, alors que quelqu'un d'autre y est arrivé. Voilà pourquoi. Et c'est une femme qui a été à la hauteur.

Tremblant de rage, incapable de répondre, il tourna les talons et quitta la chambre.

– C'est ça, va-t'en, dit-elle. Fuis. C'est toujours ce que tu fais. Tu fuis. Ne te défends pas. Tu n'as pas envie d'entendre ce que je te dis, Tom, mais c'est la vérité. Si tu n'as pas obtenu ce poste, tu n'as qu'à t'en prendre à toi-même.

Il claqua la porte derrière lui.

Sanders alla s'asseoir dans la cuisine sans allumer la lumière. Il n'y avait aucun bruit, sinon le ronronnement du réfrigérateur. Par la fenêtre, derrière le rideau de sapins, il apercevait la lune éclairant la baie.

Il se demanda si Susan descendrait, mais elle demeura dans la chambre. Il se leva et se mit à arpenter la pièce. Au bout d'un moment, il se rendit compte qu'il n'avait pas mangé. Il ouvrit le réfrigérateur, clignant des yeux devant la lumière vive. Il était rempli de nourriture pour bébé, petits pots, bouteilles de jus de fruits, vitamines, etc. Il fouilla, à la recherche d'un morceau de fromage, voire d'une bière, mais ne trouva rien en dehors d'une boîte de Coca light.

Les temps avaient changé. Autrefois, le frigo était plein de surgelés, de sauces, de bières. Mais c'était l'époque où il était célibataire.

Il prit le Coca light. Maintenant, Eliza commençait à en boire aussi. Il avait dit des dizaines de fois à Susan qu'il ne voulait pas que les enfants prennent des boissons allégées. Ils devaient prendre une nourriture consistante. De la vraie nourriture. Mais Susan était occupée par son travail, et Consuela indifférente. Les enfants avalaient toutes sortes de saletés. Ça n'allait pas. Ce n'était pas ainsi qu'il avait été élevé.

Rien à manger. Et pourtant c'était son frigo, il était chez lui. Heureusement, en soulevant le couvercle d'une boîte en plastique, il découvrit un sandwich à la confiture et au beurre de cacahuète portant les marques de dents d'Eliza. Il prit le sandwich d'un air dubitatif, se demandant depuis combien de temps il était là.

Éclairé par la lumière du réfrigérateur, il se mit à mastiquer le sandwich d'un air maussade. Sur la porte vitrée du four, il aperçut son reflet. Encore un privilégié de la caste des patriarches qui mène la grande vie dans son manoir, se dit-il.

Bon Dieu, mais où donc les bonnes femmes étaient-elles allées chercher ce genre de conneries ?

Il termina le sandwich et chassa les miettes sur son tee-shirt. La pendule murale indiquait 21 h 15. Susan se couchait tôt. Apparemment, elle n'avait pas l'intention de descendre pour faire la paix. D'ailleurs, d'habitude, elle ne le faisait pas. C'était son rôle à lui. Il ouvrit un carton de lait et but au goulot. Puis il le remit dans le frigo et referma la porte. A nouveau l'obscurité.

Il se lava les mains à l'évier et s'essuya avec un torchon à vaisselle. Ayant mangé un petit peu, il n'éprouvait plus autant de colère. La fatigue s'empara de lui. Par la fenêtre, il aperçut les lumières d'un ferry qui faisait route vers l'ouest, vers Bremerton. L'une des choses qu'il appréciait, dans cette maison, c'était son relatif isolement. Il y avait de la campagne autour. C'était bien pour les enfants. Ils avaient besoin d'espace pour courir et jouer.

Il bâilla. L'affaire était entendue : elle ne descendrait pas. Il faudrait attendre le lendemain matin. Il savait déjà comment les choses allaient se passer : il se lèverait le premier, irait faire du café et lui en apporterait une tasse au lit. Ensuite, il lui dirait qu'il regrettait ce qu'il avait dit, et elle répondrait qu'elle regrettait elle aussi. Ils s'étreindraient, et il s'habillerait pour aller au travail. Voilà.

Il gagna le premier étage dans l'obscurité et ouvrit la porte de la chambre. Susan respirait avec régularité.

Il se glissa dans le lit, se tourna et ne tarda pas à s'endormir.

Mardi

Ce matin-là, des paquets de pluie giflaient les vitres du ferry. Sanders faisait la queue pour un café, songeant à la journée qui l'attendait. Du coin de l'œil, il aperçut Dave Benedict qui se dirigeait vers lui, et il tourna vivement la tête. Trop tard.

— Salut, Tom, lança Benedict en agitant la main.

Sanders n'avait aucune envie de parler de DigiCom. Il fut sauvé par un appel : dans sa poche, la sonnerie du téléphone cellulaire retentit. Il se tourna pour pouvoir parler.

— Dis donc, c'est la merde, mon vieux Tom.

C'était Eddie Larson, d'Austin.

— Que se passe-t-il, Eddie ?

— Je t'avais parlé de ce commissaire aux comptes que Cupertino nous avait envoyé ? Tiens-toi bien : il y en a huit, maintenant. Un cabinet d'experts-comptables de Dallas, Jenkins & McKay. Ils fouillent tous les livres de comptes, comme une bande de cafards. Et quand je dis tout, c'est tout : les reçus, les factures, le moindre bordereau, tout ! Ils remontent jusqu'à l'année 1989 !

— Ah bon ? Ils remuent tout de fond en comble ?

— Et comment ! Les filles n'ont même plus un endroit pour s'asseoir et répondre au téléphone. En plus, depuis 1991, tout est archivé en ville. On a les chiffres sur ordinateur, ici, mais ils disent qu'ils veulent les documents originaux. Sur papier. Et c'est le genre soupçonneux et parano. Ils nous donnent des ordres, nous traitent comme si on était des voleurs ou comme si on cherchait à les rouler. C'est insultant.

— Il faut tenir bon, dit Sanders. Tu dois faire ce qu'ils demandent.

— La seule chose qui m'inquiète vraiment, c'est qu'il y en a six autres qui doivent arriver cet après-midi. Parce qu'ils font aussi un inventaire complet de l'usine, depuis le mobilier de bureau jusqu'aux bouches d'aération et au chauffage sur les chaînes. Il y a un type, là, en ce moment, qui parcourt les chaînes et s'arrête à chaque poste de travail. « Comment ça s'appelle, ça ? » qu'il demande. « Comment ça s'écrit ? C'est fabriqué par qui ? Quel est le numéro du modèle ? Ça date de quand ? Où est le numéro de série ? » Si tu veux mon avis, on va arrêter les chaînes jusqu'à ce soir.

Sanders fronça les sourcils.

— Ils font vraiment un inventaire ?

— En tout cas, ils l'appellent comme ça. Mais ça va plus loin que les inventaires auxquels j'ai assisté. Ces gars-là ont déjà travaillé à Texas Instruments ou je ne sais pas où, et je peux te dire une chose : ils savent de quoi ils parlent. Ce matin, un de ces types est venu me voir et m'a demandé quel genre de verre il y avait pour les fenêtres de toiture. J'ai cru qu'il se foutait de moi. Mais il m'a dit : « Ouais, c'est du Corning deux-quarante-sept ou du deux-quarante-sept laminé neuf ? », ou un truc de ce genre-là. Il y a différentes sortes de verre teinté anti-UV parce que les ultraviolets peuvent affecter les puces sur les chaînes de production. J'avais jamais entendu dire ça ! Ce type m'a dit aussi qu'on pouvait avoir de sérieux problèmes si l'on avait plus de deux cent vingt jours de soleil par an. Tu étais au courant ?

Sanders n'écoutait plus vraiment. Que signifiait cet inventaire, et qui l'avait demandé ? Garvin ou les gens de Conley-White ? D'habitude, on ne procède à un inventaire que si l'on a l'intention de vendre une usine. Et...

— Tom ?

— Oui, je suis là.

— J'ai dit à ce type que je n'avais jamais entendu parler de ça. A propos des puces et des UV. Et que ça faisait des années qu'on avait mis des puces dans des téléphones et qu'on n'avait jamais eu de problèmes. Alors, le type m'a répondu : « Oh, le problème, ça n'est pas quand on installe des puces. C'est quand on les fabrique. » Je lui ai dit qu'on ne faisait pas ça ici, et il a dit : « Je sais. » Je me demande ce que ça peut lui faire, alors, le type de verre qu'on utilise pour nos fenêtres ! Hé, Tom ? Tu m'écoutes ? Qu'est-ce que ça veut dire, toute cette histoire ? Avant la fin de la journée, on aura une quinzaine de bonshommes en train de grouiller partout. Ne me dis pas que c'est un inventaire de routine !

— Effectivement, ça n'en a pas l'air.

— Moi, j'ai l'impression qu'ils comptent vendre l'usine à un fabricant de puces. Et ce ne sera plus nous.

126

— Ça m'en a tout l'air.

— Et merde! s'exclama Eddie. Tu m'avais pourtant dit que ça ne se produirait pas. Les gens sont furieux, ici. Et moi aussi.

— Je comprends.

— Tu sais, les employés n'arrêtent pas de me poser des questions. Ils ont acheté une maison, leur femme est enceinte, ou bien ils viennent d'avoir un bébé, et ils veulent savoir ce qui se passe. Qu'est-ce que je leur dis?

— Je n'ai aucune information.

— Mais enfin, Tom, tu es le chef de la division.

— Laisse-moi le temps de me renseigner à Cork, de voir ce que les commissaires aux comptes ont fait là-bas. Ils y étaient la semaine dernière.

— J'en ai parlé avec Colin il y a une heure. Les services généraux ont envoyé deux gars à Cork. Ils n'y ont passé qu'une seule journée. Très polis. Rien à voir avec ce qui se passe ici.

— Pas d'inventaire?

— Non.

— Bon, dit Sanders en soupirant, je vais me renseigner.

— Tu sais, mon vieux Tommy, je suis très inquiet.

— Moi aussi, répondit Sanders, moi aussi.

Il coupa la communication, puis appuya sur les touches K-A-P pour rejoindre Stephanie Kaplan. Elle était certainement au courant de ce qui se passait à Austin, et elle le lui dirait. Mais sa secrétaire lui apprit qu'elle ne serait pas à son bureau de toute la matinée. Il appela Mary Anne, mais elle était également absente. Puis il composa le numéro de l'hôtel Quatre Saisons et demanda Max Dorfman. On lui répondit que la ligne de M. Dorfman était occupée. Il se promit de le rappeler dans la journée. Parce que si Eddie avait raison, cela voulait dire que lui, Sanders, avait été court-circuité. Et ça, ça n'augurait rien de bon.

En attendant, il pourrait évoquer la fermeture de l'usine avec Meredith après la réunion avec les cadres de Conley-White. Pour le moment, c'est ce qu'il pouvait faire de mieux. L'idée de lui parler ne l'enchantait guère, mais il n'avait pas le choix.

Lorsqu'il arriva devant la salle de conférences du quatrième étage, il ne trouva personne. Sur un tableau fixé au mur, il aperçut le dessin d'un lecteur Twinkle en coupe et un schéma des chaînes d'assemblage de l'usine malaise. Sur les tables, des carnets couverts de notes et, sur certaines chaises, des mallettes ouvertes.

La réunion avait déjà commencé.

Sanders éprouva un sentiment de panique, et son front se couvrit de sueur.

Une secrétaire fit son apparition, ramassant verres et carafes d'eau.

— Où sont-ils passés? demanda-t-il.

— Oh, il y a environ un quart d'heure qu'ils sont partis.

— Un quart d'heure? Mais à quelle heure la réunion a-t-elle commencé?

— A 8 heures.

— 8 heures? Mais je croyais qu'elle était prévue pour 8 h 30! Où sont-ils, maintenant?

— Meredith a emmené tout le monde à l'EIV, pour une démonstration du Corridor.

En pénétrant dans le secteur de l'EIV, Sanders entendit un éclat de rire; il lui fallut cependant gagner la salle des équipements pour voir que deux cadres de Conley-White expérimentaient le système de Don Cherry. John Conley, le jeune juriste, et Jim Daly, le banquier, coiffés tous deux d'un casque, se tenaient sur les rampes de marche à billes. Les deux hommes arboraient un sourire hilare. Dans la pièce, tout le monde riait, y compris le directeur financier de Conley-White, Ed Nichols, d'humeur plutôt sombre en temps ordinaire. Ed Nichols se tenait près d'un moniteur sur lequel apparaissait l'image du corridor virtuel où évoluaient les deux utilisateurs. Il avait des marques rouges sur le front, preuve qu'il avait déjà expérimenté le Corridor.

Nichols leva les yeux en voyant entrer Sanders.

— C'est absolument fantastique! s'exclama-t-il.

— Oui, c'est très spectaculaire, répondit Sanders.

— Vraiment fantastique! Quand les responsables de New York auront vu ça, toutes leurs objections seront balayées. Nous avons demandé à Don s'il pouvait installer ce système avec notre propre base de données.

— Pas de problème, répondit Cherry. Donnez-nous simplement les branchements de programmation de votre base de données, et on vous reliera tout de suite. Ça nous prendra environ une heure.

Nichols montra le casque.

— Et on peut emmener un de ces engins à New York?

— Facile, dit Cherry. On pourra l'expédier dans la journée. Il sera là-bas jeudi. J'enverrai quelqu'un de chez nous pour vous l'installer.

— Ce sera un argument de poids pour l'achat de votre société, dit Nichols en sortant ses lunettes.

C'étaient des lunettes à double foyer, de conception compliquée, qui se repliaient plusieurs fois jusqu'à se réduire à une très petite dimension. Il les déplia avec soin et les posa sur son nez.

Sur la rampe de marche, John Conley riait.

— Ange, dit-il, comment dois-je faire pour ouvrir ce tiroir?

Puis il pencha la tête pour écouter la réponse.

— Il est en train de parler à son ange, dit Cherry. Il l'entend dans ses écouteurs.

— Et que lui dit l'ange? demanda Nichols.

— Ça, c'est une histoire entre eux, répondit Cherry en riant.

Sur la rampe de marche, Conley hocha la tête puis étendit la main devant lui. Il ferma les doigts comme s'il agrippait quelque chose et ramena la main vers lui, mimant l'ouverture d'un tiroir.

Sur le moniteur, Sanders aperçut un tiroir virtuel sortir du mur du Corridor. A l'intérieur du tiroir, il vit des dossiers soigneusement rangés.

— Ouah! s'écria Conley. C'est stupéfiant! Ange, est-ce que je peux voir un dossier? Ah... d'accord.

Conley se pencha et toucha du bout des doigts l'étiquette de l'un des dossiers. Immédiatement, le dossier jaillit du tiroir et s'ouvrit, apparemment suspendu en l'air.

— Parfois, il faut qu'on brise la métaphore physique, expliqua Cherry. Parce que les utilisateurs n'ont qu'une seule main à leur disposition et qu'on ne peut pas ouvrir un dossier normal avec une seule main.

Conley se mit alors à bouger la main devant lui, comme s'il tournait des pages. Sur le moniteur, Sanders vit que Conley était bien en train de consulter des feuillets.

— Hé! s'écria soudain Conley. Vous feriez bien d'être un peu plus prudents. J'ai tous les résultats financiers de DigiCom, là.

— Laissez-moi voir ça, dit Daly en se tournant sur la rampe de marche pour apercevoir les documents.

— Regardez tant que vous voudrez, dit Cherry en riant. Profitez-en tant que vous le pouvez. Dans le système définitif, il y aura des sécurités pour contrôler l'accès. Mais, pour l'instant, nous pouvons passer en revue le système dans son ensemble. Avez-vous remarqué que certains numéros sont rouges? Cela veut dire qu'il y a des informations supplémentaires disponibles. Touchez-en un.

Conley posa le doigt sur un numéro rouge. Le numéro fit un zoom arrière, créant un nouveau plan d'information qui flottait au-dessus de la feuille précédente.

— Ouah!

– C'est un genre d'hypertexte, dit Cherry avec un haussement d'épaules. Assez ingénieux, je dois dire.

Riant comme des fous, Conley et Daly touchaient rapidement des numéros sur une feuille, faisant zoomer en arrière des dizaines de feuillets supplémentaires qui restaient suspendus tout autour d'eux.

– Hé! comment on se débarrasse de tous ces machins?

– Vous pouvez retrouver la feuille originale?

– Elle est cachée derrière toutes les autres.

– Penchez-vous et regardez. Essayez de la retrouver.

Conley se pencha en avant, comme s'il regardait sous quelque chose. Il attrapa un objet dans l'air.

– Ça y est, je l'ai.

– Parfait. Maintenant, vous voyez la flèche verte dans le coin droit? Touchez-la.

Conley posa le doigt dessus, et tous les papiers, par un mouvement de zoom arrière, réintégrèrent la feuille originale.

– Fabuleux!

– Je veux le faire, moi aussi, dit Daly.

– Ah non! C'est moi qui vais le faire.

– Non, c'est moi!

– Non, moi!

Ils riaient comme des enfants.

Blackburn s'avança.

– Je sais que tout le monde s'amuse bien, dit-il à Nichols, mais nous sommes en retard sur l'horaire, et je crois que nous devrions regagner la salle de conférences.

– D'accord, dit Nichols, visiblement à regret. (Il se tourna vers Don Cherry.) Vous êtes sûr que vous pouvez nous installer un de ces machins?

– Pas de problème, dit Cherry. Pas de problème.

En revenant vers la salle de conférences, les cadres de Conley-White étaient d'excellente humeur et ne cessaient de commenter en riant l'expérience qu'ils venaient de vivre. Les gens de DigiCom, eux, les accompagnaient en silence, attentifs à ne pas troubler ces bonnes dispositions. A ce moment-là, Mark Lewyn s'approcha de Sanders et lui glissa à l'oreille :

— Hé, pourquoi est-ce que tu ne m'as pas appelé, hier soir ?

— Mais si, je t'ai appelé.

Lewyn secoua la tête.

— Il n'y avait aucun message sur mon répondeur, quand je suis rentré chez moi.

— Pourtant, j'ai laissé un message vers 18 h 15.

— Je n'ai jamais eu de message. Et ce matin, en arrivant, je ne t'ai pas vu. (Il baissa la voix.) Dis donc, quelle histoire ! J'ai dû participer à cette réunion sur le Twinkle sans savoir ce qui avait été décidé.

— Je regrette, dit Sanders, je ne sais pas ce qui s'est passé.

— Heureusement, Meredith a pris la discussion en main. Sans ça, j'aurais été dans de beaux draps. En fait, je... Bon, eh bien, on en reparlera tout à l'heure.

En voyant Meredith Johnson s'approcher d'eux, Lewyn s'écarta avec discrétion.

— Mais où étais-tu donc ? demanda Johnson à Sanders.

— Je pensais que la réunion était à 8 h 30.

— J'ai appelé chez toi hier soir pour dire que l'horaire avait changé et qu'on se retrouvait à 8 heures. Ils vont essayer de prendre un avion pour Austin cet après-midi, alors on a tout avancé.

— Je n'ai pas eu ce message.

— J'ai parlé à ta femme. Elle ne te l'a pas dit ?

— Je croyais que c'était à 8 h 30.

Meredith secoua la tête, comme pour signifier que tout cela n'avait guère d'importance.

— De toute façon, dit-elle, à cette réunion, j'ai dû aborder les choses autrement pour le Twinkle, et il est très important que nous nous mettions d'accord pour...

— Meredith ? (C'était Garvin.) Meredith, John a une question à vous poser.

— Attends-moi, je reviens.

Et, avec un dernier regard furieux à Sanders, elle se hâta vers Garvin et John Conley.

Dans la salle de conférences, l'humeur était toujours joyeuse, et c'est en échangeant force plaisanteries que les participants s'installèrent à leur place. Ed Nichols se tourna d'emblée vers Sanders.

– Meredith Johnson nous a parlé du lecteur Twinkle, mais, maintenant que vous êtes là, nous aimerions entendre également votre avis.

J'ai dû aborder les choses autrement pour le Twinkle, lui avait-elle dit. Sanders hésita.

– Mon avis ?

– Mais oui. C'est bien vous qui vous occupez du Twinkle, n'est-ce pas ?

Sanders parcourut lentement du regard les visages tournés vers lui. Il lança un rapide coup d'œil à Meredith, mais elle avait le nez plongé dans sa mallette, dont elle tirait différentes enveloppes.

– Eh bien, dit Sanders, nous avons fabriqué plusieurs prototypes et les avons soigneusement testés. Ils se sont comportés de façon parfaitement satisfaisante. Ce sont incontestablement les meilleurs lecteurs du monde.

– Je vous suis, dit Nichols, mais, à présent, vous en êtes au stade de la production, n'est-ce pas ?

– Tout à fait.

– C'est votre avis sur la production actuelle qui nous intéresse.

Sanders hésita. Que leur avait-elle dit ? A l'autre bout de la salle, Meredith referma sa mallette, croisa les mains sous son menton et le regarda sans ciller. Son visage était impénétrable.

Que leur avait-elle dit ?

– Monsieur Sanders ?

– Nous avons inspecté de fond en comble les chaînes de production, en résolvant les problèmes chaque fois qu'ils se présentaient. Nous en sommes encore aux premiers stades de la production, mais ce sont des procédures dont nous avons l'habitude.

— Excusez-moi, dit Nichols, mais je croyais que cela faisait deux mois que la production avait démarré.

— Oui, c'est vrai.

— Deux mois, ça ne me paraît pas être « les premiers stades de la production ».

— Eh bien...

— Certains de vos cycles de production ne durent pas plus de neuf mois, c'est bien ça ?

— De neuf à dix-huit mois, oui.

— Donc, au bout de deux mois, vous devriez avoir atteint un régime de croisière. Qu'en pensez-vous, vous qui êtes le principal responsable de la production ?

— Eh bien, je dirai que les problèmes rencontrés sont relativement courants à ce stade de la production.

— Voilà qui est intéressant, dit Nichols, parce que, tout à l'heure, Meredith Johnson nous a dit que vous seriez même peut-être contraints de revenir à la planche à dessin.

Et merde ! se dit Sanders.

Comment se tirer de ce mauvais pas ? Il venait de leur dire que les problèmes n'étaient pas si graves que cela. Il ne pouvait faire machine arrière.

— J'espère ne pas avoir induit Meredith en erreur, dit alors Sanders, parce que j'ai toute confiance dans nos capacités à produire le lecteur Twinkle.

— Je n'en doute pas, dit Nichols, mais nous sommes en concurrence directe avec Sony et Philips, et je ne suis pas sûr que votre simple confiance soit suffisante. Sur les lecteurs qui sortent des chaînes, combien répondent aux spécifications ?

— Je n'ai pas les renseignements exacts.

— Mais approximativement ?

— Sans chiffres précis, je ne veux pas m'avancer.

— Ces chiffres précis existent-ils ?

— Oui. Simplement, je ne les ai pas sous la main.

Nichols fronça les sourcils. Visiblement, il lui disait : comment se fait-il que vous n'ayez pas ces chiffres, alors que c'est le sujet de la réunion ?

Conley s'éclaircit discrètement la gorge.

— Meredith nous a dit que les chaînes fonctionnent à 29 p. 100 de leurs capacités, et que seuls 5 p. 100 des appareils qui en sortent

135

répondent aux spécifications du cahier des charges. Est-ce bien votre avis ?

— C'est plus ou moins la situation, oui.

Il y eut un bref moment de silence autour de la table. Puis, avec une certaine brusquerie, Nichols se pencha vers lui.

— Là, j'ai besoin d'être rassuré. Avec des chiffres pareils, sur quoi fondez-vous votre confiance dans le lecteur Twinkle ?

— Ma confiance vient du fait que nous avons déjà connu ce genre de difficultés. Nous avons vu surgir, dans le processus de fabrication, des problèmes qui semblaient insurmontables mais qui ont été résolus rapidement.

— Je vois. Vous pensez donc que votre expérience passée vous servira dans le cas présent.

— Oui, je le pense.

Nichols se renfonça dans son siège, les bras croisés sur la poitrine. Il avait l'air extrêmement mécontent.

Ce fut au tour de Jim Daly, le banquier, de prendre la parole.

— Je ne voudrais pas que vous preniez mal la chose, Tom. Nous ne cherchons pas à vous coincer. Nous avons d'excellentes raisons pour chercher à acquérir votre société, et les problèmes particuliers du Twinkle n'y changeront rien. Simplement, nous voudrions savoir où en sont les choses, et nous voudrions que vous nous répondiez avec la plus grande franchise.

— Il y a effectivement des problèmes, répondit Sanders, et nous sommes en train de les évaluer avec précision. Nous avons un certain nombre d'idées, mais nous serons peut-être amenés à revoir la conception.

— Dans le pire des cas, demanda Daly, qu'est-ce que cela impliquerait ?

— Dans le pire des cas ? Nous arrêtons la production, nous revoyons le boîtier, peut-être les puces de contrôle, ensuite, nous redémarrons les chaînes.

— Ce qui veut dire un retard de combien de temps ?

De neuf à douze mois, songea Sanders.

— Jusqu'à six mois, dit-il.

— Mon Dieu ! murmura quelqu'un.

— Mme Johnson nous a dit que le retard maximal ne serait que de six semaines.

— J'espère qu'elle a raison. Mais vous avez demandé : « Dans le pire des cas. »

— Pensez-vous vraiment que ça pourrait prendre six mois ?

— Ce serait le pire des cas. Mais je pense que c'est improbable.

136

– Improbable mais possible ?

– Oui, possible.

Nichols se pencha à nouveau en laissant échapper un soupir.

– Voyons si je comprends bien. S'il y a des problèmes de conception avec ce lecteur, ils ont surgi alors que vous étiez responsable de l'opération, c'est bien ça ?

– Oui.

Nichols secoua la tête.

– Et, bien que ce soit vous qui nous ayez mis dans ce pétrin, vous pensez malgré tout être le plus à même de nous en sortir.

Sanders réprima un mouvement de colère.

– Oui. Je dirai même que personne d'autre que moi ne pourrait le faire. Comme je vous l'ai fait remarquer, nous avons déjà affronté ce genre de difficultés. Et nous les avons résolues. Je suis proche des personnes impliquées dans la conception et la fabrication de cet appareil. Et je suis sûr que nous pourrons venir à bout des problèmes.

Comment expliquer à tous ces gens ce qu'était réellement un processus de fabrication ?

– Lorsqu'on est engagé dans un cycle de fabrication, reprit-il, il n'est pas toujours dramatique d'avoir à revenir à la planche à dessin. On n'aime pas en arriver là, mais ça peut parfois avoir des avantages. Autrefois, on sortait une nouvelle génération de produits tous les ans, à peu près. A présent, et de plus en plus, on procède à des améliorations constantes. S'il faut refaire les puces, nous serons peut-être capables de coder les algorithmes de compression vidéo, qui n'étaient pas disponibles quand nous avons commencé la fabrication. Nous ne construirions plus un lecteur à cent millisecondes, mais à quatre-vingts.

– Entre-temps, dit Nichols, vous n'aurez pas pénétré le marché. Vous n'aurez pas fait connaître le nom de votre produit ni acquis des parts de marché pour l'ensemble de votre gamme. Vous n'aurez pas votre réseau de revendeurs, votre campagne de publicité, parce que vous n'aurez pas de produit à vendre. Vous aurez peut-être le meilleur lecteur du monde, mais il sera inconnu.

– Tout cela est vrai, mais le marché répond vite.

– La concurrence aussi, rétorqua Nichols. Où en sera Sony, le jour où vous serez enfin présents sur le marché ? En sera-t-il lui aussi à quatre-vingts millisecondes ?

– Je l'ignore.

Nichols soupira à nouveau.

– J'aimerais savoir avec plus de certitude où nous en sommes.

Pour ne rien dire de la compétence des personnes chargées de résoudre les problèmes.

Pour la première fois, Meredith prit alors la parole.

— C'est peut-être un peu ma faute, dit-elle. Lorsque nous avons parlé ensemble du Twinkle, Tom, j'ai compris que les problèmes étaient assez graves.

— Effectivement.

— Je n'ai pas le sentiment que nous cherchions à dissimuler quoi que ce soit.

— Je ne dissimule rien du tout.

Il avait parlé très rapidement, sans réfléchir, et il se rendait compte que ses mots sonnaient faux.

— Je ne disais pas du tout que tu cherchais à dissimuler quelque chose. Simplement, ces problèmes techniques sont parfois difficiles à comprendre. Pourrais-tu nous traduire tout cela en termes profanes, de façon que nous sachions exactement où nous en sommes?

— C'est ce que j'ai essayé de faire, répondit-il.

Il sentait qu'il avait l'air sur la défensive, mais il n'y pouvait rien.

— Oui, Tom, dit Meredith d'un ton de plus en plus apaisant, nous savons que tu as essayé de le faire. Mais, par exemple, si les têtes de lecture-écriture laser sont désynchronisées par rapport aux instructions du sous-ensemble m de la puce de contrôle, qu'est-ce que ça implique pour nous, en matière de délais?

Elle cherchait seulement à démontrer son aisance à manier le langage technique, car ses propos ne tenaient pas la route. Les têtes laser étaient des têtes de lecture seule, et non de lecture-écriture, et elles n'avaient rien à voir avec le sous-ensemble m de la puce de contrôle. Les positions de contrôle provenaient toutes du sous-ensemble x. Et le sous-ensemble x était un code sous licence Sony, utilisé par toutes les sociétés qui fabriquaient des lecteurs de CD.

Pour répondre sans l'embarrasser, il fallait se réfugier dans la pure fantasmagorie.

— Eh bien, Meredith, tu as soulevé une bonne question. Mais je crois que le problème du sous-ensemble m est relativement simple, dans la mesure où les têtes fonctionnent en recherche de tolérance. Ça prendrait trois ou quatre jours de mise au point.

Il glissa un regard rapide en direction de Cherry et de Lewyn, les seuls dans la salle capables de comprendre que Meredith avait raconté n'importe quoi. Les deux hommes hochèrent sentencieusement la tête, et Cherry se frotta même le menton d'un air pensif.

— Et t'attends-tu à avoir des problèmes avec les signaux de synchronisation de la carte mère?

138

A nouveau, elle mélangeait tout. Les signaux de synchronisation provenaient de la source d'alimentation et étaient régulés par la puce de contrôle. Il n'y avait pas de carte mère dans les lecteurs. Mais il s'était déjà pris au jeu et répondit sans hésiter.

— C'est un aspect qui mérite d'être pris en considération, et nous l'examinerons avec attention. J'espère que nous découvrirons que les signaux de synchronisation sont peut-être en décalage de phase, mais rien de plus.

— Il est facile de remédier à un décalage de phase ?

— Oui, je crois.

Nichols toussota discrètement.

— Je crois qu'il s'agit là d'une discussion technique à usage interne. Peut-être pourrions-nous passer au sujet suivant. Qu'y a-t-il à l'ordre du jour ?

— Nous avons prévu une démonstration de compression vidéo, à deux pas d'ici, répondit Garvin.

— Très bien. Allons-y.

Bruit de chaises. Tout le monde se leva. Meredith, elle, mit un certain temps à ranger ses dossiers. Sanders demeura lui aussi en arrière.

— Qu'est-ce que c'est que cette histoire? demanda Sanders lorsqu'ils se retrouvèrent seuls.

— Quelle histoire?

— Tout ce charabia à propos des puces de contrôle et des têtes de lecture. Tu ne savais pas de quoi tu parlais.

— Bien sûr que si, dit-elle avec colère. J'essayais de nous sortir du pétrin dans lequel tu nous a mis. (Elle se pencha sur la table et le regarda droit dans les yeux.) Écoute, Tom. Hier soir, j'ai décidé de prendre conseil auprès de toi et de dire la vérité à propos du lecteur. Ce matin, j'ai affirmé qu'il y avait de sérieux problèmes, que tu étais très au fait de la question et que tu leur en parlerais. J'ai préparé le terrain pour que tu les informes. Et voilà que tu arrives en déclarant qu'il n'y a aucun problème sérieux!

— Mais hier soir nous avions décidé de...

— Ces gens ne sont pas idiots, et nous ne pouvons pas les rouler dans la farine. (Elle referma sa mallette avec un claquement sec.) J'ai rapporté de bonne foi ce que tu m'avais expliqué. Et toi, maintenant, tu prétends que je ne savais pas de quoi je parlais.

Il se mordit la lèvre pour ne pas laisser éclater sa colère.

— Je ne sais pas si tu as compris ce qui se passait, dit-elle. Ces gens ne connaissent rien aux questions techniques. Ils ne reconnaîtraient pas une tête de lecture d'un godemiché. Ce qu'ils veulent savoir, c'est si quelqu'un a la situation en main et peut résoudre les problèmes. Ils ont besoin d'être rassurés. Et tu ne les as pas rassurés. Alors j'ai dû recoller les morceaux en leur balançant tout un jargon technico-débile. J'ai fait du mieux que j'ai pu. Mais voyons les choses en face : aujourd'hui, Tom, tu n'as rien fait pour inspirer confiance.

140

— Nom de Dieu! Toi, tu ne parles que d'apparences. De faux-semblants. Mais, en bout de course, il faut bien que ce soit quelqu'un qui les construise, ces foutus lecteurs...

— Je dirai que...

— Ça fait huit ans que je dirige à la perfection cette division...

— Meredith!

Garvin passa la tête par l'entrebâillement de la porte. Ils s'interrompirent.

— Nous vous attendons, Meredith.

Il tourna les talons après avoir regardé froidement Sanders.

Meredith prit sa mallette et quitta la pièce avec un air hautain.

Sanders descendit immédiatement au bureau de Blackburn.

— J'ai besoin de voir Phil, dit-il à Sandra, la secrétaire.

— Il est très occupé, aujourd'hui, dit-elle en soupirant.

— J'ai besoin de le voir tout de suite.

— Je vais essayer. (Elle appuya sur le bouton de l'interphone.) Phil ? Tom Sanders voudrait vous voir. (Elle écouta pendant un moment, puis se tourna vers Sanders.) Entrez, il vous attend.

Sanders referma la porte derrière lui. Blackburn se leva et lissa les revers de son veston.

— Je suis heureux que tu sois venu, Tom.

Ils échangèrent une brève poignée de main.

— Ça ne marche pas avec Meredith, dit d'emblée Sanders.

Dans sa voix on sentait encore la colère.

— Oui, je sais.

— Je ne crois pas que je puisse travailler avec elle.

Blackburn opina du chef.

— Je sais. Elle m'a déjà prévenu.

— Ah bon ? Et que t'a-t-elle dit ?

— Elle m'a parlé de votre entrevue, hier soir.

Sanders fronça les sourcils. Il n'imaginait pas Meredith racontant à Blackburn ce qui s'était passé.

— Hier soir ? dit-il d'un air surpris.

— Elle m'a dit que tu t'es livré à un véritable harcèlement sexuel contre elle.

— Quoi !

— Écoute, Tom, ne t'énerve pas. Meredith m'a assuré qu'elle ne comptait pas te dénoncer formellement devant la direction. On pourra arranger ça tranquillement entre nous. Ce sera mieux pour tout le monde. Je viens de revoir l'organigramme de la société, et...

— Attends une minute! Elle a dit que c'était moi qui l'avais harcelée?

Blackburn le regarda droit dans les yeux.

— Écoute, Tom, ça fait longtemps que nous sommes amis. Je peux t'assurer que ça ne créera aucun problème. Il n'y a aucune raison pour que ça sorte de la société. Ta femme ne sera pas au courant. Comme je l'ai dit, on peut arranger ça tranquillement.

— Attends un peu, ça n'est pas vrai que...

— Tom, je t'en prie, accorde-moi une minute. Le plus important, maintenant, c'est de vous séparer, tous les deux. De façon que tu ne sois plus placé sous ses ordres. Je pense qu'une promotion latérale pour toi serait la meilleure solution.

— Une promotion latérale?

— Oui. Il y a un poste de vice-président pour la division des téléphones cellulaires à Austin. Je compte te transférer là-bas. Tu auras la même ancienneté, le même salaire et la même participation aux bénéfices. Tout sera pareil, sauf que tu seras à Austin et que tu n'auras plus aucun contact direct avec elle. Qu'en penses-tu?

— Austin?

— Oui.

— Les téléphones cellulaires?

— Oui. Il fait beau, là-bas, les conditions de travail sont excellentes, c'est une ville universitaire... Ta famille aura la chance d'échapper à cette pluie incessante...

— Mais Conley-White a l'intention de vendre Austin.

Blackburn se rassit.

— Je me demande où tu as entendu dire une chose pareille, dit-il avec le plus grand calme. C'est parfaitement faux.

— Tu en es sûr?

— Tout à fait, crois-moi. Vendre Austin, ce serait la dernière chose à faire. Ce serait absurde.

— Alors pourquoi font-ils un inventaire complet de l'usine?

— Parce qu'ils passent tout au peigne fin. Conley craint d'avoir des problèmes de trésorerie après l'acquisition de DigiCom, et, comme tu le sais, l'usine d'Austin est particulièrement rentable. Nous leur avons donné les chiffres et maintenant ils vérifient tout, pour être certains qu'ils correspondent à la réalité. Mais il est hors de question qu'ils vendent l'usine. Les téléphones cellulaires sont en pleine expansion, Tom. Tu le sais. Voilà pourquoi je pense qu'une vice-présidence à Austin représenterait une étape importante dans ta carrière.

— Mais je quitterais la division des produits d'avant-garde?

— Oui. C'est précisément l'objectif.

— En sorte que je n'appartiendrai pas à la nouvelle société lorsqu'elle sera formée.

— C'est vrai.

Sanders se mit à faire les cent pas dans la pièce.

— C'est inacceptable.

— Ne sois pas si pressé, dit Blackburn. Réfléchis à toutes les implications.

— Écoute, Phil, je ne sais pas ce qu'elle t'a raconté, mais...

— Elle m'a raconté toute l'histoire.

— Mais je crois que tu devrais entendre...

— Je veux que tu saches, Tom, que je ne porte aucun jugement sur ce qui a pu se passer. Ça ne me concerne pas et ça ne m'intéresse pas. Je cherche seulement à résoudre un problème délicat pour la société.

— Écoute, Phil, je ne me suis livré à aucun harcèlement sexuel.

— C'est probablement comme ça que tu vois les choses, mais...

— Je ne l'ai pas harcelée. C'est elle qui m'a harcelé.

— J'imagine que c'est comme ça que tu as dû ressentir les choses, mais...

— Phil, écoute-moi! C'est tout juste si elle ne m'a pas violé. (Il faisait toujours les cent pas d'un air furieux.) C'est elle qui m'a harcelé!

Avec un long soupir, Blackburn s'enfonça dans son siège et se mit à tapoter son bureau du bout de son crayon.

— Je dois te dire franchement, Tom, que je trouve ça difficile à croire.

— C'est pourtant ce qui s'est passé.

— Meredith est une femme très belle, Tom. Une femme pleine de vie, très sexy. Il est normal qu'un homme..., euh..., perde son sang-froid.

— Tu ne m'écoutes pas, Phil. C'est elle qui m'a harcelé.

Blackburn haussa les épaules.

— Je t'écoute, Tom. Simplement, je trouve ça difficile à... imaginer.

— Pourtant, c'est la vérité. Tu as envie d'entendre ce qui s'est réellement passé, hier soir?

— Eh bien... (Blackburn changea d'appui sur sa chaise, mal à l'aise.) Bien sûr que j'ai envie d'entendre ta version. Mais le fait est que Meredith a de solides appuis dans la société. Elle a impressionné beaucoup de gens extrêmement importants.

— Tu veux dire Garvin.

— Pas seulement Garvin. Meredith a su se ménager des appuis dans différents secteurs.

144

— Chez Conley-White ?

Blackburn acquiesça.

— Oui. Là aussi.

— Tu ne veux pas écouter ma relation des faits ?

— Bien sûr que si, dit Blackburn en se passant la main dans les cheveux. Tout à fait. Je tiens à être scrupuleusement équitable. Mais je tiens aussi à te dire que, quels que soient les faits, nous allons devoir procéder à des changements, ici. Meredith a des alliés puissants.

— Alors peu importe ce que j'ai à dire.

Blackburn fronça les sourcils.

— Je vois bien que tu es exaspéré. Ici, tout le monde te tient en haute estime. Mais je cherche à te faire voir la situation telle qu'elle est, Tom.

— Quelle situation ? demanda Sanders.

Blackburn soupira.

— Y a-t-il eu des témoins, hier soir ?

— Non.

— Alors c'est ta parole contre la sienne.

— C'est ça. Et alors ? Il n'y a aucune raison de présumer que j'ai tort et qu'elle a raison.

— Bien sûr que non, dit Blackburn. Mais considère quand même la situation. Un homme qui prétend qu'une femme l'a harcelé sexuellement, c'est plutôt... invraisemblable. Je ne crois pas qu'il y ait jamais eu un tel cas dans notre société. Ça ne veut pas dire que ça soit impossible, mais ce serait très difficile pour toi de le faire admettre, même si Meredith ne bénéficiait pas d'appuis aussi solides. (Il s'interrompit un instant.) Je n'ai pas envie que tu sortes blessé de cette affaire.

— J'ai déjà été blessé.

— Les versions sont divergentes, Tom. Et, malheureusement, il n'y a aucun témoin.

Il se frotta le nez, aplatit les revers de son veston.

— Tu me proposes une mutation hors de la division des produits d'avant-garde, dit Sanders, et j'en suis blessé. Parce que je n'appartiendrai pas à la nouvelle société. Une société pour laquelle je travaille depuis onze ans.

— C'est une position juridiquement intéressante, dit Blackburn.

— Je ne parle pas de position juridique, je parle de...

— Laisse-moi en reparler avec Garvin. Entre-temps, j'aimerais que tu réfléchisses à ma proposition de mutation à Austin. Réfléchis-y bien. Parce que, si l'affaire éclate au grand jour, personne n'en sortira vainqueur. Tu arriveras peut-être à blesser Meredith, mais tu seras toi-même blessé beaucoup plus gravement. Et, en tant qu'ami, cela m'inquiète.

— Si tu étais mon ami...

— Mais je suis ton ami! s'écria Blackburn. Que tu le croies ou non. (Il se leva.) Il ne faut pas que tout ça apparaisse dans les journaux. Ni ta femme ni tes enfants n'ont besoin d'être au courant. Tu serais l'objet des ragots de tout Bainbridge pendant l'été. Ça ne peut te faire aucun bien.

— Je suis d'accord, mais...

— Il faut regarder la réalité en face, Tom. La société se trouve confrontée à deux versions contradictoires. Ce qui s'est passé s'est passé. Il faut partir de là. Tout ce que je dis, c'est qu'il faut résoudre ça rapidement. Alors réfléchis. Je te le demande. Et reviens me voir.

Après le départ de Sanders, Blackburn appela Garvin.

— Je viens de lui parler.

— Alors?

— Il prétend que c'est elle qui l'a harcelé.

— Bon Dieu! s'exclama Garvin. Quelle histoire!

— C'était prévisible. Face à ce genre d'accusation, les hommes se défendent toujours en niant.

— Ouais. Mais la situation peut se révéler dangereuse.

— Je comprends.

— Je ne veux pas que cette histoire nous explose à la figure.

— Non, non.

— Il faut résoudre cette affaire : c'est la priorité des priorités.

— Je comprends.

— Tu lui as proposé la mutation à Austin?

— Oui. Il va y réfléchir.

— Il va accepter?

— A mon avis, non.

— Tu l'as vraiment encouragé?

— J'ai essayé de lui faire comprendre que, dans cette affaire, nous ne ménagerions pas notre soutien à Meredith.

— Et comment! lança Garvin.

— Je crois qu'il a bien reçu le message. Il ne nous reste plus qu'à attendre sa réponse.

— A ton avis, il ne va quand même pas aller en justice?

— Il est trop intelligent pour ça.

— Espérons, dit Garvin d'un ton excédé.

Appuyé contre un pilier, sur Pioneer Park, Sanders faisait redéfiler devant ses yeux le film de son entretien avec Blackburn.

Regarde la situation telle qu'elle est.

Blackburn n'avait même pas voulu écouter sa version de l'histoire. Il croyait déjà savoir ce qui s'était passé.

C'est une femme pleine de vie, très sexy. Il est normal qu'un homme perde son sang-froid.

C'est ce que penserait tout le monde chez DigiCom. Blackburn trouvait difficile de croire que Sanders ait pu être harcelé. Il ne serait pas le seul.

Pour Blackburn, il l'avait dit, peu importait ce qui s'était passé. Meredith Johnson avait des alliés, et personne ne croirait qu'un homme avait été victime de harcèlement de la part d'une femme.

Regarde la situation telle qu'elle est.

On lui proposait de quitter Seattle, de quitter le département des produits d'avant-garde. Pas d'actions, pas d'énormes bénéfices. Aucune récompense pour ses douze longues années de travail. Tout cela balayé.

Austin. La chaleur de four, la fin de la pluie, un nouveau départ.

Susan n'accepterait jamais. Elle avait passé les huit dernières années à se faire une clientèle et y avait réussi. Ils venaient de refaire la maison. Les enfants se plaisaient ici. Si Sanders proposait de déménager, Susan aurait des soupçons. Elle voudrait savoir ce qui se cachait derrière une telle décision. Et, tôt ou tard, elle finirait par apprendre la vérité. Accepter sa mutation, c'était reconnaître sa culpabilité devant sa femme.

Sanders avait beau retourner le problème dans tous les sens, il ne voyait pas de solution. Il était piégé.

148

Je suis ton ami, Tom, que tu le croies ou non.

Il se rappela le jour de son mariage, lorsque Blackburn, son témoin, lui avait suggéré de plonger l'alliance de Susan dans l'huile d'olive parce qu'on a toujours du mal à la glisser au doigt dans des moments pareils. Blackburn, paniqué à l'idée qu'un petit détail puisse aller de travers. Tel était Phil : toujours préoccupé par les apparences.

Ta femme n'a pas besoin d'être au courant.

Mais Phil le piégeait. Phil, et Garvin avec lui. Tous les deux. Cela faisait des années que Sanders travaillait pour la société, mais ils s'en moquaient éperdument. Ils prenaient sans discuter le parti de Meredith.

Il pleuvait. L'état d'hébétude dans lequel Sanders se trouvait se dissipait peu à peu, laissant la place à la colère.

Il sortit son téléphone cellulaire de sa poche et composa un numéro.

— Bonjour, ici le bureau de M. Perry.

— Tom Sanders à l'appareil, je voudrais parler à M. Perry.

— Je suis désolée, mais M. Perry est actuellement au tribunal. Puis-je lui laisser un message ?

— Vous pourriez peut-être m'aider. L'autre jour, il m'a parlé d'une avocate qui s'occupait d'affaires de harcèlement sexuel.

— Nous avons plusieurs avocates qui s'occupent de ce genre d'affaire, monsieur Sanders.

— Il m'a parlé d'une Hispanique.

Il cherchait à se rappeler ce que Perry lui avait dit d'autre. Ne lui avait-il pas confié qu'elle était douce et réservée ? Il n'en était plus très sûr.

— Ce devait être Mme Fernandez.

— Pourriez-vous me la passer, s'il vous plaît ?

Le bureau était petit, la table encombrée de hautes piles de dossiers soigneusement rangés ; dans un coin, on apercevait un terminal d'ordinateur. Mme Fernandez se leva à son entrée.

– Vous devez être M. Sanders.

C'était une femme de grande taille, la trentaine, belle, les cheveux blonds et raides, les traits fins. Elle était vêtue d'un tailleur crème. Elle lui serra vigoureusement la main.

– Je suis Louise Fernandez. En quoi puis-je vous être utile ?

Elle ne ressemblait pas du tout à l'idée qu'il s'en était faite. Ni douce ni réservée. Et certainement pas hispanique. Il était tellement étonné que, l'espace d'un instant, les mots lui manquèrent. Finalement, il parvint à recouvrer ses esprits.

– Je vous remercie de m'avoir reçu aussi rapidement.

– Vous êtes un ami de John Perry ?

– Oui. Il m'a dit que vous étiez spécialisée dans... ce genre d'affaire.

– Je me consacre surtout au droit du travail, notamment aux licenciements abusifs et aux plaintes fondées sur l'article VII.

– Je vois.

Il regrettait déjà d'être venu. Son élégance, ses manières un peu sèches le prenaient au dépourvu. En fait, elle lui rappelait beaucoup Meredith. Il était persuadé qu'elle ne montrerait aucune sympathie pour lui.

Elle retourna derrière son bureau et mit des lunettes à monture d'écaille.

– Asseyez-vous, monsieur Sanders. Avez-vous déjeuné ? Je peux vous faire apporter un sandwich, si vous voulez.

– Je vous remercie, je n'ai pas faim.

Elle repoussa sur le coin de son bureau un sandwich déjà entamé.

— Je dois être au tribunal dans une heure, je n'aurai malheureusement pas beaucoup de temps à vous consacrer.

Elle prit un carnet jaune et le déposa devant elle. Ses gestes étaient rapides, précis.

Sanders l'observait, persuadé d'avoir fait un mauvais choix. Il promena le regard autour du bureau. A côté de lui, une pile de recueils de jurisprudence devait probablement être emportée en salle d'audience.

Louise Fernandez leva les yeux de son carnet, le stylo à la main. Un stylo de prix.

— Pouvez-vous m'exposer la situation?

— Euh, je ne sais pas exactement par où commencer.

— Eh bien, on pourrait commencer par vos nom, âge et adresse.

— Thomas Robert Sanders. (Il donna son adresse.)

— Votre âge?

— Quarante et un ans.

— Profession?

— Je suis chef de division chez Digital Communications. La division des produits d'avant-garde.

— Depuis combien de temps travaillez-vous dans cette société?

— Douze ans.

— Mmmm. Et à ce poste?

— Huit ans.

— Et pourquoi êtes-vous venu me voir, monsieur Sanders?

— J'ai été victime de harcèlement sexuel.

— Mmmm. (Elle ne montra aucune surprise.) Pouvez-vous me raconter les faits?

— Ma chef s'est jetée sur moi.

— Une femme, donc.

— Oui.

— Comment s'appelle-t-elle?

— Meredith Johnson.

La plume du stylo grinçait sur le papier. La jeune avocate ne montrait aucun signe de surprise.

— Quand cela s'est-il produit?

— Hier soir.

— Dans quelles circonstances?

Il décida de ne pas parler de la fusion.

— Elle venait d'être nommée à ce poste de direction, et nous avions plusieurs questions à évoquer ensemble. Elle m'a demandé si nous pouvions nous rencontrer en fin de journée.

— C'est elle qui a demandé à vous voir ?

— Oui.

— Et où cette rencontre a-t-elle eu lieu ?

— Dans son bureau, à 18 heures.

— Y avait-il d'autres personnes présentes ?

— Non. Sa secrétaire a fait une brève apparition au début de l'entretien puis elle est partie. Avant qu'il se soit passé quelque chose.

— Je vois. Continuez.

— Nous avons parlé travail pendant un certain temps, puis nous avons bu un peu de vin. C'est elle qui l'avait apporté. Ensuite, elle s'est jetée sur moi. J'étais debout près de la fenêtre, et brusquement elle s'est mise à m'embrasser. Rapidement, nous nous sommes retrouvés assis sur le canapé. Alors elle a commencé à... euh... Vous voulez tous les détails ?

— Pour l'instant, simplement les grandes lignes. (Elle mordit dans son sandwich.) Vous dites que vous vous embrassiez.

— Oui.

— Et c'est elle qui a commencé ?

— Oui.

— Quelle a été votre réaction, à ce moment-là ?

— J'étais gêné. Je suis marié.

— Mmm. Quelle était l'atmosphère de cette entrevue, avant le baiser ?

— Une réunion ordinaire. Nous parlions de travail. Mais, tout le temps, elle faisait des remarques, disons... suggestives.

— Par exemple ?

— Oh, sur ma bonne allure. Sur le fait que je paraissais en forme. Qu'elle était heureuse de me voir.

— Heureuse de vous voir ? répéta Fernandez d'un air étonné.

— Oui. Nous nous connaissions déjà.

— Vous aviez eu une relation auparavant ?

— Oui.

— Quand cela ?

— Il y a dix ans.

— Vous étiez marié, à l'époque ?

— Non.

— A ce moment-là, vous travailliez pour la même société ?

— Non. Je travaillais déjà pour DigiCom, mais pas elle.

— Combien de temps a duré votre relation ?

— Environ six mois.

— Vous êtes restés en contact ?

152

— Non. Pas vraiment.

— Aucun contact ?

— Une fois.

— Intime ?

— Non. Simplement un bonjour, dans un couloir, au bureau.

— Je vois. Au cours des huit dernières années, êtes-vous allé chez elle ?

— Non.

— Avez-vous dîné ensemble, pris un verre après le travail ?

— Non. Je ne l'ai pratiquement jamais vue. Quand elle est entrée chez DigiCom, c'était à Cupertino, aux services généraux. Moi, j'étais à Seattle, aux produits d'avant-garde. On n'avait guère de contacts.

— Pendant tout ce temps-là, elle n'était donc pas votre supérieure ?

— Non.

— Pourriez-vous me décrire Mme Johnson. Quel âge a-t-elle ?

— Trente-cinq ans.

— Diriez-vous qu'elle est attirante ?

— Oui.

— Très attirante ?

— Autrefois, elle a été une miss Adolescente, ou quelque chose comme ça.

— Donc, vous diriez très attirante ? (La plume courait sur le papier.)

— Et son attitude, par rapport aux questions sexuelles ? Fait-elle des plaisanteries ? Des plaisanteries salaces, des sous-entendus, des remarques grivoises ?

— Non, jamais.

— Est-elle flirteuse ? A-t-elle tendance à toucher, à caresser les gens ?

— Pas vraiment. Cela dit, elle sait qu'elle est belle, et elle en joue. Mais elle a une attitude plutôt... froide. Elle est du genre Grace Kelly.

— On dit que Grace Kelly avait un tempérament de feu, et elle a eu de nombreuses aventures.

— Je ne le savais pas.

— Mmmm. Et Mme Johnson ? A-t-elle des aventures au sein de la société ?

— Je ne sais pas. Je ne l'ai pas entendu dire.

Louise Fernandez prit une nouvelle page sur son bloc-notes.

— Très bien. Et cela fait combien de temps qu'elle est votre supérieure ?

— Un jour.

Pour la première fois, Louise Fernandez eut l'air réellement surprise. Sans quitter Sanders des yeux, elle prit une nouvelle bouchée de son sandwich.

— Oui. C'est hier qu'est entrée en vigueur la nouvelle organisation de la société. Elle venait d'être nommée.

— Alors, le jour où elle est nommée, elle vous demande de la rencontrer.

— Oui.

— D'accord. Vous me disiez donc que vous étiez assis sur le canapé et qu'elle vous embrassait. Et que s'est-il passé, ensuite ?

— Elle a ouvert la fermeture Éclair de... Enfin, d'abord elle a commencé par me caresser.

— Le sexe.

— Oui. Et à m'embrasser.

Il transpirait. Il s'essuya le front d'un revers de main.

— Je comprends que ce soit difficile, monsieur Sanders. J'essaie d'écourter au maximum. Donc, que s'est-il passé, ensuite ?

— Elle a ouvert la fermeture Éclair de mon pantalon et a commencé à me caresser.

— Votre pénis était-il sorti ?

— Oui.

— Qui l'a sorti ?

— Elle.

— Donc, elle a sorti votre pénis et l'a caressé, c'est ça ?

Elle le regardait par-dessus ses lunettes. Pendant un instant, confus, il détourna les yeux. Mais, lorsqu'il la regarda à nouveau, il s'aperçut qu'elle n'était pas le moins du monde gênée. Elle se comportait de façon très clinique, détachée, en vraie professionnelle du droit.

— Oui, dit-il. C'est bien comme ça que ça s'est passé.

— Quelle a été votre réaction ?

— Eh bien... (Il haussa les épaules, embarrassé.) Ça a marché.

— Vous étiez sexuellement excité ?

— Oui.

— Lui avez-vous dit quelque chose ?

— Par exemple ?

— Je vous demande simplement si vous lui avez dit quelque chose.

— Par exemple ? Je ne sais pas.

— Avez-vous prononcé la moindre parole ?

— J'ai dit quelque chose, je ne sais plus. Je me sentais très mal à l'aise.

— Vous rappelez-vous ce que vous avez dit ?

— Je crois que je n'arrêtais pas de répéter son nom, « Meredith », pour essayer de la faire cesser, mais elle m'interrompait sans cesse ou m'embrassait.

— Avez-vous dit autre chose, à part « Meredith » ?

— Je ne m'en souviens pas.

— Qu'éprouviez-vous, face à ce qu'elle vous faisait ?

— J'étais mal à l'aise.

— Pourquoi ?

— J'avais peur d'avoir une aventure avec elle, parce que désormais elle était ma supérieure, que je suis marié et que je ne veux pas avoir de problèmes dans ma vie. Je n'ai pas envie d'une aventure de bureau.

— Pourquoi ? demanda l'avocate.

La question le surprit.

— Comment ça, pourquoi ?

— Oui. (Elle le regarda droit dans les yeux, froidement, comme si elle le jaugeait.) Après tout, vous vous retrouviez seul avec une jolie femme. Pourquoi ne pas avoir une aventure ?

— Mais enfin !

— C'est une question que tout le monde se posera.

— Je suis marié.

— Et alors ? Des tas de gens mariés ont des aventures.

— Eh bien, d'abord, ma femme est avocate, et elle est très soupçonneuse.

— Est-ce que je la connais ?

— Elle s'appelle Susan Handler. Elle travaille au cabinet Benedict & King.

Louise Fernandez opina du chef.

— J'ai entendu parler d'elle. Bon. Vous aviez donc peur qu'elle ne finisse par s'en rendre compte.

— Bien sûr. Quand on a une liaison au bureau, tout le monde finit par être au courant. C'est impossible à garder secret.

— Vous aviez donc peur que ça ne se sache.

— Oui. Mais ce n'était pas la raison principale.

— Quelle était la raison principale ?

— Elle est ma supérieure hiérarchique. Je n'aimais pas la position dans laquelle je me retrouvais. Elle a le droit de me renvoyer, si elle le veut. C'est donc comme si j'étais obligé de le faire. Ça me mettait très mal à l'aise.

— Le lui avez-vous dit ?

— J'ai essayé.

155

— De quelle façon ?

— J'ai essayé.

— Vous lui avez fait comprendre que ses avances n'étaient pas bienvenues ?

— A la fin, oui.

— Comment cela ?

— Eh bien, après, nous avons continué..., je ne sais pas comment appeler ça, ces préliminaires, elle n'avait plus sa culotte, et...

— Excusez-moi. Comment se faisait-il qu'elle n'avait plus sa culotte ?

— Je la lui avais ôtée.

— Vous l'avait-elle demandé ?

— Non. Mais, à un moment, j'étais très excité et sur le point de faire l'amour avec elle. En tout cas, je pensais que j'allais le faire.

— Vous étiez donc sur le point de consommer l'acte sexuel.

La voix était toujours aussi froide. La plume grinçait sur le papier.

— Oui.

— Vous étiez donc consentant.

— Pendant un certain temps, oui.

— De quelle façon étiez-vous consentant ? demanda-t-elle. Je veux dire, avez-vous commencé à lui caresser le corps, la poitrine ou le sexe sans qu'elle vous encourage ?

— Je ne sais pas. Elle m'encourageait beaucoup.

— Je veux dire, l'avez-vous fait volontairement ? L'avez-vous fait de votre propre initiative ? Ou bien, par exemple, a-t-elle pris votre main et l'a-t-elle placée sur son...

— Non. Je l'ai fait volontairement.

— Et votre précédente hésitation ?

— J'étais très excité. A ce moment-là, je n'y pensais plus.

— C'est bon. Continuez.

Il s'essuya le front.

— Je suis très franc avec vous.

— C'est exactement ce qu'il faut. Je vous en prie, continuez.

— Elle était étendue sur le canapé, la jupe remontée jusqu'à la taille, elle voulait que je la pénètre... et elle gémissait, vous voyez, elle disait, « non, non », et brusquement je me suis à nouveau dit que je ne le voulais pas. Alors je me suis levé, et j'ai commencé à m'habiller.

— C'est vous qui avez mis un terme à ce qui allait se passer ?

— Oui.

— Parce qu'elle avait dit non ?

— Non, c'était simplement un prétexte. En réalité, c'est que, arrivé à ce point-là, j'étais trop mal à l'aise.

156

— Mmmm. Alors vous avez quitté le canapé et vous avez commencé à vous rhabiller.

— Oui.

— Et avez-vous dit quelque chose, à ce moment-là, pour expliquer votre attitude ?

— Oui. J'ai dit que ça n'était pas une bonne idée, que ça ne me plaisait pas.

— Et quelle a été sa réaction ?

— Elle a été furieuse. Elle a commencé à me jeter des objets à la figure. Puis elle s'est mise à me frapper. Et à me griffer.

— Avez-vous des marques ?

— Oui.

— Où ?

— Sur le cou et la poitrine.

— Avez-vous fait faire des photos ?

— Non.

— Bon. Quand elle vous a griffé, quelle a été votre réaction ?

— Je cherchais seulement à m'habiller et à quitter la pièce.

— Vous n'avez pas réagi physiquement à son attaque ?

— A un moment je l'ai repoussée, elle a heurté une table et elle est tombée.

— Vous présentez cela comme un geste d'autodéfense.

— C'était le cas. Elle m'arrachait les boutons de ma chemise. Je devais rentrer chez moi et je ne voulais pas que ma femme voie ma chemise dans cet état, c'est pourquoi je l'ai repoussée.

— Avez-vous eu des gestes qui n'aient pas été simplement de l'autodéfense ?

— Non.

— L'avez-vous frappée ?

— Non.

— Vous en êtes sûr ?

— Oui.

— Très bien. Ensuite, que s'est-il passé ?

— Elle m'a jeté un verre de vin à la tête. A ce moment-là j'étais déjà rhabillé. J'ai récupéré mon téléphone sur l'appui de la fenêtre et je suis allé...

— Excusez-moi. Vous dites que vous avez récupéré votre téléphone ? De quel genre de téléphone s'agit-il ?

— C'est un téléphone cellulaire. (Il le sortit de sa poche et le lui montra.) Tout le monde en a un dans la société, parce que c'est nous qui les fabriquons. D'ailleurs, quand elle a commencé à m'embrasser, j'étais en train de téléphoner.

– Vous étiez au milieu d'une conversation ?

– Oui.

– A qui parliez-vous ?

– A un répondeur.

– Je vois. (Elle avait visiblement l'air déçue.) Continuez.

– J'ai pris mon téléphone et je suis sorti. Elle hurlait que je ne pouvais pas lui faire une chose pareille et qu'elle me tuerait.

– Qu'avez-vous répondu ?

– Rien. Je suis parti.

– Quelle heure était-il, à ce moment-là ?

– Environ 18 h 45.

– Quelqu'un vous a vu partir ?

– Oui, la femme de ménage.

– Vous connaissez son nom ?

– Non.

– Vous l'aviez déjà vue auparavant ?

– Non.

– Croyez-vous qu'elle travaille pour votre société ?

– Non, elle portait l'uniforme de la société de nettoyage.

– Mmm. Ensuite ?

Il haussa les épaules.

– Je suis rentré chez moi.

– Avez-vous raconté à votre femme ce qui s'était passé ?

– Non.

– En avez-vous parlé à quelqu'un d'autre ?

– Non.

– Pourquoi ?

– Je crois que j'étais dans un état d'hébétude complète.

Elle s'interrompit un instant pour relire ses notes.

– Bon. Vous dites donc que vous avez été victime de harcèlement sexuel, et vous avez décrit une tentative directe de la part de cette femme. Comme elle était votre supérieure, vous avez dû sentir que vous preniez des risques en refusant ses avances.

– Eh bien..., j'étais ennuyé, c'est sûr. Mais, enfin, est-ce que je n'avais pas le droit de refuser ?

– Bien sûr que si. Je vous demandais seulement quel était votre état d'esprit.

– J'étais furieux.

– Pourtant, vous n'avez parlé à personne de ce qui s'était passé. N'aviez-vous pas envie d'en faire part à un collègue ? Un ami ? Un membre de la famille, peut-être un frère ? Quelqu'un ?

– Non. Je n'y ai même pas songé. Je ne savais pas comment me débrouiller avec cette affaire... Je crois que j'étais comme en état de choc. Je voulais simplement m'en aller. Je préférais faire comme si rien ne s'était passé.

— Avez-vous pris des notes ?

— Non.

— Vous me dites aussi que vous n'en avez pas parlé à votre femme. Lui cachez-vous souvent des choses ?

— Non. Mais dans ce cas, comme il s'agissait d'une ancienne petite amie, je ne pensais pas qu'elle se montrerait très compréhensive. Je ne voulais pas la mêler à cette histoire.

— Avez-vous eu d'autres aventures ?

— Ce n'était pas une aventure.

— Je vous pose une question d'ordre général. Par rapport à vos relations avec votre femme.

— Non. Je n'ai pas eu d'aventures.

— Je vous conseille d'en parler tout de suite à votre femme. Racontez-lui tout, dans les moindres détails. Parce que je vous promets qu'elle va être au courant, si ce n'est déjà fait. Aussi difficile que ça puisse être, votre meilleure chance de préserver votre relation avec elle, c'est de vous montrer tout à fait franc.

— Entendu.

— Et, maintenant, revenons à hier soir. Que s'est-il passé, ensuite ?

— Meredith Johnson a appelé chez moi et a parlé à ma femme.

Louise Fernandez leva les sourcils d'un air surpris.

— Ah bon ? Vous attendiez-vous à cela ?

— Oh non ! J'ai été terrifié. Mais, apparemment, elle s'est montrée très polie et a simplement dit que la réunion de ce matin était reportée à 8 h 30.

— Je vois.

— Mais quand je suis arrivé au bureau, je me suis rendu compte que la réunion était prévue à 8 heures.

— Donc, vous êtes arrivé en retard, vous étiez embarrassé, et tout le tralala.

— Oui.

— Et vous pensez que c'était un coup monté.

C'était une affirmation plus qu'une question.

— Oui.

L'avocate jeta un coup d'œil à sa montre.

— J'ai peur de manquer de temps. Si vous le pouvez, racontez-moi brièvement ce qui s'est passé aujourd'hui.

Sans parler de Conley-White, il décrivit la réunion du matin et l'humiliation qu'il y avait subie. Sa discussion avec Meredith. Puis celle avec Phil Blackburn. La proposition de mutation. Le fait que cette mutation lui ferait perdre le bénéfice de la distribution d'actions. Sa décision de demander conseil à un avocat.

Louise Fernandez lui posa encore quelques questions, nota soigneusement les réponses puis repoussa son carnet jaune.

— Je crois que j'ai une idée assez précise de la situation. Vous vous sentez blessé et ignoré. Et ce que vous voulez savoir, c'est s'il y a matière à porter plainte.

— Oui, dit-il avec un hochement de tête.

— En principe, oui. C'est une affaire qui relève du jury, mais devant un tribunal je ne vous garantis pas l'issue. En tout cas, vu ce que vous m'avez dit, je me dois de vous prévenir que votre affaire ne se présente pas bien.

Sanders eut l'air abasourdi.

— Ah bon ?

— Ce n'est pas moi qui fais la loi. Je veux simplement vous présenter les choses avec franchise, de façon que vous preniez votre décision en toute connaissance de cause. Votre position n'est pas très bonne, monsieur Sanders.

Louise Fernandez s'écarta un peu de son bureau et se mit à ranger des papiers dans sa mallette.

— Je n'ai plus que cinq minutes, mais laissez-moi vous expliquer ce qu'est le harcèlement sexuel au regard de la loi, parce que, au fond, peu de gens savent exactement de quoi il retourne. Depuis le milieu des années 80, la jurisprudence a clarifié la situation. La définition est très explicite. D'après la loi, pour que les faits soient qualifiés de harcèlement sexuel, ils doivent présenter trois éléments. Premièrement, ils doivent être sexuels. C'est-à-dire, par exemple, qu'une plaisanterie grossière ou scatologique n'est pas du harcèlement sexuel, même si l'auditeur la juge offensante. Le comportement visé doit être de nature sexuelle. Dans votre cas, il n'y a aucun doute quant à l'aspect explicitement sexuel des faits dont vous vous plaignez.

— D'accord.

— Deuxièmement, les faits doivent être non désirés. Les tribunaux distinguent entre relation forcée et relation non désirée. Par exemple, une personne peut avoir une relation sexuelle avec un supérieur, qui n'est visiblement pas forcée : on ne lui a pas mis un revolver sur la tempe. Mais les tribunaux estiment que l'employé peut avoir eu le sentiment de ne pas avoir eu d'autre choix que d'accepter et, donc, n'a pas librement consenti à cette relation : elle n'est pas désirée.

« Pour déterminer si la relation n'est réellement pas désirée, les

160

tribunaux prennent en compte un large ensemble de données. L'employé a-t-il l'habitude de faire des plaisanteries d'ordre sexuel sur son lieu de travail, laissant ainsi entendre que de telles plaisanteries, venant de collègues, seraient bien accueillies ? L'employé a-t-il l'habitude de se montrer provocant ou aguicheur avec ses collègues ? Si l'employé a eu une relation sexuelle avec son supérieur, l'a-t-il reçu chez lui, lui a-t-il rendu visite à l'hôpital ou en des circonstances qui n'étaient pas strictement obligatoires ? Son comportement laisse-t-il penser qu'il s'est engagé activement et de plein gré dans cette relation ? Les tribunaux cherchent également à savoir si l'employé a dit à son supérieur qu'une telle relation n'était pas désirée, s'il a cherché à l'éviter, s'il s'en est plaint à quelqu'un d'autre. Ces considérations prennent d'autant plus d'importance que le plaignant est haut placé dans la hiérarchie de l'entreprise, donc supposé plus libre de ses actes.

— Mais moi, je n'en ai parlé à personne.

— Non. Et vous ne lui avez rien dit à elle non plus. Au moins, d'après ce que vous m'avez dit, pas explicitement.

— Il me semblait que ça n'était pas possible.

— Je vous comprends. Mais, pour votre affaire, ça pose un problème. Maintenant, le troisième élément permettant de qualifier des faits de harcèlement sexuel, c'est la discrimination d'ordre sexuel. Le cas le plus courant, c'est l'échange de faveurs sexuelles contre la possibilité de garder son emploi ou d'obtenir une promotion. La menace peut être explicite ou implicite. Vous m'avez dit que Mme Johnson avait la possibilité de vous renvoyer.

— Oui.

— Comment le savez-vous ?

— C'est Phil Blackburn qui me l'a dit.

— Explicitement ?

— Oui.

— Et Mme Johnson elle-même ? Vous a-t-elle proposé quelque chose en échange de vos faveurs ? Ou, au contraire, vous a-t-elle menacé de vous renvoyer si vous ne cédiez pas à ses avances ?

— Pas exactement, mais c'était présent. C'était toujours sous-entendu.

— De quelle façon ?

— Elle disait par exemple : « Puisqu'on travaille ensemble, autant le faire agréablement. » Elle évoquait la possibilité d'avoir une aventure au cours de voyages d'affaires que nous ferions ensemble en Malaisie, etc.

— Vous interprétiez cela comme une menace sur votre travail ?

161

— J'interprétais ça comme : « Si tu veux qu'on s'entende, tu as intérêt à m'accompagner. »

— Et vous ne le vouliez pas ?

— Non.

— Le lui avez-vous dit ?

— Je lui ai dit que j'étais marié et que les choses entre nous avaient changé.

— En d'autres circonstances, ces seules paroles suffiraient à prouver votre bonne foi. Mais il faudrait des témoins.

— Il n'y en a pas...

— Non. Du point de vue légal, il y a une dernière considération que l'on appelle un environnement de travail contraignant. On invoque cet aspect des choses lorsqu'une succession d'incidents, qui ne sont pas, par nature, d'ordre sexuel, finit par créer une situation de harcèlement sexuel. Je ne crois pas qu'à la suite d'un incident isolé vous puissiez invoquer un tel environnement.

— Je vois.

— Malheureusement, l'incident que vous m'avez rapporté n'est pas aussi clair qu'il y paraît au premier abord. On ne pourrait invoquer le harcèlement sexuel, a posteriori, que si, par exemple, vous étiez licencié.

— J'estime, en effet, que j'ai été licencié, puisque je suis mis à l'écart du département et que je ne ferai pas partie de la nouvelle société lorsqu'elle sera créée.

— Je vous comprends. Mais la proposition de mutation qu'on vous a faite rend les choses compliquées. Car la société peut soutenir – et, à mon avis, avec toutes les chances de succès – qu'elle ne vous doit rien de plus qu'une mutation. Qu'elle ne vous a jamais promis le pactole qui résulterait de la constitution de votre département en société à part entière. Qu'une telle création de société est de toute façon un simple projet et qu'il peut fort bien ne pas aboutir. Que la société n'est nullement tenue de vous indemniser pour des espoirs peut-être chimériques. La société fera valoir qu'une mutation est parfaitement acceptable et que vous vous montrez déraisonnable en la refusant. Qu'en fait vous démissionnez et que vous n'êtes pas licencié. La situation créée serait donc de votre seule responsabilité.

— C'est ridicule.

— En fait, non. Supposons, par exemple, que vous découvriez que vous avez un cancer et qu'il ne vous reste plus que six mois à vivre. La société serait-elle tenue de verser à vos héritiers les profits de la constitution de la nouvelle société ? Bien sûr que non. Si vous travaillez pour une entreprise au moment de la distribution des nouvelles

162

actions, vous en bénéficiez. Sinon, vous n'en bénéficiez pas. L'entreprise n'a pas d'autres obligations envers vous.

— Vous êtes en train de me dire que je ferais aussi bien d'avoir un cancer.

— Non, je vous dis que vous êtes en colère et que vous estimez que votre société vous doit quelque chose, alors que le tribunal ne sera certainement pas de cet avis. J'ai l'expérience de ce genre de situation. Dans les affaires de harcèlement sexuel, les victimes sont furieuses et croient bénéficier de droits qu'en fait elles n'ont pas.

Sanders laissa échapper un soupir.

— Est-ce que ce serait différent si j'étais une femme ?

— Juridiquement, non. Même dans les situations les plus évidentes – les cas les plus terribles –, le harcèlement sexuel est notoirement difficile à prouver. La plupart des incidents se passent comme dans votre cas : derrière des portes fermées, sans témoins. C'est une parole contre une autre. Dans une affaire comme la vôtre, lorsqu'il n'existe pas de preuve tangible, il y a souvent un préjugé défavorable envers l'homme.

— Mmmm.

— Pourtant, un quart des plaintes pour harcèlement sexuel sont déposées par des hommes. La plupart visent des supérieurs hommes, mais un cinquième sont portées contre des femmes. Et leur nombre va croissant, puisque les femmes sont de plus en plus nombreuses à occuper des postes de responsabilité.

— Je ne le savais pas.

— On n'en parle pas beaucoup, dit-elle en le regardant par-dessus ses lunettes. Mais, à mon avis, c'est logique.

— Pourquoi ?

— Le harcèlement sexuel est une affaire de pouvoir. Il s'agit d'un abus de pouvoir d'un supérieur envers un subordonné. Je sais que c'est la mode de dire que les femmes sont fondamentalement différentes des hommes et qu'elles ne harcèleraient jamais des subordonnés. Mais, de là où je suis, j'ai vu toutes sortes de choses, des choses que vous auriez du mal à croire si je vous les racontais. J'ai donc un point de vue différent sur la question. J'ai peu affaire avec la théorie ; je m'occupe des faits. Si l'on s'en tient aux faits, on ne voit guère de différence de comportement entre les hommes et les femmes. En tout cas, pas de différence significative.

— Vous croyez donc à mon histoire ?

— Que je vous croie ou non n'est pas la question. La question est de savoir si vous avez matière à porter plainte, et si vous devez le faire. Je peux vous dire, de toute façon, que j'ai déjà entendu des histoires semblables. Vous savez, vous n'êtes pas le premier homme que je défends dans ce genre d'affaire.

— Que me conseillez-vous, alors ?

— Je ne peux pas vous donner de conseil, répondit assez vivement l'avocate. Cette décision est beaucoup trop difficile à prendre. Je peux simplement vous brosser un tableau de la situation. (Elle appuya sur le bouton de l'interphone.) Bob, dites à Richard et à Eileen d'aller chercher la voiture. Je les retrouverai devant l'immeuble. (Elle se tourna à nouveau vers Sanders et se mit à pianoter sur le bureau.) Revoyons les faits. Premièrement, vous affirmez que vous vous êtes retrouvé dans une situation intime avec une femme plus jeune que vous, très attirante, mais que vous avez repoussé ses avances. En l'absence de preuves ou de témoins, c'est une histoire que le jury aura du mal à croire.

« Deuxièmement : si vous portez plainte, vous serez licencié. Il vous faudra attendre trois ans avant que le procès vienne en audience. Réfléchissez à la façon dont vous vivrez pendant ce temps-là, comment vous réglerez le crédit de votre maison et vos autres dépenses. En ce qui concerne mes honoraires, je pourrais les prendre sur la base d'un pourcentage sur les dommages et intérêts, en cas de succès. Mais vous auriez tout de même à régler les frais de justice, c'est-à-dire un minimum de cent mille dollars. Serez-vous disposé à hypothéquer votre maison pour régler ces frais ?

« Troisièmement : si vous décidez de porter l'affaire en justice, elle deviendra publique. On en parlera dans la presse et aux journaux télévisés. Je ne saurais vous décrire en détail à quel point une telle expérience peut se révéler destructrice pour vous et votre femme. De nombreuses familles éclatent avant même la tenue du procès. Il y a des divorces, des maladies, des suicides. C'est une période extrêmement difficile.

« Quatrièmement : il ne sera pas facile d'évaluer le tort qui vous est causé, du fait qu'ils vous ont proposé une mutation. DigiCom demandera que vous soyez débouté, et il faudra se battre. En cas de victoire, il ne faudra pas vous attendre, une fois déduits les honoraires et les frais de justice, à plus de deux cent mille dollars ; sans compter les trois années de votre vie que vous aurez consacrées à cette affaire. Et puis, bien sûr, la société peut faire appel, ce qui retardera d'autant le paiement des dommages et intérêts.

« Cinquièmement : si vous portez l'affaire en justice, vous ne retravaillerez plus jamais dans ce secteur d'activité. Je sais que ça ne devrait pas se passer ainsi, mais, dans les faits, on ne fera plus jamais appel à vous. Passe encore si vous aviez cinquante-cinq ans, mais vous n'en avez que quarante et un. Est-ce vraiment ce que vous voulez ?

— Mon Dieu !

Il s'enfonça profondément dans son siège.

— Je regrette, mais ce sont les conséquences d'une action en justice.

— C'est tellement injuste !

Elle enfila son imperméable.

— Malheureusement, monsieur Sanders, la justice et l'appareil judiciaire sont deux choses bien distinctes. Les tribunaux servent uniquement à résoudre les conflits. (Elle ferma sa mallette et lui tendit la main.) Je regrette, monsieur Sanders. J'aurais aimé que votre affaire se présente différemment. N'hésitez pas à venir me revoir si vous avez d'autres questions.

Elle sortit en trombe du bureau, le laissant assis sur son siège. Au bout d'un moment, la secrétaire entra dans la pièce.

— Puis-je faire quelque chose pour vous ?

— Non, dit Sanders en secouant lentement la tête. Non, j'allais partir.

Dans la voiture, en route pour le palais de justice, Louise Fernandez raconta l'histoire de Sanders aux deux jeunes avocats qui l'accompagnaient.

— Vous le croyez ? demanda la jeune femme.

— Allez savoir ! répondit Fernandez. Ça se passait derrière des portes closes. Il n'y a jamais moyen de connaître la vérité.

La jeune femme secoua la tête.

— Je n'arrive pas à croire qu'une femme puisse se conduire de la sorte. Avec autant d'agressivité.

— Pourquoi pas ? Imaginez que ce ne soit pas une affaire de harcèlement sexuel. Imaginez qu'il soit simplement question d'une prime importante. L'homme affirme qu'en privé on lui a promis une prime conséquente, alors que la femme le nie. Penseriez-vous que l'homme ment, tout simplement parce qu'une femme ne se conduirait pas de cette façon-là ?

— Pas dans un tel cas, non.

— Vous diriez donc que l'incertitude demeure.

— Mais il ne s'agit pas d'un contrat de travail, rétorqua la jeune avocate. Il s'agit d'une histoire sexuelle.

— Vous pensez que les femmes sont imprévisibles lorsqu'il s'agit d'un contrat de travail, mais qu'en matière sexuelle leur conduite est stéréotypée ?

— Je ne crois pas avoir utilisé le terme « stéréotypé ».

— Vous venez pourtant de dire qu'une femme ne pouvait pas se montrer agressive dans son comportement sexuel. N'est-ce pas un stéréotype ?

— Mais... non, dit la jeune avocate. C'est vrai : dans les relations sexuelles, les femmes sont différentes des hommes.

166

— Et les Noirs ont le rythme dans la peau! lança Louise Fernandez d'un air goguenard. Les Asiatiques sont des drogués du travail. Les Hispaniques sont fourbes...

— Mais là, c'est différent! Enfin... Il y a eu des études sur le sujet! Les hommes et les femmes ne s'adressent même pas la parole de la même façon!

— Oh, vous voulez parler de ces études qui montrent que les femmes sont moins bonnes en affaires et dans les questions de raisonnement stratégique?

— Non. Ces études-là sont fausses.

— Je vois. Ces études-là sont fausses, mais celles qui ont trait à la sexualité sont correctes?

— Euh... oui. Parce que la sexualité est une donnée fondamentale. C'est une pulsion première.

— Je ne vois pas pourquoi. La sexualité est utilisée pour différents buts. Pour se faire des relations, pour obtenir l'apaisement, comme provocation, comme cadeau, comme arme, comme menace. La façon dont on utilise la sexualité peut être fort complexe. Vous ne l'avez pas vérifié?

La jeune femme croisa les bras sur sa poitrine.

— Je ne crois pas.

Pour la première fois, le jeune avocat prit la parole.

— Qu'avez-vous conseillé à ce type? De ne pas porter plainte?

— Non. Mais je lui ai dit à quoi il s'exposait.

— A votre avis, qu'est-ce qu'il devrait faire?

— Je ne sais pas, dit Fernandez. Mais je sais ce qu'il aurait dû faire.

— Oui, quoi?

— C'est terrible à dire, mais, vu la situation, sans témoins, seul dans le bureau avec sa supérieure... il aurait dû se taire et la baiser. Parce que maintenant, le malheureux, il n'a plus le choix. S'il ne fait pas attention, sa vie est fichue.

Sanders redescendit à pied, lentement, vers Pioneer Square. La pluie avait cessé, mais l'après-midi était encore humide et gris. Le pavé était glissant. Autour de lui, le sommet des gratte-ciel disparaissait dans le brouillard glacé.

Il ne savait pas ce qu'il aurait aimé entendre de la part de Louise Fernandez, mais certainement pas qu'il risquait d'être licencié, de ne plus jamais retrouver de travail, et qu'il lui faudrait hypothéquer sa maison.

Sanders se sentit brusquement envahi par la précarité de son existence et par le sentiment qu'il était arrivé à un tournant de sa vie. Deux jours auparavant, il était un cadre supérieur jouissant d'une situation stable, avec un avenir prometteur. A présent, il se retrouvait en situation de disgrâce, humilié, et menacé de perdre son emploi. Tout sentiment de sécurité s'était évanoui.

Il songea à toutes les questions que Louise Fernandez lui avait posées, des questions auxquelles il n'avait pas réfléchi. Pourquoi n'en avait-il parlé à personne ? Pourquoi n'avait-il pas pris de notes ? Pourquoi n'avait-il pas dit explicitement à Meredith que ses avances étaient malvenues ? Louise Fernandez évoluait dans un monde de règles et de distinguos qu'il ne comprenait pas, auxquels il ne songeait jamais. Mais, maintenant, ces distinguos se révélaient d'une importance vitale.

Votre affaire ne se présente pas bien, monsieur Sanders.

Et pourtant... Comment aurait-il pu éviter de se retrouver là ? Comment aurait-il dû agir ?

Supposons qu'il ait appelé Blackburn aussitôt après l'entrevue avec Meredith et lui ait dit qu'elle s'était littéralement jetée sur lui ? Il aurait pu appeler du bateau, se plaindre à lui avant qu'elle ne

168

mette au point sa propre histoire. Cela aurait-il changé quelque chose ? Qu'aurait fait Blackburn ?

Il secoua la tête d'un air dubitatif. Ça n'aurait probablement rien changé. Parce que, au fond, Meredith était intimement liée à l'appareil de pouvoir au sein de DigiCom, ce qui n'était pas son cas à lui. Meredith était une intrigante, elle savait se faire des alliés. Sanders, lui, ne comptait pas. Il n'était qu'un cadre technique, un rouage dans la machinerie de l'entreprise. Son devoir était de s'entendre avec sa nouvelle directrice, et il n'y était pas parvenu. Tout ce qu'il pouvait faire, c'était se plaindre. Ou pis : dénoncer sa supérieure. Moucharder. Et personne n'aime les mouchards.

Alors, qu'aurait-il dû faire ?

Il se rendit compte alors qu'il n'aurait pas pu appeler Blackburn aussitôt après sa rencontre avec Meredith, parce que les batteries de son téléphone cellulaire étaient épuisées.

Devant ses yeux passa l'image d'une voiture, *un homme et une femme dans une voiture, en route vers une réception.* Quelqu'un lui avait un jour raconté une histoire... à propos de gens dans une voiture.

C'était agaçant. Il n'arrivait pas à s'en souvenir.

Pourquoi le téléphone ne fonctionnait-il plus ? Il pouvait y avoir de nombreuses raisons à cela. L'explication la plus plausible, c'était la mémoire à *nicad.* Les nouveaux téléphones utilisaient des batteries rechargeables au nickel-cadmium, et, si elles ne se déchargeaient pas complètement entre les utilisations, elles pouvaient d'elles-mêmes réduire leur durée de vie. On ne savait jamais quand ça pouvait arriver. Sanders avait déjà dû jeter des batteries qui avaient développé une mémoire courte.

Il prit son téléphone et mit le contact. Le témoin s'alluma. Aujourd'hui, la batterie fonctionnait correctement.

Mais il y avait quelque chose...

Dans une voiture.

Quelque chose à quoi il ne pensait pas.

En route vers une réception.

Il fronça les sourcils. Il n'arrivait pas à voir de quoi il s'agissait. Une idée affleurait à sa mémoire, mais trop ténue pour prendre forme.

Quelque chose lui échappait. Mais quoi ? Quelque chose qui avait également échappé à Louise Fernandez et qui n'était pas apparu lorsqu'elle l'avait questionné. Quelque chose que tout le monde tenait pour acquis, même si...

Meredith.

C'était à propos de Meredith.

Elle l'avait accusé de harcèlement sexuel. Le lendemain matin, elle était allée voir Blackburn et avait accusé Sanders. Pourquoi ? Nul doute qu'elle se sentît coupable de ce qui s'était passé la veille. Peut-être avait-elle peur que Sanders ne l'accuse et avait-elle décidé de l'accuser en premier. Cela semblait logique.

Mais si Meredith avait vraiment le pouvoir qu'on lui prêtait, à quoi lui servait de lancer cette accusation ? Elle aurait aussi bien pu aller voir Blackburn et lui dire que ça ne marchait pas avec Tom Sanders, qu'elle ne pourrait pas travailler avec lui. Qu'il fallait le muter. Et Blackburn l'aurait fait.

Au lieu de quoi, elle l'avait accusé de harcèlement sexuel, ce qui avait dû être embarrassant pour elle. Parce qu'une telle situation impliquait qu'elle n'avait pas su garder son autorité sur un subordonné. Dans un tel cas, un cadre supérieur n'aurait jamais rien dit.

Le harcèlement sexuel tient au pouvoir.

On le comprend bien lorsqu'il s'agit d'une modeste secrétaire harcelée par un homme plus puissant, plus haut dans la hiérarchie. Mais, dans le cas présent, c'était Meredith qui occupait la position supérieure. C'était elle qui disposait du pouvoir.

Pourquoi accuser Sanders de harcèlement sexuel ? Dans la réalité, les subordonnés ne harcèlent pas leurs supérieurs. Ça n'arrive jamais. Il faut être fou pour harceler son supérieur.

Le harcèlement sexuel est une affaire de pouvoir. C'est un abus de pouvoir d'un supérieur envers un subordonné.

Accuser Sanders de harcèlement sexuel, c'était, d'une façon curieuse, admettre qu'elle était sa subordonnée. Jamais Meredith ne ferait une chose pareille. Tout au contraire : elle venait d'obtenir ce poste, elle cherchait avant tout à prouver qu'elle maîtrisait la situation. Donc, son accusation était absurde.

A moins qu'elle ne s'en serve délibérément pour le détruire. L'avantage d'une accusation de harcèlement sexuel, c'est qu'il est difficile de s'en remettre. On est présumé coupable avant d'avoir prouvé son innocence. Aussi fantaisiste que soit une telle accusation, elle ternit irrémédiablement la réputation d'un homme. C'est une arme redoutable. La plus redoutable qui soit.

D'un autre côté, elle disait ne pas vouloir porter plainte. Pourquoi ?

Sanders s'immobilisa au beau milieu du trottoir.

Elle m'a assuré qu'elle ne comptait pas te dénoncer formellement devant la direction, avait dit Blackburn.

Pourquoi ne pas aller jusqu'à la dénonciation formelle ?

Sanders n'avait pas demandé à Blackburn pourquoi elle ne le faisait pas, et Louise Fernandez ne le lui avait pas demandé non plus. Mais son refus de le dénoncer formellement était parfaitement illogique. Elle l'accusait. Pourquoi refuser d'aller jusqu'au bout ?

Peut-être Blackburn l'en avait-il dissuadé. Il était toujours si soucieux des apparences !

Mais ce ne devait pas être cela, parce qu'il y a toujours moyen de porter une accusation en bonne et due forme sans recourir à la justice. On peut régler cela au sein même de l'entreprise.

Du point de vue de Meredith, il y avait tout avantage à agir de la sorte. Sanders était populaire chez DigiCom. Cela faisait longtemps qu'il travaillait pour la société. Si son objectif était de se débarrasser de lui, de l'exiler au Texas, pourquoi ne pas laisser la rumeur faire son travail souterrain au sein de la société ? Pourquoi ne pas l'accuser formellement devant la direction ?

Plus il y pensait, plus Sanders se convainquait qu'il ne pouvait y avoir qu'une seule explication : Meredith ne l'accuserait pas formellement parce qu'elle ne le pouvait pas.

Et, si elle ne le pouvait pas, c'est qu'elle avait un autre problème. Il se passait quelque chose d'autre.

On peut arranger ça tranquillement.

Peu à peu, Sanders commençait à envisager différemment la situation. Au cours de leur entrevue, Blackburn ne l'avait ni ignoré ni humilié. Tout au contraire : il se débattait pour se tirer de ce mauvais pas.

Blackburn avait peur.

On peut arranger ça tranquillement. Ça sera mieux pour tout le monde.

Que voulait dire ce « mieux pour tout le monde » ?

Quel problème avait donc Meredith ?

Plus il y songeait, plus il se disait qu'il ne pouvait y avoir qu'une seule raison pour empêcher Meredith de l'accuser publiquement.

Il sortit son téléphone de sa poche, appela United Airlines et réserva trois aller-retour en avion pour Phoenix.

Puis il appela sa femme.

— Espèce de salaud! dit Susan.

Ils étaient assis à une table en coin, au Terrazzo. Il était 14 heures, le restaurant était presque désert. Susan l'avait écouté pendant une demi-heure sans l'interrompre. Sanders lui avait raconté tout ce qui s'était passé lors de son entrevue avec Meredith et au cours de la matinée. La réunion avec les cadres de Conley-White. La conversation avec Phil Blackburn. Celle avec Louise Fernandez. A présent, il en avait terminé. Elle le regardait droit dans les yeux.

— Je pourrais te traiter avec mépris, tu le sais? Espèce de salaud, pourquoi ne m'as-tu pas dit que c'était une de tes anciennes amantes?

— Je ne sais pas. Je n'avais pas envie d'en parler.

— Tu n'avais pas envie d'en parler! Adele et Mary Anne me téléphonent toute la journée, elles sont au courant et pas moi? C'est humiliant, Tom.

— Écoute, tu sais que j'étais sur les nerfs ces derniers temps, et...

— Laisse tomber, tu veux! Ça n'a rien à voir avec moi. Tu ne me l'as pas dit parce que tu ne le voulais pas, c'est tout.

— Susan, ça n'est pas...

— Bien sûr que si! Hier soir, je t'ai posé des questions à son sujet. Si tu avais voulu, tu aurais pu m'en parler. (Elle secoua la tête.) Salaud! Je n'arrive pas à y croire. Pauvre type! Tu t'es fourré dans un de ces pétrins! Tu t'en rends compte, au moins?

— Oui, dit-il en baissant la tête.

— Oh, je t'en prie, ne joue pas les pénitents!

— Je regrette.

— Tu te fous de moi? Bon Dieu! C'est incroyable! Pauvre type! Tu as passé la nuit avec ta petite amie!

— Je n'ai pas passé la nuit avec elle. Et ça n'est pas ma petite amie.

— Qu'est-ce que tu racontes? C'était ta grande chérie.

— Non, ça n'était pas ma grande chérie.

— Ah bon? Alors pourquoi ne m'en as-tu pas parlé? Réponds-moi, au moins : tu as baisé avec elle, oui ou non?

— Non.

Elle plongea son regard dans le sien, tout en tournant sa cuiller dans sa tasse de café.

— Tu me dis la vérité?

— Oui.

— Tu ne me caches rien? Il ne s'est rien passé d'autre, d'aussi gênant?

— Non. Rien.

— Alors pourquoi t'accuse-t-elle?

— Que veux-tu dire?

— Si elle t'accuse, il doit bien y avoir une raison. Tu as dû faire quelque chose.

— Non. J'ai simplement refusé ses avances.

— Mmmm, bien sûr. (Elle fronça les sourcils.) Tu sais, Tom, il ne s'agit pas simplement de toi. Toute la famille est impliquée, moi, les enfants.

— Je le sais.

— Pourquoi ne m'en as-tu pas parlé? Si tu me l'avais dit hier soir, j'aurais pu t'aider.

— Aide-moi maintenant.

— Je crois qu'on ne peut plus faire grand-chose, rétorqua-t-elle d'un ton sarcastique, puisqu'elle a été la première à t'accuser. Maintenant, tu es un homme fini.

— Je n'en suis pas si sûr.

— Crois-moi, tu es coincé. Si tu décides de porter plainte, ce sera l'enfer pendant au moins trois ans, et, personnellement, je ne pense pas que tu puisses gagner. Tu es un homme qui accuse une femme de harcèlement sexuel. Ça fera rire tout le monde et tu seras débouté.

— Peut-être.

— Crois-moi, ça se passera comme ça. Ça n'ira pas jusqu'au procès. Alors qu'est-ce qui te reste comme solution? Aller à Austin. Tu te rends compte?

— Je me demande pourquoi elle ne va pas jusqu'à une dénonciation formelle, alors qu'elle m'a accusé de harcèlement sexuel.

— Va savoir! dit Susan avec un geste d'agacement. Il peut y avoir une infinité de raisons. La politique de l'entreprise. Ou bien Phil l'en a dissuadé. Ou Garvin. Peu importe ! Regarde la réalité en face, Phil : tu es coincé. Espèce d'imbécile !

— Susan, tu ne veux pas te calmer ?

— Va te faire foutre, Tom. Tu es malhonnête et irresponsable.

— Susan...

— Nous sommes mariés depuis cinq ans. Je mérite mieux que ça.

— Tu ne veux pas te calmer ? J'essaie de te dire que je ne suis pas aussi coincé qu'il y paraît.

— Mais si, Tom.

— Je crois que non. Parce que c'est une situation très dangereuse. Dangereuse pour tout le monde.

— Ce qui veut dire ?

— Admettons que Louise Fernandez m'ait dit la vérité à propos de mon action en justice.

— Elle t'a dit la vérité, répondit Susan. C'est une bonne avocate.

— Mais elle ne considérait pas la situation du point de vue de l'entreprise. Elle la considérait du point de vue du plaignant.

— Mais... tu es le plaignant.

— Non, dit-il. Je suis un plaignant potentiel.

Il y eut un moment de silence.

Susan dévisagea attentivement son mari, puis fronça les sourcils.

— Tu plaisantes.

— Non.

— Tu es complètement fou, dit-elle.

— Non. Regarde la situation. DigiCom se trouve au beau milieu d'une opération de fusion avec une société de la côte est très conservatrice. Une société qui a déjà renoncé à une fusion parce qu'un cadre de l'autre société lui avait fait un peu de mauvaise publicité. Ce cadre aurait employé des mots grossiers en licenciant un secrétaire temporaire, Conley-White s'est retiré. Ils sont très chatouilleux sur le chapitre de la publicité. Ce qui veut dire que chez DigiCom la dernière chose dont ils aient envie, c'est qu'on porte plainte contre la nouvelle vice-présidente pour harcèlement sexuel.

— Tom, tu te rends compte de ce que tu es en train de dire ?

— Oui.

— Ils vont être fous de rage. Ils vont essayer de te détruire.

— Je le sais.

— En as-tu parlé à Max ? Je crois que tu devrais.

— Au diable Max ! C'est un vieux fou.

— Moi, à ta place, j'irais le voir. Parce que la bagarre, Tom, ça n'a jamais été ton truc. Je ne sais pas si tu pourras t'en sortir.

— Je crois que si.

— Il va y avoir du grabuge. D'ici à un jour ou deux, tu vas regretter de ne pas avoir accepté le poste qu'on te proposait à Austin.

— Qu'ils aillent se faire foutre.

— Les coups voleront bas, Tom. Tu perdras tes amis.

— Tant pis.

— Tu te sens vraiment prêt?

— Oui. (Sanders jeta un coup d'œil à sa montre.) Écoute, Susan, je voudrais que tu prennes les enfants et que tu ailles passer quelques jours chez ta mère, à Phoenix. Si tu rentres tout de suite faire les valises, tu as encore le temps d'attraper le vol de 8 heures à Sea-Tac. J'ai réservé trois places pour vous.

Elle le regarda, effarée, comme si elle contemplait un inconnu.

— Tu vas vraiment..., commença-t-elle lentement.

— Oui.

— Mon Dieu!

Elle se pencha, ramassa son sac à main posé par terre et en sortit son agenda.

— Je ne veux pas que toi ou les enfants soyez mêlés à ça, dit-il. Je ne veux pas voir de caméras de télévision braquées sur eux.

— Attends un moment... (Du doigt, elle parcourut la liste de ses rendez-vous.) Bon... Ça, je peux le déplacer... Et ça..., une télé-réunion, oui. (Elle leva les yeux.) D'accord, je peux partir pendant quelques jours. (Elle regarda sa montre.) Je ferais bien de me dépêcher et d'aller faire les valises.

Il se leva et l'accompagna hors du restaurant. Il pleuvait. Dans la rue, la lumière était grise et glauque. Elle leva les yeux vers lui et l'embrassa sur la joue.

— Bonne chance, Tom. Et sois prudent.

Elle avait l'air effrayée. Lui aussi.

— Ça se passera bien, dit-il.

— Je t'aime.

Elle s'éloigna rapidement sous la pluie. Il attendit un moment pour voir si elle allait se retourner, mais elle ne le fit pas.

En rentrant à pied au bureau, il prit soudain conscience de sa solitude. Susan partait avec les enfants. Désormais, il se retrouvait seul. Il avait cru qu'il serait soulagé, qu'il pourrait agir avec plus de liberté, mais, au lieu de cela, il se sentait abandonné et vulnérable. Frigorifié, il enfonça les mains dans les poches de son imperméable.

Il ne s'était pas bien débrouillé avec Susan. Elle devait être encore en train de retourner ses explications dans tous les sens.

Pourquoi ne m'en as-tu pas parlé ?

Il n'avait pas bien répondu à cette question. Il n'avait pas été capable de rendre compte des sentiments contradictoires qui l'avaient agité ce soir-là. Le sentiment d'être sali, la culpabilité, l'impression d'avoir fait quelque chose de mal.

Tu aurais pu me le dire.

Il n'avait rien fait de mal. Alors, pourquoi ne lui avait-il rien dit ? A cela, il n'avait pas de réponse. Il passa devant un magasin de fournitures de bureau puis devant un magasin d'articles de plomberie, avec des objets en porcelaine blanche dans la vitrine.

Tu ne me l'as pas dit parce que tu ne le voulais pas.

C'était absurde. Pourquoi n'aurait-il pas voulu le lui dire ? Une fois encore, le cours de ses pensées fut interrompu par des images surgies du passé : le porte-jarretelles blanc... un bol de pop-corn. La fleur en vitrail sur la porte de son appartement.

Laisse tomber, tu veux. Ça n'a rien à voir avec moi.

Le sang dans le lavabo de la salle de bains, et Meredith qui en riait. Pourquoi riait-elle ? Il n'arrivait pas à s'en souvenir ; ce n'était qu'une image isolée. Une hôtesse de l'air déposant devant

176

lui un plateau-repas. Une valise sur le lit. La télévision avec le son coupé. La fleur en vitrail, orange et rouge.

En as-tu parlé à Max?

Susan avait raison, se dit-il. Il devrait en parler à Max. Il le ferait aussitôt après avoir apporté la mauvaise nouvelle à Blackburn.

De retour à son bureau à 14 h 30, Sanders eut la surprise d'y trouver Blackburn, debout derrière la table, parlant au téléphone. Il raccrocha, l'air un peu coupable.

— Oh, Tom. Je suis content de te voir. (Il fit le tour du bureau.) Qu'as-tu décidé ?

— J'ai beaucoup réfléchi, dit Sanders en refermant la porte donnant sur le couloir.

— Et alors ?

— J'ai décidé de prendre Louise Fernandez, du cabinet Perry & Fine, pour me défendre.

— Pour te défendre ? dit Blackburn, sidéré.

— Oui. Au cas où il serait nécessaire d'aller en justice.

— D'aller en justice ? Mais pour quel motif irais-tu en justice, Tom ?

— Je porterais plainte pour harcèlement sexuel, en vertu de l'article VII.

— Oh, Tom, dit Blackburn, l'air consterné, ce serait une folie. Une véritable folie. Je te supplie d'y réfléchir encore.

— J'y ai réfléchi toute la journée. Les faits sont là : Meredith Johnson s'est livrée à un véritable harcèlement sexuel, elle m'a fait des avances et je l'ai repoussée. Elle s'est sentie méprisée, et à présent elle cherche à se venger. S'il le faut, je suis décidé à porter plainte.

— Tom...

— C'est comme ça, Phil. C'est ce qui arrivera si vous me mutez hors du département.

Blackburn leva les mains au ciel.

— Mais que veux-tu qu'on fasse ? Qu'on mute Meredith ?

— Oui, dit Sanders. Ou que vous la licenciiez. C'est ce qu'on fait,

178

d'habitude, quand un supérieur se rend coupable de harcèlement sexuel.

— Mais tu oublies une chose : elle aussi t'a accusé de harcèlement sexuel.

— Elle ment.

— Il n'y a pas de témoins, Tom. Ni preuve. Elle et toi avez notre confiance. Comment veux-tu que nous décidions lequel des deux il faut croire ?

— C'est votre problème. Tout ce que j'ai à dire, c'est que je suis innocent. Et je suis prêt à porter plainte.

Blackburn se tenait au milieu de la pièce, les sourcils froncés.

— Louise Fernandez est une femme intelligente. Je ne peux pas croire qu'elle t'ait conseillé d'agir ainsi.

— Non. C'est moi qui ai pris la décision.

— Eh bien, c'est une folie. Tu mets la société dans une position très délicate.

— C'est la société qui me met dans une position délicate.

— Je ne sais pas quoi te dire. J'espère que nous ne serons pas amenés à te licencier.

Sanders soutint fermement le regard de Blackburn.

— Je l'espère aussi. Mais j'estime que la société n'a pas pris mes propos au sérieux. Tout à l'heure, je vais faire une déclaration en bonne et due forme auprès de Bill Everts, aux ressources humaines. Et je demanderai à Louise de porter plainte auprès de la commission des droits de l'homme.

— Mon Dieu !

— Dès demain matin, les papiers devraient être prêts.

— Je ne vois pas pourquoi il y a une telle urgence, dit Blackburn.

— Il n'y a pas urgence. Je porte plainte, c'est tout. Il faut qu'elle soit enregistrée. Je suis obligé de le faire.

— C'est un acte grave, Tom.

— Je sais.

— Je te demanderai une faveur, en tant qu'ami.

— Laquelle ?

— Attends un peu avant de porter plainte en justice. Laisse-nous d'abord mener une enquête interne avant de rendre la chose publique.

— Mais vous ne procédez à aucune enquête interne, Phil.

— Si.

— Ce matin, tu n'as même pas voulu écouter ma version de l'affaire. Tu m'as dit que ça n'avait aucune importance.

— Ça n'est pas vrai, dit Blackburn. Tu m'as très mal compris.

Bien sûr que c'est important. Et je t'assure que, dans le cadre de notre enquête, j'écouterai soigneusement ce que tu as à dire.

— Je n'en suis pas sûr, Phil. Je ne vois pas comment la société pourrait être neutre dans cette affaire. Tout semble jouer contre moi. Tout le monde croit Meredith.

— Je t'assure que ce n'est pas le cas.

— Mais ça en a tout l'air. Tu m'as dit ce matin à quel point elle avait des relations puissantes. Combien elle avait d'alliés. Tu me l'as répété plusieurs fois.

— Notre enquête sera scrupuleuse et impartiale. En tout cas, il semble raisonnable de te demander d'attendre les résultats de notre enquête avant de porter l'affaire en justice.

— Combien de temps veux-tu que j'attende?

— Un mois.

Sanders éclata de rire.

— Mais c'est le délai habituel pour une enquête sur des faits de harcèlement sexuel! protesta Blackburn.

— Vous pourriez la faire en une journée, si vous le vouliez.

— Mais tu dois bien admettre qu'avec toutes ces réunions, en ce moment, nous sommes débordés.

— C'est votre problème, Phil. Le mien est différent. Mon supérieur hiérarchique m'accuse injustement, et j'estime avoir le droit, en tant que cadre supérieur présent depuis longtemps dans la société, de voir ma plainte examinée rapidement.

Blackburn laissa échapper un soupir.

— Bon. Je te donne une réponse rapidement.

Et il sortit du bureau en toute hâte.

Sanders s'affala sur son siège, le regard vide.

La machine s'était mise en branle.

Un quart d'heure plus tard, dans la salle de conférences du quatrième étage, Blackburn retrouvait Garvin, Stephanie Kaplan et Bill Everts, directeur des ressources humaines de DigiCom.

Blackburn entra d'emblée dans le vif du sujet.

— Tom Sanders a pris un avocat et menace de porter plainte contre Meredith Johnson.

— Mon Dieu! s'exclama Garvin.

— Il l'accuse de harcèlement sexuel.

Garvin donna un coup de pied contre la table.

— Quel salaud!

— D'après lui, que s'est-il passé? demanda Stephanie Kaplan.

— Je n'ai pas encore les détails, dit Blackburn, mais en gros il dit qu'au cours de leur entrevue, hier soir, Meredith lui a fait des avances, qu'il les a repoussées, et que maintenant elle cherche à se venger.

— Et merde! dit Garvin en laissant échapper un long soupir. On n'avait pas besoin de cette histoire! Ça pourrait être catastrophique.

— Je le sais, dit Blackburn.

— A votre avis, est-ce qu'elle s'est vraiment comportée ainsi? demanda Stephanie Kaplan.

— Allez savoir, dans de telles situations, dit Garvin. C'est toujours le problème. (Il se tourna vers Everts.) Sanders est déjà venu vous en parler?

— Non, pas encore. Mais je pense qu'il va le faire.

— Il faut absolument garder cette affaire à l'intérieur de la maison, dit Garvin. C'est de la plus haute importance.

— Oui, dit Kaplan en hochant la tête. C'est à Phil de faire en sorte que ça ne sorte pas d'ici.

— J'essaie, dit Blackburn. Mais Sanders parle de porter l'affaire dès demain devant la commission des droits de l'homme.

— Elle sera rendue publique? demanda Garvin.

— Oui.

— Dans combien de temps?

— Probablement dans les quarante-huit heures. Ça dépend du temps que la commission mettra à enregistrer les paperasses.

— Mon Dieu! s'exclama Garvin. Quarante-huit heures! Mais qu'est-ce qui lui prend? Il ne se rend pas compte de ce qu'il fait?

— Je crois que si, dit Blackburn. Je crois qu'il le sait très bien.

— C'est du chantage?

— Disons... une pression.

— As-tu parlé à Meredith? demanda Garvin.

— Pas depuis ce matin.

— Il faut que quelqu'un lui parle. Je m'en chargerai. Mais comment arrêter Sanders?

— Je lui ai demandé de ne pas porter plainte devant la commission des droits de l'homme avant un mois, le temps que nous menions notre enquête. Mais il a refusé. Il m'a dit que nous pourrions la faire en une journée.

— Il n'a pas tort, dit Garvin. Pour toutes sortes de raisons, il vaudrait mieux conduire cette enquête en un jour.

— Je ne sais pas si c'est possible, dit Blackburn. La situation est délicate. La loi oblige l'entreprise à mener une enquête impartiale et approfondie. On ne peut pas avoir l'air de la bâcler ni de...

— Je t'en prie, s'écria Garvin, lâche-moi avec toutes ces jérémiades juridiques! De quoi s'agit-il? D'un homme et d'une femme qui auraient fait des trucs ensemble, c'est ça? Et pas de témoins! Donc, il n'y a que deux personnes à interroger. Combien de temps faut-il pour recueillir deux dépositions?

— Ça ne sera peut-être pas aussi simple, dit Blackburn d'un air entendu.

— En tout cas, il y a un fait simple à comprendre, c'est que Conley-White est une boîte obsédée par son image dans le public. Ils vendent des livres scolaires à des conseils d'école qui croient en l'arche de Noé. Ils vendent des magazines pour enfants. Ils possèdent une fabrique de vitamines. Ils ont une société de produits diététiques qui vend des aliments pour bébés, Rainbow Mush, ou quelque chose comme ça. Et, au moment où ils vont racheter notre société, une des principales dirigeantes de l'entreprise, une femme pressentie pour être directrice générale d'ici à deux ans, est accusée de faire des avances à un homme marié. Tu sais ce qu'il va se passer si ça se sait?

182

Ils vont annuler l'opération! Tu sais bien que Nichols ne cherche qu'un prétexte pour ne pas signer. Ce serait l'occasion rêvée!

— Mais Sanders a déjà mis en cause notre impartialité, dit Blackburn. Et je ne sais pas combien de personnes sont au courant de..., enfin..., des histoires précédentes qui...

— Quelques-unes, dit Stephanie Kaplan. D'ailleurs, est-ce que ça n'a pas été évoqué l'année dernière, lors d'une réunion des cadres dirigeants ?

— Vérifiez les procès-verbaux, dit Garvin. Nous n'avons pas de problèmes juridiques avec les cadres supérieurs de l'entreprise, en ce moment ?

— Non, dit Blackburn. Aucun cadre n'est mêlé à ce genre d'affaire.

— Et l'année dernière, nous n'avons perdu aucun cadre supérieur ? Aucune mutation, aucun licenciement ?

— Non.

— Bon, alors on peut le baiser. (Garvin se tourna vers Everts.) Bill, vous allez m'éplucher le dossier de Sanders. Je veux savoir s'il a fait le moindre écart.

— Entendu, dit Everts, mais à mon avis il est en règle.

— Admettons. Qu'est-ce qu'il faudrait pour que Sanders accepte de partir ? Qu'est-ce qu'il veut ?

— Je crois qu'il veut son poste, dit Blackburn.

— Impossible!

— C'est bien ça le problème.

— Quelles chances avons-nous, au cas où il porterait plainte ?

— Avec ce qui s'est passé dans le bureau, je ne crois pas que sa plainte sera reçue. Le gros risque, pour nous, ce serait de ne pas avoir respecté les procédures et de ne pas avoir mené d'enquête approfondie. Si nous ne faisons pas attention, Sanders pourrait gagner sur ce seul point. C'est comme ça que je vois les choses.

— Alors on sera prudents, dit Garvin.

— Dès maintenant, dit Blackburn, je me permets de vous recommander la plus extrême prudence. La situation est particulièrement délicate, et il faudra veiller au moindre détail. Comme l'a dit Pascal, « Dieu gît dans les détails ». Dans le cas présent, le caractère légitime des allégations présentées par les deux parties m'amène à conclure que notre position ne serait...

— Phil, laisse tomber! dit Garvin.

— C'est Mies, dit Kaplan.

— Hein? dit Blackburn.

— C'est Mies Van der Rohe qui a dit : « Dieu gît dans les détails. »

— Qu'est-ce qu'on en a à foutre? dit Garvin en tapant du poing sur la table. Le problème, c'est que, même si Sanders est débouté, il nous tient par les couilles. Et il le sait.

Blackburn se raidit.

— Je ne dirais pas les choses exactement de la même façon, mais...

— Mais c'est quand même comme ça, merde!

— Tom est intelligent, vous savez, dit Kaplan. Un peu naïf, mais intelligent.

— Très intelligent, dit Garvin. N'oubliez pas que c'est moi qui l'ai formé. Tout ce qu'il sait, c'est moi qui le lui ai appris. Il va nous poser un gros problème. (Il se tourna vers Blackburn.) Voyons les choses à la base. De quoi s'agit-il? D'impartialité?

— Oui.

— Et nous voulons le muter.

— Oui.

— Est-ce qu'il accepterait une médiation?

— J'en doute.

— Pourquoi pas?

— Parce que, d'habitude, nous avons recours à la médiation pour fixer les indemnités de départ de quelqu'un.

— Et alors?

— Je crois que c'est comme ça qu'il prendra la chose.

— Essayons quand même. Dis-lui que ça ne l'engage à rien, et vois s'il peut accepter sur cette base-là. Donne-lui trois noms et laisse-le en choisir un. Que la médiation se passe demain. Faut-il que je lui parle?

— Probablement. Laisse-moi lui parler en premier, et toi tu me soutiendras.

— Entendu.

— Le problème, dit Stephanie Kaplan, c'est qu'en faisant appel à un médiateur extérieur nous introduisons un élément imprévisible.

— Vous voulez dire que le médiateur pourrait se retourner contre nous? dit Garvin. Je prends le risque. L'important, c'est de régler cette affaire. Tranquillement... et rapidement. Je ne veux pas que Nichols puisse tout faire capoter. Il y a une conférence de presse prévue vendredi à midi. Je veux que cette affaire soit enterrée d'ici là et qu'on puisse annoncer vendredi que Meredith Johnson est la nouvelle directrice du département. Tout le monde est d'accord sur le déroulement des opérations?

Tout le monde acquiesça.

— Dans ce cas, exécution!

Et Garvin quitta la pièce.

Dans le couloir, Garvin se tourna vers Blackburn.

– Bon Dieu, quelle histoire ! J'aime autant te dire que je suis furieux.

– Je sais, dit Blackburn d'un air sombre.

– Tu as vraiment loupé le coche, dans cette affaire, Phil. Tu aurais pu mieux te débrouiller. Bien mieux.

– Comment est-ce que j'aurais pu faire ? Il dit qu'elle s'est jetée sur lui, Bob. C'est une affaire sérieuse.

– Meredith Johnson est le personnage clé pour le succès de cette fusion, répliqua simplement Garvin.

– Oui, bien sûr.

– Nous devons la garder.

– Oui, Bob. Mais nous savons tous deux que, par le passé, elle a...

– Elle a prouvé qu'elle était une femme extrêmement compétente ! dit Garvin en l'interrompant. Et je ne permettrai pas que des accusations ridicules mettent en danger sa carrière.

Cela faisait des années que Garvin soutenait aveuglément Meredith Johnson. Chaque fois que l'on osait la critiquer en sa présence, il se débrouillait pour changer de sujet. Impossible de le raisonner. Blackburn, pourtant, s'y essaya.

– Tu sais, Bob, Meredith est un être humain comme les autres. Comme tout le monde, elle a ses limites.

– Oui, dit Garvin. Elle est jeune. Enthousiaste. Honnête. Elle n'est pas une intrigante. Et puis, bien sûr, c'est une femme. Parce que être une femme, ça, c'est une vraie limite.

– Mais, Bob...

– Je vais te dire une chose : je ne supporte plus ce genre d'excuse. Ici, aux États-Unis, aucune femme n'occupe de fonction importante dans les entreprises. Il n'y a que des hommes! Chaque fois que je parle de nommer une femme à un poste important, il y a toujours un « mais, Bob ». Il y en a marre! Il y a des moments où il faut savoir casser ce genre de mur!

Blackburn laissa échapper un soupir. Comme d'habitude, Garvin changeait de sujet.

— Écoute, Bob, personne ne conteste que...

— Si, tout le monde le conteste! Toi tu le contestes, Phil. Tu essaies de trouver des raisons pour lesquelles Meredith ne serait pas apte à remplir ces fonctions. Et je sais que, si j'avais nommé une autre femme, on aurait trouvé d'autres raisons tout aussi excellentes pour me prouver qu'elle ne faisait pas l'affaire. Alors je te le répète, j'en ai marre!

— Il y a Stephanie. Il y a Mary Anne.

— Des alibis! dit Garvin avec un geste de la main. Ah, bien sûr, on peut avoir un directeur financier qui soit une femme. Ou quelques cadres moyens. Ça donne un os à ronger à tout le monde. Mais les faits sont là. Lorsqu'une jeune femme brillante et compétente se lance dans la vie professionnelle, il y a toujours d'excellentes raisons pour qu'elle n'atteigne pas les plus hauts échelons, pour qu'elle n'occupe pas de poste de responsabilité. Mais ce ne sont que des préjugés. Et ils doivent cesser! Ces jeunes femmes brillantes doivent avoir leur chance.

— De toute façon, dit Blackburn, il serait prudent que tu entendes la version de Meredith.

— Je vais le faire. Je découvrirai ce qui s'est réellement passé. Je sais qu'elle me le dira. Il faut que cette affaire soit réglée.

— Entendu.

— Je veux que tu sois clair. J'attends que tu fasses le nécessaire.

— Entendu.

— Tout ce qui est nécessaire, j'insiste. Mets la pression sur Sanders. Fais en sorte qu'il sache bien où il en est. Mets-y le paquet, Phil.

— D'accord.

— Moi, je vais m'occuper de Meredith. Toi, occupe-toi de Sanders. Je veux que tu mettes vraiment le paquet, jusqu'à ce qu'il ne sache plus où donner de la tête!

Meredith Johnson se tenait devant une table du laboratoire de la division conception-produits, en compagnie de Mark Lewyn. Sur la table, un lecteur Twinkle entièrement démonté. En voyant entrer Garvin, elle se porta à sa rencontre.

— Oh, Bob, tu ne peux pas savoir combien ça me gêne, toute cette histoire avec Sanders.

— Il commence à y avoir des problèmes, dit Garvin.

— Je ne cesse de repenser à ce qui s'est passé, dit-elle. Je me demande ce que j'aurais dû faire. Mais il était furieux, il avait totalement perdu son sang-froid. Il avait trop bu, et il s'est mal conduit. Je ne dis pas que ça ne peut pas arriver à tout le monde à un moment ou à un autre, mais... (Elle haussa les épaules.) En tout cas, je regrette.

— Apparemment, il va t'accuser de harcèlement sexuel.

— C'est regrettable. Mais j'imagine que ça fait partie de son plan : essayer de m'humilier, de me discréditer auprès des gens du département.

— Je ne le laisserai pas faire ça.

— Il était furieux que j'aie obtenu ce poste, et il n'arrivait pas à supporter l'idée que je sois sa supérieure. Il fallait absolument qu'il me remette à ma place. Il y a des hommes comme ça. (Elle secoua la tête d'un air triste.) On a beau parler des nouveaux hommes, j'ai bien peur qu'il n'y en ait peu qui soient comme toi, Bob.

— Ce qui m'inquiète, maintenant, c'est que cette plainte puisse remettre en cause le rachat par Conley-White.

— Je ne vois pas pourquoi ça poserait un problème. Je crois que nous pouvons mettre cette affaire sous le boisseau.

— Le problème, c'est s'il porte plainte devant la commission des droits de l'homme.

— Tu veux dire qu'il porterait plainte devant la justice ?

— Oui. Exactement.

Le regard de Meredith se perdit dans le vague. Pour la première fois, elle sembla perdre pied. Elle se mordit la lèvre.

— Ça pourrait être très gênant, dit-elle.

— Et comment ! Je lui ai envoyé Phil, pour voir s'il accepterait une médiation. Avec quelqu'un d'extérieur, comme le juge Murphy. J'essaie d'arranger ça pour demain.

— Parfait, dit Meredith. Je peux me libérer pendant deux heures, demain. Mais je ne sais pas ce qu'on peut attendre d'une telle procédure. Je suis sûre qu'il ne reconnaîtra pas les faits. Et il n'y a aucune preuve, aucun témoin.

— Je veux que tu m'expliques exactement ce qui s'est passé hier soir, dit Garvin.

— Oh, Bob, dit-elle en soupirant. Chaque fois que j'y repense, je me fais des reproches.

— Tu ne devrais pas.

— Je sais, mais c'est comme ça. Si ma secrétaire n'était pas partie pour aller voir son appartement, j'aurais pu l'appeler par l'interphone, et rien de tout cela ne serait arrivé.

— Je crois que tu ferais bien de tout me raconter, Meredith.

— Bien sûr.

Elle se pencha vers lui et lui parla lentement, posément. Garvin se tenait à ses côtés, hochant la tête avec colère.

Don Cherry posa ses pieds chaussés de Nike sur le bureau de Lewyn.

— Alors Garvin est arrivé? Et qu'est-ce qui s'est passé?

— Garvin était là, dans le coin, il dansait d'un pied sur l'autre, comme il fait d'habitude. Il attendait qu'elle le remarque. Il n'osait pas venir, il attendait. Meredith, elle, était avec moi devant la table où se trouvait le Twinkle complètement démonté. Je lui expliquais ce qui n'allait pas avec les têtes laser...

— Et elle pigeait?

— Oui, ça allait. Évidemment, c'est pas Sanders, mais elle apprend vite.

— Et elle a un meilleur parfum que Sanders, dit Cherry.

— Oui, j'aime bien son parfum, dit Lewyn. De toute façon...

— Le parfum de Sanders laisse beaucoup à désirer.

— Oui. En tout cas, au bout d'un moment, Garvin en a eu marre de danser d'un pied sur l'autre, il a toussoté discrètement, et Meredith a alors poussé un petit « Oh! » avec un tremblement dans la voix. Elle s'est précipitée vers lui alors que Garvin lui tendait les bras. Je te jure qu'on aurait dit deux amants courant l'un vers l'autre.

— Hou! dis donc! La femme de Garvin va être verte de jalousie!

— Attends. Parce que ensuite, pendant qu'ils étaient l'un à côté de l'autre, c'était plus du tout ça. Elle lui faisait des yeux de biche, et lui, le vieux dur, il faisait semblant de ne pas s'en apercevoir, mais je t'assure que ça marchait quand même.

— Faut dire qu'elle est vraiment mignonne, dit Cherry. Reconnais-le: elle a un châssis du tonnerre et des finitions tout ce qu'il y a de réussi.

– Pourtant, ils ne se conduisaient pas comme deux amants. On aurait presque dit un père avec sa fille.

– Mais on peut très bien baiser avec sa fille. Il y a des millions de types qui font ça.

– Tu sais ce que je crois ? Je pense que Bob se retrouve en elle. Il a en face de lui quelqu'un qui lui rappelle ce qu'il était quand il était jeune. Le même genre d'énergie. Et je peux te dire qu'elle sait en jouer. Il se croise les bras, elle se croise les bras. Il s'appuie contre le mur, elle s'appuie contre le mur. Elle l'imite en tout. Et, maintenant que j'y pense, je peux te le dire : elle lui ressemble, Don.

– Non...

– Si. Réfléchis-y, tu verras.

– Faudra y réfléchir beaucoup, alors, dit Don Cherry. (Il ôta ses pieds de la table et se leva.) Donc, à ton avis, c'est quoi ? Du népotisme déguisé ?

– Je ne sais pas. Mais Meredith a un rapport particulier avec lui. Ça n'est pas purement professionnel.

– Mais rien n'est purement professionnel ! s'exclama Cherry. Ça fait longtemps que je m'en suis rendu compte.

Après être entrée dans son bureau, Louise Fernandez jeta sa mallette sur le sol. Elle feuilleta rapidement un bloc-notes et se tourna vers Sanders.

— Que se passe-t-il ? J'ai reçu trois appels de Phil Blackburn cet après-midi, pendant que j'étais absente.

— Je lui ai dit que je vous avais choisie comme avocate pour me défendre en justice. Et puis..., euh..., j'ai laissé entendre que vous déposeriez une plainte demain matin auprès de la commission des droits de l'homme.

— Il m'est impossible de déposer la plainte dès demain, dit-elle. Et je ne vous conseillerais pas de le faire tout de suite. En outre, monsieur Sanders, je prends très au sérieux toute fausse déclaration. Ne parlez plus jamais à ma place.

— Je vous prie de m'excuser, dit-il, mais les choses vont très vite.

— Alors soyons clairs. Cela ne me plaît pas, et, si cela devait se reproduire, je vous demanderais de choisir un autre avocat ! (Quelle froideur soudaine, se dit-il.) Bon, reprit-elle. Ainsi, vous en avez parlé à Blackburn. Qu'a-t-il répondu ?

— Il m'a demandé si j'accepterais une médiation.

— Certainement pas !

— Pourquoi ?

— La médiation s'opère invariablement au profit de l'employeur.

— Il m'a dit qu'elle n'engageait à rien.

— Même dans ce cas. C'est un moyen d'obtenir gratuitement des informations. Il n'y a aucune raison de les leur fournir.

— Il a dit aussi que vous pourriez être présente.

— Bien sûr que je peux être présente, monsieur Sanders ! Ça n'est pas une concession de sa part. Sans la présence constante de votre avocat, la médiation serait invalidée.

— Voici les noms de possibles médiateurs qu'il m'a donnés.

Elle y jeta un rapide coup d'œil.

— L'un d'entre eux est meilleur que les autres. Mais je ne...

— Il veut que la médiation ait lieu demain.

— Demain ?

Louise Fernandez le regarda droit dans les yeux et prit place dans son fauteuil.

— Écoutez, monsieur Sanders, je suis tout à fait favorable à ce que les choses se résolvent rapidement, mais, là, c'est ridicule. Nous ne pouvons pas être prêts demain. Et, comme je vous l'ai dit, je vous déconseille d'accepter une médiation. Mais y a-t-il quelque chose que j'ignore ?

— Oui, dit-il.

— Je vous écoute.

Elle remarqua son hésitation.

— Je vous rappelle que je suis tenue au secret professionnel, et que rien de ce que vous direz ici ne sortira de ce cabinet.

— Entendu. Une société new-yorkaise du nom de Conley-White s'apprête à racheter DigiCom.

— Ainsi, les rumeurs sont fondées.

— Oui. Ils comptent annoncer la fusion vendredi, au cours d'une conférence de presse. Et par la même occasion annoncer la nomination de Meredith Johnson comme vice-présidente de la société.

— Je vois. D'où la précipitation de Blackburn.

— Oui.

— Et votre plainte représente un sérieux problème pour eux.

Il opina du chef.

— Disons que ça arrive à un moment particulièrement délicat.

Elle demeura silencieuse un moment, l'observant par-dessus ses lunettes.

— Monsieur Sanders, je me suis trompée sur votre compte. Je vous prenais pour un homme timide.

— Ce sont eux qui me forcent à agir ainsi.

— Vraiment ? (Elle lui lança un regard approbateur, puis appuya sur le bouton de l'interphone.) Bob, apportez-moi mon agenda, s'il vous plaît. J'ai besoin d'annuler des rendez-vous. Et demandez à Herb et à Alan de venir. Dites-leur de laisser tout ce qu'ils sont en train de faire. J'ai ici quelque chose de plus important. (Elle repoussa des papiers sur le côté et se tourna vers Sanders.) Tous les médiateurs de cette liste sont disponibles ?

192

– J'imagine.

– Je vais demander Barbara Murphy. Le juge Murphy. Elle ne vous plaira pas, mais elle fera du meilleur travail que les autres. Je vais essayer de voir si ça sera possible demain après-midi. Il nous faut au moins ce temps-là. Sinon, en fin de matinée. Est-ce que vous vous rendez compte du risque que vous prenez ? J'imagine que oui. Vous vous lancez dans un jeu dangereux. (Elle appuya sur le bouton de l'interphone.) Bob ? Annulez Roger Rosenberg. Annulez aussi Ellen à 18 heures. Et rappelez-moi tout à l'heure d'appeler mon mari et de lui dire que je ne dînerai pas à la maison. (Elle se tourna vers Sanders.) Vous non plus. Vous voulez appeler chez vous ?

– Ma femme et mes enfants quittent Seattle ce soir.

Elle haussa les sourcils.

– Vous lui avez tout dit ?

– Oui.

– Alors vous êtes vraiment décidé ?

– Oui.

– Bon. Vous allez avoir besoin de toute votre détermination. Soyons clairs, monsieur Sanders. Vous vous êtes embarqué dans une affaire qui n'est pas uniquement du domaine de la légalité. Au fond, vous exercez une pression.

– C'est vrai.

– Entre aujourd'hui et vendredi, vous serez en position d'exercer une pression considérable sur vos employeurs.

– C'est vrai.

– Et eux sur vous, monsieur Sanders. Eux sur vous.

Il se retrouva dans une salle de conférences face à cinq personnes qui prenaient des notes. Deux jeunes avocats étaient assis de part et d'autre de Louise Fernandez, une femme nommée Eileen et un homme du nom de Richard. Il y avait aussi deux enquêteurs, Alan et Herb : l'un grand et bel homme, l'autre joufflu, le visage grêlé, un appareil photo autour du cou.

Louise Fernandez demanda à Sanders de raconter à nouveau son histoire, sans omettre le moindre détail. Elle l'interrompit souvent pour poser des questions, inscrivant noms, heures et renseignements particuliers. Les deux jeunes avocats ne prononcèrent pas une parole, bien qu'il semblât à Sanders que la jeune femme ne l'appréciait guère. Les deux enquêteurs gardèrent eux aussi le silence, sauf pour se faire préciser des détails. Après que Sanders eut évoqué la secrétaire de Meredith, Alan, le bel homme, demanda :

— Comment s'appelle-t-elle, déjà ?

— Betsy Ross. Comme celle du drapeau.

— Elle est au quatrième étage ?

— Oui.

— A quelle heure rentre-t-elle chez elle ?

— Hier soir, elle est partie à 18 h 15.

— J'aurai peut-être besoin de la rencontrer comme ça, par hasard. Est-ce que je peux monter au quatrième étage ?

— Non. Tous les visiteurs sont arrêtés à la réception, au rez-de-chaussée.

— Et si je livre un paquet ? Je peux le remettre en main propre à Betsy Ross ?

— Non. Les paquets vont au service central de distribution.

— D'accord. Et des fleurs ? Je pourrais les remettre directement ?

194

– Vous voulez dire des fleurs pour Meredith ?

– Oui, dit Alan.

– Je crois qu'effectivement vous pourriez les remettre en main propre.

– Parfait, dit Alan en griffonnant quelques mots sur son calepin.

Ils l'interrompirent une deuxième fois lorsqu'il fit allusion à la femme de ménage qu'il avait aperçue en quittant le bureau de Meredith.

– DigiCom fait appel à une société de nettoyage ?

– Oui. L'AMS, l'American Management Services. Ils sont rue...

– On les connaît. Rue Boyle. A quelle heure les équipes de nettoyage pénètrent-elles dans l'immeuble ?

– D'habitude, vers 19 heures.

– Pourriez-vous nous décrire cette femme que vous avez vue ?

– C'est une Noire. Une quarantaine d'années. Très mince, presque maigre. Les cheveux gris, plutôt crépus.

– Grande ? Petite ?

Il haussa les épaules.

– De taille moyenne.

– Ça n'est pas grand-chose, dit Herb. Vous ne pouvez pas nous donnez d'autres détails ?

Sanders réfléchit un instant, hésita.

– Non. Je n'arrive pas à la revoir.

– Fermez les yeux, dit Fernandez.

Il obéit.

– Prenez une profonde inspiration et appuyez-vous sur le dossier de votre chaise. Nous sommes hier soir. Vous étiez dans le bureau de Meredith, la porte est restée fermée pendant presque une heure, vous avez eu cette histoire avec elle, maintenant vous quittez la pièce, vous allez sortir... Comment la porte s'ouvre-t-elle ? Vers l'intérieur ou vers l'extérieur ?

– Vers l'intérieur.

– Donc, vous tirez la porte vers vous... Vous sortez... Lentement ou rapidement ?

– Je marche rapidement.

– Maintenant vous êtes dans l'autre pièce... Que voyez-vous ?

La porte. La première pièce, dans laquelle donnent les ascenseurs. Il a l'impression que ses vêtements sont en désordre, il est troublé, il espère que personne ne le verra. Un coup d'œil à droite, vers le bureau de Betsy Ross : propre, vide, une chaise poussée contre le rebord de la table. Un carnet. Une housse en plastique sur l'ordinateur. La lampe de bureau encore allumée.

Un coup d'œil à gauche, vers le bureau de l'autre secrétaire. Une femme de ménage. Un gros chariot gris à côté d'elle. Cette femme est occupée à vider une corbeille à papier dans un sac plastique accroché à une extrémité du chariot. Elle s'immobilise, la corbeille à la main, et le regarde d'un air curieux. Il se demande si elle est là depuis long-temps, si elle a entendu quelque chose de ce qui se passait dans le bureau voisin. Sur le chariot, un petit poste de radio diffuse de la musique.

« Je te tuerai pour ce que tu as fait ! » hurle Meredith dans son dos.

La femme de ménage l'entend. Il détourne le regard, embarrassé, et se hâte vers l'ascenseur. La panique s'empare de lui. Il appuie sur le bouton.

— Est-ce que vous voyez cette femme ? demande Fernandez.

— Oui. Mais ça s'est passé si vite..., et je ne voulais pas la regar-der.

Il secoue la tête.

— Où êtes-vous, maintenant ? Près de l'ascenseur ?

— Oui.

— Est-ce que vous voyez cette femme ?

— Non. Je ne voulais pas la regarder.

— D'accord. On retourne en arrière. Non, non, gardez les yeux fermés. On recommence. Respirez profondément et détendez-vous... Bon... Cette fois-ci, vous allez tout revoir au ralenti, comme au cinéma... Voilà... Vous franchissez la porte... Dites-moi ce que vous voyez d'abord.

Franchir la porte. Tout défile lentement... Sa tête se balance douce-ment de bas en haut à chaque pas. La pièce des secrétaires. Le bureau sur la droite, avec la petite lampe allumée. Sur la gauche, à l'autre bureau, la femme de ménage qui lève la...

— Je la vois !

— Parfait. Et maintenant arrêtez-vous sur cette image. Comme une photo.

— D'accord.

— Regardez-la. Vous la voyez, maintenant.

Elle a une corbeille à papier à la main. Elle le regarde, le visage dépourvu d'expression. Environ quarante ans. Des cheveux courts, crépus. Un uniforme bleu, comme une femme de chambre dans un hôtel. Une chaîne en argent autour du cou... Non, des lunettes rete-nues par une chaîne.

— Elle a des lunettes attachées par une chaîne autour du cou.

— Bien. Prenez votre temps. Il n'y a pas urgence. Regardez-la bien, des pieds à la tête.

196

L'uniforme. Une bouteille à vaporisateur accrochée à la ceinture.
Une jupe bleue qui lui arrive aux genoux. Des chaussures blanches.
Comme une infirmière. Non. Des tennis. Non, plus grosses, plutôt des
chaussures de jogging. Des semelles épaisses. Des lacets noirs. Ces
lacets ont quelque chose de curieux.

— Elle a des chaussures de jogging.

— Bon.

— Il y a quelque chose de curieux dans ses lacets.

— Qu'y a-t-il de curieux?

— Ils sont noirs. Mais ça n'est pas ça... Je n'arrive pas à le dire.

— C'est bon. Ouvrez les yeux.

Il dévisagea les cinq personnes devant lui. Il était de retour au
cabinet de son avocate.

— C'était étrange, dit-il.

— Si on avait le temps, dit Fernandez, je demanderais à un hyp-
notiseur professionnel de vous faire revivre toute cette soirée. C'est
parfois très utile. Mais nous n'avons pas le temps. (Elle se tourna
vers les deux enquêteurs.) Eh bien, messieurs, il est 17 heures, vous
feriez bien de vous y mettre.

Les deux hommes rassemblèrent leurs notes et quittèrent la pièce.

— Que vont-ils faire? demanda Sanders.

— Si la plainte avait déjà été officiellement déposée, nous aurions
le droit d'interroger des témoins dans l'entreprise, dit Louise
Fernandez. Mais comme vous vous soumettez à une médiation privée, nous n'avons le droit d'interroger personne. Cela dit, si une
secrétaire de chez DigiCom décide d'aller boire un verre, après son
travail, avec un livreur joli garçon, et si la conversation roule sur
l'amour au bureau, qu'y a-t-il là de répréhensible?

— Pouvons-nous utiliser de telles informations?

L'avocate sourit.

— Voyons d'abord ce que nous récoltons. Maintenant, je voudrais
que nous revenions au récit de cette soirée, notamment à partir du
moment où vous avez décidé de ne pas avoir de relation sexuelle avec
Mme Johnson.

— Encore?

— Oui. Mais, d'abord, j'ai un certain nombre de choses à faire. Il
faut que j'appelle Phil Blackburn pour convenir avec lui de la médiation de demain. Ensuite, il y a d'autres détails à régler. Je vous propose de faire une pause. Nous nous reverrons dans deux heures.
Entre-temps, avez-vous déjà fait le ménage dans votre bureau?

— Non.

— Vous feriez bien de tout enlever. Faites disparaître tout ce qui est personnel ou pourrait se retourner contre vous. A partir de maintenant, attendez-vous qu'on fouille vos tiroirs, vos dossiers, qu'on lise votre courrier et qu'on écoute vos messages téléphoniques. Votre vie entière est désormais du domaine public.

— D'accord.

— Si vous avez des mots de passe pour votre ordinateur, changez-les. S'il y a des renseignements personnels dans vos archives électroniques, effacez-les. Ne vous contentez pas de les déplacer ailleurs. Effacez-les pour de bon, de manière qu'on ne puisse plus les retrouver.

— Entendu.

— Et ça ne serait pas mal de faire la même chose chez vous. Faites le ménage dans vos tiroirs, vos dossiers et sur votre ordinateur personnel.

— D'accord.

Sanders se demanda s'ils oseraient perquisitionner sa maison en cachette.

— Si vous avez des objets ou des documents confidentiels que vous voudriez soustraire à une fouille, apportez-les à Robert, ici, dit-elle en indiquant le jeune avocat. Il les déposera dans le coffre-fort du cabinet. Inutile de me dire de quoi il s'agit, je ne veux pas le savoir.

— Bien.

— Autre chose : à partir de maintenant, si vous avez des appels délicats à faire, n'utilisez ni votre téléphone de bureau, ni votre téléphone cellulaire, ni votre appareil à votre domicile. Utilisez un téléphone public, mais sans carte : ayez toujours un rouleau de pièces de monnaie sur vous.

— Vous croyez vraiment que ce soit nécessaire ?

— Oui. Et maintenant : y a-t-il eu, dans votre conduite au sein de la société, un fait qui puisse vous être reproché ?

Elle le regardait attentivement par-dessus ses lunettes.

Il haussa les épaules.

— Je ne crois pas.

— Rien du tout ? Avez-vous forcé sur vos diplômes, dans votre dossier de candidature ? Avez-vous licencié brutalement un salarié ? Votre conduite ou vos décisions ont-elles fait l'objet d'enquêtes internes à l'entreprise ? Et, si ce n'est pas le cas, auriez-vous commis quelque faute, même mineure ?

— Mon Dieu, mais ça fait douze ans que je travaille chez DigiCom !

— Essayez d'y réfléchir quand vous ferez le ménage de votre bureau. J'ai besoin de savoir tout ce que DigiCom pourrait présenter contre vous. Parce qu'ils n'hésiteront pas, croyez-moi.

— D'accord.

— Dernière chose : d'après ce que vous m'avez dit, j'en ai conclu que personne, chez DigiCom, ne sait pourquoi Mme Johnson a bénéficié d'une promotion aussi rapide.

— C'est vrai.

— Essayez de le savoir.

— Ce ne sera pas facile, dit Sanders. Tout le monde en parle, mais personne ne semble avoir d'explication.

— Pour vos collègues, ça peut avoir l'air de ragots, mais pour vous c'est vital. Nous avons besoin de savoir quels sont ses appuis, et pourquoi elle en bénéficie. Si nous avons ces renseignements, nous serons en mesure de nous tirer de ce guêpier. Mais, dans le cas contraire, monsieur Sanders, ils risquent fort de nous tailler en pièces.

Il était de retour chez DigiCom à 18 heures. Cindy, occupée à ranger son bureau, était sur le point de partir.

— Il y a eu des appels ? demanda-t-il en pénétrant dans la pièce.

— Un seul, dit-elle d'une voix tendue.

— De qui ?

— John Levin. Il a dit que c'était important.

Levin était cadre chez un fournisseur de matériel. Cela pouvait attendre.

Sanders regarda sa secrétaire. Elle semblait tendue, presque au bord des larmes.

— Quelque chose ne va pas, Cindy ?

— Non. Mais la journée a été longue. (Elle haussa les épaules, feignant l'indifférence.)

— Vraiment, rien de particulier ?

— Non. Tout a été tranquille. Vous n'avez pas eu d'autres appels. (Elle hésita.) Tom... Je voudrais que vous sachiez que je ne crois pas à ce qu'on raconte.

— Et que raconte-t-on ?

— A propos de Meredith Johnson.

— Qu'y a-t-il ?

— Que vous l'avez harcelée. Sexuellement.

Après avoir lancé ces mots, elle attendit, tout en l'observant avec attention. Il sentait son hésitation. Sanders fut blessé de voir que cette femme avec qui il avait travaillé pendant des années doutait à présent de lui, et de façon si visible.

— Ce n'est pas vrai, dit-il d'un ton ferme.

— D'accord. Je pensais aussi que c'était faux. Mais tout le monde...

200

— Il n'y a pas un mot de vrai dans tout ça!

— D'accord. Entendu. (Elle hocha la tête et posa sur le bureau le cahier d'appels téléphoniques. Elle semblait avoir hâte de s'en aller.) Vous avez encore besoin de moi?

— Non.

— Bonsoir, Tom.

— Bonsoir, Cindy.

Il gagna son bureau et referma la porte derrière lui. Il s'assit à sa table et l'observa pendant un court instant. Rien ne semblait avoir été dérangé. Il alluma son moniteur puis se mit à fouiller dans ses tiroirs, incapable de choisir, au premier coup d'œil, ce qu'il devait emporter. Son regard fut alors attiré par l'icône du courrier électronique, clignotant sur l'écran du moniteur. Négligemment, il cliqua.

NOMBRE DE MESSAGES PERSONNELS : 3. VOULEZ-VOUS LES LIRE MAINTENANT?

Il appuya sur la touche. Un moment plus tard, le premier message apparut.

LES LECTEURS TWINKLE SCELLÉS SONT PARTIS AUJOURD'HUI. VOUS DEVRIEZ LES RECEVOIR DEMAIN. J'ESPÈRE QUE VOUS TROUVEREZ QUELQUE CHOSE... JAFAR EST TOUJOURS GRAVEMENT MALADE. ON CRAINT QU'IL N'EN MEURE.

ARTHUR KAHN

Il appuya sur la touche, un autre message apparut.

LES NABOTS GROUILLENT TOUJOURS PAR ICI. TOUJOURS PAS DE NOUVELLES?

EDDIE

Ce n'était pas le moment de s'occuper d'Eddie. Il appuya sur la touche, et le troisième message apparut.

JE CROIS QUE VOUS N'AVEZ PAS LU LES ANCIENS NUMÉROS DE COMLINE. *DEPUIS QUATRE ANS.*

UN AMI

Sanders considéra l'écran d'un air songeur. *ComLine* était le journal interne de la société, un mensuel de huit pages relatant les menus potins, opérations commerciales, promotions, naissances et mariages, calendrier des matches de *softball*, etc. Sanders n'y prêtait jamais la moindre attention et ne voyait pas pourquoi il en irait différemment aujourd'hui.

Et qui était cet « ami »?

Il cliqua sur la case « *réponse* » sur l'écran.

RÉPONSE IMPOSSIBLE. ADRESSE DE L'EXPÉDITEUR INCONNUE.

Il cliqua sur la case « *Info expéditeur* », espérant obtenir le nom et l'adresse de celui qui lui avait envoyé le message. Mais il vit apparaître une masse d'informations.

DE UU5 PSI COM! UWA PCM COM ENS! CHARON MAR 16 JUIN 04 43 31 LOIN DE DCCSYS.

REÇU: DE UUPS15 PAR DCCSYS DCC COM ID AA02599; MAR 16 JUIN 4 : 42; 19 PST.

REÇU: DE UWA PCM COM ENS PAR UU5 PSI COM (5.65B/4.0.071791-PSI/PSINET).

ID AA28153; MAR 16 JUIN 04; 24; 58-0500.

REÇU PAR: RIVERSTYX PCM COM ENS (920330.SGI/5.6).

ID AA00448; MAR 16 JUIN 04; 24; 56-0500.

DATE: MAR 16 JUIN 04; 24; 56-0500.

DE: CHARON A UWA. PCM. COM. ENS (UN AMI).

MESSAGE-ID < 9212220924.AA90448 RIVERSTYX. PCM COM ENS >.

A: T. SANDERS A DCC. COM.

Sanders fronça les sourcils. Le message ne venait pas de l'intérieur de la société mais lui avait été transmis par Internet. Il s'agissait là d'un vaste réseau mondial informatique reliant universités, entreprises, organismes publics et utilisateurs privés. Sanders ne connaissait pas grand-chose à Internet, mais il apparaissait au vu des informations que le message signé « un ami », nom de réseau CHARON, venait d'un endroit identifié par les initiales UWA PCM ENS, apparemment un établissement d'enseignement. Il appuya sur la touche d'impression et se promit de transmettre le papier à Bosak. De toute façon, il avait besoin de lui parler.

Il se rendit dans le couloir pour récupérer le papier qui sortait de l'imprimante, puis revint à son bureau. Après une seconde d'hésitation, il décida de répondre.

DE: T. SANDERS A DCC. COM.

A: CHARON A UWA. PCM. ENS.

TOUTE AIDE GRANDEMENT APPRÉCIÉE.

SANDERS

Il appuya sur la touche ENVOI. Puis il effaça le message original et sa réponse.

DÉSOLÉ, EFFACEMENT IMPOSSIBLE.

Parfois, le courrier électronique était protégé par un drapeau qui empêchait l'effacement.

Il inscrivit :

COURRIER NON PROTÉGÉ.

LE COURRIER N'EST PAS PROTÉGÉ.

Il écrivit :

EFFACEMENT DU COURRIER.

DÉSOLÉ, EFFACEMENT IMPOSSIBLE.

Que se passait-il ? Le système devait être bloqué. Peut-être s'était-il coincé à cause du message Internet. Il décida alors d'effacer le message au niveau du contrôle.

Il tapa :

SYSTEM.

QUEL NIVEAU ?

Il tapa :

SYSOP.

DÉSOLÉ, VOUS N'AVEZ PAS ACCÈS AU CONTRÔLE SYSOP.

Bon Dieu ! se dit-il. Ils m'ont retiré mes privilèges d'accès. Cela lui semblait incroyable.

Il tapa :

MONTREZ LES PRIVILÈGES.
NOM : SANDERS, THOMAS L.

NIVEAU ANTÉRIEUR : 5 (SYSOP).
MODIFICATION DU NIVEAU : MAR 16 JUIN, 16 H 50 PST.
NIVEAU ACTUEL : 0 (ENTRÉE).
PAS DE MODIFICATIONS ULTÉRIEURES.

On lui avait barré l'accès au système. Le niveau d'accès 0 était celui qu'on accordait aux secrétaires.

Sanders s'enfonça dans son siège. Il éprouvait le sentiment d'avoir été licencié. Pour la première fois, il prenait conscience de ce qui allait se jouer.

Plus de temps à perdre ! Il ouvrit le tiroir de son bureau, et, en voyant crayons et stylos soigneusement rangés, il comprit qu'il avait été visité. Il ouvrit ensuite le tiroir à dossiers : il n'en restait plus que cinq ou six.

Rapidement, il se leva et alla vers les armoires derrière le bureau de Cindy. Elles étaient fermées, mais il savait que Cindy gardait la clé dans son bureau. Il trouva la clé et ouvrit l'armoire où étaient rangés les dossiers de l'année en cours.

L'armoire était vide. Plus aucun dossier.

Il ouvrit l'armoire de l'année précédente : vide.

L'année d'avant : vide.

Toutes les autres : vides.

Voilà pourquoi Cindy s'était montrée si froide. Au cours de l'après-midi, il avait dû y avoir dans le bureau des déménageurs équipés de chariots.

Après un dernier regard aux armoires vides, Sanders replaça la clé dans le bureau de Cindy et descendit au deuxième étage.

Au service de presse, désert à cette heure-là, il ne trouva qu'une secrétaire qui s'apprêtait à fermer la porte.

– Oh, monsieur Sanders. J'étais sur le point de partir.

– Vous n'avez pas besoin de rester. Je voulais seulement vérifier un certain nombre de choses. Où rangez-vous les anciens numéros de *ComLine* ?

– Ils sont tous sur l'étagère, là-bas. Vous cherchez quelque chose en particulier ?

– Non, merci. Vous pouvez rentrer chez vous.

La secrétaire, avec une certaine hésitation, ramassa son sac à main et se dirigea vers la porte. Sanders gagna les rayonnages. Les numéros étaient regroupés par paquets de six mois. Il ramassa dix piles, l'équivalent des cinq dernières années.

Il feuilleta rapidement les bulletins, scrutant ce qui n'était pas des résultats de matches et des communiqués de presse relatifs aux chiffres de production. Au bout de quelques minutes, il eut du mal à se concentrer. En outre, il ne savait pas au juste ce qu'il cherchait, sinon que cela avait à voir avec Meredith Johnson.

Il dut éplucher deux piles de journaux avant de trouver le premier article.

NOMINATION D'UNE NOUVELLE DIRECTRICE ADJOINTE
Cupertino, le 10 mai : le président de DigiCom, Bob Garvin, a annoncé aujourd'hui la nomination de Meredith Johnson en qualité de directrice adjointe du marketing et de la promotion au département télécommunications, où elle assistera Howard Gottfried. Mme Johnson, âgée de trente ans, était auparavant vice-présidente chargée du marketing chez Conrad Computer Systems à Sunnyvale.

Avant cela encore, elle avait occupé les fonctions d'adjointe au direc-
teur administratif chez Novell Network Division, à Mountain View.

Mme Johnson, diplômée du Vassar College et de la Stanford Busi-
ness School, a récemment épousé M. Gary Henley, cadre commercial
chez CoStar. Toutes nos félicitations aux jeunes mariés! Mme Johnson
apporte à DigiCom son sens aigu des affaires, son humour pétillant, et
son talent pour le softball. L'équipe de DigiCom s'en trouve considé-
rablement renforcée. Bienvenue, Meredith!

Le reste de l'article était constitué de l'habituel baratin propre à la
messe d'entreprise. La photo ressemblait à tous les clichés d'étu-
diantes pris après le diplôme : un fond gris et une source lumineuse
placée derrière une épaule. On y voyait une jeune femme aux cheveux lisses coupés à hauteur d'épaules, le regard se voulant conqué-
rant, les lèvres un peu serrées. Mais elle était beaucoup plus jeune
qu'à l'heure actuelle.

Sanders continua de feuilleter les liasses de journaux. Un coup
d'œil à sa montre : il était presque 17 heures, il fallait appeler Bosak.
Il arriva à la fin de l'année, mais les pages n'étaient remplies que
d'histoires de Noël. Une photo de Garvin en famille *(Le patron vous*
souhaite un joyeux Noël!) attira cependant son attention, car on y
voyait Bob en compagnie de son ancienne femme et de ses trois
grands enfants (en âge d'être étudiants), au pied d'un grand arbre.

Bob sortait-il déjà avec Emily, à cette époque-là ? Personne ne
l'avait jamais su. Garvin était un homme secret. On ignorait toujours
ce qu'il mijotait.

Sanders passa à l'année suivante. Prévisions des ventes pour janvier. Ouverture de l'usine d'Austin où seraient fabriqués les téléphones cellulaires; une photo de Garvin en plein soleil, qui coupe le
ruban. Un bref portrait de Mary Anne Hunter, qui commençait
ainsi : *Elle est sportive, elle a du cran : Mary Anne Hunter sait ce*
qu'elle veut dans la vie... A la suite de cet article, on l'avait appelée
pendant quelques semaines « Mme Ducran », mais elle avait fini par
demander que l'on cesse.

Sanders parcourait les pages. DigiCom signe un contrat avec le
gouvernement irlandais pour l'ouverture d'une usine à Cork.
Chiffres des ventes au deuxième trimestre. Résultats du match de
base-ball contre Aldus. Puis un article encadré de noir.

JENNIFER GARVIN
Jennifer Garvin, étudiante en troisième année à la faculté de droit
Boalt Hall de Berkeley, a trouvé la mort le 5 mars dans un accident
de voiture. Elle était âgée de vingt-quatre ans. Après son diplôme,
Jennifer devait rejoindre le cabinet Harley, Wayne et Myers. Un ser-

206

vice funèbre a été donné en l'église presbytérienne de Palo Alto pour les amis de la famille et ses nombreux camarades de cours. Les personnes désireuses d'honorer sa mémoire peuvent adresser leurs dons à l'Association des mères contre l'alcool au volant. Tout le personnel de Digital Communications exprime ses plus sincères condoléances à la famille Garvin.

Sanders se rappelait que cette période avait été difficile pour tout le monde. Garvin se montrait à la fois taciturne et cassant, buvait trop et était fréquemment absent. Peu de temps après, ses difficultés avec sa femme furent connues de tous, et deux ans plus tard il divorçait pour épouser Emily Chen, une jeune femme cadre qui n'avait pas trente ans. Mais d'autres changements s'étaient opérés en lui. Tout le monde en convenait : après la mort de sa fille, Garvin n'avait plus été le même patron.

Garvin, qui avait toujours été un bagarreur, était devenu plus frileux, moins impitoyablement ambitieux. Il s'était mis à diriger son entreprise d'une façon nouvelle. Il avait toujours été un partisan déclaré des lois de l'évolution : on jette les gens dans le bain et on voit s'ils nagent ou s'ils coulent. Cette attitude faisait de lui un administrateur implacable, mais un patron remarquablement équitable. Celui qui travaillait bien était reconnu à sa juste valeur ; dans le cas contraire, il ne lui restait plus qu'à partir. Tout le monde avait bien compris la règle du jeu. Après la mort de Jennifer, tout avait changé. Garvin avait à présent ses préférés au sein de l'équipe ; il les favorisait ouvertement et négligeait les autres. De plus en plus souvent, ses décisions étaient frappées au coin de l'arbitraire. Garvin entendait que les choses marchent à sa façon. Il semblait habité par une nouvelle ferveur touchant à l'idéal qu'il se faisait de sa société. Les intrigues ne tardèrent pas à naître. Chez DigiCom, l'ambiance de travail devenait de plus en plus mauvaise.

Sanders avait tenté d'ignorer ces nouvelles données. Il travaillait comme par le passé, dans une société où seuls comptaient les résultats. Mais cette société-là avait disparu.

Il continua de feuilleter les journaux. Des articles à propos des premières négociations en vue de l'implantation d'une usine en Malaisie. Une photo de Phil Blackburn signant un accord avec la municipalité de Cork, en Irlande. Les nouveaux chiffres de la production de l'usine d'Austin. Mise en production du téléphone cellulaire A22. Naissances, décès et promotions. Résultats de l'équipe de base-ball de DigiCom.

MEREDITH JOHNSON AUX SERVICES GÉNÉRAUX
Cupertino, le 20 octobre : Meredith Johnson vient d'être nommée

directrice adjointe des services généraux à Cupertino, succédant à ce poste au très populaire Harry Warner qui prend sa retraite après quinze ans dans ces fonctions. Meredith Johnson quitte donc les services du marketing où elle travaillait avec succès depuis son arrivée chez nous, il y a un an. Chargée plus particulièrement des opérations internationales, Meredith Johnson travaillera désormais en étroite collaboration avec Bob Garvin.

Ce fut la photo qui attira l'attention de Sanders. Une fois encore, il s'agissait d'un portrait des plus classiques, mais Meredith avait complètement changé d'apparence. Finie la coiffure d'étudiante sage : ses cheveux blond clair étaient à présent coupés court et bouclés. Elle était beaucoup moins maquillée et arborait un sourire joyeux. Elle semblait infiniment plus jeune, ouverte et innocente.

Sanders fronça les sourcils. Rapidement, il parcourut les numéros précédents pour retrouver la photo de la famille Garvin prise à l'époque de Noël.

Garvin au pied de l'arbre, entouré de sa femme, de ses deux fils et de sa fille, Jennifer. L'épouse, Harriet, se tenait sur le côté. Garvin souriait, la main posée sur l'épaule de sa fille. Jennifer était grande, l'allure sportive, les cheveux blonds, courts et bouclés.

– C'est pas vrai! s'exclama-t-il à haute voix.

Il chercha plus avant encore la première photo de Meredith et la compara à la dernière. Aucun doute n'était permis. Il lut la suite de l'article relatant l'arrivée de Meredith dans la société.

Mme Johnson apporte à DigiCom son sens aigu des affaires, son humour pétillant et son talent pour le softball. L'équipe de DigiCom s'en trouve considérablement renforcée. Bienvenue, Meredith!

Ses admirateurs ne seront pas surpris en apprenant qu'elle a été autrefois finaliste lors de l'élection de miss Adolescente, dans le Connecticut. Au cours de ses années d'études à Vassar, Meredith a été un membre apprécié de l'équipe de tennis et du groupe de débats de l'université. Elle appartient à la société honorifique Phi Beta Kappa, et, au cours de ses études de psychologie, a été amenée à étudier tout particulièrement la psychopathologie clinique. Espérons, chère Meredith, que vous n'aurez pas à utiliser de telles connaissances chez DigiCom! Poursuivant ses études à l'université de Stanford, elle a obtenu brillamment son diplôme d'administration des entreprises. « Je suis ravie de rejoindre DigiCom, nous a déclaré Meredith, et j'espère mener une carrière passionnante au sein d'une entreprise promise à un aussi bel avenir. » Nous n'aurions pas mieux dit, madame Johnson!

– Bon Dieu! grommela Sanders.

Il n'avait rien su de tout cela. Depuis le début, Meredith avait travaillé à Cupertino, mais il ne l'y avait jamais vue. La seule fois où il l'avait rencontrée, c'était peu de temps après son arrivée, avant qu'elle ne change sa coupe de cheveux. Ses cheveux... Mais quoi d'autre, encore ?

Il examina soigneusement les deux photos. Un autre changement subtil s'était opéré en elle. Avait-elle subi une opération de chirurgie esthétique ? Impossible de le savoir. Mais le changement était incontestable.

Il parcourut rapidement les autres numéros du journal, convaincu d'avoir trouvé ce qu'il cherchait. Il ne lisait plus que les gros titres.

BOB GARVIN CONFIE À MEREDITH JOHNSON L'INSPECTION DE L'USINE D'AUSTIN.

MEREDITH JOHNSON VA PRENDRE LA DIRECTION DE LA NOUVELLE UNITÉ D'INSPECTION DES SERVICES GÉNÉRAUX.

NOMMÉE VICE-PRÉSIDENTE DES SERVICES GÉNÉRAUX, MEREDITH JOHNSON TRAVAILLERA DÉSORMAIS DIRECTEMENT AUX CÔTÉS DE BOB GARVIN.

MEREDITH JOHNSON TRIOMPHE EN MALAISIE : LE TRAVAIL A REPRIS.

ÉTOILE MONTANTE CHEZ DIGICOM, MEREDITH JOHNSON SE RÉVÈLE UNE DIRIGEANTE HORS PAIR. TOUT LE MONDE LOUE SES COMPÉTENCES DANS LE DOMAINE TECHNIQUE.

Ce dernier titre coiffait un article en deuxième page de l'avant-dernier numéro de *ComLine*. Sanders comprenait à présent qu'il n'avait servi qu'à préparer le terrain avant la nomination de Meredith à Seattle. Il s'agissait en fait d'un ballon d'essai à usage interne, destiné à sonder les éventuelles réactions à la nomination de Meredith Johnson à un poste de direction des services techniques. Le problème, c'est que Sanders n'avait pas lu l'article et que personne ne lui en avait signalé l'existence.

Dans cet article, l'accent était mis sur les compétences techniques que Meredith avait acquises au cours des années passées chez DigiCom. On citait même l'intéressée : « *J'ai commencé ma carrière chez Novell, où je travaillais dans le domaine technique. C'est là mon premier amour, et c'est avec joie que j'y reviendrai. Après tout, les innovations techniques sont au cœur d'une société tournée vers l'avenir, comme l'est DigiCom. Tout bon responsable devrait être capable de diriger un département technique.* »

Il regarda la date : 2 mai. Six semaines auparavant. Ce qui voulait dire que l'article avait été écrit au moins quinze jours avant sa publication.

Comme le soupçonnait Mark Lewyn, Meredith Johnson savait qu'elle allait diriger le département des produits d'avant-garde depuis au moins deux mois. Ce qui signifiait, corrélativement, que Sanders n'avait jamais été dans la course. On n'avait jamais songé à lui.

Le choix était déjà fait.

Depuis des mois.

Sanders lâcha un juron, photocopia les articles consacrés à Meredith Johnson, remit les journaux sur les étagères et quitta le service de presse.

Dans l'ascenseur, il rencontra Mark Lewyn.

– Salut, Mark, dit Sanders.

Mais Lewyn ne répondit pas. Sanders appuya sur le bouton du rez-de-chaussée.

– J'espère que tu sais ce que tu fais, lui dit alors Lewyn en colère.

– Je crois que oui.

– Parce que tu peux tout foutre par terre pour tout le monde! Tu le sais?

– Foutre quoi par terre?

– C'est pas notre problème si tu t'es mis dans la merde.

– Je n'ai pas dit que ça l'était.

– Je ne sais pas ce que tu as, en ce moment! s'écria Lewyn. Tu arrives en retard au travail, tu ne m'appelles pas alors que tu as dit que tu le ferais... Qu'est-ce qui se passe? Tu as des ennuis chez toi? Ça cafouille avec Susan?

– Ça n'a rien à voir avec Susan.

– Ah bon? Eh bien, moi, je crois que si! Cela fait deux jours que tu arrives en retard, et quand tu es ici tu marches comme un somnambule. T'es dans les nuages, Tom! Mais enfin, qu'est-ce que tu es allé foutre en début de soirée dans le bureau de Meredith? Hein?

– Elle m'a demandé de venir à son bureau. C'est elle la chef. Tu penses que je n'aurais pas dû y aller?

Lewyn secoua la tête d'un air dégoûté.

– Ne me fais pas marrer avec tes allures de sainte-nitouche! Tu ne te sens responsable de rien, alors?

– Qu'est-ce que...?

– Écoute, Tom, chez DigiCom, tout le monde sait que Meredith est une mangeuse d'hommes. On l'a surnommée le Grand Requin blanc. Tout le monde sait aussi qu'elle est protégée par Garvin, qu'elle peut faire ce qu'elle veut. Et ce qu'elle veut, c'est jouer à saute-mouton avec tous les jolis garçons qui se pointent à son bureau en fin de journée! Quelques verres de vin, le rouge aux joues, et Madame est servie! Tout est bon, un livreur, un stagiaire, un jeune comptable. Et personne ne dit rien parce que Garvin la prend pour une sainte. Comment se fait-il que tout le monde le sache sauf toi?

Sanders était sidéré. Il ne savait quoi répondre. Il contemplait stupidement Lewyn, qui se tenait à quelques centimètres de lui, les épaules voûtées, les mains dans les poches. Pourtant, c'est à peine s'il entendait les mots qu'il prononçait. Il avait l'impression qu'ils lui parvenaient d'une distance infinie.

— Eh, Tom! Tu vis au milieu de nous, dans la même boîte. Tu sais qui fait quoi, ici. Quand tu es allé la voir à son bureau, ne me dis pas que tu ne savais pas ce qui allait arriver. C'est tout juste si Meredith ne criait pas sur tous les toits qu'elle allait te sucer la queue! Toute la journée, elle n'a pas cessé de te poser la main sur le bras, de te lancer des œillades. « Oh, Tom, comme ça fait plaisir de te revoir... » Et maintenant tu viens me raconter que tu ne te doutais pas de ce qui allait se passer? Ne me fais pas marrer, Tom. T'es qu'un enfoiré!

Les portes de l'ascenseur s'ouvrirent. Devant eux, le hall désert du rez-de-chaussée, presque sombre en ce début de soirée du mois de juin. Dehors, une pluie fine. Lewyn se dirigea vers la sortie puis se retourna. Les murs du hall renvoyèrent l'écho de sa voix.

— Est-ce que tu te rends compte que dans cette affaire tu te conduis comme pas mal de bonnes femmes? Du genre : « Comment, moi? Mais je n'ai jamais voulu une chose pareille! Mais non, ça n'est pas ma faute! C'est vrai, je me suis soûlée, je l'ai embrassé, je suis montée dans sa chambre et je me suis allongée sur son lit, mais je ne pensais pas qu'il allait me baiser. Non, non, tout mais pas ça! » Foutaises, Tom! Foutaises d'irresponsable! Et tu ferais bien de réfléchir à ce que je suis en train de te dire, parce qu'on est nombreux ici à avoir travaillé aussi dur que toi, et on n'a aucune envie de te voir foutre en l'air cette fusion et la constitution du département en société à part entière. Libre à toi de raconter que tu ne t'en rends pas compte quand une femme te fait du rentre-dedans. Libre à toi de bousiller ta vie si ça te plaît. Mais tu ne bousilleras pas la mienne, et je saurai t'en empêcher, crois-moi!

Lewyn reprit son chemin vers la sortie. Sanders tendit la main : les portes de l'ascenseur se refermèrent sur ses doigts avant de s'ouvrir à nouveau. Il se précipita dans le hall à la suite de Lewyn et l'attrapa par l'épaule.

212

— Mark, attends, écoute...

— Je n'ai rien à te dire. J'ai des enfants, des responsabilités. Tu es un enfoiré !

Lewyn se débarrassa de Sanders d'un mouvement d'épaule, ouvrit la porte et s'éloigna dans la rue d'un pas rapide.

Au moment où les portes de verre se refermaient, Sanders y aperçut le reflet d'une chevelure blonde. Il se retourna.

— Je crois que c'était un peu injuste, dit Meredith Johnson.

Elle se tenait à environ six mètres de lui, près des ascenseurs. Elle portait des habits de gymnastique, collant bleu marine et sweat-shirt, et tenait à la main un sac de sport. Elle était belle, plutôt provocante. Il se raidit. Il n'y avait personne d'autre dans le hall. Ils étaient seuls.

— Oui, dit Sanders, je crois que c'était injuste.

— Je veux dire... envers les femmes.

Elle balança le sac de sport sur son épaule, faisant ainsi brièvement remonter son sweat-shirt et dévoilant la peau nue au-dessus du collant. D'un mouvement de tête, elle chassa une mèche qui lui barrait le visage. Elle ménagea ensuite un moment de silence avant de reprendre la parole.

— Je voulais te dire que je regrette tout ce qui se passe en ce moment.

Elle s'avança vers lui d'un pas assuré, presque rapide.

— Je n'ai jamais voulu une chose pareille, Tom.

Elle s'avança plus près, mais lentement à présent, comme vers un animal qu'il convenait de ne pas effaroucher.

— Je n'éprouve que de la tendresse pour toi. (Encore plus près.) Les sentiments les plus tendres. (Plus près.) Je n'y peux rien, Tom, si j'ai encore envie de toi. (Elle était toute proche à présent, le frôlant de son corps, ses seins à quelques centimètres du bras de Sanders.) Vraiment, je regrette, Tom, dit-elle avec douceur. (Elle parlait avec émotion, sa poitrine se soulevait, les yeux étaient humides, le regard implorant.) Est-ce que tu peux me pardonner ? Je t'en prie. Tu sais ce que j'éprouve pour toi.

Sanders sentait revenir en lui des sentiments anciens, des désirs évanouis. Il serra les mâchoires.

— Le passé, c'est le passé, Meredith. Laisse tomber, tu veux ?

Elle changea immédiatement de ton, et d'un geste indiqua la rue.

— Écoute, j'ai ma voiture, là. Est-ce que je peux te déposer quelque part ?

— Non, merci.

— Il pleut, je me disais que ça pourrait t'arranger.

— Je ne crois pas que ce soit une bonne idée.

— C'est simplement parce qu'il pleut.

— On est à Seattle, dit-il. Ici, il pleut tout le temps.

Elle haussa les épaules, gagna la porte et s'y appuya en se déhanchant. Puis elle se tourna vers lui et lui sourit.

— Je ne devrais jamais porter de collants en ta présence. C'est embarrassant : tu me fais mouiller.

Elle franchit la porte, gagna à grands pas la voiture garée devant l'immeuble et s'installa à l'arrière. Un geste joyeux de la main, et la voiture démarra.

Sanders desserra les poings. Puis il prit une profonde inspiration et laissa l'air s'échapper avec lenteur. Il était tendu comme la corde d'un arc. Lorsque la voiture eut disparu, il sortit à son tour. Il sentit la pluie sur son visage, la brise fraîche du soir.

Il héla un taxi.

— A l'hôtel Quatre Saisons, dit-il au chauffeur.

Dans le taxi, la poitrine oppressée, Sanders regardait au-dehors. Sa rencontre avec Meredith l'avait bouleversé, d'autant qu'elle suivait de peu sa conversation avec Lewyn.

Les propos de Lewyn l'avaient choqué, mais on ne pouvait pas les prendre au sérieux. Au fond, Lewyn était un artiste qui maîtrisait ses impulsions créatrices en se mettant en colère. Ce qui était le cas la plupart du temps. Sanders connaissait Lewyn depuis longtemps et se demandait toujours comment sa femme, Adele, faisait pour le supporter. Adele était une femme d'un calme absolument admirable, capable de soutenir une conversation au téléphone alors que ses enfants sautaient autour d'elle, lui tiraient la manche et lui posaient des questions. De la même façon, Adele laissait Mark s'étrangler de rage et poursuivait ses occupations. En fait, tout le monde avait compris qu'il valait mieux laisser Mark Lewyn s'énerver tout seul, parce que, au fond, ses colères n'avaient pas grand sens.

Lewyn possédait une sorte d'instinct pour deviner les goûts du public, les tendances de la mode. C'était là le secret de son succès dans son métier de designer. Lewyn disait : « On le fera en couleurs pastel. » Tout le monde se récriait, jugeant ces couleurs abominables, mais deux ans plus tard, lorsque le produit sortait des chaînes, on ne jurait plus que par les couleurs pastel. Sanders était donc bien forcé de reconnaître que ce que lui avait dit Lewyn, d'autres ne tarderaient pas à le faire entendre. Lewyn avait exprimé à son propos ce qui serait bientôt l'opinion générale : Sanders risquait de faire tout foirer pour tout le monde.

Eh bien, que ça foire! songea-t-il.

Quant à Meredith, il avait eu l'impression que, dans le hall, elle avait joué avec lui, l'avait taquiné, provoqué. Pourquoi était-elle aussi sûre d'elle ? Sanders portait contre elle une accusation grave, pourtant, elle se comportait comme si elle n'était nullement menacée. Son arrogance, son indifférence le mettaient mal à l'aise. Elle ne pouvait agir ainsi que parce qu'elle était assurée du soutien de Garvin.

Le taxi s'engagea dans la contre-allée menant à l'hôtel. Il aperçut alors la voiture de Meredith. Elle parlait au chauffeur. Elle se retourna et le vit. Il ne pouvait plus reculer. Il descendit du taxi et se dirigea vers l'entrée.

— Tu me suis ? dit-elle en souriant.

— Non.

— Tu en es sûr ?

— Oui, Meredith, j'en suis sûr.

Ils empruntèrent ensemble l'escalator menant au hall de l'hôtel. Il se tenait derrière elle. Elle se retourna.

— Eh bien, je regrette que tu ne m'aies pas suivie, dit-elle avec un sourire engageant.

Il ne sut que répliquer et se contenta de secouer la tête. Ils poursuivirent leur chemin en silence jusqu'au grand hall.

— Je suis à la chambre 423, dit-elle. Viens me voir quand tu veux. Et elle se dirigea vers l'ascenseur.

Il attendit qu'elle eût disparu puis traversa le hall et tourna à gauche en direction de la salle à manger. Depuis l'entrée, il aperçut Dorfman qui dînait en compagnie de Bob Garvin et de Stephanie Kaplan. Dorfman pérorait en faisant de grands gestes. Garvin et Kaplan l'écoutaient, penchés en avant. Sanders se rappela alors que Dorfman avait été en son temps directeur de la société. Et, d'après ce que l'on disait, un directeur puissant. C'était lui qui avait persuadé Garvin de passer des modems aux téléphones cellulaires et aux télécommunications, à une époque où personne ne voyait le lien entre les ordinateurs et les téléphones. Ce lien, évident à présent, était encore obscur au début des années 80, mais Dorfman avait dit à Garvin : « Ta branche, ce n'est pas le matériel, c'est la communication. C'est l'accès à l'information. »

Dorfman avait également façonné le personnel de l'entreprise. On disait, par exemple, que Stephanie Kaplan lui devait sa position. Sanders était venu à Seattle poussé par Dorfman. C'était sur la recommandation de Dorfman que Mark Lewyn avait été engagé. Par ailleurs, un certain nombre de vice-présidents s'étaient évanouis au cours des années parce que Dorfman jugeait qu'ils manquaient d'ampleur ou d'énergie. C'était un allié puissant et un adversaire mortel.

216

A présent que la fusion avec Conley-White était sur le point de s'opérer, il n'avait rien perdu de son pouvoir. Bien qu'il eût démissionné de ses fonctions de directeur plusieurs années auparavant, il possédait encore une bonne partie des actions de DigiCom. Il avait toujours l'oreille de Garvin. Et il possédait toujours, dans les milieux d'affaires et les milieux financiers, les contacts qui rendent infiniment plus simples ces opérations de fusion. Si Dorfman approuvait les conditions de cette fusion, ses admirateurs chez Goldman & Sachs et à la First Boston avanceraient l'argent sans sourciller. Mais si Dorfman se montrait mécontent, s'il jugeait absurde la fusion des deux sociétés, alors celle-ci risquait bien de ne jamais se réaliser. Tout le monde le savait. Tout le monde connaissait le pouvoir dont il disposait, à commencer par Dorfman lui-même.

Sanders demeura à l'entrée de la salle de restaurant, n'osant avancer. Au bout d'un moment, Max leva les yeux et l'aperçut. Tout en parlant, il secoua imperceptiblement la tête pour dire non, puis tapota sa montre. Sanders opina du chef, retourna dans le hall et s'assit. Il ouvrit le dossier contenant les photocopies de *ComLine* et étudia de nouveau la façon dont Meredith avait modifié son apparence.

Quelques minutes plus tard, Dorfman fit son apparition dans son fauteuil roulant.

— Alors, Thomas. Je suis content que la vie ne vous ennuie pas.

— Que voulez-vous dire ?

En riant, Dorfman indiqua d'un geste la salle à manger.

— Là-bas, on ne parle que de ça. Vous et Meredith. Tout le monde est très inquiet.

— Y compris Bob ?

— Oui, bien sûr. Y compris Bob. (Il s'approcha plus près de Sanders.) Je ne peux pas vraiment vous parler maintenant. Y a-t-il quelque chose de particulier ?

— Je crois que vous devriez regarder ça, dit-il en lui tendant les photocopies.

Il espérait un peu que Dorfman transmettrait ces documents à Garvin et que celui-ci comprendrait ce qui se passait.

Dorfman examina les photos en silence pendant un moment.

— Quelle femme adorable ! dit-il enfin. Elle est si belle...

— Mais regardez, Max. Regardez comme elle a changé.

Dorfman haussa les épaules.

— Elle a changé de coiffure. Ça lui va bien. Et alors ?

— J'ai l'impression qu'elle s'est aussi fait faire de la chirurgie esthétique.

— Ça ne m'étonnerait pas. Il y a tellement de femmes qui le font, de nos jours. Pour elles, c'est aussi simple que de se brosser les dents.

— Ça me donne la chair de poule.

— Pourquoi ? demanda Dorfman.

— Parce que c'est de la manipulation, voilà pourquoi!

— Quelle manipulation ? dit Dorfman en haussant de nouveau les épaules. Elle est pleine de ressources. C'est bien.

— Je parie que Garvin ne se doute pas de la façon dont elle le manipule, dit Sanders.

Dorfman secoua la tête.

— Je ne m'inquiète pas pour Garvin, dit-il. Je m'inquiète pour vous, Thomas. Pour votre fureur.

— Je vais vous dire pourquoi je suis furieux. Parce que c'est le genre de perfidie que peut se permettre une femme et pas un homme. Elle change d'apparence physique, elle s'habille comme la fille de Garvin, elle se comporte comme elle, et c'est ça qui lui permet de l'emporter. Parce que moi, c'est sûr, je ne peux pas me comporter comme sa fille!

Dorfman secoua la tête en soupirant.

— Ah, la, la, Thomas, Thomas.

— C'est vrai, non ?

— Cette rage semble vous procurer beaucoup de plaisir.

— Non, pas du tout.

— Alors laissez tomber! dit Dorfman d'un ton sec. Arrêtez ce délire et reconnaissez la réalité. Dans les entreprises, dans les institutions, les jeunes gens progressent en s'alliant avec les gens plus âgés, plus puissants, n'est-ce pas ?

— Oui.

— Et c'est toujours comme ça. Autrefois, ces alliances étaient formalisées : il y avait le maître et l'apprenti, ou le tuteur et son pupille. Mais de nos jours, c'est devenu informel. Aujourd'hui on parle de mentors. Dans les entreprises, les jeunes gens ont leurs mentors. Est-ce vrai ?

— D'accord...

— Comment les jeunes gens s'attachent-ils à leurs mentors ? Quelle est leur démarche ? D'abord ils se montrent serviables envers la personne plus âgée, en exécutant les tâches qui doivent être exécutées. Deuxièmement, ils séduisent la personne plus âgée, en imitant ses goûts et ses attitudes. Troisièmement, ils adaptent leurs objectifs dans l'entreprise à ceux de leur aîné.

— Tout cela est bien beau, dit Sanders, mais qu'est-ce que ça a à voir avec la chirurgie esthétique ?

– Vous vous souvenez de l'époque où vous êtes entré chez DigiCom, à Cupertino ? C'était en 1982. Vous veniez de DEC.

– Oui, je m'en souviens.

– Chez DEC, vous portiez cravate et veston. Mais en arrivant chez DigiCom, vous vous êtes aperçu que Garvin portait des jeans. Alors, rapidement, vous vous êtes mis aussi à porter des jeans.

– Bien sûr. C'était le style de la maison.

– Garvin aimait l'équipe des Giants. Alors vous êtes allé assister aux matches, à Candlestick Park.

– Mais enfin, bon sang, c'était le patron !

– Garvin aimait le golf. Et vous vous y êtes mis aussi, alors que vous détestiez ça. Je me souviens encore de vos paroles : vous trouviez que c'était complètement idiot de courir après cette petite balle blanche.

– Écoutez. Je ne me suis pas fait faire de chirurgie esthétique pour ressembler à son garçon.

– Parce que ça n'était pas nécessaire, Thomas ! dit-il en levant les mains d'un air exaspéré. Vous ne le voyez pas ? Garvin aimait bien les jeunes gens rudes, agressifs, qui buvaient de la bière et draguaient les femmes. C'est exactement comme ça que vous étiez, à l'époque.

– J'étais jeune. C'est comme ça que font les jeunes gens.

– Non, Thomas. C'est comme ça que Garvin aimait voir les jeunes gens. (Il secoua la tête.) Une grande partie de tout cela est inconsciente. Les relations entre les hommes sont en grande partie inconscientes, Thomas. Mais il en va autrement de l'élaboration d'une relation ; tout dépend si l'on est du même sexe que l'autre ou pas. Si votre mentor est un homme, vous pouvez vous comporter comme son fils, son frère ou son père. Ou vous pouvez vous comporter comme lui quand il était jeune, vous pouvez lui rappeler ce qu'il était. N'est-ce pas vrai ? Oui, je vois que vous êtes d'accord.

« Mais si vous êtes une femme, les choses sont différentes. Il faut être la fille, l'amante ou la femme du mentor. Ou peut-être sa sœur. De toute façon, c'est très différent.

Sanders fronça les sourcils.

– Je vois ça souvent, reprit Dorfman, maintenant que des hommes commencent à travailler sous les ordres de femmes. Souvent, les hommes n'arrivent pas à structurer une relation parce qu'ils ne savent pas comment se comporter en subordonné vis-à-vis d'une femme. Ils sont mal à l'aise. Mais, dans d'autres cas, ils arrivent à se glisser aisément dans le rôle. Ils se comportent comme le fils attentionné, ou l'amant, ou le mari de rechange. Et, s'ils réussissent bien, leurs collègues femmes sont furieuses, parce qu'elles ont l'impression qu'elles ne peuvent pas jouer l'amant ou le mari de leur supérieure. Elles estiment que l'homme possède plus d'atouts qu'elles.

Sanders garda le silence.

— Vous comprenez ? demanda Dorfman.

— Oui. Vous voulez dire que cela se passe dans les deux sens.

— Oui, Thomas. C'est inévitable.

— Il n'y a rien d'inévitable là-dedans, Max ! Lorsque la fille de Garvin est morte, c'était une tragédie personnelle. Il était bouleversé, et Meredith en a profité pour...

— Assez ! dit Dorfman, ennuyé. Vous voulez changer la nature humaine, maintenant ? Il y a toujours des tragédies. Et les gens en profitent toujours. Rien de nouveau là-dedans. Meredith est intelligente. Et c'est un régal de voir une femme intelligente, pleine de ressources, qui soit également belle. C'est un cadeau de la nature. Elle est charmante. C'est ça, votre problème, Thomas. Et cela fait longtemps.

— Qu'est-ce que ça... ?

— Et, au lieu de régler vos problèmes, vous perdez votre temps avec ces... histoires triviales. (Il lui rendit les photos.) Ces photos n'ont aucune importance, Thomas.

— Max, voulez-vous...

— Vous n'avez jamais su comment manœuvrer au sein d'une entreprise, Thomas. Ce n'est pas votre point fort. Votre point fort, c'est que vous êtes capable de résoudre un problème technique ; vous savez encourager les techniciens, les mettre au travail, et finalement résoudre le problème. Vous savez faire marcher les choses. C'est bien ça ?

Sanders acquiesça.

— Mais maintenant vous vous lancez dans un jeu qui n'est pas fait pour vous.

— Ce qui veut dire ?

— Vous croyez qu'en menaçant de porter l'affaire devant la justice vous exercez des pressions sur elle et sur l'entreprise, alors qu'en réalité vous êtes un jouet entre ses mains. Vous l'avez laissée définir les règles du jeu, Thomas.

— Il fallait faire quelque chose. Elle a commis un délit.

— « Elle a commis un délit ! » répéta Dorfman en l'imitant d'un ton sarcastique. Mon pauvre chéri ! Et vous êtes si fragile ! Vraiment, on ne peut que vous prendre en pitié.

— Ce n'est pas facile. Elle a des relations. Des appuis en haut lieu.

— Et alors ? Tous les cadres qui ont des appuis ont aussi des détracteurs. Meredith a ses détracteurs, comme tout le monde.

— Je vais vous dire une chose, Max, elle est dangereuse. Elle est, comme tous ces spécialistes de la communication, obsédée par l'image. Tout est dans l'image, derrière il n'y a aucune substance.

— Oui, dit Dorfman en hochant la tête. Comme beaucoup de jeunes cadres de nos jours. Très habiles dans les images. Passionnés par la manipulation de la réalité. C'est une tendance assez fascinante, je dois dire.

— Je ne crois pas qu'elle soit compétente pour diriger ce département.

— Et alors ? rétorqua Dorfman. Qu'est-ce que ça peut vous faire ? Si elle est incompétente, Garvin finira par s'en apercevoir et la remplacera à ce poste. Mais, à ce moment-là, vous serez parti depuis longtemps. Parce que, face à elle, vous allez perdre, Thomas. Elle est plus habile que vous à ces jeux-là. Et ce depuis toujours.

Sanders acquiesça.

— Elle est impitoyable.

— Impitoyable, mon œil ! Elle est habile, oui. Elle a de l'instinct pour ce genre de situation. Vous, non. Si vous vous enferrez dans cette attitude, vous perdrez tout. Et vous aurez mérité ce qui vous arrivera, parce que vous vous serez conduit comme un imbécile.

Sanders demeura un instant silencieux.

— Que me recommandez-vous de faire, alors ?

— Ah ! maintenant vous voulez un conseil.

— Oui.

— Vraiment ? (Il sourit.) J'en doute.

— Mais si, Max.

— Bon. Alors mon conseil, le voici : présentez vos excuses à Meredith, présentez vos excuses à Garvin, et reprenez votre travail.

— Impossible.

— Alors vous ne voulez pas que je vous donne de conseil.

— Je ne peux pas faire ça, Max.

— Trop fier ?

— Non, mais...

— Mais vous êtes dans une rage folle. Comment cette femme a-t-elle osé se conduire de la sorte ? Elle a commis un délit, elle doit être traduite en justice ! Elle est dangereuse, il faut l'arrêter. Vous êtes plein d'une légitime et délicieuse indignation, n'est-ce pas ?

— Non, Max, mais je ne peux pas faire ça, c'est tout.

— Bien sûr que vous le pouvez. Simplement, vous ne le voulez pas.

— D'accord. Je ne le veux pas.

Dorfman haussa les épaules.

— Alors qu'attendez-vous de moi ? Vous venez me demander des

221

conseils pour ne pas les suivre ? Mais ça n'est pas grave. (Il sourit.) J'ai plein d'autres conseils que vous ne suivrez pas non plus.

— Par exemple ?

— Que vous importe, puisque vous ne les suivrez pas ?

— Allez, Max.

— Je suis sérieux. Vous ne les suivrez pas. Nous perdons notre temps. Allez-vous-en.

— Vous voulez bien me les donner quand même ?

Dorfman laissa échapper un soupir.

— C'est bien parce que je me rappelle le temps où vous étiez un homme raisonnable. Bon, premièrement... Vous m'écoutez ?

— Oui, je vous écoute.

— Donc, premier point : vous savez tout ce que vous avez besoin de savoir sur Meredith Johnson. Alors oubliez-la. Ce n'est pas votre problème.

— Ce qui veut dire ?

— Ne m'interrompez pas. Deuxième point : jouez votre jeu à vous, pas le sien.

— Ce qui veut dire ?

— Ce qui veut dire, résolvez le problème.

— Quel problème ? Les poursuites judiciaires ?

Dorfman émit un grognement en levant les mains au ciel.

— Vous êtes impossible. Je perds mon temps.

— Vous voulez dire que je dois retirer ma plainte ?

— Vous comprenez l'anglais ? Résolvez le problème ! Faites ce que vous savez faire. Faites votre boulot. Et maintenant partez.

— Mais, Max...

— Oh, je ne peux rien faire pour vous. C'est votre vie. Il faut bien que vous commettiez vos propres erreurs. Et je dois retourner auprès de mes hôtes. Mais réfléchissez bien, Thomas. Ne vous endormez pas. Et n'oubliez pas : dans la vie, les gens ont toujours une raison de se conduire comme ils le font. Il s'agit toujours de résoudre un problème. Et vous, vous en avez un, Thomas.

Il fit pivoter son fauteuil roulant et retourna à la salle à manger.

Max peut être exaspérant, songea Sanders en descendant la 3ᵉ Rue. Il ne dit jamais clairement ce qu'il pense.

C'est ça votre problème, Thomas. Et ça fait longtemps.

Qu'est-ce que ça voulait dire?

Exaspérant! Fatigant, aussi. A l'issue des sessions que Max organisait lorsqu'il appartenait encore au conseil d'administration de DigiCom, Sanders était épuisé. Les jeunes cadres de Cupertino l'avaient surnommé le Sphinx.

Il s'agit toujours de résoudre un problème. Et vous, vous en avez un, Thomas.

Sanders secoua la tête. Tout cela était absurde. Mais, en attendant, il avait des choses à faire. Au bout de la rue, il s'arrêta dans une cabine téléphonique et appela Gary Bosak. Il était 8 heures du soir. Bosak serait certainement chez lui, devant un café : sa journée de travail débutait. Face à une demi-douzaine de modems et d'écrans d'ordinateur, il allait s'introduire dans les bases de données.

Il entendit une voix au répondeur.

— Ici NE productions, laissez votre message après le bip sonore.

— Gary, ici Tom Sanders. Je sais que vous êtes là. Décrochez.

Un déclic se fit entendre, puis la voix de Gary.

— Eh bien! Vous êtes la dernière personne que je m'attendais à avoir au bout du fil. D'où appelez-vous?

— D'une cabine publique.

— Bien. Alors, comment ça se passe pour vous, Tom?

— Gary, j'ai besoin que vous fassiez un certain nombre de choses. Des données à vérifier.

— Euh... S'agit-il d'un travail pour la société ou d'un travail privé?

— Prive.

— Euh... C'est que je suis très occupé en ce moment. Est-ce que nous pourrions en reparler la semaine prochaine?

— Ce sera trop tard.

— Mais vraiment, vous savez, je suis très occupé.

— Que se passe-t-il, Gary?

— Allez, Tom. Vous savez bien ce qui se passe.

— J'ai besoin d'aide, Gary.

— J'aimerais beaucoup vous aider, mais je viens de recevoir un coup de fil de Blackburn, qui m'a dit que, si je faisais le moindre travail pour vous, je pouvais m'attendre à voir le FBI perquisitionner mon appartement demain matin à 6 heures.

— Bon Dieu! Quand vous a-t-il appelé?

— Il y a environ deux heures.

Deux heures! Blackburn avait de l'avance sur lui.

— Gary...

— Écoutez, Tom, vous savez que je vous aime bien. Mais là, vraiment, c'est non. Vous me comprenez? Allez, il faut que je vous laisse.

Il raccrocha.

— Franchement, dit Louise Fernandez en repoussant son assiette, rien de tout cela ne m'étonne.

Il était 9 heures du soir, Sanders et elle dînaient d'un sandwich au cabinet de l'avocate; les bureaux, autour, étaient déserts, mais la sonnerie de son téléphone retentissait fréquemment. Dehors, le tonnerre grondait et des éclairs déchiraient le ciel de la nuit d'été.

Au milieu de ces bureaux vides, Sanders avait l'impression d'être seul au monde en compagnie de son avocate. Les choses évoluaient rapidement, et tout semblait désormais reposer sur cette femme que, la veille encore, il ne connaissait pas. Il était suspendu au moindre mot qui tombait de ses lèvres.

— Avant de poursuivre, dit Fernandez, je voudrais vous dire que vous avez eu raison de ne pas monter dans cette voiture avec Meredith Johnson. Il ne faut plus jamais vous retrouver seul avec elle. Pas même pour quelques instants. Sous aucun prétexte.

— Entendu.

— Sinon, vous risquez de perdre toute crédibilité.

— D'accord.

— Bon. A part ça, j'ai eu une longue conversation avec Blackburn. Comme vous l'aviez deviné, on exerce de très fortes pressions sur lui pour qu'il résolve cette affaire. Je voulais que la médiation ait lieu l'après-midi, mais lui a laissé entendre que DigiCom était prête à transiger et voulait qu'on commence tout de suite. Il craint que les négociations ne durent longtemps. Alors nous commencerons demain matin à 9 heures.

— D'accord.

— Herb et Alan ont fait du bon travail. Je crois qu'ils pourront nous aider demain. Et ces articles pourront également nous être utiles, dit-elle en jetant un coup d'œil aux photocopies de *ComLine*.

— Vous croyez ? Dorfman pense qu'ils sont inutilisables.

— Oui, mais ils nous éclairent sur son trajet dans l'entreprise. Il y a là quelque chose à creuser. Ça, c'est le message électronique que vous a envoyé votre ami ? (Elle regarda la feuille avec un froncement de sourcils.) C'est un envoi Internet.

— Oui, dit-il, surpris qu'elle l'eût reconnu.

— Nous travaillons beaucoup avec les sociétés de technologie de pointe, dit-elle en guise d'explication. Je vais le faire vérifier. (Elle repoussa le papier sur le côté.) Et maintenant résumons les événements de la journée. Vous n'avez pas pu faire le ménage dans votre bureau parce qu'ils étaient déjà passés, c'est bien ça ?

— Oui.

— Et quand vous avez voulu faire la même chose dans vos archives sur ordinateur, vous vous êtes rendu compte que vous n'aviez plus accès au système.

— Oui.

— Ce qui veut dire que vous ne pouvez plus rien y changer ?

— C'est ça. Je ne peux plus rien faire. Je suis comme une secrétaire.

— Comptiez-vous retirer des informations de ces dossiers ? demanda-t-elle.

Il hésita.

— Non... Mais enfin, j'aurais... jeté un coup d'œil.

— Vous n'avez rien de particulier à l'esprit ?

— Non.

— Monsieur Sanders, je voudrais vous dire une fois encore que je ne suis pas là pour vous juger. J'essaie seulement de me préparer à ce qui peut arriver demain. Je veux nous éviter de mauvaises surprises.

Il secoua la tête.

— Il n'y a rien dans les dossiers qui puisse m'embarrasser.

— Vous y avez bien réfléchi ?

— Oui.

— Bon. Vu l'heure matinale à laquelle l'audience va commencer, je vous conseille d'aller dormir. Je tiens à ce que vous soyez en forme. Vous arriverez à dormir ?

— Hou là, je ne sais pas!

— Au besoin, prenez un somnifère.

— Je crois que ça ira.

— Alors rentrez chez vous et couchez-vous, monsieur Sanders. Je vous verrai demain matin. Venez avec un veston et une cravate. Avez-vous une veste bleue ?

— J'ai un blazer.

— Parfait. Portez une chemise blanche et une cravate discrète. Ne mettez pas d'après-rasage.

— Je ne m'habille jamais de cette façon, au bureau.

— Justement, vous n'allez pas au bureau. (Elle se leva et lui serra la main.) Dormez bien. Et tâchez de ne pas vous inquiéter. Je crois que tout se passera bien.

— Je parie que vous dites ça à tous vos clients.

— C'est vrai, dit-elle en souriant. Mais en général j'ai raison. Allez, dormez bien. On se voit demain.

Il pénétra dans une maison vide et sombre. La Barbie d'Eliza gisait sur le comptoir de la cuisine. A côté de l'évier, il aperçut l'un des biberons de son fils, avec des traces de légumes verts. Il prépara la cafetière pour le lendemain matin et monta se coucher. Il passa devant le répondeur téléphonique sans le regarder, et ne remarqua donc pas le voyant indiquant qu'il avait reçu un message.

En haut, dans la salle de bains, il remarqua, en revanche, la petite note que Susan avait collée sur le miroir. « Excuse-moi pour le déjeuner. Je te crois. Je t'aime. S. »

Voilà qui ressemblait bien à Susan : se mettre en colère puis présenter des excuses. Mais cette petite note lui faisait quand même plaisir, et il eut envie de l'appeler à l'instant même. Mais il était une heure de plus à Phoenix, elle devait déjà être endormie.

De toute façon, en y réfléchissant, il se dit qu'il n'avait pas envie de l'appeler. Comme elle le lui avait dit au restaurant, tout cela ne la regardait pas. Dans cette affaire, il se retrouvait seul.

Vêtu seulement d'un caleçon, il gagna son petit bureau. Il n'y avait pas de fax. Il alluma son ordinateur et attendit quelques secondes.

L'icône du courrier électronique clignotait. Il cliqua.

NE FAITES CONFIANCE A PERSONNE.

UN AMI

Sanders éteignit l'ordinateur et alla se coucher.

Mercredi

Au matin, il accomplit avec plaisir les gestes routiniers et s'habilla rapidement après avoir allumé la télévision. Il avait monté le son très fort, pour remplir autant que possible le vide de la maison. Il arriva en ville à 6 h 30 et s'arrêta à la boulangerie pour acheter un en-cas et une tasse de cappuccino. Après quoi il se rendit au ferry.

Il s'installa dans le sens contraire de la marche, de façon à ne pas être obligé de voir Seattle. Perdu dans ses pensées, il regardait par la fenêtre les nuages gris et bas sur les eaux noires de la baie. Il pleuvrait encore aujourd'hui.

— Vilain temps, hein ? dit une voix de femme.

Levant les yeux, il aperçut Mary Anne Hunter, jolie et menue, qui le considérait d'un air inquiet, les mains sur les hanches. Mary Anne vivait également à Bainbridge. Son mari était biologiste, spécialiste des questions marines, à l'université. Susan et elle étaient bonnes amies et allaient souvent courir ensemble. Mais il ne voyait pas souvent Mary Anne sur le ferry parce que, d'ordinaire, elle partait plus tôt que lui.

— Bonjour, Mary Anne.

— Ce que je n'arrive pas à comprendre, c'est comment ils ont eu vent de l'affaire.

— Qu'est-ce que tu racontes ?

— Quoi ? Tu n'as pas lu l'article ?

Elle lui tendit le journal qu'elle tenait sous le bras.

— Tu plaisantes ? dit-il.

— Non. Connie Walsh a encore frappé.

Sanders regarda la première page mais ne vit rien. Il se mit à feuilleter le journal rapidement.

– C'est dans les informations locales, dit-elle. Première colonne, en deuxième page. Lis-le, moi, je vais aller chercher du café.

Sanders ouvrit le journal à la section des informations locales.

A BON ENTENDEUR
par Constance Walsh

M. Cochon au travail

Le pouvoir patriarcal s'est à nouveau manifesté dans toute sa brutalité, cette fois-ci au sein d'une entreprise de technologie de pointe de notre ville, que j'appellerai la société X. La direction de cette société a nommé à un poste de responsabilité une femme brillante, extrêmement compétente. Mais ils sont nombreux, dans cette société, à faire tout leur possible pour se débarrasser d'elle.

Un homme, appelons-le M. Cochon, s'est montré particulièrement virulent. M. Cochon ne supporte pas l'idée de travailler sous les ordres d'une femme, et, pendant plusieurs semaines, il a mené une campagne de dénigrement visant à empêcher une telle nomination. Ayant échoué dans sa tentative, il a alors prétendu que sa nouvelle supérieure s'était livrée contre lui à un attentat à la pudeur et l'avait presque violé dans son bureau. Cette accusation est évidemment aussi odieuse qu'absurde.

Car on est en droit de se demander comment une femme peut violer un homme. C'est impossible, bien sûr. Le viol est un crime. Il est exclusivement le fait d'hommes qui l'utilisent de plus en plus fréquemment pour remettre les femmes à leur place. Telle est la vérité profonde de notre société et de toutes les sociétés qui nous ont précédés.

Pour leur part, les femmes n'oppriment pas les hommes. Aux mains des hommes, elles sont impuissantes; prétendre qu'une femme a commis un viol est tout simplement absurde. Mais cela n'a pas arrêté M. Cochon, qui cherche seulement à salir la réputation de sa nouvelle supérieure et a poussé l'audace jusqu'à porter plainte en justice pour harcèlement sexuel!

M. Cochon se conduit dans la vie comme un véritable patriarche. Bien que sa femme soit une avocate brillante, il la pousse à abandonner sa carrière pour se consacrer à l'éducation de ses enfants. Car M. Cochon redoute avant tout que, dans le cadre de ses activités professionnelles, sa femme n'apprenne que son mari est un ivrogne qui collectionne les aventures féminines. Peut-être craint-il également que ce ne soit pas du goût de sa nouvelle supérieure. A moins qu'il ne craigne des remarques sur l'habitude qu'il a d'arriver en retard à son travail.

C'est ainsi qu'à cause des manœuvres de M. Cochon une femme

232

brillante voit sa carrière compromise. Parviendra-t-elle à faire rentrer les cochons à l'étable ?

La suite au prochain numéro.

Abasourdi, Sanders relut l'article avec attention.

Mary Anne Hunter revint avec deux cappuccinos dans des gobelets en carton. Elle en posa un devant lui.

— Tiens. J'ai l'impression que tu en as besoin.

— Comment ont-ils eu vent de cette histoire ? demanda-t-il.

Hunter secoua la tête.

— Je n'en sais rien. Il a dû y avoir des fuites au sein de la maison.

— Mais de la part de qui ?

Pour que l'article ait pu paraître ce matin, la fuite avait dû avoir lieu la veille, vers 3 ou 4 heures de l'après-midi. Et qui, dans la société, savait qu'il envisageait de porter plainte pour harcèlement sexuel ?

— Je n'arrive pas à imaginer d'où cela peut venir, dit Mary Anne. Je vais me renseigner.

— Qui est Constance Walsh ?

— Tu n'as jamais lu ses chroniques ? Elle tient une rubrique régulière au *Post*. Le point de vue féministe, ce genre de chose. (Elle secoua la tête d'un air navré.) Comment va Susan ? J'ai essayé de l'appeler ce matin, mais ça ne répondait pas, chez vous.

— Susan est partie pour quelques jours avec les enfants.

Mary Anne hocha lentement la tête.

— Je crois que c'est une bonne idée.

— C'est ce qu'on s'est dit.

— Elle est donc au courant ?

— Oui.

— Est-ce que c'est vrai ? Tu portes plainte pour harcèlement sexuel ?

— Oui.

— Eh bien !

— Oui, répéta-t-il en opinant du chef.

Elle demeura assise quelque temps à côté de lui sans rien dire.

— Je te connais depuis longtemps, dit-elle au bout d'un moment. J'espère que ça se terminera bien.

— Je l'espère aussi.

Nouveau silence. Finalement, elle se leva.

— A tout à l'heure, Tom.

— A tout à l'heure, Mary Anne.

Il savait ce qu'elle éprouvait. Lui-même l'avait éprouvé lorsque d'autres, chez DigiCom, avaient été accusés de harcèlement sexuel. Il se créait soudainement une distance. Peu importe qu'on connaisse la personne depuis longtemps ou même que l'on soit amis. Une fois l'accusation lancée, tout le monde s'écarte. Parce que, en fait, on ne sait jamais ce qui s'est vraiment passé. On ne peut pas se permettre de prendre parti... même avec ses amis.

Il la vit s'éloigner, silhouette menue vêtue d'un jogging, une serviette en cuir à la main. Elle faisait à peine plus d'un mètre cinquante, et les hommes sur le ferry étaient tellement plus grands! Elle avait dit une fois à Susan qu'elle s'était mise à pratiquer la course à pied par peur du viol. « Je leur échapperai en courant », lui avait-elle déclaré. Les hommes ne savaient rien de cela. C'était une peur qu'ils ne comprenaient pas.

Mais il y a une peur que seuls les hommes éprouvent. Il considéra l'article avec un sentiment croissant de malaise. Les mots-clés et les phrases semblaient lui sauter au visage :

Virulent... une campagne de dénigrement... ne supporte pas l'idée qu'une femme... une accusation odieuse... un crime... exclusivement le fait d'hommes... salir la réputation de sa nouvelle supérieure... ivrogne... aventures féminines... en retard à son travail... sa carrière compromise... les cochons à l'étable.

Ces propos étaient plus qu'inexacts ou déplaisants. Ils étaient dangereux. Sanders ne pouvait s'empêcher de songer à ce qui était arrivé à un certain John Masters. L'histoire avait fait grand bruit à Seattle.

Masters, âgé de cinquante ans, était directeur commercial chez MicroSym. C'était un homme stable, responsable, marié depuis vingt-cinq ans, père de deux filles. La plus âgée était étudiante, la cadette allait encore au lycée. Cette dernière se mit un jour à avoir des problèmes à l'école et de mauvaises notes. Ses parents l'envoyèrent voir une psychologue. La psychologue écouta la jeune fille, puis lui déclara que cela ressemblait furieusement à une histoire d'enfant victime d'abus sexuels. Se souvenait-elle de quelque chose de semblable ?

« Je ne crois pas », répondit la jeune fille.

La psychologue insista.

Au début, la jeune fille résista, mais la psychologue la harcela. Au bout d'un certain temps, elle finit par retrouver de vagues souvenirs. Rien de bien précis, mais il lui semblait pourtant que c'était quelque chose de cet ordre-là. Son papa s'était peut-être mal conduit.

La psychologue fit part à la mère de ses soupçons. Après vingt-cinq années de mariage, le mari et la femme avaient accumulé entre eux un certain nombre de rancœurs. L'épouse exigea de son mari qu'il reconnaisse les faits.

Masters fut sidéré. Il nia. Sa femme le traita de menteur et exigea qu'il quitte la maison.

L'aînée prit aussitôt un avion pour venir voir sa mère. « Qu'est-ce que c'est que ce délire ? lui dit-elle. Tu sais bien que papa n'a rien fait. Redescends sur terre ! » Mais la mère ne voulut rien entendre. Et la machine une fois mise en route, rien ne pouvait l'arrêter.

La psychologue était légalement tenue de signaler aux autorités ses soupçons concernant des attentats à la pudeur sur des enfants. Elle dénonça Masters. Le parquet, lui, était légalement tenu de procéder à une enquête. Une assistante sociale interrogea la fille, la mère et le père, puis le médecin de famille et l'infirmière de l'école. Rapidement, tout le monde fut au courant.

MicroSym eut vent de l'affaire. En attendant le résultat de l'enquête, Masters fut suspendu. On ne voulait pas de mauvaise publicité pour la société.

Masters voyait sa vie s'effondrer. Sa fille cadette et sa femme ne lui adressaient plus la parole. Il vivait seul dans un appartement. Il avait des problèmes d'argent. Ses collègues de travail l'évitaient. Partout, des visages accusateurs. On lui conseilla de s'adresser à un avocat. Il était tellement désemparé que lui-même s'adressa à un psychologue.

Son avocat procéda à une enquête qui révéla des détails troublants. Il apprit ainsi que la psychologue qui avait accusé Masters dénonçait aux autorités un très grand nombre d'attentats à la pudeur sur la personne d'enfants. Le parquet avait fini par trouver la chose suspecte, mais il ne pouvait rien faire : d'après la loi, il était tenu de faire procéder à des enquêtes. Quant à l'assistante sociale, elle avait déjà été sanctionnée pour zèle excessif, et on la jugeait généralement incompétente, mais, pour les raisons habituelles, les services sociaux ne pouvaient la licencier.

Masters était donc soupçonné (bien que jamais formellement inculpé) d'avoir abusé de sa fille au cours de l'été de ses huit ans. Masters eut alors l'idée de vérifier les dates dans ses vieux agendas ; il découvrit que, cet été-là, sa fille était partie en colonie de vacances dans le Montana. A son retour, au mois d'août, lui-même se trouvait en Allemagne pour un voyage d'affaires. Il n'était revenu d'Allemagne qu'après la rentrée des classes.

Cet été-là, pas une seule fois il n'avait vu sa fille.

Le psy de Masters, lui, jugea significatif que sa fille ait déclaré avoir été victime de violences sexuelles précisément au moment où c'était impossible. Pour lui, l'enfant s'était sentie abandonnée et avait déplacé cet affect sur un fantasme d'abus sexuel. Masters alla trouver sa femme et sa fille et leur fit part de ses découvertes. Elles voulurent bien admettre qu'elles s'étaient trompées sur la date, mais continuèrent d'affirmer la réalité des violences sexuelles.

Pourtant, la vérification des dates amena le parquet à abandonner les poursuites, et MicroSym réintégra Masters. Mais il avait perdu une occasion de promotion, et un climat de suspicion continuait de l'entourer. Sa carrière était irrémédiablement compromise. Sa femme finit par demander le divorce. Il ne revit jamais sa fille cadette. Son aînée, prise dans les conflits familiaux, le voyait de moins en moins souvent. Vivant désormais seul, Masters tenta de rebâtir sa vie et faillit mourir d'une crise cardiaque. A sa sortie de l'hôpital, il recommença à voir quelques amis, mais il était sinistre et buvait trop; on l'évitait. Personne ne pouvait répondre aux questions qu'inlassablement il posait : Qu'ai-je fait de mal? Qu'aurais-je dû faire? Comment aurais-je pu empêcher tout ça?

Évidemment, il n'aurait pas pu empêcher ce qui s'était passé. Car le climat de l'époque voulait que les hommes fussent toujours coupables de ce dont on les accusait.

Entre eux, les hommes évoquaient parfois la possibilité de porter plainte contre les femmes qui lançaient de fausses accusations. Ils parlaient de dommages et intérêts. Mais ce n'étaient que des mots. Car les hommes choisissaient plutôt de modifier leur comportement. Les règles avaient changé, et ils le savaient.

Ne jamais sourire à un enfant dans la rue, sauf si l'on est accompagné de sa femme. Ne jamais toucher un enfant qu'on ne connaît pas. Ne jamais se retrouver seul avec l'enfant de quelqu'un d'autre, même pour un bref instant. Si un enfant vous invite à voir sa chambre, il faut refuser, sauf si un autre adulte est présent, de préférence une femme. Pendant une fête, ne jamais laisser une petite fille s'asseoir sur ses genoux. Si elle essaie, il faut la repousser doucement. Si, par hasard, l'on est amené à voir un petit garçon ou une petite fille nus, il faut détourner le regard. Ou, mieux, s'en aller.

Il vaut mieux se montrer prudent également avec ses propres enfants, car, si les choses tournent mal avec la mère, celle-ci peut porter plainte pour attentat à la pudeur. La conduite passée du père sera alors examinée de la façon la plus défavorable : « Oui, c'était un père affectueux..., peut-être même un peu trop affectueux! » Ou bien : « Il passait tellement de temps avec les enfants. Il traînait toujours à la maison... »

C'était là un monde de règles et de sanctions dont les femmes ignoraient tout. Si Susan voyait un enfant pleurer dans la rue, elle le prenait dans ses bras. Chez elle, c'était un réflexe, elle le faisait sans réfléchir. De nos jours, Sanders n'oserait jamais avoir de tels gestes.

236

Au travail, il y avait également de nouvelles règles. Sanders connaissait des hommes qui refusaient de partir en voyage d'affaires avec une femme, ou qui jamais ne s'assoiraient à côté d'une collègue dans un avion, ou qui refuseraient d'aller boire un verre dans un bar avec une femme du bureau, sauf en présence de quelqu'un d'autre. Sanders avait toujours jugé excessives, voire paranoïaques, de telles précautions. A présent, il n'en était plus aussi sûr.

La sirène du bateau tira Sanders de ses pensées. Levant les yeux, il aperçut les piliers noirs de Colman Dock. Les nuages étaient toujours aussi menaçants, aussi chargés de pluie. Il se leva, serra la ceinture de son imperméable et descendit chercher sa voiture.

Avant de se rendre au centre de médiation, il s'arrêta à son bureau pour prendre de la documentation sur le Twinkle, pensant qu'il pourrait en avoir besoin à l'audience. Il fut surpris de découvrir John Conley dans son bureau, en conversation avec Cindy. Il était 8 h 15.

— Oh, bonjour, monsieur Sanders, dit Conley. J'essayais justement d'obtenir un rendez-vous avec vous. Mais votre secrétaire me disait que vous seriez très occupé aujourd'hui et que vous ne seriez probablement pas à votre bureau de toute la journée.

Sanders glissa un regard vers Cindy. Le visage de la jeune femme était tendu.

— Oui, dit-il, au moins pour la matinée.

— Je n'aurais besoin que de quelques minutes.

D'un geste, Sanders le pria de passer dans son bureau. Il referma la porte derrière eux.

— Je prépare la réunion de demain pour notre PDG John Marden, dit Conley. Je crois que vous prendrez la parole.

Sanders acquiesça d'un air vague. Il n'était pas au courant de l'existence de cette réunion, et demain semblait bien loin. Il avait du mal à se concentrer sur ce que lui disait Conley.

— Évidemment, on nous demandera de prendre position sur certaines questions à l'ordre du jour. Et je suis particulièrement ennuyé à propos d'Austin.

— Comment ça, Austin ?

— Je veux dire, la vente de l'usine d'Austin.

— Je vois, dit Sanders.

Ainsi, c'était vrai.

— Comme vous le savez, Meredith Johnson s'est prononcée dès le début en faveur de cette vente. C'est l'une des premières recommandations qu'elle nous a faites. Marden s'inquiétait des problèmes de trésorerie que connaîtrait la société après l'acquisition : les dettes de l'entreprise grossiraient, et il voyait mal comment financer le développement de produits de haute technologie. Meredith Johnson, elle, pensait que nous soulagerions notre trésorerie en vendant Austin. Mais je ne me juge pas assez compétent pour apprécier une telle situation. Voilà pourquoi je venais vous demander votre avis.

— A propos de la vente de l'usine d'Austin ?

— Oui. Apparemment, Hitachi et Motorola seraient intéressés, et il est possible que l'affaire se fasse rapidement. Je crois que c'est ce que pense Meredith. Elle vous en a parlé ?

— Non.

— Elle a certainement beaucoup de problèmes à régler avec son entrée dans ses nouvelles fonctions, dit Conley en observant Sanders avec attention. Dites-moi, que pensez-vous de cette vente ?

— Je ne vois pas de raisons impératives de vendre Austin, dit Sanders.

— En dehors des problèmes de trésorerie, dit Conley, son argument essentiel a été que la production des téléphones cellulaires est arrivée à son apogée. La phase de croissance exponentielle est terminée, et l'on en arrive à une vitesse de croisière. Les gros profits sont derrière nous. A partir de maintenant, selon elle, les ventes vont certes croître, mais il faudra également faire face à une concurrence étrangère accrue. Ainsi, les téléphones ne représenteront plus une source majeure de revenus dans les années à venir. Et puis, bien sûr, il y a la question de savoir s'il convient de les fabriquer aux États-Unis. Une grande partie de la production de DigiCom se fait déjà à l'étranger.

— Tout cela est vrai, dit Sanders, mais la question n'est pas là. D'abord, le marché des téléphones cellulaires arrive peut-être à saturation, mais le domaine plus général des télécommunications en est encore à ses balbutiements. Il y aura de plus en plus de réseaux d'entreprises reliés par télécommunications, c'est là l'avenir. Donc, le marché est encore en expansion, même si les téléphones eux-mêmes ne le sont plus. Deuxièmement, je dirai que les télécommunications représentent l'avenir de notre entreprise, et une façon de rester compétitif, c'est de continuer à fabriquer des produits et à les vendre. Cela nous force à rester en contact avec la clientèle, à rester proche de ses futurs besoins. Moi, je n'abandonnerais pas le marché comme ça. Si Motorola et Hitachi voient un intérêt dans cette production, pourquoi pas nous ? Troisièmement, je dirai que nous avons une obligation, une obligation sociale, de garder aux États-Unis des emplois qualifiés et bien payés. Les autres pays n'exportent pas leurs emplois qualifiés, pourquoi le ferions-nous ? Chaque fois que nous avons décidé de délocaliser nos productions, c'était pour des raisons bien particulières, mais maintenant, personnellement, je souhaite qu'elles soient rapatriées. Parce qu'il y a de nombreux coûts cachés dans les délocalisations. Enfin, la raison la plus importante, c'est que, bien que nous soyons avant tout un service de conception et de développement, nous avons besoin de la production. S'il y a un enseignement à tirer de l'histoire économique de ces vingt dernières années, c'est bien que la conception et la production ne forment qu'un seul processus. Si l'on sépare les ingénieurs de conception des ingénieurs de production, on finit par avoir une conception défectueuse. On finit comme General Motors.

Il ménagea une pause. Un silence suivit ses paroles. Sanders n'avait pas prévu de se montrer aussi véhément, mais les arguments s'étaient enchaînés les uns aux autres presque naturellement. Conley, lui, hochait la tête d'un air songeur.

— Ainsi, vous estimez que la vente de l'usine d'Austin aurait des répercussions fâcheuses sur l'unité de développement.

— C'est absolument certain. Placée en bout de course, la production impose une discipline.

— A votre avis, quelle est l'opinion de Meredith Johnson sur ces problèmes ?

— Je n'en sais rien.

— Parce que, voyez-vous, cela nous amène à une question connexe, qui a trait à ses compétences professionnelles. Pour être franc, j'ai entendu dire que sa nomination avait soulevé un certain nombre d'objections au sein du département. Vos collègues se demandaient si elle connaissait suffisamment son affaire pour diriger un département technique.

Sanders leva les mains devant lui, comme pour s'abriter.

— Je ne peux rien en dire.

— Je ne vous le demande pas, dit Conley. Elle a le soutien de Garvin, n'est-ce pas ?

— Oui.

— Nous n'y voyons aucun inconvénient. Mais vous voyez bien où je veux en venir. Le problème habituel d'une société qui en achète une autre, c'est qu'elle ne connaît pas vraiment ce qu'elle achète et qu'elle risque de tuer la poule aux œufs d'or. Ça arrive fréquemment. Je ne voudrais pas que Conley-White commette semblable erreur.

— Mmmm.

– Dites-moi, entre nous... Si ce problème est abordé au cours de la réunion de demain, défendrez-vous la position que vous venez d'adopter ?

– Contre Meredith Johnson ? (Sanders haussa les épaules.) Cela pourrait être difficile.

Il n'assisterait probablement pas à la réunion du lendemain, mais, cela, il ne pouvait le dire à Conley.

– Bon... (Conley lui tendit la main.) Merci pour votre franchise. J'y ai été sensible. (Il se tourna, prêt à s'en aller, mais se ravisa.) Une dernière chose. Ce serait bien si vous pouviez nous mettre au courant des problèmes du Twinkle, demain.

– Je sais, dit Sanders. Nous y travaillons, croyez-moi.

– C'est bien.

Conley quitta la pièce. Cindy y pénétra.

– Comment vous sentez-vous, aujourd'hui ? demanda-t-elle.

– Je me sens nerveux.

– Qu'est-ce que je peux faire ?

– Sortez-moi les documents relatifs au Twinkle. Je veux des copies de tout ce que j'ai apporté à Meredith l'autre soir.

– Les papiers sont sur votre bureau.

Il jeta un coup d'œil à la pile de dossiers et avisa, au-dessus, une petite cassette DAT.

– Qu'est-ce que c'est ? demanda-t-il.

– C'est votre liaison vidéo avec Arthur, l'autre soir.

Avec un haussement d'épaules, il fourra la cassette dans sa mallette.

– Rien d'autre ? demanda Cindy.

– Non. (Un coup d'œil à sa montre.) Je suis en retard.

– Bonne chance, Tom.

Il la remercia et quitta le bureau.

Au volant de sa voiture, Sanders réfléchit à la conversation qu'il avait eue avec Conley. Il avait été surpris par l'intelligence du jeune avocat, mais la conduite de Meredith, elle, ne l'avait nullement surpris. Pendant des années, Sanders avait combattu cette mentalité des écoles de gestion qu'elle incarnait à merveille. Après avoir longuement observé les jeunes diplômés de ces écoles, il en avait conclu qu'il existait une faille dans leur formation. On leur avait fait croire qu'ils étaient capables de tout diriger. Mais il n'existe pas de recette pour tout gérer. Dans la réalité, il n'y a que des problèmes particuliers, touchant à des industries particulières, et impliquant des êtres humains eux aussi particuliers. Appliquer des idées générales à des problèmes particuliers est une erreur. Il faut connaître le marché, connaître les clients, connaître les limites du processus de production et des concepteurs au sein de l'entreprise. Rien de tout cela n'était évident. Meredith était incapable de voir que Don Cherry et Mark Lewyn avaient besoin d'un lien avec la fabrication. Combien de fois, lorsqu'on lui avait proposé un prototype, Sanders s'était-il entendu répondre : « Il a l'air bien, mais est-ce qu'on peut le mettre en fabrication ? Est-ce qu'on peut obtenir rapidement un produit fiable et bon marché ? » Parfois, c'était possible, d'autres fois, non. Si l'on écartait d'emblée de telles questions, on bouleversait complètement l'entreprise, et pas dans le meilleur sens du terme.

Conley était suffisamment intelligent pour le comprendre. Et suffisamment intelligent pour rester à l'écoute des rumeurs qui couraient chez DigiCom. Mais que savait-il au juste ? Était-il au courant de sa plainte pour harcèlement sexuel ? C'était possible.

Donc, Meredith voulait vendre Austin ! Eddie avait raison. Il

242

songea à le lui confirmer, mais il n'était pas en position de le faire. De toute façon, il avait des problèmes plus urgents à régler. Apercevant le panneau indiquant le centre de médiation Magnuson, il tourna sur la droite. Il se gara sur le parking du centre, coupa le contact et ajusta sa cravate.

Le centre de médiation Magnuson se trouvait en dehors de Seattle, sur une colline dominant la ville. Il était formé de trois bâtiments bas disposés autour d'une cour ornée de bassins et de fontaines. L'atmosphère du lieu avait été étudiée pour induire le calme et la détente, mais, en pénétrant dans le bâtiment, Sanders était tendu comme la corde d'un arc. Louise Fernandez l'attendait en faisant les cent pas.

— Vous avez lu le journal, ce matin ? lui demanda-t-elle aussitôt.

— Oui.

— Il ne faut pas que cela vous mette hors de vous. C'est une grosse erreur tactique de leur part. Vous connaissez Connie Walsh ?

— Non.

— C'est une garce, dit Fernandez. Extrêmement déplaisante, mais très compétente. Quoi qu'il en soit, je pense que le juge Murphy va s'élever contre de telles pratiques. Bon, voici ce dont nous sommes convenus avec Phil Blackburn. Nous commencerons par votre version des événements de lundi soir. Puis Meredith Johnson fera sa déclaration.

— Attendez un instant. Pourquoi dois-je parler en premier ? dit Sanders. Si c'est moi qui commence, elle sera avantagée puisqu'elle aura entendu...

— C'est vous qui entendez porter plainte, donc, vous êtes tenu de parler le premier. Je crois que c'est à votre avantage, parce que Johnson témoignera avant le déjeuner. (Ils se dirigèrent vers le bâtiment central.) Une fois là-bas, il y a deux choses qu'il ne faudra jamais oublier. D'abord, dites toujours la vérité. Quoi qu'il arrive, dites la vérité. Exactement comme vous vous en souvenez, même si vous croyez que cela vous dessert. D'accord ?

— D'accord.

– Ensuite, ne vous mettez pas en colère. Son avocat va chercher à vous faire exploser. Ne tombez pas dans le piège. Si vous vous sentez insulté ou si vous sentez monter la colère, demandez une suspension de séance de cinq minutes pour pouvoir vous entretenir avec moi. Vous y avez droit. Autant de fois que vous le voudrez. Nous sortirons dans le couloir pour laisser retomber la tension. Mais, en toute circonstance, restez calme, monsieur Sanders.

– D'accord.

– C'est bon. (Elle ouvrit une porte.) Et maintenant, allons-y.

La salle des audiences de médiation était recouverte de lambris et pauvrement meublée. Il aperçut une table en bois verni avec une carafe d'eau, des verres, et quelques blocs-notes; dans un coin, un buffet sur lequel étaient posés une cafetière et un plateau de pâtisseries. Les fenêtres donnaient sur un petit atrium orné d'une fontaine. On entendait le murmure de l'eau.

L'équipe juridique de DigiCom était déjà là, en rang d'oignons d'un côté de la table : Phil Blackburn, Meredith Johnson, un avocat du nom de Ben Heller, et deux avocates au visage sévère. Devant chacune de ces deux femmes, une imposante pile de photocopies.

Louise Fernandez se présenta à Meredith Johnson. Les deux femmes se serrèrent la main. Heller serra celle de Sanders. C'était un homme épais, au visage rubicond, les cheveux argentés et la voix profonde. Il possédait de solides appuis à Seattle et avait tout à fait l'allure d'un homme politique. Heller lui présenta les deux avocates, mais Sanders oublia aussitôt leurs noms.

— Bonjour, Tom, dit Meredith.

— Meredith.

Sanders fut frappé par sa beauté. Elle portait un tailleur bleu et un chemisier couleur crème. Avec ses lunettes et ses cheveux blonds tirés en arrière, elle avait l'air d'une collégienne, jolie mais studieuse. Heller lui tapota la main de façon rassurante, comme si parler à Sanders avait été un terrible supplice.

Sanders et Fernandez prirent place face à Johnson et à Heller. Tout le monde sortit notes et dossiers. Puis il y eut un silence gêné que Heller finit par rompre en s'adressant à Fernandez.

— Comment s'est terminée l'affaire King Power?

— A notre entière satisfaction, répondit Louise Fernandez.

— Les dommages et intérêts ont déjà été fixés ?

— Ils le seront la semaine prochaine.

— Qu'avez-vous demandé ?

— Deux millions de dollars.

— Deux millions !

— Le harcèlement sexuel est une affaire sérieuse, Ben. Les dommages et intérêts sont de plus en plus importants. En ce moment, ils se montent en moyenne à plus d'un million de dollars. Surtout quand une société se comporte aussi mal que celle-là.

A l'autre bout de la salle, une porte s'ouvrit, livrant passage à une femme d'une cinquantaine d'années. Elle se tenait très droite, marchait d'un pas vif et portait un tailleur bleu marine ressemblant à celui de Meredith.

— Bonjour, dit-elle. Je suis Barbara Murphy. Je vous prierai de m'appeler madame le juge, ou madame Murphy.

Elle serra la main à toutes les personnes présentes, puis alla prendre sa place en bout de table. Elle ouvrit sa mallette et en sortit ses dossiers.

— Laissez-moi d'abord vous rappeler les règles de ces audiences de conciliation. Il ne s'agit pas ici d'un procès, et les débats ne donneront lieu à aucun procès-verbal. Je compte sur chacun d'entre vous pour conserver une attitude digne et courtoise. Nous ne sommes pas ici pour lancer d'effroyables accusations ni pour blâmer qui que ce soit. Notre but est de déterminer la nature du différend entre les parties et de tenter de parvenir à un accord.

« Je tiens à rappeler à chacun que les allégations présentées ici sont extrêmement sérieuses et peuvent avoir de graves conséquences juridiques pour les deux parties. Je vous recommande également de conserver à ces débats leur caractère confidentiel. Je vous mets en garde particulièrement contre la tentation de livrer à la presse les propos qui pourront être échangés ici. J'ai pris la liberté d'évoquer en privé avec M. Donadio, le directeur du *Post-Intelligencer*, l'article qui est paru aujourd'hui sous la signature de Mme Walsh. J'ai rappelé à M. Donadio que toutes les parties en cause au sein de cette « société X » sont des personnes privées, et que Mme Walsh est salariée par son journal. Le *Post-Intelligencer* risque fort d'être poursuivi pour diffamation, et M. Donadio m'a semblé partager mon point de vue à ce sujet.

Elle se pencha alors en avant, les coudes appuyés sur la table.

— Les parties se sont mises d'accord : M. Sanders parlera le premier, puis sera questionné par M. Heller. Mme Johnson parlera ensuite, puis sera questionnée par Mme Fernandez. Au cours des témoignages, moi seule aurai le droit de poser des questions, et je me réserve le droit de mettre des limites aux questions posées par les avocats. Je suis ouverte à toute proposition, mais je vous demanderai de me laisser exercer mon travail de juge et de ne pas entraver la progression des débats. Avant que nous ne commencions, quelqu'un a-t-il des questions à poser ?

Personne ne répondit.

– Parfait. Monsieur Sanders, voulez-vous nous donner votre version des faits ?

Sanders parla posément pendant une demi-heure. Il commença par son entrevue avec Blackburn, lorsqu'il avait appris que Meredith Johnson allait être la nouvelle vice-présidente. Puis il rapporta sa conversation avec Meredith, lorsqu'elle lui avait suggéré qu'ils se voient pour parler du lecteur Twinkle. Enfin il raconta en détail ce qui s'était passé lors de cette entrevue.

Tout en parlant, il comprit pourquoi Louise Fernandez, la veille, lui avait demandé de répéter plusieurs fois son histoire. Les mots lui venaient aisément, à présent, et il n'éprouvait aucune hésitation à parler de pénis et de vagin. Pourtant, il était au supplice. Lorsqu'il en arriva au moment où il avait aperçu la femme de ménage en sortant du bureau, il était déjà épuisé.

Il raconta le coup de téléphone à sa femme, la réunion du lendemain matin, dont l'heure avait été avancée, sa conversation avec Blackburn et sa décision de porter plainte.

— Voilà, c'est tout, dit-il en guise de conclusion.

— Avant que nous poursuivions, j'aurais quelques questions à vous poser, dit le juge. Vous nous avez dit que vous buviez du vin au cours de cette entrevue.

— C'est exact.

— Quelle quantité, environ, avez-vous bue ?

— Moins d'un verre.

— Et Mme Johnson ?

— Au moins trois verres.

— C'est bon. (Elle prit quelques notes.) Monsieur Sanders, avez-vous un contrat de travail avec votre entreprise ?

— Oui.

— Que stipule-t-il en matière de mutation et de licenciement ?

— Je ne peux être licencié sans motif sérieux et légitime, répondit Sanders. Quant aux mutations, je n'en sais rien. Mais à mon avis, dans le cas présent, une mutation équivaut à un licenciement et...

— Je comprends votre point de vue, dit le juge en l'interrompant, mais je parlais de votre contrat. Monsieur Blackburn, pouvez-vous nous apporter des précisions ?

— La clause relative aux mutations évoque une « mutation dans des conditions équivalentes », dit Blackburn.

— Je vois. Une telle mutation est donc licite. C'est bon. Nous pouvons poursuivre. Monsieur Heller ? Si vous voulez poser des questions à M. Sanders...

Ben Heller remua quelques papiers en s'éclaircissant la voix.

— Monsieur Sanders, désirez-vous une interruption ?

— Non, ça va.

— C'est bon. Vous avez dit, monsieur Sanders, que lundi matin, lorsque M. Blackburn vous a appris que Mme Johnson allait diriger le département, vous avez été surpris.

— Oui.

— A votre avis, qui devait être le nouveau chef de département ?

— Je ne le savais pas. Mais je pensais être dans la course.

— Pourquoi le pensiez-vous ?

— Je le croyais, c'est tout.

— Est-ce que M. Blackburn, ou quelqu'un d'autre dans la société, vous avait laissé penser que vous alliez obtenir ce poste ?

— Non.

— Y avait-il un papier laissant entendre que vous obtiendriez ce poste ?

— Non.

— Donc, quand vous dites que vous le croyiez, vous tiriez des conclusions fondées sur la situation au sein de la société, telle que vous la voyiez ?

— Oui.

— Des conclusions qui n'étaient pas fondées sur des faits ?

— Non.

— C'est bon. Vous avez également rappelé que M. Blackburn vous avait dit que Mme Johnson pourrait choisir de nouveaux chefs de division si elle le voulait, et que vous aviez interprété cela comme le pouvoir qu'aurait Mme Johnson de vous licencier.

— Oui, c'est ce qu'il a dit.

— En a-t-il parlé plus longuement ? Par exemple, a-t-il dit si c'était probable ou improbable ?

— Il a dit que c'était improbable.

— Et l'avez-vous cru ?

— Je ne savais que croire, à ce moment-là.

— Sur les affaires de la société, le jugement de M. Blackburn est-il fiable ?

— D'ordinaire, oui.

— Mais, en tout cas, M. Blackburn a dit que Mme Johnson avait le pouvoir de vous licencier ?

— Oui.

— Mme Johnson vous a-t-elle dit quoi que ce soit qui aille dans ce sens ?

— Non.

— A-t-elle fait la moindre déclaration qui aurait pu laisser entendre qu'elle exigeait quelque chose de vous, y compris sexuellement, en échange de son appui ?

— Non.

— Donc, quand vous dites qu'au cours de votre entrevue avec elle vous sentiez votre emploi menacé, ce n'était pas à cause de ce que Mme Johnson aurait dit ou fait ?

— Non, dit Sanders. C'était implicite.

— Vous aviez l'impression que c'était implicite ?

— Oui.

— De la même façon qu'auparavant vous aviez l'impression d'être dans la course pour une promotion, alors qu'en fait ce n'était pas le cas.

— Je ne vous suis pas.

— J'observe simplement, dit Heller, que les impressions sont par définition subjectives, et qu'elles n'ont pas le poids des faits.

— Objection ! lança Louise Fernandez. Les impressions que peuvent avoir les salariés d'une entreprise ont été prises en compte dans des contextes où, raisonnablement, on pouvait penser que...

— Madame Fernandez, l'interrompit le juge, M. Heller ne remet pas en cause le fait que votre client ait eu des impressions. Ce qu'il conteste, c'est leur caractère justifié.

— Mais elles sont justifiées ! Parce que Mme Johnson était sa supérieure et pouvait le licencier si elle le voulait.

— Là n'est pas la question, rétorqua le juge. M. Heller se demande seulement si M. Sanders n'a pas tendance à se faire des idées injustifiées. Et cela me semble parfaitement légitime.

— Mais avec tout le respect que je vous dois, Votre Honneur...

— Madame Fernandez, dit le juge d'un ton sec, nous sommes ici pour éclaircir les faits, et j'entends laisser M. Heller poursuivre son interrogatoire. Monsieur Heller ?

– Merci, Votre Honneur. Donc, pour résumer, monsieur Sanders, vous aviez l'impression que votre emploi était menacé, mais Mme Johnson ne vous l'a jamais dit.

– Non.

– M. Blackburn non plus ?

– Non.

– Ni personne d'autre, d'ailleurs ?

– Non.

– Parfait. Passons donc à autre chose. Comment se fait-il qu'il y ait eu du vin, pour cette réunion de travail à 6 heures du soir ?

– Mme Johnson a dit qu'elle apporterait une bouteille de vin.

– Ce n'est pas vous qui le lui avez demandé ?

– Non. C'est elle qui l'a proposé.

– Et quelle a été votre réaction ?

– Je ne sais pas. (Il haussa les épaules.) Rien de particulier.

– Étiez-vous content ?

– Ça ne me faisait ni chaud ni froid.

– Voyons les choses sous un angle différent, monsieur Sanders. Lorsque vous avez vu qu'une femme attirante comme Mme Johnson vous proposait de prendre un verre après le travail, qu'avez-vous pensé ?

– Je me suis dit que je ferais mieux d'accepter, parce que c'était ma supérieure.

– C'est tout ce que vous avez pensé ?

– Oui.

– Avez-vous dit à quelqu'un que vous aviez envie de vous retrouver seul avec Mme Johnson dans une ambiance feutrée ?

– Non, dit Sanders, l'air surpris.

– Vous en êtes sûr ?

– Oui. Je ne vois pas où vous voulez en venir.

– Mme Johnson n'a-t-elle pas été votre maîtresse ?

– Si.

– Et vous ne vouliez pas renouer votre relation avec elle ?

– Non. Pas du tout. J'espérais seulement trouver un moyen de travailler ensemble.

– Est-ce donc difficile ? On pourrait penser, au contraire, que, vous étant si bien connus autrefois, il serait facile de travailler ensemble.

– Eh bien, ça n'est pas le cas. C'est même plutôt gênant.

– Ah bon ? Pourquoi ?

– Eh bien..., comme ça. Je n'ai jamais travaillé avec elle. Je l'ai connue dans un contexte totalement différent, et je me sentais gêné.

252

– Comment s'est terminée votre première relation avec Mme Johnson, monsieur Sanders?

– Nous nous sommes séparés, c'est tout.

– Vous viviez ensemble, à l'époque?

– Oui. Et nous avions des hauts et des bas, comme tous les couples. Et, au bout du compte, ça n'a pas marché. Alors nous nous sommes séparés.

– Pas de ressentiments?

– Non.

– Qui a quitté l'autre?

– Si mes souvenirs sont bons, ça s'est fait d'un commun accord.

– Qui en a eu l'idée le premier?

– Je crois... Je ne m'en souviens pas vraiment. Je crois que c'était moi.

– Donc, aucune gêne, aucune tension à propos de la façon dont votre relation avait pris fin, dix ans auparavant?

– Non.

– Pourtant, vous dites que vous vous sentiez gêné.

– Mais oui, dit Sanders. Parce que autrefois nous avions un certain type de relation et qu'à présent nous allions en avoir un autre, tout à fait différent.

– Vous voulez dire que Mme Johnson allait devenir votre supérieure?

– Oui.

– Vous étiez mécontent de sa nomination?

– Un peu, je crois.

– Seulement un peu? Ou un peu beaucoup?

Louise Fernandez se pencha, près de protester, mais le juge Murphy la fusilla du regard. Elle plaça alors ses poings sous son menton et ne dit rien.

– Beaucoup de sentiments se mêlaient en moi, dit Sanders. J'étais mécontent, déçu, surpris et inquiet.

– Selon vous, bien qu'éprouvant des sentiments nombreux et confus, vous n'avez jamais songé, ce soir-là, à faire l'amour avec Mme Johnson?

– Non.

– Ça ne vous a jamais traversé l'esprit?

– Non.

Il y eut un moment de silence. Heller fouilla dans ses papiers puis releva les yeux.

– Vous êtes marié, n'est-ce pas, monsieur Sanders?

– Oui.

— Avez-vous appelé votre femme pour lui dire que vous aviez une réunion plus tard que d'habitude ?

— Oui.

— Lui avez-vous dit avec qui ?

— Non.

— Pourquoi ?

— Ma femme est parfois jalouse de mes anciennes relations. Je ne voyais aucune raison de l'inquiéter ni de la fâcher.

— Vous voulez dire que, si vous lui aviez précisé que vous aviez une réunion tard avec Mme Johnson, votre femme aurait pensé que vous alliez renouer votre relation avec elle ?

— Je ne sais pas ce qu'elle aurait pensé.

— Mais, en tout cas, vous ne lui avez pas parlé de Mme Johnson.

— Non.

— Que lui avez-vous dit ?

— Je lui ai dit que j'avais une réunion et que je rentrerais tard.

— A quelle heure ?

— Vers l'heure du dîner ou même après.

— Je vois. Mme Johnson vous a-t-elle suggéré que vous pourriez dîner ensemble ?

— Non.

— Donc, quand vous avez appelé votre femme, vous présumiez que votre réunion avec Mme Johnson pourrait durer longtemps ?

— Non, dit Sanders. Mais je ne savais pas exactement combien de temps elle durerait. Et ma femme n'aime pas que je l'appelle pour lui dire que j'aurai une heure de retard, puis que je la rappelle ensuite pour lui dire que, finalement, ce sera deux heures de retard. Ça l'ennuie. Il est plus facile de lui dire que je risque de rentrer après le dîner, comme ça, elle ne m'attend pas, et, si j'arrive plus tôt, c'est une bonne surprise.

— C'est donc votre attitude habituelle envers votre femme.

— Oui.

— En d'autres termes, vous avez pour habitude de mentir à votre femme sur ce qui se passe au bureau, parce que, à votre avis, elle ne supporterait pas la vérité.

— Objection ! dit Fernandez. Quel rapport cela a-t-il avec ce qui nous occupe ?

— Mais ça n'est pas du tout ça ! s'écria Sanders avec colère pour répondre à Heller.

— Que voulez-vous dire, monsieur Sanders ?

— Écoutez. Chaque couple a sa manière de fonctionner. Chez nous, c'est comme ça. Ça rend les choses plus faciles, c'est tout. C'est une histoire d'horaires, pas de mensonges.

254

— A votre avis, ce n'était pas un mensonge de ne pas dire à votre femme que vous alliez rencontrer Mme Johnson, ce soir-là ?

— Objection ! lança à nouveau Fernandez.

— Je crois qu'en voilà assez, monsieur Heller, dit le juge Murphy.

— Votre Honneur, je m'efforce de montrer que M. Sanders entendait dès le départ profiter de la situation, et que tout son comportement concorde avec cela. En outre, je veux montrer qu'il traite habituellement les femmes avec mépris.

— Vous n'avez nullement démontré cela, rétorqua le juge, vous n'avez même pas apporté un commencement de preuve. M. Sanders nous a fait part de ses raisons, et, en l'absence de preuves contraires, je les accepte. Avez-vous des preuves contraires ?

— Non, Votre Honneur.

— Très bien. N'oubliez pas que les portraits au vitriol, quand ils ne sont pas fondés, ne servent pas nos efforts mutuels de conciliation.

— Bien, Votre Honneur.

— Je tiens à ce que les choses soient bien claires, reprit le juge : cette procédure peut se révéler dommageable pour toutes les parties, pas seulement quant à son résultat, mais par son déroulement même. Suivant l'issue de cette conciliation, M. Sanders et Mme Johnson pourront être amenés à travailler ensemble à l'avenir. Je ne permettrai pas que les débats empoisonnent inutilement ces futures relations. En cas de nouvelles accusations infondées, je serai amenée à clore la procédure. Quelqu'un a-t-il des questions sur ce point ?

Personne n'avait de questions.

— Très bien. Monsieur Heller ?

Heller se rassit.

— Je n'ai pas d'autres questions, Votre Honneur.

— Très bien, dit le juge. Je lève la séance pendant cinq minutes, puis nous entendrons la version de Mme Johnson.

— Vous vous êtes très bien débrouillé, lui dit Louise Fernandez. Très, très bien. Vous aviez un ton assuré, vous avez parlé clairement et calmement. Mme Murphy a été impressionnée.

Ils se tenaient dehors, dans la cour, à côté des fontaines, et Sanders se faisait l'effet d'un boxeur entre deux reprises, encouragé par son entraîneur.

— Comment vous sentez-vous ? demanda-t-elle. Fatigué ?

— Un peu. Mais ça va.

— Vous voulez un café ?

— Non, merci. Ça va.

— Bon. Parce que le plus dur est à venir. Il va vous falloir être très fort quand elle donnera sa version. Ce qu'elle va dire ne vous plaira pas. Mais il est très important que vous gardiez votre calme.

— Entendu.

Elle lui posa la main sur l'épaule.

— Au fait, simplement entre nous : comment cette relation s'est-elle vraiment terminée ?

— Pour être franc, je ne m'en souviens pas avec précision.

L'avocate eut l'air sceptique.

— Mais c'était important, et...

— Il y a presque dix ans, dit Sanders. J'ai l'impression que c'est dans une autre vie.

Elle n'avait pas l'air plus convaincue.

— Écoutez, dit Sanders. Nous sommes dans la première quinzaine de juin. Qu'est-ce qui se passait dans votre vie amoureuse il y a dix ans, pendant la première quinzaine de juin ? Pouvez-vous me le dire ?

Louise Fernandez fronça les sourcils et garda le silence.

256

— Étiez-vous mariée ? insista Sanders.

— Non.

— Vous aviez déjà rencontré votre futur mari ?

— Euh... Attendez... Non..., j'ai dû rencontrer mon mari... environ un an après.

— Qui fréquentiez-vous, avant lui ? Vous vous en souvenez ?

Fernandez demeurait silencieuse. Et pensive.

Sanders poussa son avantage.

— Que s'est-il passé entre vous et un amant, en juin, il y a dix ans ?

Toujours pas de réponse.

— Vous voyez ce que je veux dire ? dit alors Sanders. Ça fait longtemps. Je me souviens de ma relation avec Meredith, mais pas précisément des dernières semaines. Je ne me souviens pas des détails qui ont présidé à la fin de cette relation.

— De quoi vous souvenez-vous ?

Il haussa les épaules.

— Nous nous disputions de plus en plus souvent. Nous vivions toujours ensemble, mais nous en étions arrivés à organiser notre emploi du temps de façon à ne plus nous voir. Vous savez comment ça se passe. Parce que, quand on se voyait, on se disputait.

« Et finalement, un soir, nous avons eu une énorme dispute au moment où l'on s'habillait pour aller à une réception. Une soirée très chic, organisée par DigiCom. Je me souviens que je devais porter un smoking. Je lui ai jeté mes boutons de manchette à la figure, et je n'arrivais plus à les retrouver. J'ai dû me mettre à quatre pattes pour les chercher. Une fois dans la voiture, nous nous sommes calmés et nous avons évoqué tranquillement une séparation. De façon très ordinaire, très raisonnable. C'est venu comme ça. Aucun de nous deux ne criait. A la fin, nous sommes convenus qu'il valait mieux nous séparer.

Louise Fernandez le considérait d'un air pensif.

— C'est tout ?

— Oui. (Il haussa les épaules.) Sauf que nous ne sommes jamais arrivés à cette réception.

Quelque chose au fond de la mémoire. *Un couple dans une voiture, qui se rend à une réception. Une histoire de téléphone cellulaire. Ils sont habillés, ils se rendent à cette réception et téléphonent, puis...*

Il n'y arrivait pas. Pourtant c'était là, derrière les souvenirs. Mais hors d'atteinte.

La femme composa un numéro sur le téléphone cellulaire, et alors... quelque chose d'embarrassant ensuite...

257

— Monsieur Sanders ? Je crois que l'audience va reprendre. Vous êtes prêt ?

— Oui, je suis prêt.

Tandis qu'ils se dirigeaient vers la salle de conciliation, Heller vint à leur rencontre. Après un sourire mielleux à l'adresse de Sanders, il se tourna vers Louise Fernandez.

— Maître, le moment ne serait-il pas venu de parvenir à un arrangement ?

— Un arrangement ? dit Fernandez en affectant la surprise. Pourquoi ?

— Eh bien, la situation ne se présente pas particulièrement bien pour votre client, et...

— Mais les choses vont très bien pour mon client.

— Et cet interrogatoire risque d'être pour lui de plus en plus pénible, de plus en plus embarrassant...

— Mon client n'est pas du tout embarrassé.

— Peut-être serait-il avantageux pour tout le monde d'en rester là.

L'avocate sourit.

— Je ne crois pas que ce soit le vœu de mon client. Mais, si vous avez une proposition à faire, il est évident que nous l'écouterons.

— Oui, j'ai une proposition à vous faire.

— Nous vous écoutons.

Heller s'éclaircit la gorge.

— Vu l'ancienneté de M. Sanders dans la société, le montant des indemnités auxquelles il a droit et sa participation aux bénéfices, nous sommes disposés à lui verser l'équivalent de plusieurs années de salaire. Nous ajouterons le paiement de vos honoraires et des frais de justice, les honoraires d'un chasseur de têtes chargé de trouver un nouvel emploi à M. Sanders, ainsi que le règlement des frais de déménagement. Le tout devrait se monter à quatre cent mille dollars. J'estime que c'est là une proposition très généreuse.

— Je vais voir ce qu'en dit mon client, répondit Louise Fernandez en prenant Sanders par le bras pour l'entraîner à quelques pas de là.

— Alors ?

— Non, dit Sanders.

— Pas si vite, dit-elle. C'est une offre tout à fait raisonnable. C'est ce que vous pouvez espérer obtenir du tribunal, sans les frais annexes et les délais.

— Non.

— Vous voulez qu'on fasse une contre-proposition ?

— Non. Qu'ils aillent se faire foutre.

— Je crois quand même qu'il faudrait faire une contre-proposition.

258

– Qu'ils aillent se faire foutre!

Louise Fernandez secoua la tête.

– Agissons de façon intelligente, pas sous le coup de la colère. Qu'espérez-vous gagner dans tout cela, monsieur Sanders? Il y a bien une somme que vous seriez disposé à accepter.

– Je veux ce que j'obtiendrai le jour où le département deviendra une société à part entière. C'est-à-dire entre cinq et douze millions de dollars.

– C'est votre estimation à vous. Elle est bien vague.

– C'est ainsi que ça se passera. Croyez-moi.

– Accepteriez-vous cinq millions de dollars tout de suite? demanda l'avocate en le regardant droit dans les yeux.

– Oui.

– Sinon, accepteriez-vous les indemnités globales dont il a parlé, plus les actions dont vous pourriez disposer au moment où l'affaire se fera?

Sanders réfléchit un instant.

– Oui.

– Entendu. Je vais le lui dire.

Elle retraversa la cour pour s'entretenir avec Heller. Les deux avocats discutèrent brièvement. Au bout d'un moment, Heller tourna les talons et s'éloigna.

Fernandez revint, le sourire aux lèvres.

– Il a refusé. (Ils pénétrèrent dans le bâtiment.) Mais je peux vous dire une chose : c'est bon signe.

– Ah bon?

– Oui. C'est très bon signe qu'ils aient cherché à négocier avant le témoignage de Meredith Johnson.

— En raison de la vente de la société, dit Meredith Johnson, j'estimais qu'il était important de rencontrer tous les chefs de division le lundi matin.

Elle parlait lentement, calmement, regardant tour à tour les personnes rassemblées autour de la table. Sanders avait l'impression d'entendre un cadre faisant un exposé.

— J'ai donc rencontré Don Cherry, reprit Meredith, Mark Lewyn et Mary Anne Hunter. Mais Tom Sanders m'a dit qu'il avait un emploi du temps très chargé et m'a demandé si nous pourrions nous voir en fin de journée. A sa demande, rendez-vous a été pris pour 18 heures.

Il était sidéré par l'assurance avec laquelle elle mentait. Il s'attendait à la voir sûre d'elle, mais tout de même pas à ce point.

— Tom a suggéré que nous prenions un verre, en ajoutant que nous pourrions évoquer le bon vieux temps. Ce n'était pas vraiment mon intention, mais j'ai accepté, parce que j'étais très désireuse d'établir de bonnes relations avec lui. Je savais qu'il était très déçu de ne pas avoir obtenu ce poste et, en raison de notre histoire à tous les deux, je voulais avoir avec lui des relations cordiales. Refuser de prendre un verre avec lui, ç'aurait été... je ne sais pas, se montrer raide ou distante. Alors j'ai accepté.

« Tom est arrivé à mon bureau à 18 heures. Nous avons bu un verre de vin et évoqué les problèmes du lecteur Twinkle. Pourtant, dès le début, il a fait des réflexions d'ordre personnel que je jugeais déplacées... Par exemple à propos de mon apparence, de la façon dont il pensait souvent à notre relation passée. Il évoquait également des souvenirs de notre vie amoureuse, etc.

Espèce de garce! songeait Sanders. Tout son corps était tendu, ses poings crispés.

260

Louise Fernandez se pencha vers lui et posa la main sur son poignet.

— ... reçu des appels de Garvin et d'autres personnes. Je les ai pris à mon bureau. Puis ma secrétaire est entrée et m'a demandé si, pour des raisons personnelles, elle pouvait partir plus tôt. J'ai accepté. Elle a quitté la pièce. A ce moment-là, Tom s'est avancé vers moi et a commencé à m'embrasser.

Elle s'interrompit un instant et promena le regard autour d'elle. Elle soutint sans ciller le regard de Sanders.

— J'ai été totalement surprise par cette attitude, dit-elle en fixant toujours Sanders. Au début, j'ai essayé de protester, de désamorcer la situation. Mais Tom est beaucoup plus grand que moi. Plus fort. Il m'a poussée sur le canapé, a commencé à se dévêtir et à m'ôter mes vêtements. Comme vous pouvez l'imaginer, j'étais horrifiée et j'avais peur. La situation était terrible et je comprenais déjà que notre future relation de travail serait extrêmement difficile. Pour ne rien dire de ce que j'éprouvais personnellement, en tant que femme. Être agressée de cette façon !

Sanders la regardait, s'efforçant désespérément de faire taire sa colère. Louise Fernandez murmura alors à son oreille : « Respirez. » Il prit une profonde inspiration et expira lentement. Jusque-là, il ne s'était pas rendu compte qu'il retenait sa respiration.

— J'essayais de me dégager, poursuivait Meredith, de prendre la chose à la légère, de plaisanter. Je lui disais : « Allez, Tom, ne fais pas ça. » Mais il était bien décidé. Lorsque j'ai entendu le tissu de ma culotte se déchirer, j'ai compris que je ne m'en tirerais pas par la voie diplomatique. M. Sanders était en train de me violer ; j'ai eu peur, mais en même temps j'étais folle de rage. Lorsqu'il s'est écarté un peu de moi pour sortir son pénis, je lui ai donné un coup de genou dans les parties. Il a roulé en bas du canapé. Ensuite, nous nous sommes relevés tous les deux.

« M. Sanders était furieux que j'aie repoussé ses avances. Il s'est mis à hurler et m'a frappée si fort que je suis tombée par terre. Moi aussi, j'étais furieuse. Je me souviens de lui avoir dit : « Tu ne peux pas me faire une chose pareille ! » et je l'ai insulté. Mais je dois dire que je ne me souviens pas de tous les propos que nous avons échangés à ce moment-là. Il s'est rué sur moi une nouvelle fois, mais, là, j'avais mes chaussures à la main et je l'ai frappé à la poitrine avec mes talons hauts. Je crois que j'ai déchiré sa chemise, mais je n'en suis pas sûre. J'étais tellement furieuse. Je voulais le tuer. Je suis sûre que je l'ai égratigné. Je me souviens de lui avoir dit que je voulais le tuer. C'était mon premier jour à ce poste, j'étais soumise à toutes sortes de pressions, et il m'arrivait ça... Puis il est parti, fou de rage. Moi, après son départ, je me suis demandé ce que j'allais faire.

Elle s'interrompit, secouant la tête comme si elle était encore sous le coup de l'émotion.

— Qu'avez-vous décidé, alors ? demanda doucement Heller.

— Ce n'était pas simple. Tom est un cadre supérieur, et il n'est pas facile à remplacer. En outre, à mon avis, ce n'était pas le moment de remplacer un chef de division, alors que nous étions au beau milieu d'un processus de fusion. Mon premier mouvement a été de me dire qu'il fallait faire comme s'il ne s'était rien passé. Après tout, nous sommes tous deux adultes. J'étais gênée par cette affaire, mais je me disais que Tom devait l'être aussi et qu'une fois l'excitation passée il réfléchirait. Je me disais qu'on pourrait peut-être continuer à travailler comme si de rien n'était. Après tout, il peut se passer des choses bizarres, parfois, dans la tête des gens. Mais on arrive à les surmonter.

« Alors, quand l'heure de la réunion du lendemain a été changée, j'ai appelé chez lui pour le prévenir. Il n'était pas là, mais j'ai eu une conversation très agréable avec sa femme. Je me suis rendu compte au cours de cette conversation qu'elle ne savait pas que Tom avait rendez-vous avec moi ni que lui et moi nous connaissions déjà. De toute façon, j'ai donné à sa femme l'heure de la réunion et lui ai demandé de le dire à Tom.

« Le lendemain, à la réunion, les choses se sont mal passées. Tom est arrivé en retard et a changé sa version des faits à propos du Twinkle ; il minimisait les difficultés rencontrées et me contredisait. Il tentait visiblement de miner mon autorité, et, ça, je ne pouvais pas le permettre. Je suis donc allée directement voir Phil Blackburn pour lui raconter ce qui s'était passé. Je lui ai dit que je ne comptais pas porter plainte ni porter d'accusation publique au sein de l'entreprise, mais j'ai clairement laissé entendre que je ne pourrais plus travailler avec Tom et qu'il fallait procéder à des changements. Phil m'a dit qu'il parlerait à Tom. Finalement, nous avons décidé d'avoir recours à une procédure de médiation.

Elle se rassit et posa ses deux mains à plat sur la table.

— Voilà, c'est tout. Oui, je crois que c'est tout.

Elle regarda l'une après l'autre toutes les personnes présentes. Elle était parfaitement décontractée et maîtresse d'elle-même.

Le numéro était spectaculaire, et il eut sur Sanders un effet inattendu : il se sentit coupable. Il avait le sentiment de s'être conduit comme elle l'avait décrit. Honteux, il baissa la tête, les yeux rivés sur la table.

262

Louise Fernandez lui donna un violent coup de pied dans la cheville. Il releva vivement la tête. Elle le regardait en fronçant les sourcils. Il se redressa.

Le juge Murphy s'éclaircit la gorge.

— De toute évidence, dit-elle, nous avons affaire à deux versions parfaitement contradictoires. Avant que nous poursuivions, j'aurais quelques questions à vous poser, madame Johnson.

— Oui ?

— Vous êtes une femme attirante. Je suis sûre qu'au cours de votre carrière vous avez dû plus d'une fois vous défendre contre des avances inopportunes.

— Oui, Votre Honneur, répondit Meredith en souriant.

— Et je suis sûre que vous avez dû acquérir une certaine habileté dans ce domaine.

— Oui, Votre Honneur.

— Vous avez dit que vous sentiez des tensions nées de votre relation passée avec M. Sanders. Étant donné ces tensions, ne pensez-vous pas qu'une entrevue en milieu de journée, sans bouteille de vin, aurait mieux convenu, aurait été plus professionnelle ?

— Rétrospectivement, c'est tout à fait correct, répondit Meredith. Mais, ce jour-là, il y avait le contexte des réunions à propos de la vente de la société. Tout le monde était très occupé. Je voulais absolument discuter avec M. Sanders avant les réunions prévues le lendemain avec la direction de Conley-White.

— Je vois. Et, après le départ de M. Sanders, pourquoi n'êtes-vous pas allée voir M. Blackburn ou quelqu'un d'autre pour raconter ce qui s'était passé ?

— Comme je l'ai dit, je pensais que l'on pouvait tenter de passer par-dessus.

— Pourtant, la scène que vous avez décrite représente un écart grave par rapport aux comportements habituels dans une entreprise. Vous êtes un cadre expérimenté, vous avez donc dû comprendre tout de suite que vous ne pourriez plus jamais avoir de bonnes relations de travail avec M. Sanders. Vous auriez dû vous sentir tenue de rapporter immédiatement à un supérieur ce qui s'était passé.

— Comme je l'ai dit, j'espérais encore. (Elle fronça les sourcils, l'air pensif.) Vous savez, je crois que je me sentais... responsable de Tom. J'ai été son amie, et je ne voulais pas être responsable du fait qu'il n'ait pas obtenu ce poste qu'il convoitait.

— Pourtant, c'est bien vous qui avez été nommée à ce poste.

— Oui. Rétrospectivement, les choses paraissent plus claires.

— Je vois. C'est bon. Madame Fernandez ?

— Merci, Votre Honneur.

Louise Fernandez tourna sa chaise pour faire face à Meredith.

— Madame Johnson, dans une situation comme celle-ci, lorsque les faits ont eu lieu derrière des portes closes, il convient, si on le peut, d'examiner les événements qui les ont entourés. Je vais donc vous poser quelques questions sur ces événements.

— Je vous écoute.

— Vous avez dit que, lorsque vous êtes convenus d'un rendez-vous avec M. Sanders, il avait demandé à ce qu'il y ait du vin.

— Oui.

— D'où venait le vin que vous avez bu ce soir-là ?

— J'ai demandé à ma secrétaire d'aller en acheter.

— S'agit-il de Mlle Ross ?

— Oui.

— Travaille-t-elle avec vous depuis longtemps ?

— Oui.

— Elle vous a suivie depuis Cupertino ?

— Oui.

— Lui faites-vous confiance ?

— Oui.

— Combien de bouteilles avez-vous demandé à Mlle Ross d'acheter ?

— Je ne me souviens pas de lui avoir demandé un nombre particulier de bouteilles.

— D'accord. Combien en a-t-elle rapporté ?

— Trois, je crois.

— Trois. Et avez-vous demandé à votre secrétaire d'acheter autre chose ?

— Par exemple ?

— Lui avez-vous demandé d'acheter des préservatifs ?

— Non.

— Savez-vous si elle en a acheté ?

— Non, je ne le sais pas.

— Eh bien, elle en a acheté. Au drugstore de la Deuxième Avenue.

— Si elle a acheté des préservatifs, dit Meredith, ce devait être pour elle.

— A votre avis, pourquoi votre secrétaire a-t-elle déclaré qu'elle avait acheté ces préservatifs pour vous ?

— Non, dit lentement Meredith, les sourcils froncés. Je ne comprends pas qu'elle ait pu vous dire une chose pareille.

— Un instant ! l'interrompit le juge Murphy. Voulez-vous dire, madame Fernandez, que la secrétaire a vraiment déclaré avoir acheté ces préservatifs pour Mme Johnson ?

– Oui, Votre Honneur.

– Vous avez recueilli un témoignage en ce sens ?

– Oui.

Assis à côté de Meredith, Heller se mit à se frotter la lèvre du bout du doigt. Meredith, elle, ne laissait paraître aucune réaction. Elle ne cilla même pas, continuant de regarder calmement Louise Fernandez, dans l'attente d'une autre question.

– Madame Johnson, avez-vous donné l'ordre à votre secrétaire de fermer au verrou la porte de votre bureau pendant que M. Sanders était avec vous ?

– Certainement pas.

– Savez-vous si elle l'a fait ?

– Non, je ne le sais pas.

– Savez-vous pourquoi elle a déclaré à quelqu'un que vous lui aviez donné l'ordre de fermer cette porte ?

– Non.

– Madame Johnson, vous aviez rendez-vous avec M. Sanders à 6 heures du soir. Aviez-vous d'autres rendez-vous plus tard, ce jour-là ?

– Non. C'était le dernier.

– N'avez-vous pas fait annuler un rendez-vous prévu pour 19 heures ?

– Oh oui, c'est vrai. J'avais rendez-vous avec Stephanie Kaplan. Mais je l'ai annulé parce que je n'avais pas encore les chiffres que je voulais lui voir examiner. Je n'avais pas eu le temps de les préparer.

– Savez-vous que votre secrétaire a dit à Mme Kaplan que vous annuliez son rendez-vous parce que vous aviez un autre rendez-vous qui allait se prolonger tard ?

– Je ne sais pas ce que ma secrétaire lui a dit, répondit Meredith, montrant pour la première fois des signes d'impatience. Il semble que l'on parle beaucoup de ma secrétaire. Peut-être est-ce à elle que vous devriez poser toutes ces questions.

– Peut-être, vous avez raison. Je suis sûre que nous pourrions arranger cela. Bon. Passons maintenant à autre chose. M. Sanders déclare avoir vu une femme de ménage en quittant votre bureau. L'avez-vous vue, également ?

– Non. Après son départ, je suis restée dans mon bureau.

– La femme de ménage, Marian Walden, déclare avoir entendu une violente dispute avant le départ de M. Sanders. Elle a entendu un homme dire : « Ça n'est pas une bonne idée. Ça ne me plaît pas. » Et puis une femme, un peu après, qui disait : « Saleté, tu ne peux pas me laisser comme ça ! » Vous rappelez-vous avoir dit quelque chose de semblable ?

— Non. Je me souviens d'avoir dit : « Tu ne peux pas me faire ça. »

— Mais vous ne vous rappelez pas avoir dit : « Tu ne peux pas me laisser comme ça. »

— Non.

— Mme Walden s'est pourtant montrée catégorique sur les propos qu'elle avait entendus.

— Je ne sais pas ce que Mme Walden croit avoir entendu, dit Meredith. De toute façon, la porte est restée tout le temps fermée.

— Ne parliez-vous pas très fort ?

— Je ne sais pas. C'est possible.

— Mme Walden, elle, déclare que vous criiez. Et M. Sanders a lui aussi déclaré que vous criiez.

— Je ne sais pas.

— C'est bon. Madame Johnson, vous dites avoir informé M. Blackburn après la réunion du mardi matin que vous ne pouviez pas travailler avec M. Sanders. Est-ce exact ?

— Oui, c'est exact.

Sanders se pencha en avant. Il comprit soudain qu'il avait laissé passer ce détail lors du témoignage de Meredith. Il était tellement exaspéré qu'il ne s'était pas rendu compte qu'elle avait menti à propos de sa rencontre avec Blackburn. Sanders était allé voir Blackburn aussitôt après la réunion, et celui-ci était déjà au courant.

— Madame Johnson, reprit Louise Fernandez, à quelle heure êtes-vous allée voir M. Blackburn ?

— Je ne sais pas. Après la réunion.

— Vers quelle heure ?

— Vers 10 heures.

— Pas plus tôt ?

— Non.

Sanders glissa un regard en direction de Blackburn, qui se tenait assis, raide, à une extrémité de la table. Il avait l'air tendu et se mordait la lèvre.

— Puis-je demander à M. Blackburn de confirmer ces propos, dit alors Louise Fernandez. Et s'il a quelque difficulté à se rappeler l'heure exacte, j'imagine que sa secrétaire possède un agenda.

Il y eut un moment de silence. Meredith lança alors un regard en direction de Blackburn.

— Non, dit-elle alors, j'ai confondu. Ce que je voulais dire, c'est que j'ai parlé avec Phil après la première réunion, et avant la deuxième.

— Par première réunion, dit Fernandez, vous entendez celle de 8 heures, à laquelle M. Sanders n'a pas assisté ?

– Oui.

– Donc, ce n'est pas l'attitude de M. Sanders lors de cette deuxième réunion, lorsqu'il vous a contredite, qui vous a amenée à parler à M. Blackburn. Parce qu'à ce moment-là vous aviez déjà parlé à M. Blackburn.

– Comme je l'ai dit, j'ai confondu les deux réunions.

– Je n'ai plus de questions à poser au témoin, Votre Honneur.

Le juge Murphy referma son dossier. Son visage était impénétrable. Elle regarda sa montre.

– Il est maintenant 11 h 30. Nous levons l'audience pendant deux heures, le temps d'aller déjeuner. Je prolonge à dessein cette suspension d'audience pour permettre aux avocats des deux parties de se concerter sur la meilleure manière de poursuivre la procédure. (Elle se leva.) Je suis également à la disposition des avocats s'ils désirent s'entretenir avec moi avant la reprise de l'audience. Sinon, nous nous retrouvons ici à 13 h 30 précises. Je vous souhaite à tous un bon appétit.

Et elle quitta la salle.

Blackburn se leva aussitôt.

– Personnellement, j'aimerais rencontrer tout de suite l'avocat de la partie adverse.

Sanders lança un regard à Louise Fernandez.

Un léger sourire apparut sur les lèvres de l'avocate.

– J'y suis tout à fait disposée, monsieur Blackburn.

Les trois avocats se tenaient près de la fontaine. Louise Fernandez et Ben Heller discutaient avec animation. Blackburn se tenait à quelques pas, un téléphone cellulaire à l'oreille. De l'autre côté de la cour, Meredith Johnson parlait elle aussi au téléphone, l'air furieux, en faisant de grands gestes.

Sanders, lui, se retrouvait seul et observait la scène. Il ne faisait aucun doute pour lui que Blackburn proposerait un arrangement. Louise Fernandez avait mis en pièces le témoignage de Meredith : elle avait montré que Meredith avait demandé à sa secrétaire d'acheter du vin et des préservatifs, de fermer la porte au verrou pendant que Sanders était là, d'annuler les rendez-vous ultérieurs. De toute évidence, Meredith Johnson n'avait pas été surprise par des avances déplacées. Elle avait passé l'après-midi à préparer ce rendez-vous. Et sa réaction, cruciale en l'espèce, avait été entendue par la femme de ménage : « Tu ne peux pas me laisser comme ça ! » Enfin, elle avait menti à propos de son entrevue avec Blackburn.

Personne ne pouvait douter que Meredith avait menti. La seule question était de savoir quelle serait la réaction de Blackburn et de DigiCom. Sanders avait assisté à suffisamment de séminaires de gestion du personnel relatifs au harcèlement sexuel pour savoir quelle était l'obligation de l'entreprise en la matière. Ils n'avaient pas le choix.

Ils devraient la licencier.

Mais que feraient-ils de lui ? Il avait le sentiment qu'en accusant ouvertement Meredith Johnson il avait brûlé ses derniers vaisseaux. Jamais plus il ne serait accepté dans l'entreprise. Sanders avait descendu en flammes la petite protégée de Garvin, et ce dernier ne le lui pardonnerait jamais.

Donc, ils ne le reprendraient pas. Ils allaient devoir lui verser des indemnités.

— Ils jettent déjà l'éponge, hein?

Sanders se retourna et aperçut Alan, l'un des enquêteurs, qui se dirigeait vers lui. L'homme regardait la conférence des avocats.

— J'en ai bien l'impression, dit Sanders.

— C'est ce qu'ils ont de mieux à faire, dit Alan. Meredith Johnson a un problème. Et beaucoup de gens chez DigiCom le savent. Notamment sa secrétaire.

— C'est vous qui lui avez parlé, hier soir?

— Oui. Herb a retrouvé la femme de ménage et a enregistré son témoignage, tandis que moi j'obtenais un rendez-vous avec Betsy Ross. C'est une fille seule, dans une ville qu'elle ne connaît pas. Elle boit trop, et j'ai tout enregistré.

— Elle le savait?

— Elle n'avait pas besoin de le savoir. C'est quand même recevable. (Il observa les avocats pendant quelques instants.) Blackburn doit être en train de pinailler, là.

A ce moment-là, Louise Fernandez quitta le groupe et se dirigea vers eux à grands pas, le visage fermé.

— Et merde! lança-t-elle.

— Que se passe-t-il? demanda Sanders.

Louise Fernandez secoua la tête.

— Ils ne veulent pas conclure d'accord.

— Ils ne veulent pas conclure d'accord?

— Non. Ils nient tout. Sa secrétaire a acheté du vin? C'était pour Sanders. Sa secrétaire a acheté des préservatifs? C'était pour elle-même. La secrétaire déclare qu'elle les a achetés pour Meredith Johnson? La secrétaire est une soûlarde en qui l'on ne peut pas avoir confiance. La déclaration de la femme de ménage? Elle n'a pas pu entendre ce qui se disait, puisque sa radio fonctionnait. Et toujours le même refrain : « Vous savez, Louise, ça n'aura aucune valeur devant un tribunal. » Et l'autre, blindée, qui orchestrait tout ça au téléphone. (Elle jura.) Ça, c'est tout à fait le genre d'arrogance propre aux hommes, et aux cadres en particulier! Ils vous regardent droit dans les yeux et vous disent tranquillement : « Mais non, il ne s'est rien passé. Il n'y a rien du tout. Il n'y a aucune matière à poursuites pénales. » Ça me scie, ce genre d'attitude!

— Je crois qu'on ferait bien d'aller déjeuner, Louise, dit alors Alan.

Il se tourna vers Sanders.

— Parfois, elle oublie de déjeuner.

— Oui. Bien sûr. Il faut aller manger, grommela-t-elle.

Ils se dirigèrent vers le parking. Elle marchait à grands pas, en secouant la tête.

— Je n'arrive pas à comprendre comment ils peuvent tenir cette position, dit-elle. Parce que j'ai vu dans les yeux du juge Murphy qu'elle croyait qu'il n'y aurait pas d'audience cet après-midi. Après avoir entendu les témoignages, elle pensait que c'était fini. Je le croyais aussi. Mais ce Blackburn et ce Heller ne bougent pas d'un pouce! Ils n'ont aucune envie de parvenir à un accord. Au fond, ils nous invitent à aller jusqu'au procès.

— Eh bien, nous irons jusqu'au procès, dit Sanders en haussant les épaules.

— Ça ne serait pas malin, rétorqua l'avocate. Pas maintenant. C'est exactement ce que je craignais. Ils ont eu connaissance d'un tas de choses, sans contrepartie. Et, nous, nous n'avons rien. Retour à la case départ. Maintenant, ils ont trois ans pour faire pression sur la secrétaire, la femme de ménage ou tous les témoins que nous pourrions encore produire. Et laissez-moi vous dire une chose : dans trois ans, il sera impossible de retrouver cette secrétaire.

— Mais ses déclarations ont été enregistrées.

— Il faudra quand même qu'elle témoigne devant la cour. Et croyez-moi : elle ne le fera jamais. DigiCom risque gros dans cette affaire. Si nous parvenons à démontrer que l'entreprise n'a pas réagi comme il le fallait, et dans des délais raisonnables, alors qu'ils étaient au courant du comportement de Meredith Johnson, ils risquent d'avoir à verser de très importants dommages et intérêts. Le mois dernier, en Californie, une affaire semblable est venue à l'audience : la plaignante a obtenu 19,4 millions de dollars. Avec des risques pareils, je peux vous assurer que cette secrétaire sera introuvable. Elle sera en vacances au Costa Rica pour le reste de sa vie.

— Alors qu'est-ce qu'on fait? demanda Sanders.

— Pour le meilleur ou pour le pire, nous sommes engagés. Nous avons adopté cette stratégie et il faut s'y tenir. D'une façon ou d'une autre, il faut les amener à conclure un accord. Mais nous allons avoir besoin d'autres éléments pour y arriver. Vous avez d'autres faits?

Sanders secoua la tête.

— Non, rien.

— Mais enfin! s'écria Fernandez. Je croyais que DigiCom avait peur que cette accusation ne soit rendue publique avant leur rachat. Je croyais qu'ils avaient un problème d'image.

— Je le croyais aussi, répondit Sanders.

— Alors il y a quelque chose que nous ne comprenons pas. Parce que Heller et Blackburn agissent comme s'ils se moquaient éperdument de ce que nous pouvons faire. Pourquoi ?

Un moustachu corpulent, une liasse de papiers à la main, passa à côté d'eux. Il avait l'air d'un flic.

— Qui est-ce ? demanda Fernandez.

— Je ne l'ai jamais vu.

— Ils appelaient quelqu'un au téléphone. Ils essayaient de le joindre. C'est pourquoi je demande ça.

Sanders haussa les épaules.

— Qu'est-ce qu'on fait, maintenant ?

— On va déjeuner, dit Alan.

— Vous avez raison, dit l'avocate. Oublions cette affaire pendant un moment.

Au même instant, une phrase s'imposa à lui : *Laisse tomber ce téléphone.* Elle semblait jaillie de nulle part et ressemblait à un ordre.

Laisse tomber ce téléphone.

A côté de lui, Louise Fernandez laissa échapper un soupir.

— Nous avons encore des arguments à développer. Tout n'est pas terminé. Vous avez encore des informations, Alan, non ?

— Tout à fait, dit Alan. On ne fait que commencer. Nous n'avons pas encore pu contacter le mari de Meredith Johnson ni son précédent employeur. Il y a encore plein de placards à explorer, on verra bien ce qui en sortira.

Laisse tomber ce téléphone.

— Il faut que je téléphone à mon bureau, dit Sanders en sortant de sa poche son téléphone cellulaire.

Une petite pluie s'était mise à tomber. Ils arrivèrent à leurs voitures, sur le parking.

— Qui va conduire ? demanda Louise.

— Moi, dit Alan.

Ils se dirigèrent tous deux vers la voiture d'Alan, une berline Ford toute simple. Alan ouvrit les portières, et Louise Fernandez s'installa à l'avant, à côté du chauffeur.

Sanders était resté dehors et regardait Louise Fernandez à travers le pare-brise ruisselant d'eau. Le téléphone à l'oreille, il attendait que Cindy décroche. Il était soulagé que son appareil fonctionne. Depuis cette nuit où il avait cessé de fonctionner, il ne lui faisait plus entièrement confiance.

— Et moi qui pensais que ce déjeuner allait être une fête, disait Louise Fernandez à Alan.

Le couple se rendait en voiture à une fête. La femme utilisa son téléphone cellulaire pour appeler quelqu'un. Elle laissa un message sur le répondeur... Puis raccrocha.

— Allô! Ici le bureau de M. Sanders.

— Bonjour, Cindy. C'est moi.

— Oh, bonjour, Tom.

Toujours la même réserve.

— Il y a des messages?

— Attendez, laissez-moi consulter le registre... Vous avez reçu un appel d'Arthur, à Kuala Lumpur. Il voulait savoir si les lecteurs étaient arrivés. J'ai demandé à l'équipe de Don Cherry : ils les ont reçus. Ils travaillent dessus en ce moment. Vous avez aussi reçu un appel d'Eddie, à Austin. Il avait l'air inquiet. Et puis un autre appel de John Levin. Il vous avait déjà appelé hier. Il a dit que c'était important.

Levin travaillait chez un fabricant de têtes de lecture. Ça pouvait attendre.

— D'accord. Merci, Cindy.

— Vous comptez venir au bureau, aujourd'hui? Beaucoup de gens m'ont posé la question.

— Je ne sais pas encore.

— John Conley est venu. Il voulait vous voir à 16 heures.

— Je ne sais pas. Je verrai. Je vous rappellerai tout à l'heure.

— D'accord. Au revoir.

Elle raccrocha. Il entendit la tonalité habituelle.

Et alors elle a raccroché.

L'histoire trottait dans son esprit. Les deux personnes dans la voiture. Elles se rendaient à une fête. Qui donc lui avait raconté cette histoire?

Quand on était en route, Adele a appelé au téléphone, et puis elle a raccroché.

Sanders claqua des doigts. Bien sûr! C'était Adele! Le couple dans la voiture, c'était Adele et Mark Lewyn. Et il s'était passé une histoire embarrassante. Cela commençait à lui revenir.

Adele avait appelé quelqu'un et était tombée sur un répondeur. Elle avait laissé un message et raccroché. Puis Mark et elle avaient parlé de la personne qu'Adele venait d'appeler. Pendant un quart d'heure, ils avaient fait des plaisanteries et échangé des propos peu flatteurs sur cette personne. Ensuite, ils avaient été bien embarrassés...

— Vous comptez rester longtemps comme ça, sous la pluie? demanda Louise Fernandez.

Sanders ne répondit pas. Il abaissa le téléphone cellulaire qu'il

272

avait encore contre l'oreille. Le clavier et l'écran diffusaient une vive lueur verte. Chargé au maximum. Il attendit. Au bout de cinq secondes, il s'éteignit de lui-même. Les téléphones de la nouvelle génération avaient un système de coupure automatique pour économiser les batteries. Si l'on ne s'en servait pas ou si l'on ne pressait pas de touche pendant quinze secondes, il s'éteignait de lui-même.

Mais les batteries de son appareil s'étaient épuisées dans le bureau de Meredith.

Pourquoi ?

Laisse tomber ce téléphone.

Pourquoi son téléphone cellulaire ne s'était-il pas éteint de lui-même ? Des problèmes mécaniques ? Une des touches serait restée enfoncée ? Peut-être avait-il été endommagé lorsqu'il l'avait laissé tomber, quand Meredith l'avait embrassé. Ou bien la batterie était peu chargée parce qu'il avait oublié de la recharger la veille.

Non. Son appareil était fiable. Il n'y avait pas eu d'incident mécanique. Et la batterie était rechargée.

Ce téléphone fonctionnait correctement.

Ils ont fait des plaisanteries et des commentaires peu flatteurs pendant un quart d'heure.

Les pensées se bousculaient dans son esprit. Des fragments de conversation lui revenaient en mémoire.

— *Eh, pourquoi est-ce que tu ne m'as pas appelé, hier soir ?*

— *Mais si, je t'ai appelé.*

Sanders était sûr d'avoir appelé Mark Lewyn depuis le bureau de Meredith. Toujours debout sous la pluie, il appuya sur les touches LEW de son clavier. Le nom de LEWYN et le numéro de téléphone apparurent sur l'écran illuminé.

— *Il n'y avait aucun message sur mon répondeur, quand je suis rentré chez moi.*

— *Pourtant, j'ai laissé un message vers 18 h 15.*

— *Je n'ai jamais eu de message.*

Sanders était pourtant sûr d'avoir appelé Lewyn et d'avoir laissé un message sur son répondeur. Il se souvenait encore de la voix d'homme qui disait : « Laissez un message après le bip sonore. »

Il appuya sur le bouton ENVOI. Un instant plus tard, il entendit le démarrage d'un répondeur téléphonique. Une voix de femme : « Bonjour, vous êtes bien chez Mark et Adele. Nous ne pouvons pas vous répondre pour l'instant, mais, si vous nous laissez un message, nous vous rappellerons. »

Le message était différent. L'autre soir, ce n'était pas Mark Lewyn qu'il avait appelé.

Ce qui signifiait qu'il n'avait pas appuyé sur les touches LEW. Il était nerveux, ce soir-là. Il avait dû se tromper et tomber sur le répondeur de quelqu'un d'autre.

La batterie de son téléphone était tombée à plat.

Parce que...

Laisse tomber ce téléphone.

— Bon Dieu! lança-t-il à voix haute.

Il comprenait à présent ce qui s'était passé. Il y avait une chance pour que...

— Monsieur Sanders, ça va? demanda Louise Fernandez.

— Oui, ça va. Accordez-moi encore un instant. Je crois que je tiens quelque chose d'important.

Il n'avait pas appuyé sur les touches LEW.

Il avait appuyé sur d'autres touches. Probablement très proches. Il avait dû se tromper d'une lettre. Nerveusement, il appuya sur les touches LEL. L'écran demeura vide : pas de numéro mémorisé à ces lettres-là. LEM : pas de numéro. LEV.

Oui!

Le nom de LEVIN s'inscrivit sur l'écran.

Ce soir-là, c'était sur le répondeur de John Levin que Sanders était tombé.

John Levin a appelé. Il a dit que c'était important.

Et comment! se dit Sanders.

Il se rappelait à présent, dans ses moindres détails, la scène dans le bureau de Meredith. Il parlait au téléphone lorsqu'elle lui avait dit : « Laisse tomber ce téléphone », tout en repoussant sa main vers le bas et en l'embrassant. Il avait jeté le téléphone sur la table et l'avait laissé là.

Plus tard, au moment de quitter le bureau, alors qu'il reboutonnait sa chemise, il avait repris l'appareil sur la table, mais les batteries étaient à plat. Ce qui veut dire qu'il avait dû rester branché pendant près d'une heure. Pendant toute la scène avec Meredith.

Dans la voiture, quand l'appel a été terminé, Adele a reposé l'appareil sur son support, mais elle n'a pas appuyé sur la touche FIN, en sorte que la ligne est restée branchée et que toute la conversation a été enregistrée sur le répondeur de la personne qu'elle avait appelée. Un quart d'heure de plaisanteries et de commentaires personnels enregistrés sur le répondeur.

Si la batterie du téléphone de Sanders était à plat, c'est que la communication n'avait pas été coupée. Toute la conversation avait dû être enregistrée.

Il composa rapidement le numéro de John Levin. Louise Fernandez sortit de la voiture et s'approcha de lui.

– Que se passe-t-il ? demanda-t-elle. On va déjeuner ou quoi ?

– Un instant.

Un déclic. Une voix d'homme.

– Allô ! Oui ?

– John ? Ici Tom Sanders.

– Ah, te voilà, mon vieux ! (Levin éclata de rire.) Dis donc, tu as une vie sexuelle torride en ce moment ! J'en avais les oreilles toutes rouges !

– Tout a été enregistré ?

– Et comment ! Je suis rentré mardi matin pour écouter mes messages, et je peux te dire que pendant une demi-heure...

– John...

– Qui a dit que la vie conjugale était triste ?

– John ! Écoute. Est-ce que tu as gardé la bande ?

Un moment de silence. John cessa de rire.

– Tu me prends pour qui, Tom ? Un pervers ? Bien sûr que je l'ai gardée ! Je l'ai passée à tout le monde, au bureau. Ils ont adoré.

– John, je t'en prie. Sois sérieux.

Levin soupira.

– Oui, je l'ai gardée. J'avais l'impression que tu allais avoir des ennuis, et... Je ne sais pas. En tout cas, je l'ai gardée.

– Bon. Où est-elle ?

– Ici, sur mon bureau.

– John, je veux cette bande. Et maintenant, écoute-moi. Voici ce que tu vas faire.

— Je vous écoute, dit Louise Fernandez, une fois qu'ils furent installés en voiture.

— Toute l'entrevue avec Meredith Johnson a été enregistrée. Il y a une bande.

— Comment ?

— C'est un hasard. Quand Meredith a commencé à m'embrasser, j'étais en train de laisser un message à un répondeur ; alors j'ai posé l'appareil, mais je n'ai pas coupé la communication. Tout ce que nous avons dit a été enregistré sur le répondeur.

— Super ! s'écria Alan en tapant du plat de la main sur le volant.

— La cassette est de bonne qualité ? demanda l'avocate.

— Je n'en sais rien. On va voir. John va nous l'apporter.

Louise Fernandez se mit à se frotter les mains.

— Je me sens déjà mieux.

— Vraiment ?

— Oui, dit-elle. Si la cassette est bonne, je vous jure que ça va saigner.

Rubicond, l'air jovial, John Levin repoussa son assiette et termina sa bière.

— Voilà ce que j'appelle un repas. Ce flétan était délicieux.

Levin pesait près de cent quarante kilos, et son ventre était comprimé contre le bord de la table.

Ils étaient installés dans un box chez McCormick and Schmick, sur la Première Avenue. Le restaurant était bruyant, rempli par la foule habituelle de midi. Louise Fernandez, un casque de baladeur sur les oreilles, écoutait la bande tout en prenant des notes sur un carnet jaune. Elle écoutait ainsi depuis près d'une demi-heure et n'avait pas touché à son assiette. Finalement, elle se leva.

— Il faut que je donne un coup de téléphone.

Levin glissa un regard vers l'assiette de Louise.

— Euh..., vous n'en voulez pas ?

L'avocate secoua la tête et s'éloigna.

Levin sourit.

— Ça serait dommage de gâcher ça, dit-il en posant l'assiette devant lui.

Il se mit à manger.

— Alors, Tom, t'es dans la merde ?

— Jusque-là.

Sanders buvait son cappuccino à petites gorgées. Il n'avait rien voulu manger et regardait Levin avaler d'énormes bouchées de purée de pommes de terre.

— Jack Kerry, de chez Aldus, m'a appelé ce matin et m'a dit que tu poursuivais ta société parce que t'avais refusé de sauter une bonne femme.

— Kerry est un sale con.

– Oui, un très sale con. Mais qu'est-ce que tu veux, après le billet de Connie Walsh, ce matin, tout le monde cherche à savoir qui est M. Cochon. (Levin avala une nouvelle bouchée.) Mais, d'abord, comment a-t-elle été au courant de l'histoire ?

– C'est peut-être toi qui la lui as racontée, dit Sanders.

– Tu plaisantes ?

– Tu as la bande.

Levin fronça les sourcils.

– Si tu continues, tu vas finir par me vexer ! (Il secoua la tête.) Non, si tu veux mon avis, c'est une femme qui lui a tout raconté.

– Quelle femme ? Il n'y avait que Meredith, et elle ne serait jamais allée le raconter.

– Je te parie tout ce que tu veux que c'est une femme. Mais ce sera difficile à prouver. (Il mastiquait consciencieusement.) Cet espadon est un peu coriace. Il faudrait appeler le garçon. (Il regarda autour de lui.) Hé, Tom.

– Oui.

– Il y a un type, là-bas, qui se balance d'un pied sur l'autre. J'ai l'impression que tu le connais.

Sanders jeta un coup d'œil par-dessus son épaule. Bob Garvin se tenait près du bar et le regardait. Phil Blackburn se trouvait à quelques pas derrière.

– Excuse-moi, dit Sanders en se levant.

Garvin et Sanders se serrèrent la main.

— Bonjour, Tom. Ça fait plaisir de te voir. Comment vas-tu, avec toute cette histoire ?

— Ça va.

— Bon, bon. (Il lui posa la main sur l'épaule de façon paternelle.) Ça me fait plaisir de te revoir.

— A moi aussi.

— Il y a une table tranquille, là-bas, dans le coin, dit Garvin. J'ai commandé deux cappuccinos. On pourrait parler un moment. Ça te convient ?

— C'est parfait.

Sanders avait trop l'habitude de la rudesse, voire de la grossièreté, de Garvin pour ne pas se sentir mal à l'aise devant tant d'amabilité.

Ils prirent place au coin du bar. Garvin s'installa en face de Sanders.

— Ah, Tom, ça fait si longtemps qu'on se connaît !

— C'est vrai.

— Tu te souviens, ces voyages à Séoul, la bouffe dégueulasse, et toi qui avais le trou du cul en feu ? Tu t'en souviens ?

— Oui, oui.

— Eh oui, c'était le bon temps. (Il observait Sanders avec attention.) Écoute, on se connaît bien, tous les deux, alors je ne vais pas te raconter de conneries. Je vais mettre cartes sur table. On a un problème, et il faut le résoudre avant que ce soit la panique. Je fais appel à ton bon sens pour résoudre cette affaire.

— Mon bon sens ?

— Oui, dit Garvin. Je voudrais qu'on l'envisage sous tous ses aspects.

— Combien y a-t-il d'aspects ?

— Il y en a au moins deux, dit Garvin en souriant. Écoute, Tom, ça n'est un secret pour personne que j'ai apporté mon soutien à Meredith au cours de sa carrière dans notre société. J'ai toujours estimé qu'elle était brillante et qu'elle possédait une vision d'ensemble qui nous sera nécessaire à l'avenir. Je sais qu'elle est un être humain, avec toutes ses limites, mais elle est extrêmement compétente et je la soutiens.

— Euh...

— Bon, peut-être que cette fois-ci... Il est peut-être vrai qu'elle a commis une erreur. Je ne sais pas.

Sanders ne répondit rien. Il regardait Garvin. Le patron cherchait à se donner un air impartial, ouvert à la discussion, mais Sanders n'était pas dupe.

— Bon, reprit Garvin, admettons qu'elle ait vraiment commis une erreur.

— C'est le cas, répondit fermement Sanders.

— D'accord. Admettons. Appelons ça une erreur d'appréciation. Disons qu'elle a dépassé les limites. Pourtant, malgré cette situation, Tom, je continue à la soutenir.

— Pourquoi ?

— Parce que c'est une femme.

— Quel est le rapport ?

— Eh bien, dans les entreprises, les femmes ont toujours été tenues à l'écart des postes de responsabilité.

— Meredith n'a pas été écartée.

— Et puis, dit Garvin, elle est jeune.

— Elle n'est pas si jeune que ça.

— Bien sûr que si. C'est pratiquement encore une étudiante. Elle n'a sa maîtrise de gestion que depuis quelques années.

— Mais enfin, Bob, Meredith Johnson a trente-cinq ans ! Elle n'est plus une gamine.

Garvin ne sembla pas entendre l'argument. Il regarda Sanders d'un air protecteur.

— Je comprends que tu aies été déçu de ne pas avoir obtenu ce poste, Tom. Et je comprends qu'à tes yeux Meredith se soit trompée dans la façon dont elle t'a fait des avances.

— Elle ne m'a pas fait d'avances, Bob. Elle m'a sauté dessus.

Une lueur d'irritation passa dans les yeux de Garvin.

— Toi non plus tu n'es pas un gamin, tu sais !

— C'est vrai, je ne suis plus un gamin. Mais je suis son subordonné.

— Et je sais qu'elle te tient en haute estime, dit Garvin en se tassant sur sa chaise. Comme tout le monde dans la société, Tom. Tu es indispensable pour l'avenir de DigiCom. Tu le sais, et je le sais. Je tiens à ce que notre équipe reste soudée. Et je maintiens l'idée qu'il faut être indulgent avec les femmes. Il faut leur lâcher un peu la bride.

— Mais nous ne parlons pas des femmes en général, rétorqua Sanders. Nous parlons d'une femme en particulier.

— Tom...

— Si un homme s'était conduit comme elle l'a fait, tu ne parlerais pas de lui lâcher la bride. Tu le ficherais dehors à coups de pompe dans le cul!

— C'est possible.

— Eh bien, c'est ça, le problème, dit Sanders.

— Là, je ne suis pas sûr de te suivre, Tom.

Le ton de Garvin avait quelque chose de menaçant : il n'aimait pas qu'on le contredise. Avec le temps, à mesure que la société s'était agrandie, Garvin s'était habitué à la déférence. A présent, au seuil de la retraite, il exigeait approbation et obéissance.

— Il faut arriver à l'égalité entre les sexes, dit-il.

— Très bien, dit Sanders. Mais l'égalité, ça veut dire qu'il n'y a pas de privilèges particuliers. Ça veut dire qu'il faut traiter tout le monde de la même façon. Pour Meredith, tu demandes un traitement de faveur, parce que tu ne fais pas ce que tu ferais pour un homme : le licencier.

— Si l'affaire était vraiment claire, dit Garvin en soupirant, c'est ce que je ferais. Dans le cas présent, les choses ne sont pas si claires.

Sanders eut envie de lui parler de la bande, mais il se retint.

— Pour moi, c'est clair, dit-il.

— Mais dans ce genre d'affaire, expliqua Garvin en se penchant vers lui, il y a toujours des divergences d'opinion. C'est vrai, non ? Écoute, Tom, qu'est-ce qu'elle a fait de si répréhensible, au fond ? Elle t'a dragué ? La belle affaire! Tu aurais pu trouver cela flatteur. Après tout, elle est très belle. Il pourrait t'arriver des choses bien pires, non ? Une belle femme te pose la main sur le genou. Tu aurais pu simplement dire : Non, merci. Tu aurais pu gérer cette situation de plein de manières différentes. Tu es un grand garçon. Mais cet... acharnement, Tom! Je dois dire que tu m'as surpris.

— Mais, Bob, elle s'est comportée de façon délictueuse.

— Cela reste encore à prouver, dit sèchement Garvin. Tu peux déballer ta vie privée devant un jury, si c'est vraiment ça que tu veux. Personnellement, je ne le ferais pas. Et je ne vois pas l'intérêt d'aller jusqu'au procès. Personne ne sortira vainqueur d'une telle affaire.

— Qu'est-ce que tu veux dire ?

— Il ne faut pas que tu portes plainte, Tom, dit Garvin, l'air menaçant.

— Pourquoi ?

— Je ne te le conseille pas. Écoute, j'ai parlé à Meredith. Elle pense comme moi que la situation s'est emballée.

— Hum...

— Et, maintenant, c'est à toi que je parle. Ce que j'espère, Tom, c'est que nous laissions tomber tout ça et que nous en revenions au statu quo, là où les choses en étaient avant ce malentendu. Tu restes à ton poste, Meredith au sien. Vous continuez à travailler ensemble comme des gens civilisés. Vous continuez à faire du bon boulot, vous faites en sorte que le département puisse se constituer en société, et d'ici à un an tout le monde se fait un maximum d'argent. Ça te va, comme programme ?

Sanders éprouva une sorte de soulagement devant ce retour à la normale. Il n'avait qu'une envie : échapper aux avocats, à la tension des trois derniers jours et se replonger dans la chaleur des habitudes.

— Écoute, Tom, reprit Garvin, considère les choses de façon raisonnable. Après ce qui s'est passé lundi soir, ni toi ni Meredith n'avez ameuté les populations. Je crois que tous les deux vous aviez envie que les choses en restent là. Puis il y a eu cet embrouillamini le lendemain, et cette engueulade qui n'aurait jamais dû avoir lieu. Si tu étais arrivé à l'heure pour la réunion, si Meredith et toi aviez été d'accord sur l'histoire à raconter, rien de tout cela ne se serait produit. Vous travailleriez encore ensemble, et ce qui s'est passé entre vous serait resté une affaire privée. Au lieu de quoi, regarde où on en est ! Quel gâchis ! Pourquoi ne pas tout oublier et repartir de l'avant ? Tu pourrais devenir riche, Tom. Quel mal y a-t-il à ça ?

— Aucun, dit Sanders après un moment de silence.

— Bon.

— Sauf que ça ne marchera pas.

— Pourquoi ?

Une dizaine de réponses se bousculèrent dans l'esprit de Sanders : parce qu'elle est incompétente. Parce que c'est une vipère. Parce que c'est une intrigante, que chez elle tout est dans l'image et qu'elle se retrouve à la tête d'un département technique dont la fonction est de sortir des produits. Parce qu'elle est menteuse. Parce que je n'ai aucun respect pour elle. Parce qu'elle recommencera. Parce qu'elle n'a aucun respect pour moi. Parce que tu me traites de façon injuste. Parce que c'est ta protégée. Parce que c'est elle que tu as choisie, contre moi. Parce que...

— Les choses sont allées trop loin, dit-il.

— On peut revenir en arrière, dit Garvin en le regardant droit dans les yeux.

— Non, Bob, c'est impossible.

Garvin se pencha en avant.

— Écoute-moi bien, espèce de petit con! Je sais exactement ce qui est en jeu ici. Je t'ai fait entrer dans cette société quand tu ne connaissais pas encore la différence entre un ordinateur et une machine à coudre. Je t'ai mis le pied à l'étrier, je t'ai aidé. Depuis le début. Et maintenant tu veux jouer les durs? Très bien. Tu veux en prendre plein la gueule? Eh bien, attends, Tom. Ça ne va pas tarder!

Il se leva.

— Dès qu'il s'agit de Meredith Johnson, dit Sanders, tu n'es plus accessible à la raison.

— Ah bon, parce que tu crois que c'est moi qui ai un problème avec Meredith? (Il eut un rire dur.) C'était ta petite amie, Tom, mais elle était intelligente et indépendante, et tu ne pouvais pas la tenir. Tu étais furieux quand elle t'a laissé tomber. Maintenant, des années plus tard, tu veux lui rendre la monnaie de sa pièce. Voilà la vérité! Ça n'a rien à voir avec la morale du travail, l'illégalité, le harcèlement sexuel ou toutes ces conneries. C'est une histoire personnelle, et c'est minable! Tu racontes tellement de conneries que ça ne vaut même pas le coup de t'écouter!

Il quitta le restaurant en trombe, sans même accorder un regard à Blackburn, qui l'attendait à quelques pas de là. Blackburn demeura un instant en arrière, jeta un coup d'œil à Sanders et courut rejoindre son patron.

En regagnant sa place, Sanders passa devant une tablée d'employés de Microsoft, dont deux pontes des systèmes de programmation. L'un d'eux poussa un grognement de cochon.

— Salut, monsieur Cochon, dit-il à voix basse.

— Grouïnk, grouïnk!

Sanders fit quelques pas puis se retourna.

— Moi, au moins, je ne me fais pas enfiler tous les soirs par... (il cita le nom d'un des directeurs de la programmation chez Microsoft).

Ils éclatèrent tous de rire.

— Ouah!

— Écoutez M. Cochon!

— Grouïnk! Grouïnk!

— De toute façon, qu'est-ce que vous faites en ville, les mecs? lança Sanders. Ils sont à court de vaseline à Redmond?

— Ouah!

— M. Cochon a l'air vexé!

Ils étaient pliés de rire, comme des étudiants boutonneux. Il y avait une grosse cruche de bière sur la table. L'un d'entre eux s'écria:

— Si Meredith Johnson baissait sa culotte pour moi, j'irais pas chez les flics!

— Ça, pas question!

— Madame serait servie avec le sourire!

— Hardi petit!

— Les femmes d'abord!

— Taïaut! Taïaut!

Ils tapaient sur la table en riant.

Sanders s'éloigna.

Devant le restaurant, Garvin faisait les cent pas, l'air fort mécontent. Blackburn se tenait à quelque distance, le téléphone à l'oreille.

— Mais où est cette putain de bagnole! dit Garvin.

— Je ne sais pas.

— Je lui avais dit d'attendre.

— Je sais. J'essaie de le joindre.

— Bon Dieu, les choses les plus simples! On ne peut même pas avoir cette putain de bagnole au moment où il faut!

— Il a peut-être dû aller aux toilettes.

— Et alors? Ça lui prend combien de temps? Et cet enfoiré de Sanders! C'est incroyable.

— Oui, tout à fait incroyable.

— Je n'arrive pas à le comprendre. Il refuse de transiger. Alors que je lui tends la main! Je lui offre de retrouver son poste, de recevoir sa part d'actions, je lui offre tout! Et qu'est-ce qu'il fait? C'est incroyable!

— Il n'a pas l'esprit d'équipe.

— Tu as raison. Et il n'est pas disposé à discuter. Il faut le forcer à négocier.

— Oui, tu as raison.

— Il ne comprend pas, dit Garvin. C'est ça, le problème.

— L'histoire est sortie ce matin dans la presse, ça n'a pas dû lui plaire.

— En tout cas, ça ne lui a pas fait comprendre.

Garvin se remit à arpenter le trottoir.

— Ah! voilà la voiture! s'exclama soudain Blackburn en montrant du doigt la Lincoln qui se dirigeait vers eux.

— Enfin! Bon, écoute, Phil. J'en ai marre de perdre mon temps avec Sanders. On a essayé de se montrer gentils et ça n'a pas marché. Alors qu'est-ce qu'il faut faire pour qu'il comprenne?

— J'y ai réfléchi, dit Blackburn. Sanders a calomnié Meredith, n'est-ce pas?

— Ça, oui!

— Il n'a pas hésité à la calomnier.

— Certainement!

— Il ne raconte que des mensonges. Mais une calomnie, justement, n'a pas besoin d'être véridique. Il faut seulement que les gens aient envie de la croire.

— Et alors?

— Alors peut-être que Sanders, pour comprendre, a simplement besoin de voir quel effet ça fait.

— C'est-à-dire? Qu'est-ce que tu racontes?

Blackburn observa d'un air pensif la voiture qui s'approchait.

— Je crois que Tom est un homme violent.

— Certainement pas! s'écria Garvin. Ça fait des années que je le connais. Il ne ferait pas de mal à une mouche.

— Non, dit Blackburn en se frottant le nez. Je ne suis pas d'accord. Je pense que c'est un violent. A l'université, il jouait au football américain. Il roulait des mécaniques. Maintenant, il joue au football dans l'équipe de DigiCom. Il frappe ses adversaires. C'est un violent. Comme la plupart des hommes, d'ailleurs. Les hommes sont violents.

— Qu'est-ce que c'est que ces conneries?

— Et il faut reconnaître qu'il a été violent avec Meredith, reprit Blackburn. Il a crié. Hurlé. Il l'a poussée. Il l'a frappée. Le sexe et la violence. Il ne sait pas se maîtriser. Il est beaucoup plus grand qu'elle. Il n'y a qu'à les mettre côte à côte, ça se voit tout de suite. Il est beaucoup plus grand. Beaucoup plus costaud. Il suffit de le regarder pour comprendre que c'est un homme violent. Son air doux n'est que pour donner le change. Sanders fait partie de ces hommes qui défoulent leur agressivité en frappant des femmes sans défense.

Garvin observait Blackburn en silence. Finalement, il lui dit:

— Tu ne feras jamais avaler ça à personne.

— Une personne au moins y croira.

— Qui?

— Quelqu'un, dit Blackburn.

La voiture vint se ranger le long du trottoir. Garvin ouvrit la portière.

— Tout ce que je sais, dit-il, c'est qu'il faut l'amener à négocier. Il faut exercer les pressions nécessaires pour l'y contraindre.

– Je crois que ça peut se faire, dit Blackburn.

Garvin opina.

– Ça dépend de toi, Phil. Fais en sorte que ça marche.

Il monta en voiture, suivi de Blackburn.

– Où vous étiez, vous ? lança Garvin à l'adresse du chauffeur.

Il referma violemment la portière, et la voiture démarra.

Dans la voiture d'Alan qui les ramenait au centre de médiation, Louise Fernandez écouta Sanders lui raconter son entretien avec Garvin.

— Vous n'auriez jamais dû le voir seul à seul, dit-elle en secouant la tête. Si j'avais été là, il n'aurait pas pu se conduire ainsi. Vous a-t-il vraiment dit qu'il fallait être indulgent avec les femmes ?

— Oui.

— Quelle noble attitude ! Il s'est trouvé une raison honorable de protéger une femme qui s'est rendue coupable de harcèlement sexuel. Quelle élégance ! Tout le monde devrait se taire et la laisser se conduire de façon illégale, simplement parce qu'elle est une femme ? Magnifique !

Sanders était effondré après sa discussion avec Garvin. Il sentait que Louise cherchait à lui redonner courage, mais ses paroles ne l'en réconfortèrent pas moins.

— Il s'est couvert de ridicule, ajouta Louise Fernandez. Et à la fin il vous a menacé ?

Sanders acquiesça.

— Laissez tomber, dit-elle. C'est du flan.

— Vous croyez ?

— J'en suis sûre. Ce ne sont que des mots. Mais, en tout cas, vous voyez maintenant ce que racontent les patrons depuis des années : ils considèrent les faits du point de vue de celui qui s'est livré au harcèlement sexuel. Qu'est-ce qu'ils ont fait de si mal, après tout ? Allez, on passe l'éponge, et que tout le monde reprenne le travail ! On sera de nouveau une grande famille.

— C'est incroyable, lança Alan.

– A notre époque, oui, dit Fernandez. On ne peut plus sortir ce genre de salade. Au fait, quel âge a Garvin ?

– Près de soixante ans.

– Cela explique en partie son attitude. Mais Blackburn, lui, aurait dû lui dire que c'était inacceptable. D'après la loi, Garvin n'a pas vraiment le choix. Au minimum, c'est elle qu'il doit muter, pas vous. En fait, il devrait la licencier.

– Je crois qu'il ne le fera pas, dit Sanders.

– Non, bien sûr que non.

– C'est sa protégée.

– Ou, plus exactement, c'est sa vice-présidente, corrigea Louise Fernandez. Il faut comprendre que le harcèlement sexuel est une affaire de pouvoir, de même que la mauvaise volonté que met l'entreprise à le sanctionner. Le pouvoir protège le pouvoir. Une fois qu'une femme a atteint un certain niveau dans la hiérarchie, elle sera protégée comme un homme par cette hiérarchie. C'est comme les médecins qui refusent de témoigner contre d'autres médecins. Peu importe que le médecin soit un homme ou une femme. Un médecin ne témoigne pas contre un autre médecin. Point final. Et les cadres supérieurs ne veulent pas tenir compte des plaintes lancées contre d'autres cadres supérieurs, hommes ou femmes.

– Donc, c'est que jusqu'à présent les femmes n'avaient pas accès à ce genre de fonction ?

– Oui. Mais elles commencent à y accéder, et elles peuvent se montrer aussi déplaisantes que les hommes.

– Donnez-lui les chiffres, dit alors Alan.

– Quels chiffres ? demanda Sanders.

– 5 p. 100 des plaintes pour harcèlement sexuel sont portées par des hommes contre des femmes, dit l'avocate. C'est une proportion relativement minime. Mais il faut savoir que 5 p. 100 seulement des cadres supérieurs sont des femmes. Les chiffres tendent donc à montrer que les femmes, quand elles ont atteint un certain niveau dans la hiérarchie de l'entreprise, se livrent au harcèlement sexuel de la même façon que les hommes. Et plus les femmes seront nombreuses aux échelons supérieurs, plus il y aura de plaintes de ce genre émanant d'hommes. Parce que le pouvoir n'est ni masculin ni féminin. Celui qui se trouve en haut de l'échelle a toujours l'occasion d'abuser de son pouvoir. Et les femmes en abuseront aussi souvent que les hommes. C'est ce qu'a fait la délicieuse Mme Johnson. Et son patron ne la licencie pas.

– Garvin prétend que la situation n'est pas claire.

– Et moi je dirai que cette bande est tout ce qu'il y a de plus clair ! dit Fernandez. (Elle fronça les sourcils.) Lui en avez-vous parlé ?

— Non.

— Tant mieux. Je crois que nous allons pouvoir boucler cette affaire dans les deux heures.

Alan se rangea sur le parking du centre. Ils descendirent de voiture.

— Bon, dit Louise. Alan, dites-moi, où en sommes-nous pour le reste ? On doit encore enquêter chez ses anciens employeurs ?

— Oui. Conrad Computer. On est dessus.

— Et aussi celui d'avant ?

— Novell Network.

— Oui. Et son ancien mari ?

— On s'en occupe aussi.

— Et cet « ami » d'Internet ?

— On fait des recherches.

— Il y a également son école de commerce et l'université de Vassar.

— D'accord.

— Mais l'histoire récente est la plus importante. Concentrez-vous sur Conrad et le mari.

— Conrad nous pose un problème, expliqua Alan, parce qu'ils fournissent des systèmes informatiques à l'administration, notamment à la CIA. Ils m'ont servi la ritournelle habituelle à propos de leur neutralité en matière de références professionnelles et de confidentialité vis-à-vis de leurs anciens salariés.

— Demandez à Harry de les appeler. Il est bon pour ces affaires de refus de communication des références professionnelles. Il saura les secouer s'ils continuent à faire barrage.

— D'accord. Je crois qu'il sera obligé de le faire.

Alan remonta en voiture, tandis que Sanders et Fernandez se dirigeaient vers le centre de médiation.

— Vous faites des vérifications chez ses anciens employeurs ? demanda Sanders.

— Oui. Les sociétés n'aiment pas donner d'informations sur leurs anciens employés. Autrefois, elles ne communiquaient que les dates d'entrée et de sortie dans l'entreprise. A présent, il y a une loi sur l'accès aux archives et une autre sur le refus de communication des références professionnelles. Une société peut être poursuivie si elle a refusé de révéler un problème avec un ancien salarié. Alors on peut essayer de leur faire peur. Mais, au bout du compte, ils peuvent fort bien ne pas nous donner l'information intéressante dont nous aurions besoin.

— Comment savez-vous qu'ils possèdent des informations intéressantes ?

290

L'avocate sourit.

– Parce que le harcèlement sexuel est une mauvaise habitude. Ça n'est jamais la première fois.

– Vous croyez qu'elle l'a déjà fait ailleurs?

– N'ayez pas l'air si déçu, dit Louise Fernandez. Qu'est-ce que vous croyez? Qu'elle l'a fait simplement pour vos beaux yeux? Je peux vous assurer que c'est une de ses habitudes. (Ils passèrent devant les fontaines de la cour et se dirigèrent vers la porte du bâtiment central.) Et maintenant, ajouta-t-elle, allons tailler en pièces Mme Johnson.

13 h 30 précises. Le juge Murphy pénétra dans la salle des audiences. Cinq personnes attendaient en silence autour de la table. Elle fronça les sourcils.

— Les avocats des parties adverses se sont-ils rencontrés ?

— Oui, répondit Heller.

— Et qu'en a-t-il résulté ?

— Nous ne sommes pas parvenus à un arrangement, répondit Heller.

— Nous reprenons donc l'audience. (Elle s'assit et ouvrit son dossier.) Quelqu'un désire-t-il ajouter quelque chose à propos de l'audience de ce matin ?

— Oui, Votre Honneur, dit Louise Fernandez. J'aurais d'autres questions à poser à Mme Johnson.

— Très bien. Madame Johnson ?

Meredith Johnson mit ses lunettes.

— En fait, Votre Honneur, avant de répondre à l'avocat de la partie adverse, j'aimerais faire une déclaration.

— Nous vous écoutons.

— J'ai réfléchi à l'audience de ce matin et à la façon dont M. Sanders rendait compte des événements de lundi soir... (La voix était posée, le débit lent.) Et je me suis dit que nous avions affaire à un véritable malentendu.

— Je vois, dit le juge Murphy d'un ton parfaitement impersonnel. Continuez.

— Lorsque Tom a suggéré que nous nous rencontrions en fin de journée, et quand il a proposé que nous ouvrions une bouteille de vin et que nous évoquions le bon vieux temps, j'ai peur d'avoir répondu à ses sollicitations d'une façon à laquelle il ne s'attendait pas.

292

Personne ne réagit. Un silence écrasant régnait dans la salle.

— Je crois que je l'ai pris au mot et que j'ai imaginé une... rencontre amoureuse. Et, pour être franche, je n'étais pas opposée à ce qu'elle ait vraiment lieu. M. Sanders et moi avons eu une relation très particulière il y a quelques années, une relation très excitante. Je crois que j'attendais cette entrevue avec impatience et que j'espérais qu'il se passe quelque chose entre nous.

Aux côtés de Meredith, Heller et Blackburn arboraient des visages impassibles. Les deux avocats ne manifestaient pas non plus la moindre réaction. Sanders comprit que tout avait été décidé à l'avance. Que se passait-il donc ? Pourquoi changeait-elle son histoire ?

Meredith Johnson s'éclaircit la voix, puis reprit son témoignage, de la même voix assurée.

— Je reconnais avoir agi de mon plein gré tout au long de la soirée. Et il est également possible qu'à un moment je sois allée trop loin pour le goût de M. Sanders. Dans mon emportement, il est possible que je sois allée au-delà de ce qu'autorisait ma position au sein de la société. Et, après y avoir réfléchi sérieusement, j'en suis venue à me dire que la version des faits présentée par M. Sanders et la mienne sont infiniment plus proches que ce que j'ai pu dire ce matin.

Il y eut un long silence. Le juge Murphy ne dit rien. Meredith se tortilla sur sa chaise, retira ses lunettes puis les remit.

— Madame Johnson, dit finalement le juge Murphy, dois-je comprendre que vous êtes désormais d'accord avec la version des événements qu'a donnée M. Sanders ?

— Par bien des côtés, oui. Je dirai même dans sa presque totalité.

Sanders comprit brusquement ce qui se passait : ils connaissaient l'existence de la bande magnétique.

Mais comment ? Sanders lui-même n'en avait appris l'existence que deux heures auparavant. Et Levin n'était pas à son bureau, puisqu'il avait déjeuné avec eux. Donc, ce n'était pas Levin. Qui, alors ?

— Reconnaissez-vous également le bien-fondé des accusations de harcèlement sexuel portées contre vous par M. Sanders ? demanda le juge.

— Pas du tout, Votre Honneur.

— Dans ce cas, je ne comprends pas. Vous avez changé de position. Vous dites à présent que la version des événements présentée par M. Sanders est dans l'ensemble véridique, mais vous ne reconnaissez pas qu'il ait motif à se plaindre de vous ?

— Non, Votre Honneur. Comme je l'ai dit, je pense qu'il s'agissait d'un malentendu.

293

— Un malentendu ? répéta le juge Murphy d'un air incrédule.

— Oui, Votre Honneur. Et dans lequel M. Sanders a joué un rôle très actif.

— Madame Johnson. D'après M. Sanders, c'est vous qui la première l'avez embrassé, alors même qu'il protestait ; puis vous l'avez poussé sur le canapé, alors qu'il protestait toujours ; vous avez ouvert la fermeture Éclair de son pantalon et sorti son pénis malgré ses protestations ; et vous avez ôté vos propres vêtements, alors qu'il continuait de protester. Comme M. Sanders est votre subordonné et que son emploi dépend de vous, j'ai du mal à comprendre comment il ne s'agirait pas d'un cas évident de harcèlement sexuel.

— Je comprends, Votre Honneur, répondit calmement Meredith. Et je reconnais volontiers que j'ai changé ma version des événements. Mais si je dis qu'il s'agissait depuis le début d'un malentendu, c'est que je croyais sincèrement que M. Sanders voulait faire l'amour avec moi et que cette idée a guidé mes actes.

— Vous n'admettez pas l'avoir harcelé.

— Non, Votre Honneur. Parce que j'avais des preuves physiques que M. Sanders agissait de son plein gré. A certains moments, il a même clairement pris l'initiative. Maintenant, il convient de se demander pourquoi, à certains moments, il a pris l'initiative, et pourquoi, ensuite, il a soudainement mis fin à ce qui se passait. Je ne sais pas pourquoi il a agi comme ça, mais j'estime qu'il porte sa part de responsabilité dans ce qui s'est passé. Voilà les raisons pour lesquelles je dis qu'il y a eu un malentendu. Et je tiens à ajouter que je regrette sincèrement, tout à fait sincèrement, ce malentendu.

— Vous regrettez ? répéta le juge Murphy d'un ton exaspéré en regardant tour à tour les assistants. Quelqu'un, ici, peut-il m'expliquer ce qui se passe ? Monsieur Heller ?

Heller leva les mains devant lui en signe d'apaisement.

— Votre Honneur, ma cliente m'avait prévenu de ce qu'elle comptait dire ici. J'estime que c'est un acte de courage. Elle recherche sincèrement la vérité.

— Qu'est-ce qu'il ne faut pas entendre ! s'exclama Louise Fernandez.

— Madame Fernandez, dit alors le juge, vu le changement radical de position de Mme Johnson, désirez-vous une suspension d'audience avant de reprendre vos questions ?

— Non, Votre Honneur, je suis disposée à poursuivre.

— Bien, dit le juge, sidéré.

Visiblement, elle avait compris qu'il se passait quelque chose que tout le monde connaissait, sauf elle.

294

Sanders, lui, en était encore à se demander comment Meredith avait pu connaître l'existence de la bande magnétique. Il jeta un coup d'œil à Phil Blackburn, assis à l'autre extrémité de la table, son téléphone cellulaire posé devant lui. Il frottait nerveusement l'appareil du bout des doigts.

Des écoutes téléphoniques! se dit Sanders. Ce ne pouvait être que ça.

DigiCom avait dû charger quelqu'un – très probablement Gary Bosak – de procéder à une enquête pour voir si l'on pouvait trouver quelque chose contre lui. Vérifiant tous ses appels téléphoniques, Bosak avait dû découvrir un appel de quarante-cinq minutes le lundi soir. Très long et très cher. Il avait dû comprendre ce qui s'était passé. Sanders n'ayant pas pu parler pendant quarante-cinq minutes ce soir-là, il devait y avoir eu un répondeur au bout du fil. Donc, un enregistrement. Mise au courant, Meredith Johnson avait adapté son histoire en fonction de cette nouvelle donnée.

– Madame Johnson, dit Louise Fernandez, j'aimerais que nous éclaircissions d'abord un certain nombre de faits. Dites-vous à présent que vous avez effectivement envoyé votre secrétaire acheter du vin et des préservatifs, que vous lui avez dit de fermer le verrou et que vous avez annulé votre rendez-vous de 19 heures dans l'attente d'une relation sexuelle avec M. Sanders?

– Oui.

– En d'autres termes, vous avez menti ce matin.

– J'ai présenté mon point de vue.

– Mais nous ne parlons pas de point de vue, ici. Nous parlons de faits. Vu cet ensemble de faits, je suis curieuse de savoir pourquoi vous estimez que M. Sanders porte une part de responsabilité dans ce qui s'est passé lundi soir.

– Parce que j'avais le sentiment... que M. Sanders venait dans l'intention de faire l'amour avec moi et qu'il a ensuite changé d'avis. J'avais le sentiment d'être manipulée. Il a pris l'initiative et puis m'a accusée, alors que je n'avais fait que répondre à son désir.

– Vous avez l'impression qu'il vous a manipulée?

– Oui.

– Et c'est pourquoi vous pensez qu'il porte une part de responsabilité?

– Oui.

– De quelle façon vous a-t-il manipulée?

– Eh bien, je crois que c'est évident. Les choses étaient allées très loin, quand brusquement il a quitté le canapé en annonçant qu'il arrêtait. Je dirai que la manipulation est là.

— Pourquoi?

— Parce qu'on ne peut pas aller aussi loin et s'arrêter brusquement. C'était visiblement un comportement agressif, destiné à m'embarrasser et à m'humilier. Je veux dire... C'est évident.

— Très bien. Revoyons la suite des événements en détail, si vous le voulez bien, dit Louise Fernandez. Vous étiez donc sur le canapé avec M. Sanders, et tous les deux étiez partiellement dévêtus. M. Sanders était agenouillé sur le canapé, le pénis sorti, et vous, vous étiez allongée sur le dos, sans culotte, et les jambes écartées. Est-ce bien cela?

— Euh..., oui. (Elle secoua la tête.) Sauf que vous décrivez ça de façon si... si crue.

— Mais, à ce moment-là, la situation était bien celle-là, non?

— Oui.

— Donc, vous avez dit : « Oh, je t'en prie, non, non », et M. Sanders aurait répondu : « Tu as raison, on ne devrait pas faire ça » ?

— Oui, c'est ce qu'il a dit.

— Alors où est le malentendu?

— Quand j'ai dit : « Non, non », je voulais dire : « Non, n'attends pas. » Parce qu'il attendait, qu'il me mettait au supplice, et que je voulais qu'il le fasse. Au lieu de ça, il a quitté le canapé, ce qui m'a mise très en colère.

— Pourquoi?

— Parce que je voulais qu'il me fasse l'amour.

— Mais, madame Johnson, vous avez dit : « non, Non. »

— Je sais ce que j'ai dit, rétorqua-t-elle d'un ton irrité, mais, vu la situation, ce que je lui disais était parfaitement clair.

— Ah bon?

— Bien sûr. Il savait exactement ce que je lui disais, mais il a préféré l'ignorer.

— Madame Johnson, avez-vous déjà entendu cette phrase, « non, c'est non » ?

— Bien sûr, mais dans cette situation...

— Je regrette, madame Johnson. « Non » veut-il dire « non » ?

— Pas dans ce cas-là. Parce qu'à ce moment-là, alors que j'étais allongée sur le canapé, ce que je lui disais était parfaitement clair.

— Vous voulez dire que c'était clair pour vous.

— C'était clair aussi pour lui! dit-elle avec colère.

— Madame Johnson, lorsqu'on dit à un homme : « Non, c'est non », qu'est-ce que cela veut dire?

— Je ne sais pas, dit-elle d'un ton irrité. Je ne comprends pas ce que vous voulez dire.

— Ce que je veux dire, c'est que les femmes essaient de faire comprendre aux hommes qu'il faut les prendre au pied de la lettre. Que non, c'est non. Que les hommes ne doivent pas croire que non, c'est oui ou peut-être.

— Mais dans cette situation particulière, les vêtements enlevés, alors que les choses étaient allées aussi loin...

— Quel est le rapport ? demanda l'avocate.

— Oh, allez ! Un homme et une femme, ensemble, commencent par des petites caresses, des petits baisers, puis des caresses plus appuyées. On se dévêt, puis on se caresse des parties du corps plus intimes. Là, on attend ce qui va venir ensuite. On ne fait pas machine arrière. Arrêter, c'est se montrer malveillant. Et c'est ce qu'il a fait. Il m'a manipulée.

— Madame Johnson, n'est-il pas vrai que les femmes proclament leur droit à refuser l'acte sexuel à n'importe quel moment, jusqu'à la pénétration ? Les femmes ne revendiquent-elles pas le droit de changer d'avis ?

— Oui, mais dans ce cas-là...

— Madame Johnson, si les femmes ont le droit de changer d'avis, les hommes n'ont-ils pas le même droit ? M. Sanders n'avait-il pas le droit de changer d'avis ?

— C'était de la malveillance. (Elle avait l'air butée.) Il m'a manipulée.

— Je vous demande si, dans cette situation, M. Sanders avait le droit de changer d'avis !

— Non.

— Pourquoi ?

— Parce que pour les hommes, ce n'est pas pareil.

— Comment cela ?

— Mais enfin ! s'écria Meredith Johnson avec colère. Où est-on, ici ? Chez *Alice au pays des merveilles* ? Les hommes et les femmes sont différents ! Tout le monde le sait ! Les hommes sont incapables de maîtriser leurs pulsions.

— Apparemment, M. Sanders, lui, en était capable.

— Oui. Par malveillance. Pour m'humilier.

— Mais, à ce moment-là, M. Sanders a bien déclaré : « Ça ne me plaît pas. » Est-ce vrai, oui ou non ?

— Je ne me souviens pas de ses paroles exactes. Mais son comportement était extrêmement malveillant et dégradant pour moi en tant que femme.

— Reprenons, dit Louise Fernandez. Qui avait une attitude malveillante et dégradante envers l'autre ? Au début, M. Sanders n'a-t-il pas protesté contre la façon dont les choses se déroulaient ?

— Non, pas vraiment.

— Ah bon, il me semblait. (L'avocate consulta ses notes.) Avant cela, n'avez-vous pas dit à M. Sanders : « Tu as l'air en forme, Tom », puis : « Tu as toujours eu un beau petit cul bien dur » ?

— Je ne sais pas. Peut-être. Je ne m'en souviens pas.

— Et qu'a-t-il répondu ?

— Je ne m'en souviens pas.

— Ensuite, alors que M. Sanders parlait au téléphone, êtes-vous venue à côté de lui, avez-vous repoussé sa main en disant : « Laisse tomber ce téléphone » ?

— Peut-être. Je ne m'en souviens pas vraiment.

— Est-ce vous qui l'avez embrassé, à ce moment-là ?

— Je ne suis pas vraiment sûre. Je ne crois pas.

— Eh bien, voyons, comment cela aurait-il pu se passer autrement ? M. Sanders parlait au téléphone, avec son appareil cellulaire, près de la fenêtre. Vous étiez occupée à un autre téléphone, à votre bureau. A-t-il interrompu son appel, reposé son appareil, et est-il venu vers vous pour vous embrasser ?

Elle réfléchit un instant.

— Non.

— Qui, alors, a pris l'initiative d'embrasser l'autre ?

— Je crois que c'est moi.

— Et quand il a protesté, en s'exclamant : « Meredith ! » avez-vous passé outre en disant : « Oh, j'ai eu envie de toi toute la journée. Oh, qu'est-ce que j'en ai envie... Ça fait si longtemps que je n'ai pas été bien baisée » ?

Louise Fernandez débitait ces phrases d'une voix monocorde, comme si elle lisait une transcription.

— Euh, oui... C'est possible, ça doit être ça, oui.

L'avocate consulta à nouveau ses notes.

— Et lorsqu'il a dit : « Meredith, attends ! » d'un ton visiblement outré, avez-vous répliqué : « Oh, ne parle pas ! Non ! Non » ?

— Je crois que... oui, c'est possible.

— Tout bien réfléchi, diriez-vous que ces paroles de M. Sanders sont des protestations que vous avez ignorées ?

— Si c'étaient des paroles de protestation, elles n'étaient pas très claires. Donc, ma réponse est non.

— Madame Johnson, diriez-vous que M. Sanders a fait preuve d'un enthousiasme débordant tout au long de votre entrevue ?

Meredith Johnson hésita un moment. Que pouvait avoir révélé la bande magnétique ? Finalement, elle répondit :

— Parfois il montrait de l'enthousiasme, parfois non.

— Diriez-vous qu'il était ambivalent?

— Peut-être. D'une certain façon.

— Est-ce un oui ou un non, madame Johnson?

— Oui.

— Parfait. Donc, M. Sanders s'est montré tout le temps ambivalent. Il nous a dit pourquoi : parce qu'on lui proposait de s'embarquer dans une aventure avec une ancienne maîtresse qui était à présent sa supérieure hiérarchique. Et parce qu'il était marié. Pensez-vous que ce soient des raisons suffisantes pour se montrer ambivalent.

— J'imagine.

— Et c'est dans cet état d'ambivalence qu'au dernier moment M. Sanders a estimé qu'il ne devait pas aller plus loin. Et il vous a dit ce qu'il éprouvait, de façon simple et directe. Alors pourquoi parlez-vous de manipulation? J'estime que nous avons les preuves qu'il s'agit tout au contraire d'une attitude spontanée, plutôt désespérée, face à une situation que vous maîtrisiez entièrement. Il ne s'agissait pas de retrouvailles entre anciens amants, madame Johnson, comme vous vous plaisez à le dire. Il ne s'agissait pas d'une relation entre égaux. Vous êtes sa supérieure hiérarchique, et vous maîtrisiez tous les détails de cette entrevue. Vous avez décidé de l'heure, vous avez acheté le vin, acheté les préservatifs, verrouillé la porte, ensuite vous reprochez à votre subordonné de ne pas vous avoir honorée. Et c'est ainsi que vous continuez à présenter les choses.

— Et vous, vous cherchez à présenter sa conduite sous un jour favorable! rétorqua Meredith Johnson. Mais moi, ce que je dis, c'est qu'attendre le dernier moment pour changer d'avis, ça rend furieux.

— Oui, dit Louise Fernandez, c'est ce qu'éprouvent beaucoup d'hommes lorsque les femmes se refusent au dernier moment. Mais les femmes soutiennent que les hommes n'ont pas à se mettre en colère, parce qu'une femme a le droit de se retirer quand elle le veut. N'est-ce pas vrai?

Meredith Johnson pianotait nerveusement sur la table.

— Écoutez, dit-elle avec irritation, vous cherchez à transformer cette histoire en délit fédéral. Mais les choses sont simples. En quoi suis-je coupable? Je lui ai fait une proposition, c'est tout. Si M. Sanders n'était pas intéressé, il n'avait qu'à dire non. Mais il ne l'a jamais dit. Pas une seule fois. Parce que, en réalité, il cherchait à me manipuler. Il était furieux de ne pas avoir obtenu ce poste, et il voulait à se venger de la seule façon possible : en m'humiliant. C'est de la guérilla, de l'assassinat moral. Je réussis dans ma carrière, ça le rend furieux et il essaie de me le faire payer. Vous racontez toutes sortes d'histoires pour faire oublier cet aspect-là, qui est fondamental.

— Madame Johnson, ce qui est fondamental, c'est que vous êtes la supérieure de M. Sanders. Et votre comportement envers lui était illégal. Et de fait, c'est une affaire fédérale.

Il y eut un court moment de silence.

La secrétaire de Blackburn pénétra alors dans la salle et lui tendit une note. Blackburn lut le papier et le tendit à Heller.

— Madame Fernandez, dit le juge Murphy, êtes-vous disposée, maintenant, à m'expliquer ce qui se passe ?

— Oui, Votre Honneur. Il existe un enregistrement de ce qui s'est passé lundi soir.

— Vraiment ? Vous l'avez entendu ?

— Oui, Votre Honneur. Il confirme la version des faits donnée par M. Sanders.

— Connaissiez-vous l'existence de cet enregistrement, madame Johnson ?

— Non.

— Peut-être Mme Johnson et son avocat désirent-ils entendre également cette bande, dit le juge en regardant Blackburn dans les yeux.

— Votre Honneur, je vous demanderai une suspension d'audience de dix minutes, dit Heller en glissant la note dans sa poche.

— Je vous l'accorde, monsieur Heller. Ce fait nouveau la justifie amplement.

Les nuages étaient bas dans le ciel. La pluie menaçait. Blackburn, Heller et Johnson étaient en grande conversation près de la fontaine. Louise Fernandez les observait.

— Je ne comprends pas, dit-elle. Ils discutent encore. Mais de quoi ? Leur cliente a menti et a changé son histoire. Il est évident qu'elle s'est rendue coupable de harcèlement sexuel. On a une bande qui le prouve. Alors de quoi peuvent-ils bien parler ?

Fernandez demeura un instant silencieuse, les sourcils froncés.

— Vous savez, dit-elle, il faut bien reconnaître que Meredith Johnson est une femme sacrément intelligente.

— Oui, dit Sanders.

— Elle sait garder son sang-froid et elle a l'esprit vif.

— Mmmm...

— Elle a grimpé rapidement dans la hiérarchie de l'entreprise ?

— Oui.

— Alors... comment se fait-il qu'elle se soit mise dans une situation pareille ?

— Que voulez-vous dire ? demanda Sanders.

— Comment se fait-il qu'elle se soit ainsi jetée sur vous le premier jour ? Elle s'exposait à ce genre de problème. Elle me paraît trop intelligente pour ça.

Sanders haussa les épaules.

— Vous croyez que c'est simplement parce que vous êtes irrésistible ? dit Fernandez. Avec tout le respect que je vous dois, permettez-moi d'en douter.

Sanders songea alors à la façon dont Meredith, autrefois, lorsqu'elle faisait des démonstrations, avait pour habitude de croiser les jambes lorsqu'on lui posait une question à laquelle elle ne savait pas répondre.

— Elle s'est toujours servie de sa séduction pour détourner l'attention des gens, dit-il. Elle était très forte pour ça.

— Je vous crois volontiers. Alors de quoi cherche-t-elle à nous détourner, à présent ?

Sanders n'avait pas de réponse. Mais il sentait qu'il se passait autre chose.

— Allez savoir ce que sont réellement les gens dans leur vie privée, dit-il. Je connaissais une femme, autrefois, elle avait l'air d'un ange, mais elle aimait se faire frapper par ses amants.

— Mouais. Mais ça ne colle toujours pas. Meredith Jonhson a une grande maîtrise d'elle-même, et avec vous elle s'est laissé emporter.

— Vous avez dit vous-même que chez elle le harcèlement sexuel était certainement une pratique courante.

— Oui, peut-être. Mais pourquoi le premier jour ? Pourquoi tout de suite ? Je crois qu'elle avait une autre raison.

— Et moi ? dit Sanders. Pensez-vous que, moi, j'avais une autre raison ?

— Je le crois, dit-elle avec une certaine gravité. Mais nous en parlerons plus tard.

Alan arriva alors, en hochant la tête.

— Qu'avez-vous obtenu ? demanda Fernandez.

— Rien de bon. On est allés frapper partout, dit-il en agitant son carnet. Nous avons vérifié, pour cette adresse d'Internet. Le message venait du district universitaire. « Un ami » est en fait le Dr Arthur A. Friend *. Il est professeur de chimie inorganique à l'université de l'État de Washington. Ce nom vous dit quelque chose ?

— Non, dit Sanders.

— Ça ne m'étonne pas. En ce moment, le professeur Friend se trouve dans le nord du Népal pour une mission que lui a confiée le gouvernement népalais. Il est là-bas depuis trois semaines. Il ne devrait pas rentrer avant la fin juillet. Ce n'est probablement pas lui qui a envoyé ces messages.

— Quelqu'un a donc utilisé son adresse d'Internet ?

— Sa secrétaire dit que c'est impossible. Son bureau est fermé en son absence, et elle est la seule à y pénétrer. Personne n'a donc accès à son terminal d'ordinateur. La secrétaire répond une fois par semaine au courrier électronique du professeur Friend, mais, entre-temps, l'ordinateur est coupé. Et elle est la seule, en dehors du pro-

---

* *Friend* veut dire ami, en anglais. *(N.d.T.)*

fesseur, à connaître son mot de passe. Je ne comprends pas. C'est un mystère.

— Bon, dit Fernandez. Et Conrad Computer ?

— Conrad est resté très ferme. Ils ne fourniront d'informations qu'à l'employeur actuel, c'est-à-dire à DigiCom. Rien à nous. Et ils disent que l'employeur actuel ne leur a rien demandé. Comme on insistait, ils ont appelé DigiCom, qui leur a répondu que les informations qu'ils pouvaient détenir ne les intéressaient pas.

— Mmmm.

— Ensuite, le mari, dit Alan. J'ai parlé à quelqu'un qui travaille dans sa société, la CoStar. Il dit que ce gars-là la déteste, qu'il a plein de choses affreuses à dire sur son compte. Mais il est en vacances pour une semaine au Mexique avec sa nouvelle petite amie.

— Dommage.

— Et puis Novell. Eux, ils ne gardent leurs archives que pendant cinq ans. Ensuite, elles sont envoyées au siège social, dans l'Utah. Ils ne comprennent pas pourquoi on en aurait besoin, mais ils sont disposés à nous communiquer les renseignements si nous leur payons une certaine somme. Ça prendrait deux semaines.

Louise Fernandez secoua la tête.

— Ça ne va pas.

— Non.

— J'ai très nettement l'impression que Conrad nous cache quelque chose, dit Fernandez.

— Peut-être. Mais il va falloir l'obtenir par voie de justice. Ce sera trop long. (Alan regarda les autres, de l'autre côté de la cour.) Que se passe-t-il, maintenant ?

— Rien. Ils campent sur leurs positions.

— Toujours ?

— Oui.

— Bon Dieu ! s'exclama Alan. Mais qui la protège ?

— J'aimerais le savoir, dit l'avocate.

Sanders sortit son téléphone cellulaire de sa poche et appela son bureau.

— Bonjour, Cindy. Il y a des messages ?

— Seulement deux. Stephanie Kaplan a demandé si elle pouvait vous voir aujourd'hui.

— Elle a dit pourquoi ?

— Non. Mais elle a dit que ça n'était pas important. Et Mary Anne est venue vous voir deux fois.

— Probablement pour m'assassiner, dit Sanders.

— Je ne crois pas. C'est à peu près la seule qui... Enfin, je crois qu'elle est très inquiète pour vous.

— D'accord. Je vais l'appeler.

Il s'apprêtait à composer le numéro de Mary Anne lorsque Louise Fernandez lui enfonça le doigt dans les côtes.

Levant les yeux, il aperçut une femme mince, aux cheveux gris, qui traversait le parking et se dirigeait vers eux.

— Bouclez-la, dit Fernandez.

— Pourquoi ? Qui est-ce ?

— Connie Walsh.

Connie Walsh était une femme d'environ quarante-cinq ans à l'air peu amène.

— Vous êtes Tom Sanders ?

— Oui.

Elle exhiba un petit enregistreur à cassette.

— Je suis Connie Walsh, du *Post-Intelligencer*. Pouvons-nous nous entretenir un moment ?

— Certainement pas ! dit Louise Fernandez.

Connie Walsh la toisa.

— Je suis l'avocate de M. Sanders.

— Je sais qui vous êtes, rétorqua la journaliste avant de se retourner vers Sanders. Monsieur Sanders, notre journal enquête sur une affaire de discrimination chez DigiCom. D'après mes sources, vous accusez Meredith Johnson de discrimination sexuelle. Est-ce vrai ?

— Il n'a aucun commentaire à faire, dit Fernandez en s'interposant entre Walsh et Sanders.

La journaliste s'adressa à Sanders par-dessus l'épaule de Fernandez.

— Monsieur Sanders, est-il exact que vous soyez d'anciens amants et que cette plainte constitue une sorte de vengeance ?

— Il n'a aucun commentaire, répéta Fernandez.

— J'ai l'impression que si, dit Walsh. Monsieur Sanders, vous n'êtes pas obligé de l'écouter. Vous pouvez me répondre si vous le désirez. Et je crois que vous devriez profiter de cette chance qui vous est donnée de vous défendre. Parce que, d'après mes informations, vous avez agressé physiquement Mme Johnson. Ce sont des accusations très graves, et j'imagine que vous vous voudrez y répondre. Qu'avez-vous à dire sur ces accusations ? L'avez-vous agressée physiquement ?

Sanders s'apprêtait à répondre, mais Louise Fernandez lui lança un regard d'avertissement et lui posa la main sur la poitrine. Puis l'avocate se tourna vers Connie Walsh.

— Est-ce Mme Johnson qui vous a tenu de tels propos ? Parce qu'elle était la seule à se trouver sur les lieux en compagnie de M. Sanders.

— Je ne peux vous répondre. Disons que je tiens cette histoire de source sûre.

— De l'intérieur ou de l'extérieur de la société ?

— Je ne peux vous le dire.

— Madame Walsh, j'interdis à M. Sanders de vous parler. Et je vous conseille de consulter l'avocat de votre journal avant de publier de telles accusations infondées.

— Elles ne sont pas infondées, j'ai des sources...

— Si votre avocat se pose la moindre question, il ferait mieux d'appeler M. Blackburn. Lui saura lui expliquer dans quelle situation vous vous retrouveriez en publiant un tel article.

Connie Walsh sourit faiblement.

— Monsieur Sanders, avez-vous un commentaire à faire ?

— Je vous conseille de consulter votre avocat, madame Walsh, dit Louise Fernandez.

— Je vais le faire. Mais ça ne changera rien. Vous ne pouvez pas étouffer une telle affaire. M. Blackburn non plus. Et, personnellement, je dois dire que je ne comprends pas comment vous pouvez assurer la défense dans une affaire pareille.

Louise Fernandez s'approcha de la journaliste.

— Venez, allons faire quelques pas, dit-elle en souriant. Je vais vous expliquer un certain nombre de choses.

Les deux femmes s'éloignèrent.

Alan et Sanders demeurèrent sur place. Alan laissa échapper un soupir.

— Je donnerais cher pour savoir ce qu'elles se disent.

— Peu importe ce que vous me direz, déclara Connie Walsh. Je ne vous révélerai pas mes sources.

— Je ne vous les demande pas. Je vous informe simplement que votre histoire est fausse.

— Bien sûr vous dites ça parce que...

— Et il y a des preuves matérielles de ses mensonges.

Connie Walsh fronça les sourcils.

— Des preuves matérielles ?

— Eh oui, dit Louise Fernandez en hochant doucement la tête.

— Mais c'est impossible, dit la journaliste après un instant de réflexion. Vous l'avez dit vous-même. Ils étaient seuls dans le bureau. C'est sa parole à lui contre la sienne. Il n'y a pas de preuves matérielles.

Louise Fernandez secoua la tête sans répondre.

— Qu'est-ce que c'est ? Une bande magnétique ?

— Je ne peux pas vous le dire, dit l'avocate en souriant.

— Même si elle existe, qu'est-ce que ça prouve ? Qu'elle lui a un peu pincé les fesses ? Qu'elle a lancé quelques plaisanteries ? La belle affaire ! Ça fait des siècles que les hommes font ce genre de choses.

— Ce n'est pas le problème...

— Attendez un peu ! Alors ce type se fait un peu chatouiller et il se met à beugler comme si on l'écorchait vif ? Ça n'est pas un comportement normal chez un homme. Visiblement, ce type déteste et méprise les femmes. Il suffit de le regarder. Et puis il n'y a aucun doute : il l'a frappée. La société a dû appeler un médecin pour l'examiner parce qu'elle était en état de choc. D'après différentes sources, c'est un homme violent. Cela fait des années que sa femme et lui ont des problèmes. D'ailleurs, elle a quitté la ville avec ses enfants et va entamer une procédure de divorce.

Tout en prononçant ces derniers mots, Connie Walsh observait son interlocutrice avec attention.

Louise Fernandez se contenta de hausser les épaules.

— C'est un fait. Sa femme a quitté la ville, répéta Connie Walsh. Brusquement. Avec les enfants. Et personne ne sait où elle est allée. Vous, vous pouvez me dire ce que cela signifie.

— Écoutez, madame Walsh, tout ce que je peux vous dire, en ma qualité d'avocate de M. Sanders, c'est qu'il existe des preuves matérielles qui contredisent vos sources à propos de cette affaire de harcèlement sexuel.

— Allez-vous me montrer ces preuves?

— Certainement pas.

— Alors comment puis-je être certaine de leur existence?

— Vous n'avez aucun moyen d'en être certaine. Vous savez seulement que je vous ai informée de leur existence.

— Et si je ne vous crois pas?

Fernandez sourit.

— C'est le genre de décision que doit parfois prendre un journaliste.

— Vous voulez dire qu'il peut y avoir plainte pour diffamation?

— Si vous publiez votre histoire, oui.

Connie Walsh fit un pas en arrière.

— Écoutez. Vous avez peut-être des arguments d'ordre juridique; et peut-être pas. Mais, pour moi, vous faites partie de ces femmes qui cherchent à se faire bien voir du système patriarcal en se mettant à genoux. Si vous aviez un tant soit peu de respect pour vous-même, vous ne feriez pas le sale boulot à leur place.

— En fait, chère madame, celle qui semble prisonnière du système patriarcal, c'est vous.

— N'importe quoi! Laissez-moi vous dire qu'il y a des faits que vous ne pourrez pas nier. Il lui a fait des avances pressantes, ensuite il l'a frappée. C'est un ancien amant, il a de la rancune et il est violent. En un mot, c'est un homme! Et, avant de m'en aller, laissez-moi vous dire une chose: il va regretter d'être né.

— Alors, elle va raconter son histoire ? demanda Sanders.

— Non, dit Fernandez.

Connie Walsh était à présent en grande discussion avec Blackburn, à quelques pas de Meredith Johnson et de Ben Heller.

— Ne vous laissez pas distraire par tout ça, dit Louise Fernandez. Ce n'est pas important. La principale question, c'est de savoir ce qu'ils vont faire de Meredith Johnson.

Un moment plus tard, Heller vint les rejoindre.

— Nous avons beaucoup discuté, Louise.

— Alors ?

— Nous en avons conclu qu'il n'est plus utile de poursuivre la médiation. J'en ai informé le juge Murphy.

— Vraiment ? Et la bande ?

— Ni Mme Johnson ni M. Sanders ne savaient qu'ils étaient enregistrés. D'après la loi, une partie au moins doit savoir que l'échange est enregistré, sinon l'enregistrement ne peut être admis comme preuve.

— Mais enfin, Ben...

— Nous estimons que cette bande ne peut servir de preuve ni pour cette médiation ni pour une éventuelle procédure à venir. Nous estimons que Mme Johnson a raison lorsqu'elle considère qu'il s'agit d'un malentendu entre adultes consentants et que M. Sanders porte une part de responsabilité dans ce malentendu. Ma chère Louise, on ne peut nier que M. Sanders ait été un participant actif. Il lui a enlevé sa culotte. Personne ne lui avait posé un canon de revolver sur la tempe. Mais, puisqu'il y a eu faute des deux côtés, le mieux est encore pour les deux parties de se serrer la main, d'abandonner toute animosité et de retourner au travail. Apparemment, M. Garvin l'a

308

déjà proposé à M. Sanders, mais celui-ci a refusé. Nous estimons qu'en de telles circonstances M. Sanders se conduit de façon déraisonnable et que, s'il ne change pas rapidement d'attitude, il sera licencié pour n'avoir pas repris son travail.

— Espèce d'ordure! lança Sanders.

Louise Fernandez lui posa la main sur le bras pour le calmer.

— Dites-moi, Ben, est-ce une offre de réconciliation et de réintégration dans l'entreprise? Une offre en bonne et due forme?

— Oui.

— Et quelles sont les compensations?

— Pas de compensations. Tout le monde retourne au travail, un point, c'est tout.

— Si je vous fais cette demande, dit Louise Fernandez, c'est parce que je peux facilement prouver que M. Sanders savait qu'ils étaient enregistrés, ce qui rend la bande recevable en justice. Je ferai également valoir qu'elle est recevable au titre du droit d'accès aux documents, comme en fait foi la jurisprudence de l'affaire Waller contre Herbst. Je ferai valoir également que la société était au courant des pratiques de harcèlement sexuel de Mme Johnson et qu'elle n'a pas jugé bon de se renseigner davantage sur son comportement, ni avant cet incident ni par la suite. J'ajouterai aussi que la société a gravement nui à la réputation de M. Sanders en informant Connie Walsh.

— Attendez un instant...

— Je ferai valoir que la société avait une bonne raison d'organiser une telle fuite: priver M. Sanders d'une récompense bien méritée pour ses dix années au service de la société DigiCom. Quant à Mme Johnson, elle avait eu des ennuis auparavant. Je plaiderai la diffamation et demanderai des dommages et intérêts suffisamment importants pour qu'ils fassent réfléchir toutes les entreprises des États-Unis. Je demanderai soixante millions de dollars, Ben. Et, dès que le jury aura écouté cette bande, vous serez disposé à transiger à quarante millions. Car, vous comme moi, nous savons que, lorsque le jury aura écouté la bande, il ne leur faudra pas cinq minutes pour admettre la culpabilité de Mme Johnson et de la société.

Heller secoua la tête.

— D'abord, je ne pense pas que le tribunal acceptera d'auditionner cette bande. Ensuite, il va s'en passer du temps d'ici là: environ trois ans.

Fernandez hocha lentement la tête.

— Oui, dit-elle, trois ans, c'est long.

— A qui le dites-vous, Louise. Il peut s'en passer des choses, en trois ans.

— Oui, et franchement je suis inquiète pour cette bande. Il peut arriver tellement de choses scandaleuses avec une preuve aussi importante. Je ne peux pas garantir qu'une copie n'ait pas déjà été réalisée. Ce serait terrible si l'une de ces copies arrivait entre les mains de KOEM et s'ils la diffusaient à la radio.

— Mon Dieu, Louise ! s'écria Heller. Je n'arrive pas à croire que vous puissiez dire une chose pareille !

— Que j'aie dit quoi ? Je vous fais simplement part de mes craintes légitimes. Ce serait négligence de ma part si je ne le faisais pas. Regardons les choses en face, Ben. Ce n'est plus un secret, maintenant. La presse est déjà en possession de l'histoire, puisque quelqu'un est allé tout raconter à Connie Walsh. Et son article s'est révélé très dommageable pour M. Sanders. De plus, il semble que quelqu'un continue de renseigner Connie Walsh, parce qu'à présent elle compte révéler de prétendues violences physiques commises par mon client. Il est vraiment dommage que de votre côté quelqu'un ait choisi d'aller se répandre auprès des journalistes. Mais, vous comme moi, nous savons comment fonctionne la presse : on ne sait jamais d'où viendra la prochaine fuite.

Heller était visiblement mal à l'aise. Il glissa un regard en direction des autres, près de la fontaine.

— Écoutez, Louise, je crois que de l'autre côté ils n'ont pas l'intention de s'amuser à ce jeu.

— Rapportez-leur quand même mes propos.

Avec un haussement d'épaules, Heller s'éloigna.

— Qu'est-ce qu'on fait, maintenant ? demanda Sanders.

— On retourne à votre bureau.

— Tous les deux ?

— Oui, dit l'avocate. Ce n'est pas terminé. Il va encore se passer des choses aujourd'hui, et je veux être présente.

De sa voiture, Blackburn téléphona à Garvin.

— La médiation est terminée. Nous y avons mis fin.

— Alors?

— Nous faisons pression sur Sanders pour qu'il retourne au travail. Mais il n'a pas réagi. Il campe sur ses positions. Maintenant, il menace de réclamer soixante millions de dollars de dommages et intérêts.

— Hein? Des dommages et intérêts pour quoi?

— Diffamation et négligence de notre part, puisque nous étions censés savoir que Meredith se livrait habituellement au harcèlement sexuel.

— Je n'ai jamais été au courant! s'écria Garvin. Tu avais déjà entendu parler de ce genre d'histoire, toi?

— Non, dit Blackburn.

— Y a-t-il des preuves matérielles?

— Non, je suis sûr qu'il n'y en a pas.

— Bon. Alors laissons-le menacer. Où en est la situation avec Sanders?

— Nous lui avons donné jusqu'à demain pour rejoindre son poste de travail ou partir.

— Parfait, dit Garvin. Maintenant, passons aux choses sérieuses. Qu'est-ce qu'on a contre lui?

— On travaille sur cette histoire de délits. On n'en est qu'au début, mais c'est prometteur.

— Et ses relations avec les femmes?

— On n'a aucun élément de preuve. Je sais qu'il y a quelques années Sanders couchait avec une de ses secrétaires, mais on n'en a aucune trace dans l'ordinateur. Je crois qu'il les a effacées.

— Comment est-ce possible ? On lui en a interdit l'accès.

— Il a dû le faire il y a quelque temps. C'est un malin.

— Pourquoi aurait-il fait ça il y a quelque temps ? Soyons sérieux, Phil ! Il n'avait aucune raison de prévoir ce qui allait se passer.

— Je sais, en tout cas on ne retrouve plus aucune trace. (Un moment de silence.) Bob, je crois qu'on devrait avancer la conférence de presse.

— Quand ?

— Demain, en fin de journée.

— Bonne idée. Je vais m'en occuper. On pourrait même la faire demain à midi. John Marden vient ici demain matin, ajouta Garvin en faisant allusion au directeur général de Conley-White. Ça tombera à pic.

— Sanders compte faire traîner les choses jusqu'à vendredi, dit Blackburn. Coupons-lui l'herbe sous le pied. De toute façon, il est paralysé. Il n'a plus accès aux données de la société, pas plus qu'aux archives de Conrad. Il est isolé. Entre aujourd'hui et demain, il ne pourra rien trouver qui puisse nous nuire.

— Parfait, dit Garvin. Et la journaliste ?

— Je crois qu'elle sortira son histoire vendredi. Elle l'a déjà, mais je ne sais pas qui la lui a donnée. En tout cas, elle ne résistera pas au plaisir de traîner Sanders dans la boue. L'histoire est délectable, elle s'en servira. Il sera écrabouillé.

— Parfait, dit Garvin.

En sortant de l'ascenseur, au quatrième étage, chez DigiCom, Meredith Johnson rencontra Ed Nichols.

— Vous nous avez manqué lors des réunions de ce matin, dit Nichols.

— Oui, j'avais un certain nombre de problèmes à régler, dit-elle.

— Des choses importantes ?

— Non. Affreusement ennuyeuses. Des histoires techniques à propos de dégrèvement d'impôts en Irlande. Le gouvernement irlandais veut que nous utilisions plus de produits locaux dans notre usine de Cork, mais nous ne sommes pas sûrs de pouvoir le faire. Cette affaire dure depuis plus d'un an.

— Vous avez l'air un peu fatiguée, dit Nichols, préoccupé. Un peu pâle.

— Ça va. Mais je serais heureuse lorsque tout ça sera terminé.

— Nous aussi, je peux vous l'assurer. Accepteriez-vous une invitation à dîner ?

— Peut-être vendredi soir, si vous êtes encore à Seattle. (Elle sourit.) Mais je vous assure, Ed, ne vous inquiétez pas : ce ne sont que des histoires d'impôts.

— Oui, oui, je vous crois.

Un petit signe de la main, et il s'éloigna. Meredith Johnson pénétra dans son bureau.

Elle eut la surprise d'y trouver Stephanie Kaplan, occupée à travailler à son ordinateur. Stephanie eut l'air embarrassée.

— Excusez-moi d'utiliser votre ordinateur. Je revoyais quelques comptes en vous attendant.

Meredith jeta son sac sur le canapé.

— Écoutez, Stephanie, mettons les choses au clair entre nous. Je

313

dirige le département, et personne n'y changera rien. Il arrive un moment où, en tant que vice-présidente, je dois savoir qui est de mon côté et qui ne l'est pas. Si l'on me soutient, je saurai m'en souvenir. Si l'on ne me soutient pas, eh bien, je me débrouillerai. On se comprend bien ?

Stephanie Kaplan se leva et contourna le bureau.

– Bien sûr, Meredith.

– Alors ne vous foutez pas de moi !

– Je n'en ai jamais eu l'intention.

– D'accord. Merci, Stephanie.

Kaplan quitta le bureau. Meredith Johnson referma la porte derrière elle et se dirigea vers son ordinateur.

En parcourant les couloirs de DigiCom, Sanders avait l'impression d'arpenter un monde inconnu. Les gens qu'il croisait détournaient le regard, ne lui parlaient pas.

— Je n'existe plus, dit-il à Louise Fernandez.

— Ne vous en faites pas.

Ils traversèrent la partie centrale de l'étage, là où les employés travaillaient dans des bureaux ouverts, dont les cloisons arrivaient à hauteur de poitrine. On entendit des grognements de cochon. Quelqu'un chantonna : « Oui, je la baisais, mais maintenant c'est fini... »

Sanders s'immobilisa et se tourna vers l'insolent. Louise lui saisit le bras.

— Ne vous en faites pas.

— Mais enfin, bon Dieu...

— N'aggravez pas les choses.

Ils passèrent devant la machine à café. A côté, quelqu'un avait épinglé une photo de Sanders qui servait de cible à fléchettes.

— Mon Dieu...

— Ne vous arrêtez pas.

Dans un couloir, ils croisèrent Don Cherry.

— Salut, Don.

— Tom, t'as vraiment joué au con.

Il secoua la tête et poursuivit son chemin sans s'arrêter.

Même Don Cherry !

Sanders soupira.

— Vous saviez que ça se passerait de cette façon, dit Fernandez.

— Peut-être.

— Mais si, vous le saviez. Ça se passe toujours ainsi.

En voyant arriver son patron, Cindy se leva.

— Tom, Mary Anne demande que vous l'appeliez dès votre arrivée.

— Bien.

— Quant à Stephanie Kaplan, elle a dit qu'elle avait trouvé ce qu'elle cherchait. Elle a demandé, euh... que vous ne l'appeliez pas.

— D'accord.

Il pénétra dans son bureau, ferma la porte puis s'assit à sa table, Louise Fernandez face à lui. Elle prit immédiatement le téléphone et composa un numéro.

— Une chose à régler tout de suite, dit-elle. Allô! le bureau de Mme Vries, s'il vous plaît. De la part de Louise Fernandez.

Elle mit la main sur le micro du combiné.

— Ça ne devrait pas... Oh, Eleanor? Bonjour, c'est Louise Fernandez. Je vous appelle à propos de Connie Walsh. Mmmm... Je suis sûre que vous avez déjà eu une conversation, toutes les deux. Oui, je sais que cette affaire lui tient très à cœur. Écoutez, je voulais simplement vous informer que les propos échangés au cours de cette soirée ont été enregistrés et que la bande confirme la version de M. Sanders plutôt que celle de Mme Johnson. Oui, oui, je pourrais le faire... De façon tout à fait confidentielle? Oui, c'est possible. Le problème, avec les sources de Connie Walsh, c'est que la société est largement impliquée, et, si vous publiez des assertions qui se révèlent fausses, vous risquez le procès en diffamation. Oui, je suis sûre que M. Blackburn porterait plainte. Il n'aurait pas le choix. Pourquoi ne pas... Hum, je vois. Bon, évidemment, dans ces conditions... Et n'oubliez pas que M. Sanders songe à porter plainte pour diffamation à propos de l'article sur M. Cochon... Pourquoi ne le faites-vous pas, alors? Bon, merci.

Elle raccrocha et se tourna vers Sanders.

— Nous étions ensemble à la fac de droit. Eleanor est quelqu'un de très prudent et de très compétent. Si elle n'avait pas eu une totale confiance dans les sources de Connie Walsh, elle n'aurait jamais laissé paraître le premier article et n'autoriserait pas la publication du prochain.

— Ce qui veut dire?

— Que je suis à peu près sûre de savoir qui lui a transmis les informations.

Elle composa un nouveau numéro.

— Qui? demanda Sanders.

— Pour l'instant, l'important, c'est Meredith Johnson. Il faut trouver des éléments prouvant qu'elle a l'habitude de harceler sexuellement ses subordonnés. D'une façon ou d'une autre, il va falloir qu'on fasse sauter les verrous chez Conrad Computer. (Elle se détourna.) Harry? Bonjour, c'est Louise. Vous avez eu Conrad? Ah bon. Alors? (Un moment de silence.) Vous leur avez parlé de leurs responsabilités légales? Mmmm... Au diable! Qu'est-ce qu'on fait, alors? Parce qu'il faut faire très vite, Harry, c'est ça qui m'inquiète.

Tandis qu'elle parlait, Sanders se tourna vers son moniteur. La lumière du courrier électronique clignotait. Il cliqua.

VOUS AVEZ 17 MESSAGES.

Incroyable! Il appuya sur la touche LECTURE. Les messages défilèrent les uns à la suite des autres.

DE: DON CHERRY, ÉQUIPE DE PROGRAMMATION DU CORRIDOR.
A: TOUT LE MONDE.
NOUS AVONS LIVRÉ L'APPAREIL EIV À CONLEY-WHITE. IL FONCTIONNE DÉSORMAIS DANS LEUR BASE DE DONNÉES, CAR ILS SE SONT BRANCHÉS AVEC NOUS AUJOURD'HUI. JOHN CONLEY A DEMANDÉ QU'IL SOIT LIVRÉ DANS UNE SUITE DE L'HÔTEL QUATRE SAISONS, PARCE QUE LEUR DIRECTEUR GÉNÉRAL ARRIVE LÀ-BAS JEUDI MATIN. ENCORE UN TRIOMPHE OFFERT À TOUS PAR LES GÉNIES DE L'EIV.

DON LE MAGNIFIQUE

Sanders passa au message suivant.

DE: GROUPE DIAGNOSTIC.
A: DÉPARTEMENT DES PRODUITS D'AVANT-GARDE.
ANALYSE DES LECTEURS TWINKLE. LE PROBLÈME DE LA BOUCLE TEMPORELLE DE CONTRÔLE NE SEMBLE PAS VENIR DE LA PUCE ELLE-MÊME. NOUS AVONS VÉRIFIÉ LES MICRO-FLUCTUATIONS DE COURANT VENUES DU BLOC D'ALIMENTATION QUI ÉTAIT APPAREMMENT ÉQUIPÉ DE RÉSISTANCES NON CONFORMES AU CAHIER DES CHARGES, MAIS IL S'AGIT DE DÉFAUTS MINEURS QUI N'EXPLIQUENT PAS LES DYSFONCTIONNEMENTS CONSTATÉS. L'ANALYSE SE POURSUIT.

Sanders lut ce message avec détachement. Cette avalanche de mots dissimulait une vérité toute simple: ils n'avaient encore rien trouvé. En d'autres temps, il aurait foncé au service diagnostic pour les secouer, mais à présent... Il haussa les épaules et passa au message suivant.

DE: BASE-BALL CENTRAL.
A: TOUS LES JOUEURS.
OBJET: NOUVEAU CALENDRIER D'ÉTÉ DE SOFTBALL
POUR LE NOUVEAU PROGRAMME D'ÉTÉ, VOIR LE DOSSIER BB.72. A BIENTÔT, SUR LE TERRAIN!

Au téléphone, Louise Fernandez disait : « Écoutez, Harry, il faut qu'ils cèdent. A quelle heure ferment leurs bureaux, à Sunnyvale ? » Sanders passa au message suivant.

PLUS DE MESSAGES COLLECTIFS. VOULEZ-VOUS LIRE LES MESSAGES PER-
SONNELS ?

Il cliqua sur l'icône.

POURQUOI NE PAS RECONNAÎTRE QUE TU ES HOMO ?

(NON SIGNÉ)

Peu lui importait de savoir d'où cela venait. Ils avaient probablement introduit manuellement l'adresse de Garvin, ou quelque chose comme ça. Il aurait pu vérifier l'origine réelle du message, mais il aurait fallu pour cela utiliser les privilèges qui lui avaient été retirés. Il passa au message suivant.

ELLE EST PLUS BELLE QUE TA SECRÉTAIRE, MAIS, ELLE, ÇA T'EMPÊCHAIT
PAS DE LA BAISER.

(NON SIGNÉ)

Suivant.

TIRE-TOI DE LA SOCIÉTÉ, ESPÈCE DE SALE FOUINEUR.

UN AMI QUI TE VEUT DU BIEN

Et allez donc! Suivant.

LE PETIT TOMMY
JOUAIT TOUS LES JOURS À TOUCHE-PIPI
MAIS QUAND UNE DAME A VOULU TOUCHER
LE PETIT TOMMY S'EST MIS À CRIER.

Les vers se poursuivaient ainsi jusqu'en bas de l'écran, mais Sanders ne les lut pas. Il cliqua et passa au message suivant.

SI TU BAISAIS MOINS TA FILLE, TU SERAIS CAPABLE DE

Il cliqua à nouveau. De plus en plus vite, survolant les messages.

LES TYPES COMME TOI, ÇA FAIT DU TORT À TOUS LES HOMMES, ESPÈCE
D'ENFOIRÉ.

BORIS

Clic.

ESPÈCE DE GROS PORC MENTEUR.

Clic.

Il fit défiler les messages sans les lire. Finalement, il alla si vite qu'il faillit manquer l'un des derniers.

JE VIENS D'APPRENDRE QUE MOHAMMED JAFAR AGONISE. IL EST TOUJOURS À L'HÔPITAL, ET L'ON S'ATTEND À CE QU'IL MEURE AVANT DEMAIN MATIN. APRÈS TOUT, IL S'AGIT PEUT-ÊTRE D'UNE HISTOIRE DE SORCELLERIE.

ARTHUR KAHN

Sanders relut le message. Un homme tué par sorcellerie ? Il n'arrivait pas à comprendre ce qui avait pu se passer. L'idée même semblait venir d'un autre monde, en tout cas, pas du sien. Toujours au téléphone, Louise Fernandez disait : « Tant pis, Harry, mais Conrad possède des informations sur cette histoire de harcèlement sexuel, et il faut les obtenir. »

Sanders cliqua pour obtenir le dernier message.

VOUS NE CHERCHEZ PAS DANS LA BONNE SOCIÉTÉ.

UN AMI

Sanders fit pivoter l'écran du moniteur de façon que Louise Fernandez pût le voir. Elle fronça les sourcils tout en continuant de parler au téléphone.

— Harry, il faut que j'y aille. Faites ce que vous pouvez. (Elle raccrocha.) Qu'est-ce que ça veut dire, que nous ne cherchons pas dans la bonne société ? Comment cet ami sait-il ce que nous sommes en train de faire ? Quand ce message est-il arrivé ?

Sanders lut l'en-tête de message.

— A 13 h 30 cet après-midi.

Fernandez prit quelques notes sur son carnet.

— C'était à peu près l'heure où Alan téléphonait chez Conrad. Et Conrad a appelé DigiCom, vous vous en souvenez ? Donc, ce message doit venir de l'intérieur de DigiCom.

— Mais il passe par l'Internet !

— Quel que soit son trajet, il vient de quelqu'un qui se trouve à l'intérieur de la société et qui cherche à vous aider.

Il songea brusquement à Max, mais c'était absurde. Max Dorfman était retors, mais pas de cette façon-là. En outre, il n'était pas au courant de ce qui se passait à l'instant même chez DigiCom.

Non, il s'agissait de quelqu'un qui voulait aider Sanders, mais sans laisser de trace.

— « Vous ne cherchez pas dans la bonne société », répéta-t-il à voix haute.

Quelqu'un de Conley-White ? Ce pouvait être n'importe qui.

— Qu'est-ce que ça veut dire, que nous ne cherchons pas dans la bonne société? dit-il. Nous faisons des recherches chez tous ses anciens employeurs, et nous avons des difficultés à...

Il s'interrompit.

— Quel idiot je suis! s'exclama-t-il.

Il se mit à pianoter sur son ordinateur.

— Que faites-vous? demanda Fernandez.

— Ils ont limité mes zones d'accès, mais je devrais quand même pouvoir obtenir ça, dit-il.

— Obtenir quoi?

— Vous dites que le harcèlement sexuel est un comportement habituel, n'est-ce pas?

— Oui.

— Qui se répète?

— Oui.

— Or nous faisons des recherches chez ses anciens employeurs sans rien obtenir. En fait, ça fait quatre ans que Meredith travaille chez DigiCom. Voilà pourquoi nous ne cherchons pas dans la bonne société.

Il regarda les mots s'inscrire sur l'écran.

RECHERCHE BASE DE DONNÉES.

Quelques instants plus tard, il tourna l'écran vers Louise Fernandez pour qu'elle puisse lire.

DIGITAL COMMUNICATIONS RÉFÉRENCES RECHERCHE.

DB4 : RESSOURCES HUMAINES (SUB 5/ FICHIER SALARIÉS).
CRITÈRES DE RECHERCHE :
1. SITUATION : LICENCIEMENT / MUTATION / DÉMISSION.
2. SUPÉRIEUR : JOHNSON MEREDITH.
3. AUTRE CRITÈRE : HOMMES SEULEMENT.

RÉSULTATS RECHERCHE :

MICHAEL TATE	*09/05/89*	*LICENCIÉ*	*USAGE DE DROGUE*	*RH REF/MED*
EDWIN SHEEN	*05/07/89*	*DÉMISSION*	*AUTRE EMPLOYEUR*	*D-SILICON*
WILLIAM ROGIN	*09/11/89*	*MUTATION*	*A SA DEMANDE*	*AUSTIN*
FREDERIC COHEN	*02/04/90*	*DÉMISSION*	*AUTRE EMPLOYEUR*	*SQUIRE SX*
MICHAEL BACKES	*01/08/91*	*MUTATION*	*A SA DEMANDE*	*MALAISIE*
PETER SALTZ	*04/10/91*	*DÉMISSION*	*AUTRE EMPLOYEUR*	*NOVELL CUPT*
ROBERT ELY	*01/12/91*	*MUTATION*	*A SA DEMANDE*	*SEATTLE*
ROSS WALD	*05/02/92*	*MUTATION*	*A SA DEMANDE*	*CORK*
RICHARD JACKSON	*14/05/92*	*MUTATION*	*A SA DEMANDE*	*SEATTLE*
JAMES FRENCH	*02/09/92*	*MUTATION*	*A SA DEMANDE*	*AUSTIN*

Louise Fernandez parcourut la liste du regard.

— Apparemment, c'est risqué de travailler pour Meredith

Johnson. Le schéma est classique : les gens ne restent que quelques mois, puis démissionnent ou demandent à être mutés. Tout cela volontairement. Personne n'est jamais licencié, pour ne pas donner lieu à des plaintes pour licenciement abusif. Et il n'y a aucune femme. Classique. Vous connaissez certains de ces gars-là ?

— Non, dit Sanders en secouant la tête. Mais il y en a trois à Seattle.

— Je n'en vois que deux.

— Non, Squire Systems se trouve à Bellevue. Donc, Frederic Cohen se trouve également ici.

— Avez-vous un moyen d'obtenir le détail des indemnités que ces gens auraient reçues ? demanda l'avocate. Ça nous aiderait. Parce que, si DigiCom leur a versé des pots-de-vin, nous avons une preuve fabuleuse.

— Non, dit Sanders. L'accès minimal ne permet pas d'obtenir les données comptables.

— Essayez quand même.

— Mais pourquoi ? Le système ne me laissera pas entrer.

— Allez-y, dit Fernandez.

— Vous croyez qu'ils me surveillent ?

— Je peux vous l'assurer.

— D'accord.

Il tapa les informations nécessaires et appuya sur la touche de recherche. La réponse ne tarda pas :

LE NIVEAU 0 NE PERMET PAS L'ACCÈS AUX DONNÉES COMPTABLES.

Il haussa les épaules.

— Qu'est-ce que je vous avais dit ?

— L'important, c'est que nous ayons posé la question. Ça va les réveiller.

Sanders se dirigeait vers les ascenseurs lorsqu'il aperçut Meredith qui s'avançait vers lui en compagnie de trois membres de la direction de Conley-White. Il fit demi-tour et prit l'escalier, décidé à descendre à pied jusqu'au rez-de-chaussée. L'escalier était désert.

Un étage plus bas, une porte s'ouvrit, livrant passage à Stephanie Kaplan, qui se mit à monter l'escalier. Sanders n'avait guère envie de lui adresser la parole : Kaplan, après tout, était directeur financier de DigiCom, proche de Garvin et de Blackburn. Pourtant, il la salua sur un ton qu'il voulait léger.

— Bonjour, Tom, répondit-elle assez froidement.

Sanders avait déjà descendu quelques marches lorsqu'elle s'adressa à lui.

— Je regrette que ce soit aussi difficile pour vous.

Il s'immobilisa. Stephanie Kaplan se trouvait un étage au-dessus de lui et le regardait. Il n'y avait personne d'autre dans l'escalier.

— Je me débrouille, répondit-il.

— Je sais que vous vous débrouillez. Mais ça doit quand même être dur. Il se passe tellement de choses en même temps, et personne ne vous donne d'informations. Ce doit être difficile de tout comprendre.

Personne ne vous donne d'informations ?

— C'est vrai, dit-il en détachant les syllabes, c'est difficile de tout comprendre.

Elle opina du chef.

— Je me rappelle, quand j'ai commencé dans le métier, dit-elle, j'avais une amie qui avait obtenu un très bon poste dans une société qui d'habitude n'engageait pas de femmes à des postes de cadre. Son poste était très dur, très éprouvant, mais elle était fière de la façon dont elle s'en sortait. Finalement, il s'est révélé qu'elle n'avait été engagée que pour porter le chapeau d'un scandale financier qui avait eu lieu dans sa division. Elle s'était complètement méprise sur la nature de son travail. Quand ils l'ont licenciée, elle n'a pas cherché les explications là où il le fallait.

Sanders la regarda droit dans les yeux. Pourquoi lui racontait-elle cela ?

– C'est une histoire intéressante, dit-il.

Kaplan acquiesça.

– Je ne l'ai jamais oubliée, dit-elle.

A l'étage au-dessus, une porte s'ouvrit avec bruit, et l'on entendit des pas qui descendaient. Sans un mot, Stephanie Kaplan reprit son ascension.

Hochant la tête, Sanders, lui, reprit sa descente.

Dans la salle de rédaction du *Post-Intelligencer*, Connie Walsh quitta des yeux son écran d'ordinateur.

– Vous plaisantez!

– Pas du tout, dit Eleanor Vries, qui se tenait à ses côtés. Je supprime votre article.

Elle jeta sur le bureau de Walsh l'épreuve papier de l'article en question.

– Mais vous savez qui est ma source, dit Walsh. Et vous savez que Jake a écouté toute la conversation. Nous avons des notes très fidèles. Très complètes.

– Je sais.

– Donc, vu la source que nous avons, comment voulez-vous que la société porte plainte? J'ai toute l'histoire, Eleanor, toute l'histoire!

– Vous avez une histoire. Et le journal risque déjà des poursuites judiciaires.

– Déjà? Pourquoi?

– Pour l'article sur M. Cochon.

– Mais enfin! Personne ne peut prétendre être reconnu dans cet article!

Eleanor Vries exhiba une photocopie de l'article, où elle avait souligné plusieurs passages au feutre jaune.

– Vous dites que la société X est une société de technologie de pointe de Seattle qui vient de nommer une femme à un poste de responsabilité. Vous dites que M. Cochon est son subordonné. Il a porté plainte pour harcèlement sexuel. La femme de M. Cochon est avocate et elle a de jeunes enfants. Vous dites que les accusations de M. Cochon sont sans fondement, que c'est un ivrogne et un coureur de jupons. J'estime que Sanders peut parfaitement démontrer qu'il est reconnaissable et porter plainte pour diffamation.

— Mais il s'agit d'une libre opinion.

— Dans laquelle vous présentez des faits. Et vous les présentez de façon sarcastique et outrancière.

— Encore une fois, il s'agit d'une libre opinion. Et l'opinion est protégée par la loi.

— Je ne suis pas du tout sûre que cette loi s'applique dans ce cas-là. Je regrette déjà d'avoir laissé passer cet article. Mais, de toute façon, on ne pourra pas plaider la bonne foi si nous publions d'autres articles de la même encre.

— Vous n'avez pas de culot! s'exclama Connie Walsh.

— Et vous, vous n'en manquez pas, pour vous attaquer ainsi aux gens. En tout cas, l'article ne passera pas. Un point, c'est tout! Je vais rédiger une note à cet effet, avec copie pour vous, Marge et Tom Donadio.

— Putains d'avocats! Dans quel monde vivons-nous! Cette histoire doit être racontée.

— N'essayez pas de jouer au plus fin, Connie. Je vous préviens! Et elle s'en alla.

Connie Walsh feuilleta avec rage les pages de son article. Elle y travaillait depuis deux jours, le polissait, l'affinait. Il fallait que cette histoire voie le jour. Toutes ces arguties juridiques l'exaspéraient. Comme si la protection des droits de la personne n'était pas une vaste blague! Parce que, en fin de compte, la pensée juridique était étroite, tatillonne, timorée; elle servait surtout à protéger le pouvoir en place. Oui, la peur ne servait que le pouvoir. Les hommes au pouvoir. Et, s'il y avait une chose dont elle était sûre, c'est qu'elle n'avait pas peur.

Après un long moment de réflexion, elle décrocha son téléphone et composa le numéro de la station de télévision KSEA-TV.

— Allô! bonjour, je voudrais parler à Mlle Henley, s'il vous plaît.

Jean Henley était une jeune et brillante journaliste de la nouvelle station de télévision indépendante de Seattle. Connie Walsh avait passé de nombreuses soirées à discuter avec elle des problèmes que rencontraient les femmes dans les médias dominés par les hommes. Jean Henley connaissait la valeur des histoires à sensation lorsqu'on débutait dans la carrière de journaliste.

Cette histoire doit sortir, se dit Connie Walsh. D'une façon ou d'une autre, elle doit sortir.

Robert Ely leva nerveusement les yeux vers Sanders.

— Que voulez-vous ?

Ely était un homme jeune, d'environ vingt-six ans, tendu, à la moustache blonde. Il était en manches de chemise mais portait une cravate. Il travaillait dans un de ces bureaux cloisonnés à mi-hauteur, au service comptable de DigiCom, dans le bâtiment Gower. Il faisait partie des trois résidents de Seattle figurant sur sa liste.

— Je voudrais vous parler de Meredith, dit Sanders.

— Mon Dieu ! s'écria Ely en jetant un regard inquiet autour de lui.

Sa pomme d'Adam fit un rapide aller et retour.

— Je... Je n'ai rien à dire.

— Je veux simplement bavarder, dit Sanders.

— Pas ici !

— Alors, allons dans la salle de conférences.

Ils gagnèrent la salle de conférences, mais une réunion s'y tenait. Sanders proposa alors la petite cafétéria située à l'entrée des services comptables, mais Ely rétorqua qu'ils n'y seraient pas seuls. Il devenait de plus en plus nerveux.

— Vraiment, je n'ai rien à vous dire, ne cessait-il de répéter. Il n'y a rien, rien du tout.

Il fallait d'urgence trouver un endroit tranquille avant qu'Ely ne prenne ses jambes à son cou. Ils se retrouvèrent dans les toilettes des hommes, impeccables, carrelées de blanc. Ely s'appuya contre un lavabo.

— Je ne comprends pas pourquoi vous voulez me parler. Je n'ai rien à vous raconter.

— Vous avez travaillé pour Meredith, à Cupertino.

– Oui.

– Et, il y a deux ans, vous êtes parti.

– Oui.

– Pourquoi ?

– Pourquoi, à votre avis ? s'écria-t-il avec colère. Vous le savez très bien, pourquoi ! Tout le monde le sait. Elle avait fait de ma vie un enfer.

– Que s'est-il passé ? demanda Sanders.

– Ce qu'il s'est passé ? (Il secoua la tête.) Tous les jours, tous les jours : « Robert, voudriez-vous rester un peu plus tard ? Il y a un certain nombre de problèmes à régler. » Au bout d'un certain temps, j'ai essayé de trouver des excuses. Alors, elle me disait : « Robert, j'ai le sentiment que vous ne vous donnez pas à fond à votre travail. » Et elle écrivait des petites notes sur mon dossier. Des appréciations négatives, mais plutôt subtiles. Je ne pouvais pas vraiment protester. Mais c'était là, écrit. Et puis : « Robert, je crois que là, je vais devoir vous aider. Il faudrait qu'on se voie après le travail. » Ou bien : « Venez donc chez moi, nous pourrons en discuter. » c'était... C'était terrible. Le... la personne avec qui je vivais ne..., enfin, j'étais vraiment coincé.

– En avez-vous fait part à la direction ?

Ely éclata d'un rire mauvais.

– Vous plaisantez ? Elle est pratiquement un membre de la famille Garvin.

– Alors vous avez fait le dos rond...

Ely haussa les épaules.

– Finalement, la personne avec qui je vivais a trouvé du travail ici, et j'ai demandé ma mutation. Mais c'était volontaire. Ça tombait bien.

– Seriez-vous disposé à témoigner sur le comportement de Meredith ?

– Certainement pas.

– Est-ce que vous vous rendez compte que, si elle a pu s'en tirer jusqu'à présent, c'est que personne n'a dénoncé ses agissements ?

Ely s'éloigna du lavabo.

– J'ai suffisamment de problèmes dans la vie sans m'embarquer en plus dans une histoire comme ça. (Il s'avança jusqu'à la porte, puis se retourna.) Je tiens à être clair : je n'ai rien à dire à propos de Meredith Johnson. Si l'on me pose la question, je répondrai que notre relation de travail a toujours été correcte. Je dirai aussi que je ne vous ai jamais rencontré.

– Meredith Johnson ? Bien sûr que je m'en souviens, dit Richard Jackson. J'ai travaillé pour elle pendant plus d'un an.

Sanders se trouvait dans le bureau de Jackson, au deuxième étage du bâtiment Aldus, au sud de Pioneer Square. Jackson était un bel homme d'une trentaine d'années, à l'allure d'ancien athlète. Il était directeur commercial chez Aldus, et son bureau, décoré avec chaleur, était encombré de boîtes de programmes graphiques : Intellidraw, Freehand, SuperPaint et Pagemaker.

– C'est une femme charmante et très belle, reprit Jackson. Très intelligente. Ç'a été un régal de travailler avec elle.

– Je me suis demandé pourquoi vous étiez parti, dit Sanders.

– Parce qu'on m'a proposé ce poste, ici. Et je ne l'ai jamais regretté. Un boulot en or. Une société merveilleuse. Ça marche très bien, ici.

– Est-ce la seule raison de votre départ ?

Jackson se mit à rire.

– Vous me demandez si Meredith, la mangeuse d'hommes, m'a fait des avances ? Autant demander si le pape est catholique. Si Bill Gates est un homme riche. Bien sûr qu'elle m'a fait des avances.

– Cela explique-t-il votre départ ?

– Pas du tout. Meredith faisait des avances à tout le monde. De ce point de vue là, on peut dire qu'il n'y avait pas de discrimination à l'embauche. Elle draguait tous les hommes. Quand j'ai commencé, à Cupertino, elle draguait impitoyablement un petit homo. Le malheureux était terrorisé. Un petit maigrichon nerveux. Il tremblait comme une feuille.

– Et vous ?

Jackson haussa les épaules.

328

— J'étais célibataire, je commençais dans l'entreprise. Elle était belle. Je n'y ai pas vu d'objection.

— Jamais eu de problèmes ?

— Jamais. Meredith était fabuleuse. Une vraie Marie-couche-toi-là, c'est vrai. Mais on ne peut pas tout avoir. C'est une femme très intelligente, et très belle. Toujours magnifiquement habillée. Et elle m'aimait bien, alors elle m'emmenait à plein de réceptions. J'ai connu des gens, j'ai pris des contacts. C'était bien.

— Alors vous n'y voyiez rien de répréhensible ?

— Pas du tout ! Elle était parfois un peu tyrannique. Je voyais deux autres femmes en même temps, mais il fallait toujours que je sois disponible pour elle. Même au dernier moment. C'était parfois agaçant. J'avais l'impression de ne plus m'appartenir. Et elle se mettait de temps à autre en colère. Mais, bah ! On faisait ce qu'il y avait à faire ! Maintenant, ici, à trente ans, je suis sous-directeur. Ça va très bien. C'est une boîte fabuleuse. Seattle est une ville formidable. J'ai un grand avenir devant moi. Et, tout ça, c'est grâce à elle. Elle est fabuleuse.

— Vous étiez salarié de DigiCom, à l'époque de votre relation avec elle, non ?

— Oui, bien sûr.

— Le règlement ne l'obligeait-elle pas à faire état de toute relation avec un subordonné ? A-t-elle fait état de sa relation avec vous ?

— Certainement pas ! s'écria Jackson. (Il se pencha vers Sanders, par-dessus son bureau.) Écoutez, mettons les choses au clair. J'estime que Meredith est une femme extraordinaire. Si vous avez un problème avec elle, c'est vous que ça regarde. Vous avez quand même vécu avec elle, non ? Vous ne devez pas être surpris. Meredith aime se faire des mecs. Elle aime leur dire de lui faire ci, de lui faire ça. Elle aime régner sur une cour de bonshommes. Elle est comme ça. Et je ne vois rien à y redire.

— Je pense que vous ne...

— Que je témoignerais contre elle ? Allez, soyons sérieux ! Écoutez, en ce moment, on n'arrête pas de raconter des conneries. J'entends dire, par exemple, qu'il ne faut pas sortir avec les collègues de travail. Mais, bon Dieu, si je n'étais pas sorti avec des collègues de travail, je serais encore puceau ! Si les gens sortent avec leurs collègues de travail, c'est parce que ce sont bien souvent les seules personnes qu'ils connaissent. Parfois, ce sont des supérieurs. La belle affaire ! Les femmes baisent avec des hommes et obtiennent de l'avancement. Même chose de l'autre côté. Tout le monde est prêt à baiser avec tout le monde. Personne ne les force. De toute façon, les femmes sont aussi chaudes que les hommes, faut pas se raconter d'histoires! Elles en veulent autant que nous. C'est la vie. Mais il y en a que ça chiffonne, alors ils portent plainte. « Hou, la, la, tout mais pas ça! » Je vais vous dire : c'est des conneries! C'est comme ces séminaires de sensibilisation auxquels on est tous forcés d'assister. On est là, les mains sur les genoux, comme des Gardes rouges, pour apprendre la façon correcte de s'adresser à ses collègues de travail. Mais après, tout le monde continue à draguer comme auparavant. Il faut voir les secrétaires : « Oh, monsieur Jackson, mais vous avez fait de la gymnastique, ces derniers temps. Vous avez l'air si costaud! » Et tout ça accompagné de battements de cils. Alors qu'est-ce qu'il faut que je fasse ? On ne peut pas réglementer ce genre de choses. Si les gens ont faim, ils mangent. Tous les séminaires du monde n'y feront rien. C'est une vaste couillonnade. Et ceux qui marchent dans la combine sont des cons.

— Je crois que vous avez répondu à ma question, dit Sanders.

Il se leva. De toute évidence, Jackson ne l'aiderait pas.

— Écoutez, dit Jackson, je crois que vous avez des problèmes, et je le regrette pour vous. Mais, de nos jours, on est trop chatouilleux sur ces questions-là. Je vois des gens, maintenant, des gamins qui sortent à peine de l'université et qui croient qu'il ne leur arrivera jamais rien de fâcheux. Personne ne doit dire un mot qui leur déplaise ni faire la moindre plaisanterie qui risquerait de les froisser. Mais la vie, ça n'est pas comme ça. Il arrive des choses qui vous embarrassent ou qui vous enragent. C'est ça, la vie. Tous les jours, j'entends des femmes faire des plaisanteries sur les hommes. Des plaisanteries blessantes. Des plaisanteries graveleuses. Ça ne me met pas hors de moi. La vie est belle. Il y a des gens qui ont du temps à perdre avec ces conneries? Pas moi, en tout cas!

Sanders quitta le bâtiment Aldus à 5 heures du soir. Fatigué, découragé, il regagna le bâtiment Hazzard. Les rues étaient mouillées, mais la pluie avait cessé, et le soleil de cette fin d'après-midi tentait de percer les nuages.

Dix minutes plus tard, il était de retour à son bureau. Cindy n'était pas à sa table, et Louise Fernandez était partie. Il se sentait seul, désespéré. Il s'assit et composa le dernier numéro sur sa liste.

– Squire Electronic Data Systems, bonsoir.

– Je voudrais parler à M. Frederic Cohen, s'il vous plaît.

– Je regrette, mais M. Cohen n'est pas là aujourd'hui.

– Savez-vous où je peux le joindre ?

– Malheureusement, non. Voulez-vous lui laisser un message ?

Il hésita un instant puis accepta. La standardiste le mit en communication avec un répondeur.

« Bonjour, ici Fred Cohen. Laissez votre message après le bip sonore. Si vous téléphonez après les heures de travail, vous pouvez m'appeler dans ma voiture, au 502-8804, ou chez moi, au 505-9943. »

Sanders inscrivit les numéros à la hâte. Il appela d'abord la voiture. Un bruit de friture sur la ligne, puis une voix :

– Je sais, chérie, je suis en retard, mais j'arrive. J'ai été retenu.

– Monsieur Cohen ?

– Oh ! (Un moment de silence.) Oui, Fred Cohen à l'appareil.

– Je m'appelle Tom Sanders. Je travaille chez DigiCom, et...

– Je sais qui vous êtes. (La voix était tendue.)

– Je crois que vous avez travaillé pour Meredith Johnson.

– Oui.

– Je me demandais si nous pourrions avoir une conversation.

331

— A propos de quoi?

— De votre travail. Avec elle.

Il y eut un long moment de silence.

— Pourquoi? demanda Cohen.

— Eh bien, j'ai une sorte de conflit avec Meredith en ce moment, et...

— Oui, je suis au courant.

— Alors, vous voyez, je voudrais...

— Écoutez, monsieur Sanders. J'ai quitté DigiCom il y a deux ans. Ce qui s'est passé à l'époque, c'est de l'histoire ancienne.

— Pas autant que vous le croyez. J'essaie de montrer que ce comportement est habituel chez elle et que...

— Je sais ce que vous essayez de prouver. Mais c'est une affaire très délicate. Je ne veux pas m'en mêler.

— On pourrait simplement en parler, dit Sanders. Quelques minutes seulement...

— Écoutez, monsieur Sanders, je suis marié, à présent. Ma femme est enceinte. Je n'ai rien à dire à propos de Meredith Johnson. Rien du tout.

— Mais...

— Je regrette. Je vais devoir vous laisser.

Clic.

Cindy revint au moment où il reposait le combiné. Elle poussa devant lui une tasse de café.

— Tout va bien?

— Non, dit-il. Tout va très mal.

Il avait des difficultés à admettre qu'il était désormais coincé. Il avait approché trois anciens subordonnés de Meredith pour établir la permanence d'un comportement, en vain. Deux jours auparavant, Susan lui avait déjà dit qu'il était coincé. Elle avait eu raison.

— Où est Louise Fernandez? demanda-t-il.

— Elle est avec Blackburn.

— Hein?

Cindy hocha la tête.

— Dans la petite salle de conférences. Ça fait maintenant un quart d'heure qu'ils y sont.

Il se leva et gagna la salle de conférences. Louise Fernandez était assise face à Phil Blackburn et prenait attentivement des notes sur un calepin. Blackburn, lui, lissait les revers de son veston en parlant. Il semblait lui dicter ce qu'elle écrivait.

Blackburn l'aperçut et lui fit signe d'entrer.

— Tom, dit Blackburn en souriant, je m'apprêtais à aller te trouver. Écoute, je crois que nous sommes parvenus à un accord. Pour de bon. Une fois pour toutes.

– Hum...

Sanders n'en croyait pas un mot, et il se tourna vers son avocate.

Louise Fernandez leva lentement les yeux de son calepin. Elle semblait sidérée.

– Ça m'en a tout l'air, dit-elle.

Blackburn se leva.

– Tu ne peux pas savoir comme je suis content, Tom. J'ai travaillé là-dessus avec Bob tout l'après-midi. Finalement, il a accepté de regarder les choses en face. La vérité, c'est que la société a un problème. Et nous te sommes très reconnaissants de nous l'avoir signalé avec autant de franchise. Ça ne peut plus continuer. Bob sait qu'il va lui falloir résoudre ce problème, et il le fera.

C'était au tour de Sanders d'être sidéré. Il avait peine à croire ce qu'il entendait, mais il y avait Louise Fernandez, qui hochait la tête en souriant.

Blackburn rectifia son nœud de cravate.

– Comme l'a dit un jour Frank Lloyd Wright : « Dieu gît dans les détails. » Tu sais, Tom, nous avons un problème immédiat avec cette fusion. Nous te demandons ton aide pour la réunion de demain avec le directeur général de Conley, Marden. Ensuite... Eh bien, tu as été fort maltraité, Tom. Maltraité par DigiCom. Nous reconnaissons que nous te devons réparation. La meilleure possible.

– De quoi s'agit-il, exactement ? demanda sèchement Sanders, qui ne croyait toujours pas un mot de ce que Blackburn lui racontait.

– Eh bien, c'est maintenant à toi de le voir, dit Blackburn d'un ton apaisant. J'ai donné à Louise Fernandez les données d'un arrangement possible. Tu pourras en discuter avec elle puis nous faire part de ta décision. Bien entendu, nous sommes disposés à signer à ta demande un protocole d'accord intérimaire. Tout ce que nous demandons en échange, c'est que tu assistes à la réunion de demain et que tu nous aides à conclure l'accord de fusion. Ça te paraît correct ?

Blackburn lui tendit la main.

Sanders le regarda sans réagir.

– Du fond du cœur, Tom, je t'assure que je regrette tout ce qui s'est passé.

Sanders lui serra la main.

– Merci, Tom, dit Blackburn. Au nom de la société, merci pour ta patience. Et, maintenant, assieds-toi, discute avec ton avocate et viens ensuite nous faire part de ta décision.

Blackburn quitta la pièce en refermant doucement la porte derrière lui.

Sanders se tourna vers Fernandez.

— Qu'est-ce que c'est que cette histoire ?

Louise Fernandez laissa échapper un long soupir.

— Ça s'appelle une capitulation, dit-elle. DigiCom a cédé.

Sanders regardait Blackburn s'éloigner dans le couloir. Les sentiments les plus contradictoires s'agitaient en lui. On venait de lui annoncer brusquement que tout était terminé, sans avoir eu à livrer bataille. Le sang n'avait pas coulé.

Il eut alors la vision de son lavabo ensanglanté, dans son ancien appartement. Et, cette fois, il réussit à replacer cette image dans le temps.

En pleine procédure de divorce, Blackburn était hébergé chez lui. Il était à cran et buvait trop. Un jour, il se coupa si fort en se rasant qu'il aspergea de sang tout le lavabo. Apercevant ensuite du sang sur l'évier et les serviettes de toilette, Meredith s'était exclamée : « Alors, les gars, vous avez baisé une fille qui avait ses règles ? » Meredith s'exprimait souvent avec la même verdeur. Elle aimait surprendre, choquer.

Un samedi après-midi, elle s'était promenée dans tout l'appartement en soutien-gorge, bas et porte-jarretelles blancs, tandis que Phil regardait la télévision.

— Pourquoi fais-tu ça ? lui avait demandé Sanders.

— Pour le réconforter, avait répondu Meredith.

Puis elle s'était jetée sur le lit et avait ouvert les jambes.

— Et toi, maintenant, tu ne veux pas me réconforter ?

— Monsieur Sanders, vous m'écoutez ? disait Louise Fernandez. Hé, monsieur Sanders, vous êtes là ?

— Oui, je suis là.

Mais il observait encore Blackburn. Il se rappelait à présent cette soirée, un an plus tard ; il venait de faire la connaissance de Susan. Phil était venu dîner chez eux. Susan était allée à la salle de bains, et Blackburn en avait profité pour glisser à Sanders :

335

— Elle est fabuleuse. Elle est belle, et extraordinaire.

— Mais... ?

— Mais... (Blackburn avait haussé les épaules.) C'est une avocate.

— Et alors ?

— On ne peut jamais faire confiance à un avocat.

Et Blackburn était parti d'un grand éclat de rire.

On ne peut jamais faire confiance à un avocat.

Lorsque Blackburn eut disparu au bout du couloir, Sanders se tourna vers Louise Fernandez.

— ... n'avaient pas le choix, disait l'avocate. La situation était devenue intenable pour eux. Meredith Johnson est en mauvaise posture. Cette bande représente un danger pour eux, ils n'ont aucune envie qu'elle soit diffusée. Et puis Meredith Johnson s'est déjà livrée au harcèlement sexuel, et ils le savent. Même si aucun des hommes auxquels vous avez parlé n'est disposé à témoigner aujourd'hui, ils le feront peut-être plus tard, et, ça aussi, ils le savent. Enfin, il y a le fait que le chef de leur service juridique, en personne, a transmis des informations à la presse.

— Quoi ?

Elle hocha la tête.

— C'est Blackburn qui a renseigné Connie Walsh. Il a agi en violation flagrante des règles déontologiques applicables aux salariés d'une entreprise. C'est un énorme problème pour eux. Ça commençait à faire trop. Ça pouvait couler DigiCom. Logiquement, il fallait qu'ils arrivent à un accord avec vous.

— Rien de tout cela n'est logique, ne l'oubliez pas.

— J'ai l'impression que vous n'y croyez pas. Vous avez tort. Il faut les croire. Ça devenait trop dangereux pour eux.

— Qu'est-ce qu'ils proposent ?

Louise Fernandez consulta ses notes.

— Ils vous accordent tout ce que vous demandiez. Ils vont licencier Meredith Johnson. Ils vous donneront son poste, si vous en voulez. Ou ils vous réintègrent à votre poste actuel. Ou bien ils vous mutent où vous voulez. Ils vous versent cent mille dollars de dédommagements et règlent mes honoraires. Ou alors, si vous préférez, vous démissionnez, et ils vous versent des indemnités de départ. Dans tous les cas de figure, vous conservez vos droits aux actions lorsque le département sera transformé en société à part entière. Que vous choisissiez ou non de rester chez DigiCom.

— C'est incroyable !

— Oui, c'est une capitulation sans condition.

— Vous croyez à la sincérité de Blackburn ? demanda Sanders.

On ne peut jamais faire confiance à un avocat.

– Oui, dit-elle. Franchement, pour la première fois de la journée, j'ai l'impression qu'ils agissent raisonnablement. Ils y sont obligés, monsieur Sanders. Ils risquent trop gros dans cette affaire.

– Et cette réunion de demain ?

– Comme vous vous en doutiez depuis le début, ils sont inquiets au sujet de cette fusion. Ils ne veulent pas tout compromettre au dernier moment. Il faut que vous participiez à la réunion avec Johnson comme si de rien n'était. Puis, au début de la semaine prochaine, Meredith Johnson devra passer un examen médical pour le compte de l'assurance. On découvrira de graves problèmes de santé, peut-être même un cancer, qui la conduiront à démissionner de ses fonctions de chef de département.

– Je vois.

Il s'approcha de la fenêtre et regarda la ville. Les nuages étaient plus hauts dans le ciel, et le soleil de ce début de soirée avait fini par les percer. Il se retourna.

– Et si je ne participe pas à la réunion ?

– C'est à vous de décider, mais, si j'étais vous, j'irais. Vous êtes en position de ruiner DigiCom. Quel intérêt ?

Sanders commençait à se détendre.

– Vous êtes en train de me dire que tout est terminé, c'est bien ça ?

– Oui, c'est terminé, et vous avez gagné. Félicitations, monsieur Sanders.

Elle lui serra la main puis se leva.

– Je vais rédiger un document résumant ma conversation avec Blackburn, en précisant bien toutes les options qui s'offrent à vous, et le lui ferai parvenir d'ici à une heure pour signature. Quand il sera signé, je vous appellerai. Entre-temps, je vous conseille de vous préparer pour cette réunion de demain et de vous accorder ensuite un repos bien mérité. Je vous retrouve demain.

– Entendu.

Il prenait peu à peu conscience que tout était terminé. Vraiment terminé. C'était arrivé de façon si soudaine qu'il en était encore un peu étourdi.

– Encore toutes mes félicitations, dit Louise Fernandez.

Elle ramassa sa mallette et s'en alla.

A 18 heures, il était de retour à son bureau. Cindy s'apprêtait à partir; elle lui demanda s'il avait besoin d'elle, il répondit que non. Il s'assit à sa table et regarda un long moment par la fenêtre le coucher de soleil, savourant la fin du jour. Par la porte entrebâillée, il voyait les gens quitter leur bureau, se hâter dans le couloir. Finalement, il appela sa femme à Phoenix pour lui annoncer la nouvelle, mais la ligne était occupée.

On frappa à la porte. Levant les yeux, il aperçut Blackburn qui se tenait là, l'air un peu piteux.

– Tu as un moment?

– Bien sûr.

– Je tenais à te redire, personnellement, combien je regrette toute cette histoire. Au milieu de problèmes comme ceux-là, on peut perdre le sens des valeurs humaines, même si on est animé des meilleures intentions. On n'arrive pas toujours à être équitable avec tout le monde. Après tout, une entreprise est un groupe d'êtres humains. Comme Alexander Pope l'a dit un jour : « Nous ne sommes que des êtres humains. » Et, vu la façon élégante et courageuse dont tu t'es conduit dans cette affaire, je voudrais te dire...

Mais Sanders ne l'écoutait déjà plus. Il était fatigué; il ne voyait qu'une chose : Phil avait compris qu'il avait perdu et cherchait à arranger les choses comme il en avait l'habitude, c'est-à-dire en faisant du plat à celui que, quelques heures auparavant, il cherchait encore à enfoncer. Il interrompit le flot de flagorneries.

– Et Bob?

Maintenant que tout était fini, les souvenirs lui revenaient en foule : les premiers temps au sein de la société, lorsque Garvin avait fait figure de père pour lui. Il avait besoin que Garvin s'excuse. Ou ait un geste.

— Je crois que Bob va avoir besoin de quelques jours pour s'en remettre, dit Blackburn. La décision a été très difficile pour lui. J'ai dû batailler pied à pied pour te défendre. Maintenant, il cherche le meilleur moyen de l'annoncer à Meredith. Voilà.

— Mmmm...

— Mais il finira par venir te parler. Je sais qu'il le fera. D'ici là, je voudrais qu'on mette un certain nombre de choses au point pour la réunion de demain. Elle est destinée à Marden, et il faudra la mener de façon un peu plus formelle que d'habitude. On ira dans la grande salle de conférences du rez-de-chaussée. La réunion durera de 9 heures à 10 heures et sera présidée par Meredith. Elle demandera à tous les chefs de division de faire un résumé de leurs avancées et de leurs problèmes dans leurs secteurs respectifs. Mary Anne commencera, suivie de Don, puis de Mark, enfin de toi. Tout le monde parlera trois ou quatre minutes. Debout. Mets un veston et une cravate. Utilise un projecteur si tu en as besoin, mais n'entre pas dans les détails techniques. Ce qu'ils attendent de toi, c'est surtout que tu leur parles du Twinkle.

Sanders acquiesça.

— D'accord. Mais il n'y a pas grand-chose de nouveau à dire. On n'a pas encore trouvé ce qui ne va pas avec ces lecteurs.

— Pas de problème. Personne ne s'attend à ce qu'on ait déjà la solution. Mets l'accent sur les essais concluants menés avec les prototypes et sur le fait que par le passé on a déjà résolu des problèmes au niveau de la production. Il faut être optimiste, aller de l'avant. Si tu as un prototype ou une maquette, il serait peut-être bon de l'amener.

— D'accord.

— Tu connais la chanson : l'avenir radieux est digital, et ce ne sont pas des petits problèmes techniques qui entraveront le cours du progrès.

— Meredith est d'accord ?

Il était un peu mal à l'aise à l'idée que c'était elle qui allait présider la réunion.

— Meredith attend de tous les chefs de division qu'ils se montrent optimistes et ne se noient pas dans les détails techniques. Il n'y aura pas de problème.

— D'accord.

— Appelle-moi ce soir si tu veux qu'on revoie ta présentation, dit Blackburn. Ou alors demain matin, tôt. Il faut qu'on mène à bien cette réunion, ensuite, on pourra aller de l'avant. La semaine prochaine, il y aura du changement.

Sanders opina du chef.

— Tu es le genre d'homme dont DigiCom a besoin, reprit Blackburn. Je te remercie de ta compréhension. Une fois encore, Tom, je regrette ce qui s'est passé.

Il partit.

Sanders appela le groupe Diagnostic pour voir s'il y avait du nouveau, mais personne ne répondit. Dans le placard de Cindy, il prit le matériel audiovisuel de présentation : le schéma du Twinkle et celui des chaînes de production de l'usine malaise. Il pourrait s'appuyer sur ces photos pour son exposé.

Il se dit alors que Blackburn avait probablement raison. Il serait bon d'avoir un prototype ou une maquette du lecteur. Il pourrait apporter l'un de ceux qu'Arthur Kahn avait envoyés de Malaisie.

Cela lui rappela qu'il devait l'appeler. Il composa le numéro.

— Bonjour, ici le bureau de M. Kahn.

— Tom Sanders à l'appareil.

La secrétaire eut l'air surprise.

— Mais M. Kahn n'est pas ici.

— Quand doit-il revenir ?

— Il n'est pas à l'usine, monsieur Sanders. Il ne doit revenir que lundi.

— Je vois.

Sanders fronça les sourcils. C'était curieux. Mohammed Jafar n'était pas là, et cela ne ressemblait pas à Arthur de laisser l'usine sans surveillance. Il est vrai qu'on était vendredi.

— Puis-je lui laisser un message ? demanda la secrétaire.

— Non, pas de message, merci.

Il raccrocha et descendit au deuxième étage, où se trouvait le groupe de programmation de Don Cherry. Il glissa sa carte dans la fente pour pouvoir entrer. La carte lui revint, et les chiffres 000 s'inscrivirent sur le voyant. Il lui fallut un moment pour se rappeler qu'on lui avait retiré les privilèges donnant accès aux différents services. Il se souvint alors de l'autre carte qu'il avait ramassée par terre. Il la glissa dans la fente et la porte s'ouvrit. Il entra.

Il eut la surprise de trouver le service désert. Les programmeurs, d'habitude, travaillent aux heures les plus incongrues, et il y avait toujours quelqu'un dans ces locaux, même à minuit.

Il se rendit à la salle de diagnostic, où l'on disséquait les lecteurs. Il vit une série de tables entourées d'équipements et de tableaux noirs. Les lecteurs étaient disposés sur les tables, tous recouverts d'un tissu blanc. Les puissantes lampes à quartz qui éclairaient les lieux étaient éteintes.

D'une salle voisine venait de la musique rock. Il s'y rendit et découvrit un jeune programmeur d'une vingtaine d'années, assis devant un terminal télétype. A côté de lui, un poste de radio.

— Où sont les autres ? demanda Sanders.

Le programmeur leva les yeux.

— C'est le troisième mercredi du mois.

— Et alors ?

— C'est le jour de réunion de la OOPS.

— Oh !

La OOPS (Object Oriented Programmer Support Association) était une association de programmeurs de la région de Seattle. C'était Microsoft qui en avait eu l'initiative quelques années auparavant ; on y faisait des rencontres, on parlait boutique.

— Savez-vous ce que l'équipe diagnostic a trouvé ? demanda Sanders.

— Non, je viens d'arriver.

Sanders retourna dans la salle de diagnostic. Il alluma les lampes et ôta le tissu blanc qui recouvrait les lecteurs. Seuls trois lecteurs avaient été ouverts, exhibant leurs entrailles sous de puissantes loupes et des sondes électroniques. Les sept autres lecteurs étaient entassés sur le côté, encore enveloppés de leurs plastiques.

Il examina les tableaux noirs. Sur l'un d'eux, il vit une série d'équations et de données griffonnées à la hâte. Sur un autre, il lut la liste suivante :

A. *Contr. Incompat.*
   Intégrat. à trs. grde. échel. ?
   Aliment. ?
B. *Dysfonct. opt. ? rég. voltage ? / bras ? / servo ?*
C. *Laser R/O (a, b, c)*
D. *Mécanique* ✕✕
E. *Gremlins.*

Cela ne disait pas grand-chose à Sanders. Il se tourna à nouveau vers le matériel d'observation. Celui-ci semblait des plus classiques, en dehors de forets alignés sur la table et de lentilles blanches, circulaires, sous emballage plastique, qui ressemblaient à des filtres d'appareil photo. Il y avait également des photos Polaroïd des lecteurs à différentes étapes de leur déshabillage : l'équipe avait gardé la trace de son travail. Trois de ces photos étaient alignées, comme si de leur alignement même naissait une signification, mais Sanders n'y comprit rien. On y voyait des puces sur un tableau de circuit vert.

Il examina ensuite les lecteurs eux-mêmes en prenant garde de ne rien déranger. L'un des trois lecteurs de DOC se trouvant sur la table n'avait pas été sorti de son plastique. Le plastique lui-même était perforé en plusieurs endroits.

A côté de ce lecteur, un carnet portant une colonne de chiffres et de lettres.

PPU
7
11 (11 répété)
5
2

En dessous, quelqu'un avait écrit : « C'est évident ! » Mais ce n'était nullement évident pour Sanders, qui décida d'appeler Don Cherry plus tard dans la soirée pour se le faire expliquer. Ensuite, il prit l'un des lecteurs empilés, avec l'intention de s'en servir pour sa présentation du lendemain, et quitta la salle de diagnostic.

Songeant à son allocution du lendemain, il se rendit compte qu'il ne s'était encore jamais rendu dans la salle de conférences du rez-de-chaussée. Trente personnes y tenaient à l'aise, et elle ne servait d'ordinaire qu'aux conférences de presse et aux réunions du marketing, auxquelles Sanders n'avait aucune raison d'assister.

Il gagna donc le rez-de-chaussée avec l'idée de jeter un coup d'œil à la salle. Au comptoir de la réception, un gardien noir regardait un match de base-ball à la télévision ; il adressa un bref signe de tête à Sanders. Ce dernier gagna le fond du hall, foulant sans bruit l'épaisse moquette. Le hall était sombre, mais les lumières étaient allumées dans la salle de conférences.

En s'approchant, il entendit la voix de Meredith Johnson.

– Et quoi, ensuite ?

Une voix d'homme répondit quelque chose qu'il ne comprit pas.

Sanders s'immobilisa dans le couloir sombre et écouta. De là où il se tenait, il ne pouvait voir l'intérieur de la salle de conférences.

Il y eut un moment de silence, puis Meredith Johnson déclara :

– Bon, alors Mark parlera du design ?

– Oui, c'est lui qui s'en charge.

– D'accord. Mais alors le...

Sanders ne put entendre le reste de la phrase. Il s'avança lentement, sans faire le moindre bruit. Il ne pouvait toujours rien voir à l'intérieur de la salle, mais il se trouvait dans le couloir une grande sculpture chromée qui lui renvoyait le reflet de ce qui se passait. Sur la surface polie, il aperçut Meredith qui se déplaçait. L'homme à ses côtés n'était autre que Blackburn.

– Et si Sanders n'y fait pas allusion ? demanda Meredith.

– Si, il le fera, répondit Blackburn.

— Tu es sûr qu'il ne...

Sanders ne put saisir le reste de la phrase.

— Non, il ne se doute...

Sanders retint sa respiration. Meredith faisait les cent pas dans la pièce, son image se déformait sur le métal.

— Alors quand il en parlera, je dirai que c'est... Est-ce que... Tu veux dire ?

— Exactement, dit Blackburn.

— Et s'il...

Blackburn lui mit la main sur l'épaule.

— Oui, il faut que tu...

— Alors... Je dois...

Blackburn répondit à voix si basse que Sanders n'entendit que la fin de la phrase.

— ... ça doit le démolir.

— ... faire ça...

— ... t'en assurer... compte sur toi...

La sonnerie stridente d'un téléphone. D'un même mouvement, Meredith Johnson et Phil Blackburn plongèrent la main dans leur poche. Meredith répondit, puis tous deux se dirigèrent vers la sortie, en direction de l'endroit où se tenait Sanders.

Pris de panique, celui-ci eut tout juste le temps de s'engouffrer dans les toilettes qui se trouvaient à sa droite. Plaqué contre le mur, derrière la porte, il écouta la conversation qui se poursuivait dans le couloir.

— Ne t'inquiète pas pour tout ça, Meredith, ça se passera bien.

— Je ne suis pas inquiète.

— Ça se passera en douceur, de façon tout à fait régulière. Après tout, les faits sont de ton côté. Il est visiblement incompétent.

— Il ne peut toujours pas avoir accès aux bases de données ? demanda-t-elle.

— Non. Il n'a plus accès au système.

— Il ne peut pas non plus pénétrer dans le système Conley-White ?

Blackburn se mit à rire.

— Certainement pas !

Tandis qu'ils s'éloignaient dans le couloir, les voix décrurent. L'oreille aux aguets, Sanders finit par entendre une porte se refermer. Il sortit dans le couloir et se dirigea vers la porte donnant accès au hall.

Son propre téléphone se mit à sonner dans sa poche. Il sursauta.

— Allô ! oui ?

— Bonsoir, Louise Fernandez à l'appareil. Écoutez, j'ai envoyé une proposition d'accord à Blackburn, mais il me l'a renvoyée avec quelques clauses supplémentaires dont j'aimerais que nous discutions.

— D'accord, dans une heure, dit Sanders.

— Pourquoi pas tout de suite ?

— J'ai quelque chose à faire d'abord.

— Ah, Thomas.

Après avoir ouvert la porte, Max Dorfman fit pivoter son fauteuil roulant et retourna vers le poste de télévision.

— Finalement, vous vous êtes décidé à venir.

— Vous êtes au courant ?

— Au courant de quoi ? dit Dorfman. Je suis un vieux monsieur. Personne ne s'inquiète plus de moi. Je suis bon à mettre au rancart. Tout le monde le pense..., y compris vous.

Il éteignit la télévision et adressa un sourire à Sanders.

— Que savez-vous ? demanda Sanders.

— Oh, quelques petites choses. Des rumeurs. Pourquoi ne m'en parlez-vous pas vous-même ?

— J'ai des ennuis, Max.

— Bien sûr que vous avez des ennuis ! Ça fait une semaine que vous avez des ennuis. Vous vous en rendez compte seulement maintenant ?

— Ils me manipulent.

— Qui ça, « ils » ?

— Blackburn et Meredith.

— C'est absurde.

— Non, c'est vrai.

— Vous croyez Blackburn capable de vous manipuler ? Mais Philip Blackburn est un imbécile. Il n'a aucun principe et presque pas de cervelle. Ça fait des années que je dis à Garvin de le ficher dehors. Blackburn est incapable d'avoir une seule pensée originale.

— Alors c'est Meredith.

— Ah, Meredith ! Oui. Elle est si belle. Elle a de si beaux seins.

— Max, je vous en prie.

— Autrefois, vous pensiez la même chose.

— C'était il y a longtemps.

— Les temps ont changé? demanda Dorfman en souriant.

— Qu'est-ce que vous voulez dire?

— Vous êtes pâle, Thomas.

— Je n'y comprends plus rien. J'ai peur.

— Oh, vous avez peur. Un grand gaillard comme vous, qui a peur de cette femme superbe, avec d'aussi beaux seins.

— Max...

— Cela dit, vous avez raison d'avoir peur. Elle vous a fait plein de choses affreuses. Elle vous a joué de mauvais tours, elle vous a manipulé, elle vous a menti.

— Oui, dit Sanders.

— Garvin et elle vous ont choisi comme victime.

— Oui.

— Alors pourquoi m'avez-vous parlé des fleurs, hein?

Sanders fronça les sourcils. Il ne comprenait pas de quoi Dorfman voulait parler. Le vieil homme était si souvent confus, et il aimait...

— La fleur! répéta Dorfman d'un ton irrité en frappant du poing le bras de son fauteuil roulant. La fleur en vitrail sur la porte de votre appartement. On en parlait l'autre jour. Ne me dites pas que vous l'avez oubliée!

Et, pourtant, il l'avait bel et bien oubliée jusqu'à cet instant. Puis l'image de cette fleur qui l'avait hanté quelques jours auparavant s'imposa à nouveau à son esprit.

— Vous avez raison. Je l'avais oubliée.

— Oubliée! lança Dorfman d'un ton sarcastique. Vous imaginez que je vais vous croire?

— Mais si, Max, je...

— Vous êtes impossible! Je ne vous croyais pas aussi naïf. Vous n'avez pas oublié, Thomas. Vous avez seulement choisi de ne pas vous y confronter.

— Me confronter à quoi?

Sanders revit la fleur orange, bleu et jaune. La fleur montée au milieu de la porte de son appartement.

— Je ne supporte pas cette fable, dit Dorfman. Bien sûr que vous vous souvenez de tout. Mais vous êtes décidé à ne pas y penser.

Sanders secoua la tête, interloqué.

— Écoutez, Thomas, vous m'avez tout raconté, il y a dix ans. Vous vous êtes confié à moi. Vous pleuriez comme un veau. Vous étiez dans tous vos états. A l'époque, ça occupait toute votre vie. Et maintenant vous dites que vous avez tout oublié? (Il secoua la tête d'un air incrédule.) Vous m'avez dit que vous alliez au Japon et en Corée avec Garvin, et qu'à votre retour Meredith vous attendait dans votre appartement... dans une tenue érotique. Ou dans une attitude érotique. Et vous m'avez dit que de temps en temps, en revenant, vous l'aperceviez à travers le vitrail. Est-ce que je me trompe ?

L'image s'imposa alors brutalement à l'esprit de Sanders, comme un zoom avant. Il revit toute la scène comme si elle se jouait devant ses yeux : les marches menant à son appartement, les bruits qu'il entendit en gravissant ces marches au beau milieu de l'après-midi, des bruits qu'il identifia en arrivant sur le palier lorsqu'il regarda à travers le vitrail...

— J'étais revenu un jour plus tôt, dit Sanders.

— Oui, c'est ça. Vous étiez revenu à l'improviste.

Le vitrail jaune, orange et bleu pâle. Et, derrière le verre coloré, le dos nu de Meredith qui s'élevait et s'abaissait. Elle se trouvait au salon, sur le canapé, et son corps s'élevait et s'abaissait.

— Et qu'avez-vous fait en la voyant ? demanda Dorfman.

— J'ai sonné à la porte.

— C'est ça. Très civilisé. Très poli, surtout, pas de scandale. Vous avez sonné à la porte.

Il revit Meredith se tourner, regarder en direction de la porte. Ses cheveux retombant sur son visage. D'un geste elle les écarta. Lorsqu'elle l'aperçut, son expression changea. Ses yeux s'agrandirent de peur, ou de surprise.

— Ensuite ? insista Dorfman. Qu'avez-vous fait ?

— Je suis parti. Je suis retourné... Je suis allé au garage, j'ai pris ma voiture et j'ai roulé pendant un moment. Deux heures. Peut-être plus. Quand je suis rentré, il faisait nuit.

— Vous étiez furieux, bien sûr.

En haut des marches, il regarda à travers le vitrail. Le salon était vide. Il ouvrit la porte et pénétra dans la pièce. Il y avait un bol de pop-corn sur le canapé. Les coussins du canapé étaient chiffonnés. La télévision était allumée, le son coupé. Il détourna les yeux du canapé et pénétra dans la chambre en appelant Meredith. Il la trouva devant le lit, occupée à remplir sa valise de vêtements. Elle se tourna vers lui. Tendue.

— C'est pas ce que tu voulais que je fasse ?

— Je ne sais pas, dit-il.

Alors elle éclata en sanglots. Elle chercha un mouchoir en papier, se moucha maladroitement, comme une enfant. Touché par sa détresse, il lui ouvrit les bras. Elle s'y jeta et lui dit qu'elle regrettait. Elle répéta plusieurs fois ce mot, au milieu des larmes. Elle levait les yeux vers lui, lui caressait le visage.

Et alors...

— Là, sur la valise, hein ? gloussa Dorfman. Vous vous êtes réconciliés sur les vêtements déjà pliés.

— Oui, dit Sanders.

— Elle vous excitait. Vous la désiriez à nouveau.

— Oui...

— Ah, l'amour, c'est merveilleux ! dit Dorfman en soupirant d'un air sarcastique. Si pur ! Si innocent ! Alors vous avez continué, tous les deux, n'est-ce pas ?

— Oui. Pendant un certain temps. Mais ça n'a pas marché.

Cela avait fini de façon curieuse. Au début, il lui en avait beaucoup voulu, mais il avait fini par lui pardonner. Ils avaient parlé de leurs sentiments l'un pour l'autre, évoqué leur amour, et il avait essayé de renouer les fils avec la meilleure volonté du monde. Mais ni l'un ni l'autre n'y était arrivé : cet incident avait brisé quelque chose dans leur relation. Ils avaient beau se répéter inlassablement qu'ils pouvaient continuer, rien n'y faisait. Entre eux, quelque chose d'essentiel était mort. Ils se disputaient de plus en plus souvent, tentant ainsi de retrouver l'énergie d'avant. Finalement, leur relation prit fin.

— Et c'est quand ça s'est terminé que vous êtes venu me voir, dit Dorfman.

— Oui.

— Et qu'êtes-vous venu me dire ? A moins que ça aussi vous ne l'ayez oublié ?

— Non. Je m'en souviens. Je voulais vous demander conseil.

Il était allé voir Dorfman parce qu'il songeait à quitter Cupertino. Il se séparait de Meredith, tout s'écroulait autour de lui, il avait envie de repartir de zéro, ailleurs. Un jour, Garvin lui avait proposé, en passant, la direction de la division des produits d'avant-garde à Seattle, et il songeait maintenant à accepter. Il avait demandé l'avis de Dorfman.

— Vous étiez bouleversé, dit Dorfman. Votre relation amoureuse se terminait mal.

— Oui.

— On pourrait donc dire que Meredith Johnson est la cause de votre venue à Seattle, dit Dorfman. A cause d'elle, votre vie, votre carrière ont changé. Vous vous êtes construit une nouvelle vie, ici. Et beaucoup de gens le savaient. Garvin le savait. Blackburn aussi. Voilà pourquoi il vous a demandé avec tant de précautions si vous vous sentiez capable de travailler avec elle. Tout le monde était très inquiet. Vous les avez rassurés, Thomas, n'est-ce pas ?

– Oui.

– Mais ces assurances étaient fausses.

Sanders hésita.

– Je ne sais pas, Max.

– Allez ! Vous étiez parfaitement au courant. En apprenant que cette femme que vous aviez fuie venait à Seattle, vous poursuivait, et allait être votre supérieure, vous avez dû avoir l'impression de faire un mauvais rêve, de voir un cauchemar surgir de votre passé. En plus, elle obtenait le poste que vous convoitiez. Celui auquel vous pensiez avoir droit.

– Je ne sais pas...

– Ah bon ? A votre place, moi, j'aurais été furieux. J'aurais aimé me débarrasser d'elle. Elle vous avait déjà blessé une fois, vous n'aviez certainement pas envie d'être blessé à nouveau. Mais aviez-vous le choix ? Elle avait obtenu le poste, et elle était la protégée de Garvin, qui ne voulait pas entendre le moindre mot contre elle. C'est pas vrai ?

– Si, c'est vrai.

– Et, depuis des années, vous n'êtes plus proche de Garvin, parce qu'en fait Garvin ne voulait pas que vous preniez ce poste à Seattle. Il vous l'avait offert comme ça, en espérant bien que vous refuseriez. Garvin aime avoir des protégés autour de lui. Il aime avoir des admirateurs à ses pieds. Ça ne lui plaît pas du tout de voir ses admirateurs s'installer ailleurs. Garvin a été déçu. Entre vous, cela n'a plus jamais été la même chose. Et puis, brusquement, cette femme a surgi de votre passé, et elle avait l'appui de Garvin. Quel choix aviez-vous ? Que faire de votre colère ?

Les pensées se bousculaient dans l'esprit de Sanders. En songeant aux événements de cette première journée, les rumeurs, la nouvelle que lui avait annoncée Blackburn, sa première rencontre avec Meredith, il ne se souvenait pas d'avoir éprouvé de la colère. Ses sentiments étaient certes confus, mais il était sûr de ne pas avoir éprouvé de colère...

– Thomas, Thomas, cessez de rêver. Vous n'en avez plus le temps.

Sanders secouait la tête, comme si ce mouvement avait pu lui éclaircir les idées.

– Thomas, c'est vous qui avez arrangé tout ça. Que vous le reconnaissiez ou non. Que vous vous en rendiez compte ou non. D'une certaine façon, ce qui s'est produit répondait exactement à votre attente. Et vous vous êtes débrouillé pour que ça arrive.

Il songea à Susan. Que lui avait-elle dit, au restaurant ?

Pourquoi ne m'en as-tu pas parlé? J'aurais pu t'aider.

Elle avait raison, bien sûr. Elle était avocate; si, ce premier soir, il lui avait dit ce qui venait de se passer, elle aurait pu lui donner des conseils. Elle lui aurait dit quoi faire. Elle aurait pu le sortir de cette situation. Mais il ne lui avait rien dit.

Je crois qu'on ne peut plus faire grand-chose.

— Vous désiriez cette confrontation, Thomas.

Et Garvin : *C'était ta petite amie, et tu étais furieux quand elle t'a laissé tomber. Maintenant, tu veux lui rendre la monnaie de sa pièce.*

— Toute la semaine, vous avez fait en sorte de peaufiner cet affrontement.

— Max...

— Alors ne venez pas me raconter que vous êtes une victime. Vous vous présentez comme une victime parce que vous ne voulez pas assumer vos responsabilités. Parce que vous êtes sentimental, paresseux et naïf. Vous estimez que les autres doivent s'occuper de vous.

— Mais enfin, Max!

— Vous niez votre part de responsabilité dans cette affaire. Vous prétendez avoir oublié. Vous prétendez ne pas savoir. Et, maintenant, vous plaidez la confusion d'esprit.

— Max...

— Oh! je ne sais pas pourquoi je perds mon temps avec vous. Combien d'heures vous reste-t-il avant cette réunion? Douze heures? Dix heures? Et vous perdez votre temps à discuter avec un vieux fou? (Il fit pivoter son fauteuil roulant.) Si j'étais vous, je me mettrais au travail.

— Ce qui veut dire?

— Bon... Nous savons quelles sont vos intentions à vous, Thomas. Mais les siennes, hein? Elle aussi doit résoudre un problème. Elle a une tâche à accomplir. La question est donc de savoir : quel est le problème qu'elle a à résoudre?

— Je n'en sais rien, dit Sanders.

— Bien sûr. Mais comment ferez-vous pour le découvrir?

Perdu dans ses pensées, il se rendit à pied jusqu'au restaurant Il Terrazzo, à cinq pâtés de maisons de là. Louise Fernandez l'attendait à l'extérieur. Ils entrèrent ensemble.

– Il y a tous les suspects habituels, dit l'avocate.

Au fond du restaurant, Meredith Johnson dînait avec Bob Garvin. A deux tables de là, Phil Blackburn était assis en compagnie de son épouse, Doris, une femme mince à lunettes qui ressemblait à une comptable. A côté d'eux, Stephanie Kaplan dînait avec un jeune homme d'une vingtaine d'années, probablement son fils, étudiant. Sur la droite, près de la fenêtre, l'équipe de Conley-White était en plein dîner d'affaires, la table recouverte de papiers, leurs mallettes ouvertes à leurs pieds. Il y avait là Ed Nichols, John Conley et Jim Daly. Ce dernier parlait dans un petit dictaphone.

– Nous devrions peut-être aller ailleurs, dit Sanders.

– Non, dit Fernandez. Ils nous ont déjà vus. Allons donc nous asseoir dans un coin, là-bas.

Carmine s'approcha d'eux.

– Monsieur Sanders, dit l'homme avec un signe de tête poli.

– Bonjour, Carmine. Nous voudrions une table dans le coin.

– Bien sûr.

Ils prirent place. On leur apporta la carte. Rien ne faisait envie à Sanders, mais ils commandèrent quand même. Louise Fernandez regardait Meredith et Garvin.

– Elle pourrait être sa fille, dit-elle.

– Tout le monde le dit.

– C'est frappant.

– Quant à Garvin, dit-elle, c'est un bagarreur, non ?

– Bob ? Oh oui ! Un vrai dur !

— Elle sait comment se jouer de lui, dit Fernandez.

Puis elle cessa de les observer et tira des papiers de sa mallette.

— Voici le contrat que Blackburn m'a renvoyé. Tout est correct, sauf deux clauses. La première, c'est qu'ils revendiquent le droit de vous licencier en cas de délit commis dans le cadre de vos fonctions.

— Hummm.

— La deuxième, c'est qu'ils revendiquent également le droit de vous licencier si, je cite : « M. Sanders n'a pas fait la preuve, dans son travail, des qualités professionnelles habituellement requises dans son métier. » Qu'est-ce que ça veut dire, à votre avis ?

Il eut une moue dubitative.

— Ils doivent avoir une idée derrière la tête.

Il lui fit alors part de la conversation qu'il avait surprise dans la grande salle de conférences.

Comme d'habitude, Louise Fernandez demeura réservée.

— C'est possible, dit-elle.

— Possible ? C'est certain, vous voulez dire.

— Je veux dire, d'un point de vue légal. Il est possible qu'ils tentent un coup de ce genre. Et ça marcherait.

— Pourquoi ?

— Lorsqu'un salarié porte plainte pour harcèlement sexuel, l'adversaire passe au peigne fin son comportement. La moindre erreur, infime ou ancienne, suffit à disqualifier la plainte. J'ai eu une cliente qui travaillait depuis dix ans pour une société, mais la direction a réussi à prouver que cette femme avait menti dans son dossier de candidature, et elle a été déboutée. Ensuite, elle a été licenciée.

— On en arrive à mes compétences professionnelles.

— Oui, c'est possible.

Il fronça les sourcils. Que possédaient-ils contre lui ?

Elle aussi a un problème à résoudre. Alors, quel est son problème ?

Louis Fernandez tira le petit lecteur de cassette de sa poche.

— Il se passe quelque chose au début, sur cette bande. Je veux que vous l'écoutiez.

— D'accord, dit-il.

Elle lui tendit l'appareil, qu'il plaça contre son oreille.

Il entendit très clairement sa voix : « ... elle pense qu'il faudra voir ça avec la direction. Je lui ai dit ce que tu en pensais, et en ce moment elle est en train de parler avec Bob, alors j'imagine que demain, au cours de la réunion, on adoptera cette position... En tout cas, Mark, s'il y a du changement, je te contacterai avant la réunion de demain, et... »

« Laisse tomber ce téléphone », disait la voix de Meredith. Il y eut un bruissement, comme si l'on froissait du tissu, puis une sorte de sifflement, et un bruit sourd, lorsqu'il avait laissé tomber le téléphone. Enfin, le bourdonnement de l'électricité statique.

Le bruissement se poursuivit, puis ce fut le silence.

Un soupir. Le bruissement.

Tout en écoutant, il revoyait la scène dans le bureau. A présent, ils devaient être arrivés au canapé, car les voix étaient moins distinctes. Il s'entendit dire : « Meredith, attends...

— Oh, j'ai eu envie de toi toute la journée. »

Nouveaux bruissements d'étoffe. Halètements. Il était difficile de savoir avec certitude ce qui se passait. Un petit gémissement de Meredith. Nouveaux bruissements.

Elle dit : « Mon Dieu, qu'est-ce que c'est bon. Je ne supporte plus que ce salaud me touche. Ces affreuses lunettes ! Oh, qu'est-ce que j'en ai envie... Ça fait si longtemps que je n'ai pas été bien baisée... »

Nouveaux bruissements. Bourdonnement de la ligne. Bruissements d'étoffe. Regardant tourner l'axe de la bobine, Sanders éprouva soudain un sentiment de déception. Il n'arrivait pas à évoquer d'image à l'écoute de cette bande, et pourtant il avait été acteur de ce qui se passait. Il avait l'impression de n'entendre que des bruits indistincts entrecoupés de longs moments de silence.

« Meredith...

— Oh, ne parle pas. Non ! Non ! »

Il l'entendait haleter.

Nouveau silence.

— Je crois que ça suffit, dit alors Louise Fernandez.

Sanders reposa l'appareil et l'éteignit.

— On ne peut rien tirer de cette bande, dit-il. On ne sait pas exactement ce qui se passe.

— C'est suffisant, dit Fernandez. Et ne vous inquiétez pas de ces histoires de preuves matérielles. C'est mon boulot. Mais avez-vous entendu ses premières paroles ? (Elle consulta son calepin.) Là où elle dit : « Mon Dieu, qu'est-ce que c'est bon. Je ne supporte plus que ce salaud me touche. Ces affreuses lunettes ! Oh, qu'est-ce que j'en ai envie... Ça fait si longtemps que je n'ai pas été bien baisée... » Vous avez entendu cette partie-là ?

— Oui, je l'ai entendue.

— Bon. De qui parle-t-elle ?

— Comment ça ?

— Oui. Qui est ce salaud dont elle ne supporte plus qu'il la touche ?

— J'imagine que c'est son mari, dit Sanders. Nous avions parlé de lui, quelques instants auparavant. Avant l'enregistrement.

— Dites-moi ce qu'elle avait dit.

— Eh bien, elle se plaignait d'avoir à payer une pension à son mari, ensuite, elle a dit qu'il était très mauvais au lit. Elle a dit : « Il baisait comme un pied. »

— Alors vous croyez que ce « salaud qui la touche » ne peut être que son mari ?

— Oui.

— Je ne le pense pas, dit Fernandez. Ça fait plusieurs mois qu'ils ont divorcé. Le divorce s'est mal passé. Son mari la déteste. Il a une nouvelle femme dans sa vie, qu'il a emmenée au Mexique. Je ne crois pas qu'elle parlait de son mari.

— De qui, alors ? Ce peut être n'importe qui.

— Je ne crois pas que ce soit n'importe qui. Écoutez encore, écoutez le ton qu'elle emploie.

Il fit revenir la bande en arrière et écouta à nouveau. Au bout d'un moment, il reposa l'appareil.

— Elle a l'air presque en colère, dit-il.

Fernandez acquiesça.

— On dirait qu'elle éprouve une sorte de ressentiment. Elle est au beau milieu d'une histoire avec vous, et elle parle de quelqu'un d'autre. « Ce salaud. » Comme si elle se vengeait de quelqu'un.

— Je ne vois pas, dit Sanders. Meredith parle beaucoup. Elle a toujours parlé des gens, de ses anciens amants. Elle n'est pas du genre romantique.

Il se rappela cette fois où ils étaient étendus sur le lit, dans leur appartement de Sunnyvale. C'était un dimanche après-midi, ils étaient détendus, épanouis. Dehors, on entendait les cris des enfants. Il avait posé la main sur la cuisse moite de Meredith. Alors, d'un air rêveur, elle avait dit : « Tu sais, ce Norvégien avec qui j'étais sortie, eh bien, il avait une bite courbée. Comme un sabre, courbée sur le côté, et il...

— Je t'en prie, Meredith...

— Pourquoi ? C'est vrai. Il avait vraiment la queue tordue.

— Pas maintenant. »

Quand ce genre de chose se produisait, elle soupirait comme s'il lui fallait supporter un excès de sensiblerie.

— Pourquoi faut-il toujours que les mecs croient qu'ils sont les seuls ?

— Mais non, on ne croit pas ça. On le sait bien. Mais, enfin, c'est pas le moment. D'accord ?

Elle avait à nouveau soupiré.

Louise Fernandez lui dit alors :

— Bon, d'accord, elle a l'habitude de parler pendant l'amour, même quand il ne faudrait pas, mais, là, de qui parle-t-elle ?

Sanders secoua la tête.

— Je n'en sais rien.

— Elle dit qu'elle ne supporte pas qu'il la touche..., comme si elle y était obligée. Et elle fait allusion à ses affreuses lunettes. (Elle jeta un coup d'œil à Garvin, qui dînait avec Meredith.) Lui ?

— Je ne crois pas.

— Pourquoi ?

— Tout le monde dit qu'elle ne baise pas avec Garvin.

— Tout le monde pourrait se tromper.

Sanders secoua la tête.

— Ce serait de l'inceste.

— Vous devez avoir raison.

On servit les plats. Sanders piqua sans conviction les olives dans son plat de *pasta puttanesca*. Il n'avait pas faim. Louise Fernandez, elle, mangeait de bon cœur. Ils avaient commandé le même plat.

Sanders coula un regard en direction des gens de Conley-White. Nichols tenait en l'air une feuille de diapositives 35 mm, ses demi-lunettes perchées sur le nez. Il prenait son temps. A côté de lui, Conley consulta sa montre et sembla dire qu'ils étaient pressés. Les autres approuvèrent. Conley jeta un bref regard à Meredith Johnson puis retourna à ses papiers.

Sanders entendit quelques mots prononcés par Daly :

— ... ont les chiffres ?

— Ils sont là, répondit Conley en montrant une feuille de papier.

— C'est très bon, vous savez, dit Louise Fernandez. Vous ne devriez pas laisser votre plat refroidir.

— Vous avez raison.

Il avala une bouchée. Aucun goût. Il reposa sa fourchette.

Louise s'essuya les lèvres avec sa serviette.

— Vous savez, vous ne m'avez jamais dit pourquoi vous vous êtes arrêté brusquement, l'autre soir, avec Meredith.

— Mon ami Max Dorfman m'a dit que c'était moi qui avais tout manigancé.

— Hum, hum.

— Vous le pensez aussi ?

— Je ne sais pas. Je vous demandais seulement ce que vous éprouviez, l'autre soir, quand vous avez arrêté.

Il haussa les épaules.

— Je ne voulais pas.

— Hummm. Ça ne vous disait plus rien, alors que c'était sur le point de se faire ?

— Non, ça ne me disait plus rien. (Un moment de silence.) Vous voulez vraiment savoir ce qui s'est passé ? Eh bien, elle a toussé.

— Elle a toussé ? répéta Fernandez, surprise.

Sanders se revit dans le bureau, le pantalon aux genoux, penché sur Meredith, elle-même allongée sur le canapé. Qu'est-ce que je fais là ? s'était-il dit. Elle avait ses mains sur ses épaules, l'attirait à elle. « Je t'en prie, non... non... »

Puis elle avait tourné la tête et avait toussé.

C'était cette toux qui avait tout déclenché. Il s'était levé et avait dit : « Tu as raison. »

Fernandez fronça les sourcils.

— Quand même, tousser, ça ne me paraît pas bien grave.

— Si, dit-il en repoussant son assiette. Dans un moment pareil, on ne tousse pas.

— Pourquoi ? Il y a une question d'étiquette que je ne connais pas ? On ne tousse pas pendant l'étreinte ?

— Ce n'est pas du tout ça, dit Sanders. Il s'agit plutôt de ce que cela veut dire.

— Je ne vous suis plus.

Il hésita.

— Vous savez, les femmes croient toujours que les hommes ne savent pas ce qui se passe. Il y a toujours chez elles cette idée que les hommes ne savent pas trouver l'endroit, ne savent pas quoi faire, enfin, tout ce genre de choses. Qu'en matière de sexualité les hommes sont idiots.

— Je ne pense pas qu'ils soient idiots. Mais, pour en revenir à ce qui nous occupe, qu'est-ce que ça signifie, de tousser ?

— Ça signifie qu'on n'est pas impliqué.

Elle eut l'air surprise.

— Ça me semble un peu excessif.

— C'est pourtant vrai.

— Je ne sais pas. Mon mari a de la bronchite. Il tousse tout le temps.

— Pas au dernier moment. Certainement pas.

Elle réfléchit un instant, la fourchette en l'air.

— En tout cas, aussitôt après. Il a une quinte de toux. Nous en rions tous les deux, quand il fait ça.

— Aussitôt après, c'est différent. Mais au moment le plus intense, je peux vous le dire : personne ne tousse.

356

Des images défilèrent dans l'esprit de Sanders. Les joues empourprées de telle femme. Le cou marbré, ou bien alors le haut de la poitrine. Les mamelons qui ne sont plus durs. Les changements dans le rythme de la respiration. Une soudaine bouffée de chaleur. Un déplacement des hanches. Un rythme qui change, une tension ou, alors, au contraire, comme une liquéfaction du corps. Des rides sur le front, un tressaillement du visage. Une morsure. Tant de manières différentes, mais...

— Personne ne tousse, dit-il à nouveau.

Soudain embarrassé, il reprit son assiette et avala une bouchée de pâtes. Cela lui permettait de ne pas en dire plus, parce qu'il avait le sentiment d'avoir enfreint des règles non dites, d'avoir empiété sur un domaine interdit.

Louise Fernandez le regardait d'un air curieux.

— C'est quelque chose que vous avez lu quelque part? demanda-t-elle.

Il secoua la tête négativement.

— Est-ce que les hommes en parlent, entre eux, de ces choses-là?

Il secoua à nouveau la tête, sans cesser de mastiquer.

— Les femmes, si.

— Je sais. (Il avala sa bouchée.) Mais, en tout cas, elle a toussé, et c'est pourquoi j'ai arrêté. Elle n'était pas impliquée, et... ça a dû me mettre en colère, j'imagine. Elle était là, haletante, gémissante, mais en réalité elle n'était pas dans ce qu'elle faisait. Et je me suis senti...

— Exploité?

— Quelque chose comme ça. Manipulé. Parfois je me dis que si elle n'avait pas toussé... (Il haussa les épaules.)

— Je devrais peut-être le lui demander, dit Fernandez avec un mouvement du menton en direction de Meredith Johnson.

Sanders leva les yeux et vit qu'elle s'approchait de leur table.

— Et merde!

— Du calme, du calme, lui dit Fernandez. Tout va bien.

Meredith s'approchait, un large sourire aux lèvres.

— Bonjour, madame Fernandez. Bonjour, Tom. (Sanders s'apprêta à se lever.) Ne te lève pas, Tom, je t'en prie. (Elle lui posa la main sur l'épaule et la serra imperceptiblement.) Je ne reste qu'un instant.

Elle arborait un sourire radieux. Le cadre supérieur dynamique s'arrêtant pour saluer des collègues! A l'autre table, Sanders vit Garvin régler l'addition. Allait-il venir, lui aussi?

— Je tenais à vous dire, madame Fernandez, que je suis sans rancune. Tout le monde fait son travail. Je le comprends parfaitement.

Et je crois que, finalement, cette histoire a servi à éclaircir l'atmosphère. J'espère que nous saurons repartir d'un bon pied.

Meredith se tenait derrière la chaise de Sanders. Il devait se tordre le cou pour l'apercevoir.

— Vous ne voulez pas vous asseoir ? demanda Louise Fernandez.

— Oh, une minute, alors.

Sanders alla chercher une chaise. Il se disait que, pour les gens de Conley-White, tout cela devait sembler parfaitement normal. Le nouveau chef de la division qui ne voulait pas déranger et attendait d'y être invitée pour se joindre à eux. En apportant la chaise, il s'aperçut que Nichols les observait par-dessus ses lunettes. Le jeune Conley également.

Meredith s'assit.

— Désirez-vous quelque chose ? demanda Fernandez.

— Non, je vous remercie, je viens de finir de dîner.

— Un café ?

— Non, vraiment, je vous remercie.

Sanders s'assit. Meredith se pencha en avant.

— Bob m'a parlé de ses plans pour la constitution du département en société à part entière. C'est formidable. Ça a l'air bien parti.

Sanders la considéra avec stupéfaction.

— Bob a déjà une liste de noms pour la nouvelle société, reprit Meredith. Elle devrait être créée l'année prochaine. Voyons ce que vous en pensez : SpeedCore, SpeedStar, PrimeCore, Talisan et Tensor. Je trouve que SpeedCore, ça fait un peu trop stock-car. SpeedStar, ça évoque directement l'argent, mais peut-être un peu trop. Quant à PrimeCore, ça fait un peu fonds de placement mutuel. Qu'est-ce que vous pensez de Talisan, ou de Tensor ?

— Tensor est une marque d'ampoules, dit Fernandez.

— C'est vrai. Mais Talisan est pas mal, non ?

— Le joint-venture Apple-IBM s'appelle Taligent, dit Sanders.

— Oh, tu as raison. C'est trop proche. Et MicroDyne ? C'est pas mal. Ou ADG, pour Advanced Data Graphics ? Vous croyez que ces deux-là seraient bons ?

— MicroDyne, c'est bien.

— C'est ce que je pensais aussi. Et il y en avait un autre... AnoDyne.

— C'est un analgésique, dit Fernandez.

— Oh, alors, oublions-le. Et enfin le dernier, SynStar.

— On dirait un nom de laboratoire pharmaceutique.

— Oui, c'est vrai. Mais on a un an pour en trouver un meilleur. Pour commencer, MicroDyne, ce n'est pas mal. Ça combine la micro et le dynamisme. Ça crée une bonne image, vous ne trouvez pas ?

Avant qu'ils aient pu répondre, elle s'était levée.

— Il faut que j'y aille. Mais je pensais que ça vous aurait amusé d'avoir le fruit de nos cogitations. Merci de m'avoir donné votre avis. Bonsoir, madame Fernandez. Bonsoir, Tom, on se voit demain.

Elle leur serra la main et traversa la salle pour rejoindre Garvin. Ensemble, ils se dirigèrent vers la table des membres de Conley-White.

— « Ça crée une bonne image », répéta Sanders en écho. Incroyable ! Elle cherche des noms pour une entreprise, mais c'est à peine si elle sait ce qu'est une entreprise.

— Sacré numéro de cirque, dit Louise Fernandez.

— Tout est dans la représentation, chez elle, dit Sanders. Mais ce n'était pas pour nous. C'est à eux que c'était destiné, dit-il en montrant les gens de Conley-White.

Garvin serrait des mains autour de la table, tandis que Meredith s'entretenait avec Jim Daly. Ce dernier lança une plaisanterie, et Meredith éclata de rire en balançant la tête en arrière de manière à mettre son long cou en valeur.

— Si elle est venue nous parler, dit Sanders, c'est pour ne pas avoir l'air d'avoir organisé mon licenciement, quand demain je serai licencié.

Louise Fernandez réglait l'addition.

— On y va ? dit-elle. J'ai encore un certain nombre de choses à vérifier.

— Ah bon ? Qu'avez-vous à vérifier ?

— Alan a peut-être trouvé un élément intéressant.

A la table Conley-White, Garvin prenait congé. Après un dernier signe de la main, il alla discuter avec Carmine, devant la porte d'entrée, sans accorder un regard à Sanders.

Meredith, elle, demeura à la table de Conley-White. Tout en parlant avec Jim Daly et Ed Nichols, elle se tenait derrière John Conley, les mains sur ses épaules. Ed Nichols dit alors quelque chose en regardant par-dessus ses lunettes, et, en riant, Meredith s'approcha de lui pour regarder par-dessus son épaule des chiffres sur une feuille de papier qu'il tenait à la main. La tête de Meredith était très près de celle de Nichols. Elle acquiesçait en montrant quelque chose sur le papier.

Vous ne cherchez pas dans la bonne société.

Sanders observa intensément Meredith, qui plaisantait avec les trois dirigeants de Conley-White. Que lui avait donc dit Phil Blackburn, la veille ?

Le fait est que Meredith a de solides appuis dans la société. Elle a impressionné beaucoup de gens extrêmement importants.

– *Tu veux dire Garvin ?*

– *Pas seulement Garvin. Meredith a su se ménager des appuis dans différents secteurs.*

– *Chez Conley-White ?*

– *Oui. Là aussi.*

Louise Fernandez se leva, suivie de Sanders.

– Vous savez quoi, madame Fernandez ?

– Quoi ?

– Nous n'avons pas cherché dans la bonne société.

Fronçant les sourcils, l'avocate dirigea son regard en direction de la table des dirigeants de Conley-White. Meredith Johnson discutait avec Ed Nichols, penchée en avant, une main appuyée sur la table pour conserver son équilibre. Ses doigts touchaient ceux d'Ed Nichols. Lui regardait la feuille de papier par-dessus ses lunettes.

– Ces affreuses lunettes, murmura Sanders.

Pas étonnant que Meredith n'ait pas voulu porter plainte contre lui pour harcèlement sexuel, se dit Sanders. Cela aurait nui à sa relation avec Ed Nichols. Et pas étonnant que Garvin ait refusé de la licencier. Nichols était déjà réticent devant cette fusion, et seule sa liaison avec Meredith maintenait l'édifice en place.

Louise Fernandez soupira.

– Vous croyez que c'est Nichols ?

– Oui. Pourquoi pas ?

L'avocate secoua la tête.

– Même si c'est vrai, ça ne nous aide pas. Ils peuvent plaider l'authentique relation amoureuse, ils peuvent plaider des tas de choses... si jamais il y a besoin de plaider. Ce ne serait pas la première fusion à se réaliser sur l'oreiller, vous savez. Autant laisser tomber.

– Vous voulez dire qu'il est tout à fait licite qu'elle ait une aventure avec un dirigeant de Conley-White et qu'elle bénéficie ensuite d'une promotion ?

– Parfaitement. Au moins d'un strict point de vue juridique. Alors n'insistez pas.

Soudain, il se rappela les propos de Stephanie Kaplan : *Quand elle a été licenciée, elle n'a pas cherché les explications là où il le fallait.*

– Je suis fatigué, dit-il.

– Eux aussi, dit-elle, regardez-les.

De l'autre côté de la salle de restaurant, on se préparait au départ, on rangeait les papiers dans les mallettes. Meredith rejoignit alors Garvin, qui discutait avec Carmine. Ce dernier ouvrit la porte du restaurant.

360

Soudain, ce fut comme un feu d'artifice de projecteurs. Le petit groupe, saisi dans la lumière des quartz, s'immobilisa. Garvin hurla : « Nom de Dieu ! » et se tourna vers Blackburn.

Ce dernier, un instant sidéré, se rua vers son patron. Garvin, dansant d'un pied sur l'autre, tentait de rassurer les gens de Conley-White tout en aboyant des ordres en direction de Blackburn.

Sanders les rejoignit.

– Que se passe-t-il ?

– C'est la presse ! s'écria Garvin. Il y a KSEA-TV, là, dehors !

– C'est scandaleux ! lança Meredith.

– Ils parlent d'une affaire de harcèlement sexuel, dit Garvin en fusillant Sanders du regard.

Ce dernier haussa les épaules.

– Je vais leur parler, dit Blackburn. C'est ridicule.

– Ce n'est pas seulement ridicule, s'écria Garvin. C'est scandaleux !

Tout le monde parlait à la fois, s'accordant à trouver ce guet-apens scandaleux. Mais Sanders vit que Nichols avait l'air choqué. Meredith conduisit alors les dirigeants de Conley-White sur la terrasse, à l'arrière du restaurant. Blackburn, lui, fit front aux dures lumières des projecteurs. Il levait les mains, comme un homme qu'on vient d'arrêter. Puis la porte se referma.

– Ce n'est pas bon, ce n'est pas bon, répétait Nichols.

– Ne vous inquiétez pas, dit Garvin. Je connais le directeur de l'information de cette station. Ça ne passera pas.

Jim Daly fit remarquer que la fusion devait rester confidentielle jusqu'au dernier moment.

– Ne vous inquiétez pas, dit Garvin d'un air sombre.

Puis ils sortirent dans la nuit, par la porte de derrière. Sanders revint à la table où Louise Fernandez achevait de régler l'addition.

– Il y avait une certaine excitation, fit-elle remarquer d'un ton flegmatique.

– C'est le moins qu'on puisse dire, dit Sanders.

Il jeta alors un coup d'œil à Stephanie Kaplan, qui dînait avec son fils. Le jeune homme parlait avec volubilité, en agitant les mains, mais Stephanie Kaplan regardait fixement la porte par où les dirigeants de Conley-White avaient disparu. Une curieuse expression était peinte sur son visage. Au bout d'un moment, elle se tourna à nouveau vers son fils et reprit sa conversation avec lui.

La nuit était noire, humide, déplaisante. En compagnie de Louise Fernandez, Sanders retournait à son bureau, chez DigiCom.

— Comment cette chaîne de télévision a-t-elle eu vent de l'histoire ? demanda-t-il.

— Probablement grâce à Connie Walsh. Peut-être d'une autre façon. Finalement, Seattle est une petite ville. Mais, vous savez, ça n'a guère d'importance. Songez plutôt à vous préparer pour la réunion de demain.

— J'essayais justement de l'oublier.

— Je ne vous le conseille pas.

Devant eux, dans les tours de Pioneer Square, de nombreuses fenêtres étaient encore allumées. Plusieurs sociétés travaillaient avec le Japon et restaient ouvertes tard de façon que leurs horaires coïncident avec les premières heures du jour à Tokyo.

— Vous savez, dit Fernandez, j'ai observé Meredith au milieu de ces hommes, et je l'ai trouvée très décontractée.

— Oui, c'est le mot. Meredith est décontractée.

— Elle a beaucoup de maîtrise d'elle-même.

— C'est vrai.

— Alors pourquoi s'est-elle jetée ainsi sur vous, dès le premier jour ? Pourquoi tant de hâte ?

Quel problème cherche-t-elle à résoudre ? avait dit Max. Et, maintenant, Louise Fernandez lui posait la même question. Tout le monde semblait comprendre, sauf lui.

Vous n'êtes pas une victime.

Alors, il fallait résoudre le problème.

Se mettre au travail.

Il se rappela la conversation entre Meredith et Blackburn,

qu'il avait surprise au moment où ils quittaient la salle de conférences.

Ça se passera en douceur, de façon tout à fait régulière. Après tout, les faits sont de ton côté. Il est visiblement incompétent.

— Il ne peut toujours pas avoir accès aux bases de données?

— Non. Il n'a plus accès au système.

— Il ne peut pas non plus pénétrer dans le système de Conley-White?

— Certainement pas!

Ils avaient raison, il n'avait plus accès au système. Mais qu'y aurait-il de changé s'il y avait encore accès?

Résolvez le problème, avait dit Max.

Résoudre le problème.

21 h 30. Au quatrième étage, les équipes de nettoyage s'activaient dans la partie centrale. Sanders gagna son bureau avec Fernandez. Il ne savait pas très bien ce qu'il était venu y faire.

— Laissez-moi appeler Alan, dit Louise. Il a peut-être quelque chose pour nous.

Tandis qu'elle composait le numéro, Sanders regarda l'écran de son terminal. Un message y était affiché :

VOUS NE CHERCHEZ TOUJOURS PAS DANS LA BONNE SOCIÉTÉ.

UN AMI

— Je ne comprends pas, dit-il avec irritation à l'adresse de l'écran.

— Alan ? dit Louise Fernandez au téléphone. Vous avez quelque chose ? Hum... Hum... C'est... Bon, c'est plutôt décevant. Non, je ne sais pas. Si vous pouvez, oui. Quand la verrez-vous ? Bon, d'accord. Dès que possible. (Elle raccrocha et se tourna vers Sanders.) Ce soir, on n'a pas de chance.

— Et il ne reste plus que ce soir.

— Oui, je sais.

Sanders regarda à nouveau le message sur l'écran. Au sein de DigiCom, quelqu'un cherchait à l'aider. On lui laissait entendre qu'il avait un moyen d'aller faire des recherches dans une autre société. Et cet « ami » savait de toute évidence que l'on avait ôté à Sanders les privilèges lui donnant accès au système de données de DigiCom.

Que pouvait-il faire ?

Rien.

— Qui pourrait être cet « ami », à votre avis ? demanda l'avocate.

— Je n'en sais rien.

364

– Essayez de deviner.

– Non, vraiment, je n'en sais rien.

– Quels noms vous viennent à l'esprit ?

Il songea à Mary Anne Hunter. Mais Mary Anne était une commerciale, pas une technicienne. Il ne la voyait pas envoyant des messages par l'Internet. Elle ne devait même pas savoir ce que c'était. Exit Mary Anne.

Il ne s'agissait pas non plus de Mark Lewyn. Mark était furieux contre lui.

Don Cherry ? Cette façon de procéder lui ressemblait bien. Mais la seule fois où Sanders l'avait vu depuis le début de l'affaire, Don Cherry s'était montré clairement hostile.

Donc, ce n'était pas lui.

Qui, alors ? C'étaient les seuls cadres de Seattle à avoir accès au Sysop. Hunter, Lewyn et Cherry. La liste était courte.

Stephanie Kaplan ? Peu vraisemblable. C'était une bûcheuse, dénuée d'imagination. Et elle ne s'y connaissait pas suffisamment en informatique pour lui envoyer de tels messages.

Quelqu'un d'extérieur à la société, alors ? Il songea aussitôt à Gary Bosak. Gary devait se sentir coupable d'avoir dû lui tourner le dos. Et Gary avait une mentalité de pirate informatique, un humour de pirate informatique.

Ce pouvait fort bien être Gary.

Mais cela ne changeait pas grand-chose.

Votre point fort, c'est que vous êtes capable de résoudre un problème technique.

Il sortit de son enveloppe un lecteur Twinkle. Pourquoi l'équipe diagnostic avait-elle demandé à ce que les lecteurs fussent enveloppés dans du plastique ?

Tant pis, il verrait cela plus tard.

Mais il y avait un problème avec ces lecteurs. S'il avait su lequel, il aurait eu la réponse à ses interrogations.

Enveloppés dans du plastique...

Cela avait un rapport avec la chaîne de production. Sûrement. Fouillant sur le bureau, il trouva une cassette DAT et l'introduisit dans la machine.

Sur l'écran apparut son échange avec Arthur Kahn. Ce dernier se trouvait d'un côté de l'écran, et lui de l'autre.

Derrière Arthur, on apercevait la chaîne de production, brillamment éclairée par les rampes fluorescentes. Kahn se frotta le menton en toussant.

– Bonjour, Tom. Comment allez-vous ?

— Bien, Arthur, merci.

— Vraiment, je regrette pour cette nouvelle organisation.

Mais Sanders n'écoutait pas la conversation. Il observait le visage de Kahn. Il remarqua que celui-ci se tenait très près de la caméra. Si près que ses traits étaient légèrement brouillés, que la mise au point se faisait mal. Son visage occupait la presque totalité de l'image, empêchant de distinguer la chaîne derrière lui.

— Vous savez quels sont mes sentiments, disait Kahn sur l'écran.

Son visage dissimulait la chaîne!

Sanders observa l'écran quelques instants encore puis éteignit l'appareil.

— Descendons, dit-il.

— Vous avez une idée?

— Disons que c'est l'idée de la dernière chance.

Les lumières éclairèrent brutalement les tables de l'équipe diagnostic.

— Où sommes-nous ? demanda Louise Fernandez.

— Là où l'on examine les lecteurs.

— Ceux qui ne marchent pas ?

— Oui.

— J'ai bien peur de ne pas..., commença l'avocate en haussant les épaules.

— Moi non plus, dit Sanders. Je ne suis pas ingénieur. Mais je peux comprendre les gens.

— Et là, vous comprenez ce qui se passe ? demanda-t-elle.

— Non, dit-il en soupirant.

— Ont-ils fini ?

— Je ne sais pas.

Au même moment, il comprit qu'ils avaient terminé leur travail. Forcément. Sinon, toute l'équipe diagnostic serait présente, travaillant d'arrache-pied pour la réunion du lendemain. Au lieu de quoi les tables étaient recouvertes, et ils s'étaient rendus à la réunion de leur association professionnelle.

Le problème était résolu.

Tout le monde le savait, sauf lui.

Voilà pourquoi ils n'avaient ouvert que trois lecteurs. Ils n'avaient pas eu besoin d'ouvrir les autres. Et s'ils avaient demandé à ce qu'ils soient enveloppés dans du plastique...

C'est que...

Les petits trous...

— C'est l'air ! dit-il.

— L'air ?

– Ils pensent que c'est à cause de l'air.

– Quel air ? dit-elle.

– L'air dans l'usine.

– L'usine de Malaisie ?

– Oui.

– Il y a un problème d'air en Malaisie ?

– Non. L'air dans l'usine.

Il regarda à nouveau le cahier ouvert sur la table. Il lut les lettres PPU suivies d'une rangée de chiffres. Les lettres PPU formaient les initiales de *particules per unit*. Il s'agissait d'une mesure habituelle de la pureté de l'air dans une usine. Et les chiffres allaient de 2 à 11. Il aurait dû y avoir 0 particule... Une, tout au plus. Ces chiffres étaient inacceptables.

L'air dans l'usine était souillé.

Cela voulait dire qu'il y avait de la poussière sur les optiques, sur les bras, sur les supports de circuits intégrés.

Il regarda les puces fixées au tableau.

– Bon Dieu !

– Qu'y a-t-il ? demanda Louise Fernandez.

– Regardez.

– Je ne vois rien.

– Il y a un espace entre les puces et les tableaux. Les puces ne sont pas calées.

– Ça me paraît bon.

– Ça ne l'est pas.

Il observa alors les différents lecteurs et vit au premier coup d'œil que les puces étaient toutes calées différemment. Certaines étaient serrées, d'autres laissaient apparaître un espace de quelques millimètres, en sorte qu'on voyait les contacts métalliques.

– Ça ne va pas, dit Sanders, cela n'aurait jamais dû se produire.

Les puces étaient insérées sur la chaîne par des machines automatiques. En fin de chaîne, toutes les puces, tous les tableaux devaient être exactement semblables. Mais ce n'était pas le cas. On risquait donc des irrégularités de voltage, des problèmes d'attribution de mémoire, toutes sortes d'incidents aléatoires. C'était exactement ce qui se passait.

Il regarda la liste inscrite sur le tableau noir. Une ligne attira son attention.

D. Mécanique ××.

Ils avaient inscrit deux croix après le mot « mécanique ». Le problème des lecteurs de DOC était d'ordre mécanique. Ce qui voulait dire qu'il y avait un problème sur la chaîne de production.

Et c'était lui qui était responsable de la chaîne de production.

Il l'avait conçue, l'avait installée. Il avait vérifié le cahier des charges du début à la fin.

Et, à présent, elle fonctionnait mal.

Il était sûr que ce n'était pas sa faute. Il avait dû se passer quelque chose après qu'il eut installé cette chaîne. On avait procédé à des changements, et depuis lors elle ne fonctionnait plus. Que s'était-il passé?

Pour le trouver, il lui fallait avoir accès aux bases de données.

Mais il en avait été exclu.

Plus aucun moyen d'y rentrer.

Immédiatement, il songea à Bosak. Lui pourrait l'y faire rentrer. Les programmeurs de Don Cherry le pourraient également. Ces gars-là étaient des pirates dans l'âme : ils forceraient l'entrée d'un système pour s'amuser, comme d'autres boiraient un café. Mais il n'y avait plus aucun programmeur dans le bâtiment, et il ne savait pas à quelle heure ils reviendraient de leur réunion. Ces gars-là étaient parfaitement imprévisibles. Comme ce type qui avait vomi sur la rampe de marche du Corridor. C'étaient de vrais gamins qui faisaient joujou avec du matériel...

— Oh, bon sang! s'écria-t-il en se redressant brusquement.

— Qu'y a-t-il? demanda Louise Fernandez.

— Il y a une façon d'y arriver.

— D'arriver à quoi faire?

— A entrer dans la base de données.

Fouillant dans ses poches à la recherche de sa deuxième carte d'accès électronique, il se rua hors de la pièce.

— On va quelque part? demanda l'avocate.

— Oui.

— Ça vous dérangerait de me dire où?

— A New York.

Les rampes lumineuses s'allumèrent l'une après l'autre.

– Qu'est-ce que c'est ? demanda Louise Fernandez. Une salle de gymnastique en enfer ?

– C'est un simulateur de réalité virtuelle, répondit Sanders.

Elle regarda les rampes de marche, les fils et les câbles qui pendaient du plafond.

– C'est avec ça qu'on va aller à New York ?

– Exactement.

Sanders se dirigea vers les consoles. De grands écriteaux rédigés à la main proclamaient : NE PAS TOUCHER et BAS LES PATTES, ESPÈCE DE CURIEUX. Il hésita.

– J'espère que vous savez ce que vous faites, dit Louise Fernandez. (Elle se tenait près de la rampe de marche et regardait l'un des casques argentés.) Parce que, avec ce genre de machin, j'ai l'impression qu'on peut s'électrocuter.

– Oui, je sais.

Sanders ôta l'une après l'autre les housses des moniteurs et les replaça d'un geste rapide. Il finit par trouver la commande centrale, et, un instant plus tard, on entendit le ronronnement des machines.

– Montez sur la rampe, déclara-t-il.

Il aida Louise Fernandez à monter. Dès qu'elle sentit sous ses pieds les petites boules, les lasers lancèrent une lumière verte.

– Qu'est-ce que c'est ? demanda-t-elle.

– Le scanner. Il enregistre votre apparence. Ne vous inquiétez pas. Tenez, mettez le casque.

Il prit le casque qui pendait du plafond et entreprit de le fixer sur sa tête. Mais elle le retira aussitôt.

– Eh, attendez ! Qu'est-ce que c'est ?

— Ce casque possède deux petits écrans qui projettent des images juste devant vos yeux. Mettez-le et faites-y attention. Ces joujoux sont chers.

— Combien valent-ils ?

— Deux cent cinquante mille dollars pièce.

Il fixa le casque devant ses yeux et les écouteurs sur ses oreilles.

— Je ne vois pas d'images. C'est sombre, là-dedans.

— C'est parce que vous n'êtes pas branchée.

Il brancha les fiches nécessaires.

— Oh! dit-elle, surprise. Je vois un grand écran bleu, comme un écran de cinéma. Juste devant moi. Au fond de l'écran, il y a deux boîtes. Sur l'une il y a « ON » et sur l'autre « OFF ».

— Ne touchez à rien. Mettez les mains sur cette barre.

Il posa les mains de Louise Fernandez sur la main courante.

— Je vais monter moi aussi.

— Ça fait drôle, ce truc sur ma tête.

Sanders monta sur l'autre rampe de marche et tira le casque accroché au plafond. Il brancha le câble.

— Je vous rejoins, dit-il en coiffant le casque.

Sanders vit alors l'écran bleu au milieu des ténèbres. A sa gauche, il aperçut Louise Fernandez. Elle avait l'air parfaitement normale, avec ses vêtements de ville. La vidéo avait enregistré son apparence, et l'ordinateur éliminé la rampe de marche et le casque.

— Je vous vois, dit-elle en souriant.

La partie de son visage recouverte dans la réalité par le casque était animée par ordinateur, ce qui lui donnait l'apparence légèrement irréelle d'un dessin animé.

— Avancez vers l'écran, lui dit-il.

— Comment ?

— Marchez, tout simplement.

Sanders se mit lui aussi à marcher sur la rampe. L'écran bleu s'agrandit jusqu'à occuper tout son champ de vision. Il appuya alors sur le bouton ON.

L'écran bleu s'illumina. En lettres gigantesques, une inscription s'afficha devant eux :

SYSTÈMES DE DONNÉES DE DIGITAL COMMUNICATIONS

En dessous, en énormes caractères, les articles du menu. L'écran ressemblait exactement à l'écran ordinaire d'un terminal de Digi-Com, tel qu'on en voyait sur tous les bureaux, mais d'une taille énorme.

— Un gigantesque terminal d'ordinateur, dit Fernandez. Magnifique! C'est ce dont tout le monde rêve.

— Attendez, dit Sanders.

Il tapota sur l'écran, choisissant des articles au menu. Soudain, les lettres sur l'écran s'incurvèrent vers l'intérieur, s'éloignèrent vers l'arrière, jusqu'à former une sorte de tunnel qui s'étirait devant eux. Fernandez garda le silence.

Ça lui en a bouché un coin, se dit Sanders.

Le tunnel bleu se déforma sous leurs yeux, s'élargit et devint rectangulaire. Les lettres et la couleur bleue s'évanouirent. Sous leurs pieds, un sol apparut, qui ressemblait à du marbre veiné. Des deux côtés, les murs se recouvrirent de boiseries. Le plafond était blanc.

— C'est un corridor, dit-elle d'une voix douce.

Le Corridor continua de prendre forme, de gagner des détails. Armoires et tiroirs apparurent le long des murs. Des colonnes se formèrent. Des couloirs se dessinèrent, menant à d'autres corridors. De grandes appliques lumineuses émergèrent des murs. A présent, les piliers jetaient des ombres sur le sol de marbre.

— On dirait une bibliothèque, dit-elle. Une ancienne bibliothèque.

— Cette partie-ci, oui.

— Combien y a-t-il de parties ?

— Je ne sais pas au juste.

Il continua d'avancer.

Elle se hâta de le rejoindre. A travers ses écouteurs, il entendit le bruit de ses pas sur le sol de marbre. Cherry avait eu cette délicatesse.

— Vous êtes déjà venu ? demanda Fernandez.

— Pas depuis plusieurs semaines. En fait, pas depuis que c'est terminé.

— Où allons-nous ?

— Je ne sais pas exactement. Mais, par ici, il y a un moyen d'accéder aux bases de données de Conley-White.

— Où sommes-nous, maintenant ? demanda-t-elle.

— Dans des données, madame Fernandez. Ce ne sont que des données.

— Ce corridor, ce sont des données ?

— Il n'y a pas de corridor. Tout ce que vous voyez est un assemblage de nombres. C'est la base de données de la société DigiCom, exactement la même que les gens consultent tous les jours sur leurs ordinateurs. Sauf que, pour nous, elle est représentée comme un lieu.

Elle s'avança à côté de lui.

— Je me demande qui a fait la décoration.

— Elle est modelée d'après une véritable bibliothèque. Celle d'Oxford, je crois.

Ils arrivèrent à un carrefour d'où partaient d'autres couloirs. De grands panneaux pendaient au-dessus de chacun d'eux : COMPTABILITÉ. RESSOURCES HUMAINES. MARKETING.

— Je vois, dit Fernandez. Nous sommes à l'intérieur de la base de données de votre société.

— Exactement.

— C'est stupéfiant.

— Oui. Sauf que ce n'est pas là que j'ai envie d'aller. Il faut qu'on arrive à pénétrer chez Conley-White.

— Comment faire ?

— Je ne sais pas, dit Sanders. J'ai besoin d'aide.

— Voici de l'aide, dit une voix douce à côté d'eux.

Levant les yeux, Sanders aperçut un ange d'une trentaine de centimètres de haut. Il était blanc, tenait un cierge à la main, et flottait près de sa tête.

— Bon sang ! s'écria Louise.

— Excusez-moi, dit l'ange, est-ce un ordre ? Je ne reconnais pas « bon sang ».

— Non, dit rapidement Sanders. Ça n'est pas un ordre.

Il fallait faire attention, sinon ils risquaient de bloquer tout le système.

— Très bien, dit l'ange. Dans ce cas, j'attends vos ordres.

— J'ai besoin d'aide.

— Je suis là.

— Comment pénétrer dans la base de données de Conley-White ?

— Je ne reconnais pas « la base de données de Conley-White ».

C'était compréhensible. L'équipe de Cherry n'avait rien dû programmer à propos de Conley-White dans le système d'aide. Il fallait formuler sa demande de façon plus générale.

— Je cherche une base de données, corrigea-t-il.

— Très bien. On accède aux bases de données avec le clavier.

— Où est le clavier ? demanda Sanders.

— Formez un poing avec votre main.

Sanders ferma le poing, et un clavier gris, qu'il semblait tenir, apparut en l'air. Il l'approcha de lui et regarda.

— Il est très net, dit Fernandez.

— Je connais aussi des blagues, dit l'ange. Voulez-vous en écouter une ?

— Non, dit Sanders.

— Très bien. J'attends vos ordres.

Le clavier comportait une longue liste de commandes d'exploitation, avec des flèches et des boutons.

– Qu'est-ce que c'est ? demanda Fernandez. La télécommande la plus compliquée du monde ?

– Exactement.

Il appuya sur une touche.

Il ne se passa rien.

Il appuya à nouveau.

– La porte est en train de s'ouvrir, annonça l'ange.

– Où ? Je ne vois rien.

– La porte est en train de s'ouvrir.

Sanders attendit. Puis il prit conscience que le système de Digi-Com devait se connecter avec une base de données fort éloignée. La connexion s'opérait, mais cela demandait un certain temps.

– Connexion effectuée, dit l'ange.

Les murs du Corridor commencèrent à se dissoudre. Un large trou noir se forma devant eux, sans rien au-delà.

– C'est effrayant, dit Fernandez.

Puis des lignes blanches commencèrent d'apparaître, délimitant un nouveau couloir. Les espaces se remplirent, un par un, créant l'apparence de formes solides.

– Celui-ci est différent, dit Fernandez.

– Nous sommes connectés grâce à une ligne de données rapide T1, dit Sanders. Mais c'est quand même beaucoup plus lent.

Le corridor prenait forme. Cette fois-ci, les murs étaient gris. Devant eux naissait un univers en noir et blanc.

– Il n'y a pas de couleurs ?

– Le système essaie de générer l'environnement le plus simple possible. Pour avoir la couleur, il faudrait ajouter d'autres données. Voilà pourquoi celui-ci est en noir et blanc.

Des lumières, un sol et un plafond vinrent compléter le corridor.

– On y va ? proposa Sanders.

– Vous voulez dire que la base de données de Conley-White se trouve là-dedans ?

– Eh oui.

– Et ça ? dit-elle.

Devant eux coulait une sorte de rivière en noir et blanc. On entendait un sifflement.

– Je crois que c'est seulement l'électricité statique des lignes téléphoniques, dit Sanders.

– Vous croyez qu'on peut traverser ?

– Il le faut.

Il s'avança. Immédiatement, ils entendirent un grognement. Un gros chien leur barrait le passage. Trois têtes flottaient au-dessus de son corps, regardant dans toutes les directions.

– Qu'est-ce que c'est?

– Probablement une représentation de leur système de sécurité, dit Sanders.

Voilà bien l'humour de Don Cherry, se dit-il.

– Il peut nous faire du mal?

– Mais enfin! Ce n'est qu'un dessin animé!

Quelque part, bien sûr, il y avait un véritable système de sécurité protégeant la base de données de Conley-White. Peut-être fonctionnait-il automatiquement, peut-être y avait-il quelqu'un qui surveillait l'accès au système. Mais, à présent, il était près de 1 heure du matin à New York, et ce chien devait être probablement une sorte de dispositif automatique.

Sanders s'avança à travers le flux d'électricité statique. Le chien se mit à gronder. Les trois têtes pivotèrent. C'était une sensation étrange. Mais il ne se passa rien d'autre.

Il se retourna en direction de Louise Fernandez.

– Vous venez?

Elle s'avança avec hésitation. L'ange demeura en arrière, flottant.

– Tu viens, l'ange?

Il ne répondit pas.

– Il ne peut probablement pas franchir une porte, dit Sanders. Il n'est pas programmé pour ça.

Ils s'avancèrent le long du corridor gris flanqué de part et d'autre de tiroirs sans inscription.

– On se croirait dans une morgue, dit Fernandez. C'est vraiment la base de données de leur société, à New York?

– Oui. J'espère qu'on pourra le trouver.

– Trouver quoi?

Il ne lui répondit pas. Il s'avança vers une armoire, au hasard, et l'ouvrit. Il feuilleta les dossiers.

– Des permis de construire, dit-il. On dirait que c'est pour un entrepôt dans le Maryland.

– Pourquoi n'y a-t-il pas d'inscriptions?

Au moment où elle prononçait ces mots, des étiquettes émergèrent lentement sur les surfaces grises.

– Je crois qu'il fallait un certain temps pour ça, dit Sanders.

Il examina les différentes inscriptions.

– Ah, voilà qui est mieux. Les dossiers du personnel sont sur ce mur, là-bas.

Il fit quelques pas et ouvrit un tiroir.

– Hou, là! dit soudain Fernandez.

– Qu'y a-t-il?

– Il y a quelqu'un qui arrive, dit-elle d'une voix étrange.

A l'extrémité du corridor, une silhouette grise s'avançait. Elle était encore trop éloignée pour qu'on pût distinguer les détails, mais elle se dirigeait droit sur eux.

– Qu'est-ce qu'on fait ?

– Je ne sais pas, dit Sanders.

– Il peut nous voir ?

– Je ne sais pas. Je ne crois pas.

– On peut le voir, mais lui non ?

– Je ne sais pas.

Sanders réfléchissait. Don Cherry avait installé un autre système d'environnement virtuel à l'hôtel. Un utilisateur, là-bas, pouvait probablement les voir. Mais Cherry avait également déclaré que son système représentait d'autres utilisateurs, comme par exemple une personne pénétrant dans la base de données à partir d'un ordinateur. Quelqu'un utilisant un ordinateur ne pourrait pas les voir. Il n'avait aucun moyen de savoir qui d'autre se trouvait à l'intérieur du système.

La silhouette continuait d'avancer. Elle progressait par petits bonds, et non à la façon de quelqu'un qui marche. Sanders et Fernandez commencèrent de distinguer des yeux, un nez, une bouche.

– C'est vraiment effrayant, dit Fernandez.

La silhouette se rapprochait. Les détails se précisaient.

– Sans blague ! s'exclama Sanders.

C'était Ed Nichols.

Ils s'aperçurent alors que le visage de Nichols était représenté par une photographie en noir et blanc plaquée grossièrement sur une tête en forme d'œuf, et surmontant un corps gris qui avait l'apparence d'un mannequin ou d'une poupée. La silhouette était tracée par ordinateur, ce qui voulait dire que Nichols ne se trouvait pas dans le système virtuel. Il devait probablement utiliser un ordinateur portable dans sa chambre d'hôtel. Nichols passa devant eux sans les voir et poursuivit son chemin.

– Pourquoi son visage est-il ainsi ? demanda Fernandez.

– Cherry a expliqué que le système tire une photo des dossiers pour ceux qui pénètrent dans le système à partir d'un ordinateur.

– Qu'est-ce qu'il vient faire ici ?

– Suivons-le.

Ils le suivirent jusqu'au moment où Nichols s'immobilisa devant une armoire et se mit à fouiller dans les dossiers.

Sanders et Fernandez regardèrent par-dessus son épaule.

Nichols feuilletait rapidement des notes et des copies de courrier électronique. Puis il sortit des feuilles de papier qui semblaient flotter quand il les lisait. Mémos. Annotations. Lettres personnelles et confidentielles. Copies archivées. Les dates remontaient jusqu'à six mois.

– Tout cela a trait à l'acquisition de DigiCom, dit Sanders.

Nichols continuait de feuilleter rapidement les dossiers.

– Il cherche quelque chose de précis.

Nichols cessa de fouiller. Il avait trouvé ce qu'il cherchait. Son image de synthèse prit le papier dans sa main et l'examina. Sanders le lut également, par-dessus son épaule, mais à haute voix, à l'intention de Louise Fernandez.

– « Mémo en date du 4 décembre de l'année dernière. Rencontré hier et aujourd'hui Garvin et Johnson à propos d'une possible acquisition de DigiCom... bla-bla-bla... Première impression très favorable... Excellent positionnement dans les secteurs essentiels que nous cherchons à acquérir, bla-bla-bla... Cadres compétents et extrêmement dynamiques à tous les niveaux. Particulièrement impressionné par la compétence de Mme Johnson, en dépit de sa jeunesse. Je suis sûr que vous aussi auriez été impressionné. »

« Ed »

Le Nichols de synthèse fit quelques pas dans le couloir et ouvrit un autre tiroir. Ne trouvant pas ce qu'il cherchait, il le referma. Nouveau tiroir.

Il prit une nouvelle feuille, que Sanders lut à nouveau à haute voix.

– « Mémo adressé à John Marden. Questions financières relatives à l'acquisition de DigiCom... bla-bla-bla... Inquiétudes relatives aux coûts du développement dans la nouvelle société... bla-bla-bla... » Ah, nous y voilà ! « Mme Johnson a entrepris de démontrer sa compétence en matière budgétaire à propos de la nouvelle implantation en Malaisie... Suggère qu'on peut réaliser des économies, notamment au niveau des prix de revient. » Mais comment pouvait-elle affirmer une chose pareille ! s'exclama Sanders.

– Affirmer quoi ?

– Sa compétence en matière budgétaire pour l'implantation en Malaisie. C'est moi qui montais cette opération.

– Oh ! oh ! dit soudain Fernandez. Il y a du nouveau.

Sanders suivit son regard.

Quelqu'un d'autre s'avançait vers eux.

– Voilà une nuit bien agitée, dit Sanders.

Malgré la distance, il pouvait voir que cette nouvelle silhouette était différente de la première. Le visage semblait plus vivant, et le corps était plus détaillé. La silhouette avançait en douceur, d'un pas tranquille.

— Aïe, on risque d'avoir des ennuis, dit Sanders, qui avait reconnu le visiteur.

— C'est John Conley, dit Fernandez.

— Oui. Et il est sur la rampe de marche.

— Ce qui veut dire?

Conley s'immobilisa alors brusquement et le regarda.

— Ce qui veut dire qu'il peut nous voir, dit Sanders.

— Comment cela?

— Parce qu'il utilise le système installé dans l'hôtel. Voilà pourquoi son image est si nette. Il se trouve sur l'autre système virtuel : il peut nous voir et nous pouvons le voir.

— Aïe, aïe, aïe!

— Comme vous dites!

Conley s'avança lentement, les sourcils froncés. Son regard se porta successivement sur Sanders, Fernandez et Nichols, puis revint sur Sanders. Il hésitait.

Puis il mit le doigt sur ses lèvres pour signifier d'avoir à faire silence.

— Peut-il nous entendre? demanda Fernandez en chuchotant.

— Non, répondit Sanders d'une voix normale.

— Pouvons-nous lui parler?

— Non.

Conley sembla avoir pris une décision. Il s'approcha tout près de Sanders et de Fernandez.

Puis il sourit et tendit la main.

Sanders la serra. En fait, il ne sentit rien, mais à travers le casque il vit sa propre main serrer celle de Conley.

Puis Conley serra la main de Louise Fernandez.

— Tout cela est très étrange, dit l'avocate.

Du doigt, Conley indiqua Nichols, puis ses propres yeux, puis à nouveau Nichols.

Sanders acquiesça. Tous trois s'approchèrent de Nichols, qui continuait à feuilleter ses dossiers.

— Cela veut dire que Conley l'observe aussi? demanda Fernandez.

— Oui.

— Mais Nichols ne peut voir personne.

— Exactement.

Nichols sortait fébrilement des dossiers du tiroir.

— Qu'est-ce qu'il fait, maintenant ? demanda Sanders. Ah, voilà, des factures. Il en a trouvé une : « Sunset Shores Lodge, Carmel. 5 et 6 décembre ». Deux jours après son mémo. Et regardez ces dépenses : cent dix dollars pour un petit déjeuner ? J'ai comme l'impression que M. Ed Nichols n'était pas tout seul.

Il glissa un regard vers Conley, qui fronça les sourcils.

Soudain, la facture que Nichols tenait en main disparut.

— Que s'est-il passé ?

— Je crois qu'il l'a supprimée.

Nichols feuilletait d'autres documents. Il fit disparaître quatre nouvelles factures de l'hôtel Sunset Shores. Les documents s'évanouirent dans les airs. Puis il referma le tiroir et s'éloigna.

Conley demeura en arrière. Regardant Sanders, il passa rapidement un doigt sur sa gorge.

Sanders opina du chef.

Conley mit à nouveau un doigt sur ses lèvres.

Sanders acquiesça : il garderait le silence.

— Venez, dit alors Sanders à Fernandez. Nous n'avons plus rien à faire ici.

Et ils reprirent le chemin du Corridor de DigiCom.

— J'ai l'impression que nous avons de la compagnie, dit Fernandez au bout d'un instant.

Sanders se retourna : Conley les suivait.

— C'est bien, dit-il. Qu'il vienne.

Ils franchirent la porte, passèrent devant le chien qui grondait et se retrouvèrent dans la bibliothèque victorienne.

— Ça fait du bien d'être de retour chez soi, dit Sanders en soupirant. Vous ne trouvez pas ?

Cheminant à leurs côtés, Conley ne montrait aucune surprise. Il est vrai qu'il avait déjà emprunté le Corridor. Sanders marchait rapidement, l'ange flottant à ses côtés.

— Ça paraît absurde, dit alors Fernandez. Nichols est celui qui était opposé à l'acquisition, alors que Conley y était favorable.

— C'est vrai, dit Sanders. Le décor est parfait. Nichols s'envoie en l'air avec Meredith et pousse à sa nomination comme chef du département. Mais comment dissimule-t-il la chose ? En maugréant sans cesse devant tout le monde. Ce qui explique que Meredith ne répondait jamais à ses plaintes durant les réunions. Elle savait qu'il n'y avait là aucune menace sérieuse.

— Et Conley ?

Ce dernier marchait toujours à côté d'eux.

— Conley est sincèrement favorable à l'acquisition de DigiCom. Et il veut qu'elle se fasse dans de bonnes conditions. Conley est intelligent, et il a compris que Meredith n'a pas les compétences nécessaires pour occuper ce nouveau poste. Mais il voit que Meredith est le prix à payer pour s'assurer le soutien de Nichols. Alors il accepte le choix de Meredith... pour l'instant.

— Et nous, que faisons-nous maintenant ?

— On cherche la pièce manquante.

— C'est-à-dire ?

Sans répondre, Sanders se mit à explorer le couloir des services généraux. Ce n'était pas son domaine, mais, heureusement pour lui, les dossiers étaient rangés par ordre alphabétique. Il finit par arriver devant un tiroir où étaient inscrits les mots DIGICOM/MALAISIE.

Il l'ouvrit et fouilla dans la section PRÉPARATION. Il trouva ses propres mémos, ses études de faisabilité, celles sur le site, les négociations avec le gouvernement, les premiers cahiers des charges, les rapports des sous-traitants de Singapour, les nouvelles négociations avec le gouvernement, tout cela remontant à deux années.

— Qu'est-ce que vous cherchez ?

— Les plans du bâtiment.

Il s'attendait à trouver d'épaisses liasses de plans et de rapports d'inspection, mais ne découvrit qu'un mince dossier. Il déplia la première feuille, et une image en trois dimensions de l'usine se mit à flotter devant lui. Il n'y eut d'abord que la carcasse du bâtiment, mais bientôt l'image prit de la consistance. On eût dit une très grande maison de poupée, avec tous les détails.

Conley, Fernandez et lui regardèrent à l'intérieur, par les fenêtres. Sanders pressa sur un bouton. Le modèle devint transparent puis apparut en coupe ; à présent, on voyait la chaîne d'assemblage. Une ligne verte (le tapis roulant) se mit en mouvement, charriant des éléments, puis machines et ouvriers se mirent à assembler les lecteurs de DOC.

— Que cherchez-vous ?

— Les révisions, dit Sanders. Nous n'avons ici que la première série de plans.

Sur la deuxième feuille était inscrit : « Révisions 1/1er volet », avec la date. Il l'ouvrit. L'usine modélisée sembla frémir un instant mais demeura semblable.

— D'après ces documents, expliqua Sanders, l'usine n'a jamais été modifiée. Mais nous savons pourtant qu'il y a eu des transformations.

— Que fait-il ? demanda alors Fernandez en montrant Conley.

Sanders vit alors que Conley bougeait les lèvres de façon exagérée.

— Il essaie de nous dire quelque chose, dit Fernandez. Vous comprenez ce qu'il dit ?

— Non.

Sanders observa Conley pendant un moment, mais l'aspect de dessin animé du visage rendait impossible la reconnaissance des mots sur les lèvres. Sanders finit par secouer la tête.

Conley le comprit et acquiesça. Il prit le clavier des mains de Sanders et appuya sur la touche ANNEXES. Sanders vit alors une série de données connexes à celles qu'il examinait surgir dans les airs. La liste était longue, depuis les permis du gouvernement malais jusqu'aux notes d'architecte, en passant par les accords avec différents fournisseurs, les inspections sanitaires, etc. Il y avait environ quatre-vingts rubriques. Comme il s'y attendait, Conley lui désigna une rubrique en milieu de colonne : « Service des contrôles généraux ».

– Qu'est-ce que c'est ? demanda Fernandez.

Sanders appuya du doigt sur la dénomination, et une nouvelle feuille jaillit devant lui. Il appuya ensuite sur la touche RÉSUMÉ, et lut à haute voix :

– « Le service des contrôles généraux a été créé il y a quatre ans à Cupertino par Philip Blackburn pour prendre en charge les questions ne relevant pas directement des services généraux. La mission des contrôles généraux est d'améliorer la gestion au sein de Digi-Com. Au cours des années, les contrôles généraux ont résolu un certain nombre de problèmes touchant à la gestion interne de DigiCom.

« Il y a neuf mois, le service des contrôles généraux, alors dirigé par Meredith Johnson, attachée aux services généraux, à Cupertino, a revu entièrement le dossier de la nouvelle usine que la société se proposait d'implanter à Kuala Lumpur, en Malaisie. Le service avait été amené à s'intéresser à cette question à la suite d'un conflit avec le gouvernement malais, relatif au nombre d'ouvriers qui devaient être embauchés et à leur composition ethnique. »

– Oh ! oh ! dit Fernandez.

– « Avec l'assistance juridique de M. Blackburn, Mme Johnson a résolu brillamment les problèmes que rencontrait DigiCom au cours de l'opération malaise. »

– Quel est ce texte ? demanda Fernandez. Un communiqué de presse ?

– Ça m'en a tout l'air, dit Sanders. Tenez, écoutez : « La société avait prévu au départ d'employer soixante-dix ouvriers. A la demande du gouvernement malais, le service des contrôles généraux a porté le nombre d'ouvriers à quatre-vingt-cinq en réduisant l'automation dans l'usine, ce qui la rendait plus conforme aux nécessités de l'emploi dans un pays en voie de développement. » Et ce qui nous a complètement baisés, ajouta Sanders à l'adresse de Fernandez.

– Pourquoi ?

Pour toute réponse, il poursuivit sa lecture.

– « En outre, de nombreuses économies ont pu être réalisées, sans pour cela porter préjudice à la qualité de la production. Les capacités de conditionnement d'air ont été ramenées à des dimensions plus adaptées à la taille de l'usine. Enfin, de nombreux contrats avec des sous-traitants ont été renégociés ailleurs, ce qui a entraîné de substantielles économies. »

Sanders secoua la tête.

— Et voilà... Voilà l'histoire.

— Je ne vois pas, dit Fernandez. Vous y comprenez quelque chose, vous ?

— Et comment !

Il appuya sur la touche DÉTAILS pour obtenir d'autres informations.

— Désolé, dit l'ange, il n'y a pas d'autres détails.

— Dis-moi, l'ange, où sont les mémos et les dossiers relatifs à cette opération ?

Sanders savait qu'une quantité impressionnante de documents devait rendre compte de toutes ces modifications. La simple renégociation de l'accord avec le gouvernement malais devait remplir des armoires entières.

— Désolé, dit l'ange, il n'y a plus d'autres détails disponibles.

— Montre-moi les dossiers.

— Entendu.

Quelques instants plus tard, une feuille de papier rose apparut :

LES DOSSIERS DÉTAILLÉS RELATIFS A :
SERVICE DES CONTRÔLES GÉNÉRAUX/MALAISIE
ONT ÉTÉ SUPPRIMÉS.
DIMANCHE 6/6 AUTORISATION DC/C/5905.

— Mince ! s'écria Sanders.

— Qu'est-ce que ça veut dire ?

— Quelqu'un a fait le ménage, répondit Sanders. Il y a plus d'une semaine. Qui donc savait, il y a plus d'une semaine, que tout cela allait arriver ? Ange, montre-moi toutes les communications entre DigiCom et la Malaisie au cours des deux dernières semaines.

— Communications téléphoniques ou vidéo ?

— Vidéo.

— Appuyez sur V.

Sanders appuya sur la touche indiquée, et une feuille se déroula dans les airs.

DATE	DE	A	DURÉE	AUT.
1/6	*A. KAHN*	*M. JOHNSON*	*0812-0814*	*ACSS*
1/6	*A. KAHN*	*M. JOHNSON*	*1343-1344*	*ADSS*
2/6	*A. KAHN*	*M. JOHNSON*	*1801-1804*	*DCSC*
2/6	*A. KAHN*	*T. SANDERS*	*1822-1823*	*DCSE*
3/6	*A. KAHN*	*M. JOHNSON*	*0922-0924*	*ADSC*
4/6	*A. KAHN*	*M. JOHNSON*	*0902-0912*	*ADSC*
5/6	*A. KAHN*	*M. JOHNSON*	*0832-0832*	*ADSC*

5/6	A. KAHN	M. JOHNSON	0904-0905	ADSC
5/6	A. KAHN	M. JOHNSON	2002-2004	ADSC
6/6	A. KAHN	M. JOHNSON	0902-0932	ADSC
6/6	A. KAHN	M. JOHNSON	1124-1125	ACSS
15/6	A. KAHN	T. SANDERS	1132-1134	DCSE

— Ça a dû griller les liaisons satellite, dit Sanders en examinant la liste. Depuis le 6 juin, Arthur Kahn et Meredith Johnson se sont parlé presque tous les jours. Ensuite, leurs échanges ont cessé. Ange, montre-moi ces liaisons vidéo.

— Le visionnage est impossible, sauf pour la communication du 15 juin.

C'est-à-dire sa propre conversation avec Arthur Kahn, deux jours auparavant.

— Où sont les autres ?

Un message apparut.

LES DOSSIERS VIDÉO RELATIFS A :
SERVICE DES CONTRÔLES GÉNÉRAUX/MALAISIE
ONT ÉTÉ SUPPRIMÉS
DIMANCHE 6/6 AUTORISATION DC/C/5905.

Encore effacés ! Il était sûr de savoir qui l'avait fait, mais il voulut en avoir confirmation.

— Ange, comment vérifier l'autorisation de suppression ?

— Appuyez sur la donnée que vous voulez vérifier.

Sanders appuya sur le numéro de l'autorisation. Une petite feuille de papier apparut au-dessus de la grande.

AUTORISATION DC/C/5905 VIENT DE DIGITAL COMMUNICATIONS CUPER-
TINO/DIRECTION DES SERVICES GÉNÉRAUX, PRIVILÈGES SPÉCIAUX (IDENTI-
FICATION DE L'OPÉRATEUR NON NÉCESSAIRE).

— Ç'a été fait par quelqu'un de très haut placé aux services géné-raux, à Cupertino, expliqua Sanders.

— Meredith ?

— Probablement. Ce qui veut dire que je l'ai dans l'os.

— Pourquoi ?

— Parce que maintenant je sais ce qui a été fait dans l'usine, en Malaisie. Meredith est allée là-bas et a modifié le cahier des charges. Mais elle a effacé les données, jusqu'à ses communications vidéo avec Kahn. Ce qui veut dire que je ne peux rien prouver.

Sanders donna une pichenette sur la petite feuille, qui se fondit dans la grande. Puis il referma le dossier, le remit dans le tiroir et regarda celui-ci disparaître.

Il se tourna alors vers Conley, qui haussa légèrement les épaules d'un air résigné. Il semblait comprendre la situation. Sanders lui serra la main, dans l'air, et lui fit un petit signe d'adieu. Après un bref hochement de tête, Conley s'en alla.

— Qu'est-ce qu'on fait, maintenant ? demanda Fernandez.

— On s'en va, répondit Sanders.

L'ange se mit alors à chanter :

— On s'en va, le prochain spectacle est pour la semaine prochaine...

— Du calme, l'ange !

L'ange s'interrompit et secoua la tête.

— Exactement comme Don Cherry, dit-il.

— Qui est Don Cherry ? demanda Fernandez.

— Don Cherry est un dieu vivant, répondit l'ange.

Ils regagnèrent l'entrée du Corridor et quittèrent l'écran bleu.

Sanders ôta son casque et, après un moment de désorientation, descendit de la rampe et aida Louise Fernandez à se débarrasser de son équipement.

— Eh bien, dit-elle avec un regard autour d'elle, nous voilà de retour dans le monde réel.

— C'est vous qui le dites. Je ne suis pas sûr qu'il soit tellement plus réel.

Il raccrocha son casque et l'aida à descendre à son tour de la rampe de marche. Après quoi il ferma les différents interrupteurs de la salle.

Louise Fernandez consulta sa montre en bâillant.

— Il est 11 heures. Que fait-on, maintenant ?

Il n'y avait plus qu'une chose à faire. Il prit un téléphone sur l'un des bureaux de Don Cherry et composa le numéro de Gary Bosak. Celui-ci parviendrait peut-être à retrouver certaines données auxquelles lui-même n'avait pas accès. C'était là son dernier espoir.

Une voix enregistrée lui répondit :

— Bonjour, ici NE Productions. Je serai absent pendant quelques jours, mais vous pouvez me laisser un message.

Un bip sonore.

Sanders soupira.

— Bonsoir, Gary. Nous sommes mercredi et il est 11 heures du soir. Je regrette de n'avoir pas pu vous joindre. Je rentre chez moi.

Il raccrocha. Son dernier espoir venait de disparaître.

Absent pour quelques jours.

— Merde ! dit-il.

— Alors ? dit Fernandez en bâillant à nouveau.

— Il me reste une demi-heure pour attraper le dernier ferry-boat. Je crois que je vais rentrer chez moi et essayer de dormir.

— Et la réunion de demain ? Vous disiez que vous aviez besoin de documentation.

Sanders haussa les épaules.

— J'ai fait tout ce que je pouvais faire. Je sais à quoi je vais m'affronter. J'essaierai de me débrouiller.

— On se voit demain ?

— Oui, dit-il. On se voit demain.

Sur le bateau, en regardant les lumières de la ville se refléter sur l'eau noire, Sanders se détendit peu à peu. Louise Fernandez avait raison : il fallait trouver la documentation dont il avait besoin. Ou Max le critiquerait certainement. Il entendait d'ici la voix du vieil homme : « Ah bon, vous êtes si fatigué que ça ? C'est une excellente raison, Thomas. »

Il se demanda si Max serait présent à la réunion du lendemain. Mais il se rendit compte qu'il était incapable de penser à cette réunion. Il était trop fatigué pour se concentrer. Les haut-parleurs annoncèrent qu'ils ne se trouvaient plus qu'à cinq minutes de Winslow. Il descendit au pont inférieur pour prendre sa voiture.

Il ouvrit la portière et s'assit au volant. C'est alors que, dans le rétroviseur, il aperçut la silhouette assise sur la banquette arrière.

– Salut, dit Gary Bosak.

Sanders voulut se retourner.

– Regardez devant, dit Bosak. Je descends dans une minute. Et maintenant écoutez-moi. Demain, ils vont vous baiser. Ils vont vous rendre responsable du fiasco en Malaisie.

– Je le sais.

– Et, si ça n'est pas suffisant, ils vous vireront parce que vous m'avez fait travailler. Violation de la vie privée. Activité délictueuse. Tout le bataclan. Ils ont parlé à mon contrôleur judiciaire. Vous l'avez peut-être aperçu : un gros à moustache ?

Sanders se rappela vaguement l'homme qui se rendait au centre de médiation, la veille.

– Oui, je crois. Écoutez, Gary, j'ai besoin de certains documents...

– Ne parlez pas. On n'a pas le temps. Ils ont retiré du système tous les documents relatifs à l'usine malaise. Il n'y a plus rien. Parti.

Je ne peux plus vous aider. (On entendit la sirène du bateau. Autour d'eux, les conducteurs mettaient en marche leurs moteurs.) Mais je ne tomberai pas pour ces histoires de délits. Et vous non plus. Tenez, prenez ça.

Il tendit une enveloppe à Sanders.

— Qu'est-ce que c'est ?

— Le résumé de certaines missions que j'ai effectuées pour un autre dirigeant de votre société : Garvin. Vous pourrez les lui faxer demain matin.

— Pourquoi ne le faites-vous pas vous-même ?

— Ce soir, je quitte le pays. Je vais chez un cousin au Canada et j'y resterai un petit bout de temps. Si ça se passe bien, vous pourrez laisser un message sur mon répondeur.

— D'accord.

— Ne vous énervez pas, mon vieux. Demain, la roue va tourner. Vous verrez.

Loin devant, la rampe toucha le quai avec un bruit métallique. Des marins guidaient les voitures vers la sortie.

— Dites-moi, Gary, vous m'avez espionné ?

— Oui. Excusez-moi. J'étais obligé de le faire.

— Alors qui est « Un ami » ?

En riant, Bosak ouvrit la portière.

— Vous ne savez pas qui sont vos amis ? Vous m'étonnez, Sanders.

Les voitures commençaient à quitter le navire. Devant lui, Sanders vit l'éclat rouge des feux de freinage et la voiture qui commençait à s'éloigner.

— Gary...

Mais Gary Bosak avait disparu.

Il appuya sur l'accélérateur et quitta le ferry.

En haut de l'allée, il s'arrêta pour prendre son courrier. Il y en avait beaucoup : il n'avait pas ouvert sa boîte depuis deux jours. Il poursuivit sa route jusqu'à la maison et laissa la voiture devant le garage. Puis il ouvrit la porte d'entrée. La maison semblait vide et froide. Il y flottait une odeur de nettoyant au citron. Il se rappela alors que Consuela avait dû venir faire le ménage.

Dans la cuisine, il prépara la cafetière pour le matin. La cuisine était propre, les jouets des enfants rangés. Pas de doute : Consuela était bien passée par là. Il regarda alors son répondeur téléphonique.

Un nombre rouge clignotait : 14.

Sanders écouta les messages. Le premier venait de John Levin, qui lui demandait de le rappeler d'urgence. Puis Sally, qui demandait si les enfants pouvaient jouer ensemble un de ces jours. Tous les autres appels étaient raccrochés. En les écoutant, il se rendit compte qu'ils provenaient du même endroit : le léger sifflement des communications internationales, puis le déclic brutal de la coupure.

Quelqu'un essayait de le joindre.

L'un des derniers appels avait dû être passé par une opératrice, car il entendit une voix de femme qui disait : « Désolée, ça ne répond pas. Voulez-vous laisser un message ? » Puis une voix d'homme répondait : « Non, merci. » Et à nouveau le déclic signalant que la communication était coupée.

Sanders écouta à nouveau le « non, merci » du message. La voix lui semblait familière. Un accent étranger, mais une voix familière.

« Non, merci. »

Il écouta ainsi plusieurs fois, mais ne parvint pas à mettre un nom sur cette voix.

« Non, merci. »

390

Une fois, il lui sembla que l'homme hésitait. Ou bien était-il pressé ? Impossible à dire.

« Voulez-vous laisser un message ?

— Non, merci. »

Finalement, il renonça, rembobina la cassette et monta à son bureau. Il n'avait pas de fax. Rien sur l'écran de son ordinateur. Ce soir, l' « ami » ne s'était pas manifesté.

Il lut alors le papier que Bosak lui avait remis dans la voiture. Il y avait une seule feuille : un mémo adressé à Garvin, contenant des renseignements sur un salarié de Cupertino dont le nom avait été dissimulé. Il y avait également la photocopie d'un chèque signé par Garvin et libellé à l'ordre de NE Professional Services.

Il était plus de minuit lorsque Sanders alla prendre une douche. Il ouvrit à fond le robinet d'eau chaude et offrit son visage au jet brûlant. Le bruit de l'eau était si fort qu'il faillit ne pas entendre la sonnerie du téléphone. Il attrapa une serviette et se rua dans la chambre.

Allô !

Il entendit le sifflement de la communication internationale. Une voix d'homme dit :

— Bonsoir, je voudrais parler à M. Sanders.

— C'est moi.

— Je ne sais pas si vous vous souvenez de moi, M. Sanders. Je suis Mohammed Jafar.

Jeudi

Un matin clair. Sanders prit le premier ferry et arriva au bureau à 8 heures. En bas, à la réception, il avisa un écriteau : GRANDE SALLE DE CONFÉRENCES OCCUPÉE. L'espace d'un instant, horrifié, il pensa avoir manqué à nouveau l'heure de la réunion et se précipita vers la grande salle. Jetant un regard prudent par la porte entrebâillée, il aperçut Garvin qui s'adressait aux cadres dirigeants de Conley-White. Garvin termina tranquillement son exposé puis laissa la place à Stephanie Kaplan, qui, diapositives à l'appui, se lança dans un bilan financier de l'entreprise. Garvin en profita pour s'éclipser et, le regard sombre, se dirigea aussitôt vers la cafétéria au bout du couloir.

Sanders s'apprêtait à gagner son bureau, à l'étage, lorsqu'il entendit la voix de Blackburn, venant de la cafétéria.

— J'ai le droit de protester contre la façon dont cette affaire a été menée !

— Non, tu n'as aucun droit ! rétorqua Garvin avec colère.

Doucement, Sanders s'approcha de la cafétéria. De là où il se trouvait, de l'autre côté du couloir, il pouvait voir sans être vu. Blackburn et Garvin se tenaient près des machines à café.

— C'est parfaitement injuste, dit Blackburn.

— Injuste, mon cul ! Elle a déclaré que sa source, c'était toi, espèce de crétin !

— Mais enfin, Bob, c'est toi qui m'as dit...

— Qui t'ai dit quoi ? coupa Garvin, dont les yeux n'étaient plus que deux fentes.

— Tu m'as dit de m'en occuper. De faire pression sur Sanders.

— C'est vrai. Et toi, tu m'as dit que tu allais t'occuper de tout.

— Mais tu savais bien que j'avais parlé à...

— Je savais que tu avais fait quelque chose. Mais je ne savais pas quoi. Maintenant, elle a déclaré officiellement que sa source, c'était toi.

— Je pense quand même que c'est parfaitement injuste, dit Blackburn, l'air piteux.

— Ah bon ? Et qu'est-ce que tu veux que je fasse d'autre ? C'est toi le juriste, ici, espèce d'abruti ! C'est toi qui es toujours si sensible aux apparences. Alors dis-moi, qu'est-ce qu'il faut que je fasse ?

Blackburn demeura silencieux pendant un moment.

— Je vais demander à John Robinson de défendre mes intérêts, dit finalement Blackburn. Vous mettrez au point ensemble les conditions de mon départ.

— D'accord, dit Garvin. C'est entendu.

— Mais je tiens à ajouter, sur un plan personnel, que j'estime avoir été traité injustement dans cette affaire.

— « Un plan personnel » ! Ne me raconte pas de salades, tu veux ! Sur un plan personnel, tu es à vendre, Phil. Et maintenant écoute-moi bien. Ne monte pas à ton bureau. Pas question que tu fasses le ménage. Rends-toi directement à l'aéroport. Je veux que tu sois dans l'avion dans la demi-heure qui suit. Tu fous le camp d'ici à l'instant même ! C'est clair ?

— J'estime seulement que tu devrais reconnaître ma contribution aux succès de l'entreprise.

— Je la reconnais, espèce de crétin ! Et maintenant, fous le camp d'ici avant que je me mette en colère !

Sanders tourna les talons et gagna rapidement son bureau. Il avait du mal à cacher sa joie. Blackburn était viré ! Fallait-il l'annoncer ? A Cindy, peut-être.

Mais, en arrivant au quatrième étage, il trouva les couloirs en ébullition. Tout le monde avait quitté son bureau et discutait ferme. Visiblement, la nouvelle du licenciement de Blackburn était déjà connue. Sanders ne fut pas surpris de l'émoi que causait la nouvelle. Blackburn avait beau ne pas être aimé, le licenciement d'un cadre aussi proche de Garvin avait quelque chose d'inquiétant. Tout le monde se sentait menacé.

Cindy se trouvait devant le bureau.

— Tom, vous êtes au courant ? On dit que Garvin va licencier Phil.

— Sans blague ! dit Sanders.

Cindy hocha la tête.

— Personne ne sait exactement pourquoi, mais, apparemment, ça n'est pas sans rapport avec l'irruption d'une équipe de télévision, hier soir, pendant un dîner. Garvin était en bas, il expliquait tout ça aux gens de Conley-White.

Un cri jaillit derrière eux :

— C'est sur le courrier électronique!

En un instant le couloir fut déserté. Sanders pénétra dans son bureau et cliqua sur l'icône du courrier électronique. Mais le texte fut long à apparaître, probablement parce que tout le monde, dans le bâtiment, cliquait en même temps.

Louise Fernandez arriva dans le bureau au même moment.

— Bonjour. Est-ce vrai, ce que je viens d'apprendre à propos de Blackburn?

— Oui, je crois, répondit Sanders. Ça va arriver sur le courrier électronique, là, à l'instant.

DE : ROBERT GARVIN, PDG DE LA SOCIÉTÉ.

A : TOUS LES MEMBRES DE LA FAMILLE DIGICOM.

C'EST AVEC UNE PROFONDE TRISTESSE QUE JE DOIS VOUS ANNONCER AUJOURD'HUI LA DÉMISSION DE NOTRE CHEF DU SERVICE JURIDIQUE, PHILIP A. BLACKBURN. DEPUIS QUINZE ANS, PHIL A ÉTÉ UN COLLABORATEUR DÉVOUÉ ET TALENTUEUX DE NOTRE SOCIÉTÉ. PHIL EST NON SEULEMENT UN ÊTRE MERVEILLEUX ET UN AMI PERSONNEL, MAIS IL A AUSSI ÉTÉ UN CONSEILLER AVISÉ. JE SAIS QUE, COMME MOI, VOUS SEREZ NOMBREUX À REGRETTER SA SAGESSE ET SA BONNE HUMEUR, NOTAMMENT AU COURS DES JOURS ET DES SEMAINES À VENIR, ALORS QUE NOTRE SOCIÉTÉ VA CONNAÎTRE TANT DE BOU-LEVERSEMENTS. AUSSI, C'EST EN MON NOM ET EN VOTRE NOM À TOUS QUE JE SOUHAITE BONNE CHANCE À NOTRE AMI DANS SES NOUVELLES FONCTIONS. MERCI ENCORE POUR TOUT CE QUE TU NOUS AS APPORTÉ, PHIL, ET BONNE CHANCE.

CETTE DÉMISSION PREND EFFET IMMÉDIATEMENT. HOWARD EBERHARDT OCCUPERA LES FONCTIONS DE CHEF DU SERVICE JURIDIQUE EN ATTENDANT UNE NOUVELLE NOMINATION À CE POSTE.

ROBERT GARVIN

— Qu'est-ce qui est écrit? demanda Fernandez.

— Garvin dit : « J'ai viré ce con sentencieux. »

— Ça devait arriver, dit Fernandez. C'était lui qui était à la source de l'histoire de Connie Walsh.

Sanders se pencha vers elle.

— Comment le savez-vous?

— Grâce à Eleanor Vries.

— Elle vous l'a dit?

— Non. Mais Eleanor Vries est une avocate prudente. Comme tous les avocats des médias, d'ailleurs. Le meilleur moyen de conser-ver son poste, c'est d'empêcher la sortie d'un certain nombre d'infor-

mations ou de reportages. Au moindre doute, on coupe! Voilà pourquoi je me suis demandé comment elle avait pu laisser sortir l'article
sur M. Cochon, alors qu'il était visiblement diffamatoire. La seule
explication, c'est que Connie Walsh disposait d'un informateur absolument inattaquable au sein même de la société, un informateur qui
connaissait les enjeux juridiques d'une telle publication et pouvait
assurer à la direction du journal qu'aucune poursuite ne serait engagée en cas de publication. Comme les cadres supérieurs dans les
entreprises sont totalement ignorants en matière de droit, cela voulait
dire que la source ne pouvait être qu'un juriste haut placé.

– Phil.

– Oui.

– Bon Dieu!

– Ça change vos plans? demanda Fernandez.

Sanders réfléchit un instant.

– Je ne crois pas. De toute façon, je pense que Garvin l'aurait
licencié aujourd'hui même.

– Vous avez l'air sûr de vous.

– Oui. J'ai engrangé des munitions, cette nuit. Et j'en attends
d'autres aujourd'hui.

Cindy fit son entrée dans le bureau de Sanders.

– Vous attendez quelque chose de Kuala Lumpur? demanda-
t-elle. Quelque chose d'important?

– Oui.

– Eh bien, ça doit être long. C'est en route depuis 7 heures du
matin.

Elle posa sur son bureau une cassette DAT, exactement semblable
à celle sur laquelle était enregistrée sa liaison vidéo avec Arthur
Kahn.

Fernandez le regarda d'un air intrigué. Il haussa les épaules.

A 8 h 30 il transmit le mémo de Bosak sur le fax personnel de
Garvin. Puis il demanda à Cindy de lui photocopier tous les fax que
Mohammed Jafar lui avait envoyés au cours de la nuit. Sanders était
resté éveillé une bonne partie de la nuit pour lire ces documents, et il
avait fait d'intéressantes découvertes.

Jafar, bien entendu, n'était pas malade et ne l'avait jamais été.
Cette petite fable avait été montée par Kahn et Meredith.

Il glissa la cassette DAT dans la machine et se tourna vers
Fernandez.

– Allez-vous m'expliquer? dit-elle.

– Je pense que ça se passe d'explications, répondit Sanders.

Des inscriptions apparurent sur l'écran du moniteur:

DANS 5 SECONDES, LIAISON VIDÉO DIRECTE : DC/C-DC/M.
EXP. : A. KAHN.
DEST. : M. JOHNSON.

Sur l'écran, Arthur Kahn apparut, dans l'usine de Kuala Lumpur, puis, un moment plus tard, l'écran se partagea en deux, montrant Meredith dans son bureau de Cupertino.

— Qu'est-ce que c'est ? demanda Louise Fernandez.

— Une communication vidéo datant de la semaine dernière.

— Je croyais que toutes ces communications avaient été effacées.

— Oui. Mais il existait encore des enregistrements à Kuala Lumpur, et l'un de mes amis me les a envoyés.

Sur l'écran, Arthur Kahn toussota poliment.

— Euh, Meredith, je suis un peu inquiet.

— Il n'y a aucune raison, dit Meredith.

— Mais nous n'arrivons toujours pas à sortir des appareils conformes aux spécifications. Il faudra au moins remplacer le système de conditionnement d'air.

— Pas maintenant.

— Mais c'est impératif.

— Pas encore.

— Ces appareils ne sont pas adaptés, Meredith. Nous pensions tous deux qu'ils seraient suffisants, mais ce n'est pas le cas.

— Ne vous inquiétez pas.

Kahn transpirait. Il se frottait le menton avec nervosité.

— Sanders ne va pas tarder à s'en rendre compte. Il n'est pas idiot, vous savez.

— Il aura d'autres chats à fouetter.

— C'est ce que vous dites.

— En outre, il va démissionner.

Kahn eut l'air surpris.

— Ah bon ? Je ne crois pas que...

— Faites-moi confiance. Il démissionnera. Il ne supportera pas de travailler sous mes ordres.

Louise Fernandez se pencha vers l'écran.

— Eh bien, dites donc ! lança-t-elle.

— Pourquoi ne supportera-t-il pas de travailler sous vos ordres ? demanda Kahn.

— Faites-moi confiance. Tom Sanders partira dans les quarante-huit heures.

— Mais comment puis-je être sûr que...

— Parce qu'il n'aura pas le choix. Nous avons eu une relation, Sanders et moi. Dans la société, tout le monde le sait. S'il naît des problèmes entre nous, personne ne le croira. Il est suffisamment intelligent pour le comprendre. S'il veut encore travailler dans l'informatique, il n'aura pas le choix : il devra accepter les conditions qui lui seront proposées et démissionner.

Kahn acquiesça et essuya la sueur qui coulait sur sa joue.

— Nous déclarerons alors que c'est Sanders qui a procédé aux modifications dans l'usine ? Il niera.

— Ça n'ira pas jusque-là, répondit Meredith. Il ne sera même pas au courant. N'oubliez pas qu'à ce moment-là il sera déjà parti.

— Et s'il est encore là ?

— Faites-moi confiance. Il sera parti. Il est marié, il a des enfants. Il partira.

— Mais s'il m'appelle pour me parler de la chaîne...

— Faites-le lanterner, Arthur. Jouez les innocents. Je suis sûre que vous en êtes capable. Et, maintenant, dites-moi : avec qui Sanders est-il en relation, chez vous ?

— De temps en temps avec Jafar, le contremaître. Jafar est au courant de tout, bien sûr. Et il est du genre honnête. J'ai peur que si...

— Faites-le partir en vacances.

— Il en revient.

— Alors qu'il en prenne d'autres ! Je n'ai besoin que d'une semaine.

— Mais, vous savez, je ne sais pas si...

— Arthur !

— Oui, Meredith.

— N'oubliez pas que je suis la nouvelle vice-présidente de la société et que le moment venu je saurai me souvenir des appuis que j'aurai reçus.

— Bien, Meredith.

— C'est tout.

L'image s'évanouit. Des zébrures blanches apparurent, puis l'écran s'assombrit.

— Net et précis, dit Louise Fernandez.

Sanders acquiesça.

— Meredith ne pensait pas que le changement des climatiseurs d'air puisse avoir la moindre importance, parce qu'elle ne connaissait rien à la production. Elle se bornait à faire des économies. Mais, ensuite, elle s'est rendu compte que toutes ces modifications pourraient lui être imputées. Elle s'est dit alors qu'il fallait se débarrasser de moi, me forcer à démissionner. Après quoi, il suffisait de me faire endosser les problèmes de l'usine.

— Et Kahn a marché dans la combine.

Sanders opina du chef.

— Et ils se sont débarrassés de Jafar, ajouta Fernandez.

— Oui. Kahn a dit à Jafar d'aller passer une semaine chez son cousin, à Johore. Dès lors, je ne pouvais plus le joindre. Mais il n'a jamais imaginé que Jafar m'appellerait. (Il jeta un coup d'œil à sa montre.) Bon, où en est-on ?

— Quoi ?

Sur l'écran apparurent une série de lignes colorées, puis un journaliste à la peau sombre se mit à parler rapidement dans une langue étrangère.

— Qu'est-ce que c'est ? demanda l'avocate.

— Le journal télévisé du soir de Canal 3, en décembre dernier.

Sanders se leva et appuya sur un des boutons de l'appareil. La cassette sortit de son logement.

— Qu'y a-t-il sur cette cassette ? demanda Fernandez.

A ce moment-là, Cindy revint de la photocopieuse, l'air sidérée. Elle portait une dizaine de liasses soigneusement agrafées.

— Qu'allez-vous faire avec tout ça ? demanda-t-elle.

— Ne vous inquiétez pas, dit-il.

— Mais c'est effroyable, ce qu'elle a fait, Tom.

— Je sais.

— Tout le monde est en train de discuter, dit Cindy. Il paraît que la fusion est annulée.

— On verra, dit Sanders.

Avec l'aide de Cindy, il disposa les papiers dans des chemises identiques.

— Qu'allez-vous faire, exactement ? demanda Fernandez.

— Le problème de Meredith, c'est qu'elle ment, répondit Sanders. Elle est mielleuse, et elle arrive à s'en tirer comme ça. Toute sa vie elle s'en est tirée comme ça. Alors je vais voir si je peux l'amener à faire un gros, un très gros mensonge.

Il consulta sa montre. 8 h 45.

La réunion devait commencer dans un quart d'heure.

La salle de conférences était bondée. D'un côté de la table, quinze cadres supérieurs de Conley-White encadraient John Marden. De l'autre côté, quinze cadres supérieurs de DigiCom, avec au milieu Robert Garvin.

Meredith Johnson présidait, en bout de table.

— Nous allons maintenant écouter Tom Sanders. Tom, pourrais-tu nous expliquer où nous en sommes avec le lecteur Twinkle ? Au niveau de la production, j'entends.

— Bien sûr, Meredith. (Sanders se leva, le cœur battant, et gagna l'extrémité de la salle.) Reprenons donc les choses au départ : Twinkle est le nom de code d'un lecteur de disque optique compact tout à fait révolutionnaire. (Il se tourna vers le premier de ses graphiques, au tableau.) Le disque optique compact, ou DOC, est un petit disque laser utilisé pour mémoriser des données. Sa fabrication est peu onéreuse, et il peut contenir une quantité énorme d'informations sous différentes formes : mots, images, sons, vidéo, etc. Sur un seul petit disque, on peut emmagasiner l'équivalent de six cents livres, ou bien, grâce au travail de notre service de recherches, une heure et demie de vidéo. Plus toutes sortes de combinaisons. Par exemple, on peut conserver un document combinant texte, images, courtes séquences de cinéma, dessins animés, etc. Les coûts de production ne dépasseront bientôt plus dix cents l'unité.

Les gens de Conley-White semblaient intéressés, Garvin fronçait les sourcils, et Meredith était tendue.

— Mais pour faire fonctionner ce DOC, reprit Sanders, il faut que deux conditions soient remplies. D'abord, il faut un lecteur portable. Comme celui-ci. (Il montra un Twinkle à l'assemblée puis le fit passer du côté Conley-White.) Un lecteur portable, donc, avec une batterie offrant cinq heures d'autonomie et un excellent écran. On doit pouvoir l'utiliser dans un train, dans un bus, dans une salle de classe, bref, partout où l'on peut emporter un livre.

Les cadres de Conley-White se passaient le lecteur, l'examinaient. Puis leurs regards se reportèrent sur Sanders.

— L'autre problème avec la technologie du DOC, c'est sa lenteur. L'accès à toutes ces merveilleuses données est lent. Mais le lecteur Twinkle que nous avons mis au point sous forme de prototype est deux fois plus rapide que tous ceux qui existent sur le marché. Et, avec une mémoire additionnelle pour la compression et la décompression d'images, il est aussi rapide qu'un petit ordinateur. En l'espace d'un an, nous espérons faire baisser le prix de ce lecteur au niveau d'un jeu vidéo. Nous avons déjà démarré la production. Nous avons eu quelques problèmes au départ, mais nous sommes en train de les résoudre.

— Pourrais-tu nous en dire un peu plus à ce sujet ? demanda alors Meredith. D'après mes conversations avec Arthur Kahn, j'ai l'impression que nous ne connaissons pas exactement l'origine de ces problèmes.

— En fait, si, dit Sanders. Nous nous sommes finalement rendu compte que ces problèmes n'étaient pas si graves. Ils devraient être résolus d'ici à quelques jours.

— Vraiment ? (Elle eut l'air surprise.) Nous avons donc trouvé l'origine de ces problèmes ?

— Oui, oui.

— C'est une excellente nouvelle.

— Tout à fait.

— Oui, vraiment, une très bonne nouvelle, renchérit Ed Nichols. Était-ce un problème de conception ?

— Non, dit Sanders. Il n'y avait aucun problème de conception, ni aucun problème avec les prototypes réalisés ici. Les ennuis provenaient en fait de la chaîne de production elle-même, dans notre usine de Malaisie.

— Quels étaient ces ennuis ?

— Nous nous sommes aperçus, dit Sanders, que les chaînes n'étaient pas équipées comme il convenait. Pour sceller les puces de contrôle et d'accès à la mémoire vive, nous aurions dû utiliser des machines automatiques, mais les ouvriers malais les installent à la main. Ils les poussent littéralement avec le pouce. En outre, nous nous sommes aperçus que les chaînes sont sales et que des particules viennent se loger sur les optiques. Nous aurions dû avoir des conditionneurs d'air de niveau 7, et nous n'en avons que de niveau 5. Les composants, maintenant : certaines pièces, comme les axes d'articulation et les agrafes, devaient nous être fournies par une société très fiable de Singapour, mais ces pièces proviennent en fait d'un autre fournisseur. Moins cher et moins fiable.

— Mauvais matériel, mauvaises conditions de travail, mauvais composants... (Meredith secoua la tête.) Corrige-moi si je me trompe, Tom, mais n'est-ce pas toi qui as installé cette usine ?

— Oui, dit Sanders. Je suis allé à Kuala Lumpur l'automne dernier et j'ai tout organisé avec Arthur Kahn et le contremaître malais, Mohammed Jafar.

— Alors comment se fait-il que nous ayons autant de problèmes ?

— Malheureusement, de nombreuses erreurs ont été commises au moment de l'installation des chaînes.

Meredith eut l'air préoccupée.

— Nous savons tous, ici, que tu es extrêmement compétent, Tom. Comment cela a-t-il pu se passer ?

Sanders hésita.

Le moment était venu.

— Cela s'est passé parce que les chaînes ont été modifiées, dit-il. Le cahier des charges a été changé.

— Changé ? Comment cela ?

— Je pense que c'est à toi de l'expliquer à l'assemblée, Meredith, puisque c'est toi qui as ordonné ces changements.

— Tu as dû être mal renseigné, répliqua-t-elle froidement. Je n'ai rien eu à voir avec l'usine de Malaisie.

— Mais si, puisque tu as fait deux voyages là-bas, en novembre et en décembre de l'année dernière.

— Je me suis effectivement rendue deux fois à Kuala Lumpur. Parce que tu n'avais pas réussi à t'entendre avec le gouvernement malais à propos de problèmes de main-d'œuvre. J'ai résolu ce différend. Mais je ne me suis absolument pas occupée de l'installation de l'usine.

— J'affirme que tu te trompes, Meredith.

— Et moi, j'affirme le contraire, dit-elle sèchement. Je n'ai rien à voir avec les prétendus changements effectués dans l'usine.

— Mais si. Tu t'es d'ailleurs rendue sur place pour inspecter les changements que tu avais décidés.

— Je regrette, Tom, c'est faux. Je ne me suis même jamais rendue dans cette usine.

Sur l'écran, derrière elle, apparurent alors les images d'une bande vidéo, le son coupé. Le présentateur d'un journal télévisé, en veston et cravate, parlait face à la caméra.

— Tu n'es donc jamais allée à l'usine? demanda Sanders.

— Jamais! Je ne sais pas qui a pu te raconter une chose pareille, ni pourquoi tu viens raconter cette histoire.

Sur l'écran apparut l'image des bâtiments DigiCom en Malaisie, puis l'intérieur de l'usine elle-même. On vit les chaînes et l'inspection officielle qui se déroulait. La caméra s'attarda sur Phil Blackburn et Meredith Johnson, puis plus particulièrement sur cette dernière, qui bavardait avec l'un des ouvriers.

Un murmure parcourut la salle.

Meredith se tourna vers l'écran.

— C'est scandaleux! C'est tout à fait hors de propos! s'écria-t-elle. Je ne sais pas d'où peut venir une telle...

— Canal 3, en Malaisie, expliqua Sanders. C'est l'équivalent de la BBC. Je regrette, Meredith.

L'image disparut. Sur un geste de Sanders, Cindy se mit alors à distribuer un dossier à toutes les personnes présentes.

— Peu importe d'où vient cette bande vidéo trafiquée..., commença Meredith.

Sanders l'interrompit.

— Mesdames et messieurs, si vous voulez bien ouvrir le dossier qui vous a été remis, vous trouverez une série de notes provenant du service des contrôles généraux, dirigé à l'époque par Mme Johnson. J'attire votre attention sur la première note, datée du 17 novembre de l'année dernière. Vous remarquerez qu'elle est signée par Meredith Johnson et qu'elle prévoit des changements au sein de l'usine pour répondre aux exigences du gouvernement malais. Vous remarquerez en particulier sur cette première note que l'on ne procédera pas à l'installation de machines automatiques pour la pose des puces et que celle-ci se fera à la main. Cela a réjoui le gouvernement malais, mais voulait dire que nous ne pouvions pas monter nos lecteurs.

— Ce que tu oublies, rétorqua Meredith, c'est que les Malais ne nous ont pas donné le choix...

— Dans ce cas, nous n'aurions pas dû construire notre usine là-bas, coupa Sanders, parce que le cahier des charges n'était pas respecté. Le seuil de tolérance était trop élevé.

— C'est peut-être ton opinion, mais...

— La deuxième note, datée du 3 décembre, indique qu'à la suite du plan de réduction des coûts le niveau du conditionnement d'air dans l'usine sera réduit. A nouveau, il s'agit d'une modification du cahier des charges que j'avais établi. Et c'est à nouveau critiquable : nous ne pouvons fabriquer de lecteurs de haut niveau dans de telles conditions. En résumé, ce sont ces décisions qui ont conduit aux problèmes que nous avons rencontrés au moment de démarrer la production.

— Écoute! s'emporta Meredith. Tout le monde ici sait bien que tu es responsable des problèmes rencontrés au...

— Dans la troisième note, reprit Sanders, vous trouverez résumées les économies réalisées par le service des contrôles généraux. Vous verrez que ce service affirme avoir fait baisser de 11 p. 100 les coûts de fabrication. Malheureusement, ces économies ont été balayées par les retards à la production, sans compter ce que nous coûte notre absence sur le marché. Même si la production redémarrait immédiatement dans de bonnes conditions, ces 11 p. 100 d'économies se traduiraient en fin de compte par un renchérissement des coûts de l'ordre de 70 p. 100. Au bout d'une année, l'augmentation se chiffrerait à 190 p. 100.

« Enfin, dans la note suivante, vous trouverez les raisons invoquées pour procéder à ces réductions des coûts de fabrication. Au cours des discussions préliminaires qui ont eu lieu à l'automne dernier entre M. Nichols et Mme Johnson, cette dernière a affirmé qu'il était possible de réduire les coûts de développement des produits de haute technologie. M. Nichols avait fait part de son inquiétude concernant ces coûts lors de leur rencontre au...

— Mon Dieu! s'écria Nichols en lisant le papier.

Meredith se leva alors d'un bond et s'avança devant Sanders.

— Excuse-moi, Tom, dit-elle sèchement, mais là je dois t'interrompre. Je regrette de te le dire, mais personne ici n'est dupe de tes petites histoires. (D'un grand geste, elle embrassa l'assistance.) Pas plus que de tes prétendues preuves. (Elle haussa le ton.) Tu n'étais pas présent lorsque ces décisions ont été prises par les dirigeants les plus compétents de cette société. Tu ne comprends rien aux raisons qui ont présidé à ces décisions. Et les grands airs que tu te donnes maintenant, les prétendues notes que tu exhibes pour nous convaincre... Personne ici n'est dupe. (Elle lui jeta un regard condescendant.) Tout ça est vide, Tom. Des mots creux, des phrases creuses. Parce que, au fond, chez toi, tout est dans l'apparence. Tu crois que tu peux venir ici dénigrer la direction ? Eh bien, moi, je te dis que tu n'en as pas le droit.

Garvin se leva brutalement.

— Meredith...

— Laisse-moi finir! dit-elle, furieuse, le visage empourpré. C'est important, Bob. Nous touchons là au cœur de ce qui ne va pas dans ce département. Oui, il y a eu des décisions prises qui rétrospectivement peuvent paraître contestables. Oui, nous avons mis en place des procédures qui allaient peut-être trop loin. Mais cela n'excuse en rien le comportement que nous avons aujourd'hui sous les yeux. Il y a là un individu prêt à toutes les manipulations pour arriver, pour se faire un nom aux dépens des autres, prêt à salir la réputation de tous ceux qui se trouveraient sur sa route, mais le comportement inqualifiable de cette femme... Euh, je veux dire, de cet homme, n'abuse personne. Non, Tom, personne ici ne tolérera ce genre de fraude. Tout cela est faux. Archifaux. Et cela risque fort de se retourner contre toi. Je regrette. Tu ne peux pas te permettre d'agir ainsi ici. Ça ne marchera pas. Ça n'a pas marché. Voilà tout.

Elle s'interrompit pour reprendre haleine et promena le regard autour de la table. Tout le monde était pétrifié, silencieux. Garvin était encore debout, visiblement abasourdi. Lentement, Meredith sembla se rendre compte que quelque chose n'allait pas. Lorsqu'elle reprit la parole, le ton était plus mesuré.

— J'espère avoir... avoir traduit les sentiments de toutes les personnes ici présentes. C'était là ma seule intention.

Personne ne répondit. Finalement, ce fut Garvin qui rompit le silence.

— Meredith, voudrais-tu quitter la salle pendant quelques instants ?

Sidérée, elle regarda Garvin droit dans les yeux pendant un long moment, avant de répondre :

— Oui, bien sûr, Bob.

Très droite, elle quitta la salle. La porte se referma derrière elle. John Marden se pencha en avant.

— Voulez-vous continuer votre exposé, monsieur Sanders ? A votre avis, combien de temps faudra-t-il pour que la production reprenne dans de bonnes conditions ?

Midi. Sanders était dans son bureau, les pieds sur la table, et regardait par la fenêtre les immeubles de Pioneer Square inondés de soleil. Le ciel était clair, sans nuages. Mary Anne Hunter fit son entrée.

— Je ne pige pas, dit-elle.

— Qu'est-ce que tu ne piges pas?

— La vidéo de ce journal télévisé. Meredith devait en connaître l'existence, puisqu'elle était là quand le film a été tourné.

— Oui, c'est vrai, elle en connaissait l'existence. Mais elle ne pensait pas que je pourrais l'avoir un jour, ni qu'elle figurait sur le film. Elle croyait qu'ils n'avaient pris que Phil. Tout simplement parce que la Malaisie est un pays musulman. Quand on montre des personnalités à la télévision, d'habitude, il n'y a que des hommes.

— Hum. Et alors?

— Mais Canal 3 est la station d'État, dit Sanders. Et ce qui se disait ce soir-là, au journal télévisé, c'est que le gouvernement n'avait pas obtenu entière satisfaction à l'issue de ses négociations avec Digi-Com, que la direction de cette entreprise étrangère s'était montrée intransigeante. Cette histoire était destinée à sauver la réputation du ministre des Finances, M. Sayad. Alors les caméras se sont attachées particulièrement à Meredith.

— Parce que...

— Parce que c'était une femme.

— Le diable femelle en tailleur? Pour prouver qu'on ne pouvait pas négocier avec une femme *feringi*?

— Quelque chose comme ça. En tout cas, les caméras se sont concentrées sur elle.

— Et tu as obtenu la bande.

— Oui.

Mary Anne Hunter hocha la tête.

— Je n'en suis pas fâchée.

Elle quitta le bureau, et Sanders se remit à regarder par la fenêtre. Quelques instants plus tard, ce fut au tour de Cindy de pénétrer dans la pièce.

— On raconte que Conley-White renonce à son acquisition.

Sanders haussa les épaules. Il était épuisé. Il s'en moquait.

— Vous avez faim ? demanda-t-elle. Je peux vous faire monter un déjeuner.

— Non, merci, je n'ai pas faim. Qu'est-ce qu'ils font, maintenant ?

— Garvin et Marden sont en train de discuter.

— Encore ? Ça fait plus d'une heure.

— Conley vient à peine de les rejoindre.

— Seulement Conley ? Personne d'autre ?

— Non. Nichols a quitté le bâtiment.

— Et Meredith ?

— Personne ne l'a vue.

Sanders se renfonça dans son fauteuil et se mit à nouveau à regarder par la fenêtre. Trois bips se firent entendre sur son ordinateur.

LIAISON VIDÉO DIRECTE DANS 30 SECONDES : DC/S-DC/M.

DE : A. KAHN.

A : T. SANDERS.

Kahn l'appelait. Un pâle sourire naquit sur les lèvres de Sanders. Cindy pénétra dans le bureau.

— Arthur va vous appeler.

— Je vois ça.

LIAISON VIDÉO DIRECTE DANS 15 SECONDES : DC/S-DC/M.

Sanders ajusta sa lampe de bureau et s'enfonça dans son fauteuil. L'écran s'illumina, et l'image tremblante se stabilisa. C'était Arthur, dans l'usine.

— Oh, Tom. C'est bien. J'espère qu'il n'est pas trop tard.

— Trop tard pour quoi ? demanda Sanders.

— Je sais qu'il y a une réunion aujourd'hui. Je voudrais vous dire quelque chose.

— Oui ?

— Eh bien, j'ai peur de ne pas avoir été très franc avec vous, Tom. C'est à propos de Meredith. Il y a six ou sept mois, elle a procédé à des changements dans l'usine, et je crains qu'elle ne tente de vous en faire porter la responsabilité. Probablement au cours de la réunion d'aujourd'hui.

— Je vois.

— Je suis très gêné à cause de cette histoire, dit Arthur d'un air piteux. Je ne sais pas quoi dire.

— Dans ce cas, ne dites rien, Arthur.

Kahn sourit, comme pour s'excuser.

— Je voulais vous le dire plus tôt. Vraiment, vous savez. Mais Meredith n'arrêtait pas de dire que vous alliez quitter DigiCom. Je ne savais pas quoi faire. Elle disait qu'une bataille s'annonçait et que je ferais mieux de choisir le vainqueur.

— Vous avez choisi le mauvais camp, dit Sanders. Vous êtes viré.

Il tendit le bras et éteignit la caméra de télévision devant lui.

— Hein, qu'est-ce que vous dites?

— Vous êtes viré.

— Mais vous ne pouvez pas me faire ça..., dit Kahn. (Son image s'estompa, commença à disparaître.) Vous ne pouvez pas...

L'écran s'éteignit.

Un quart d'heure plus tard, ce fut au tour de Mark Lewyn de faire son apparition. Il se mit à tirer sur le col de son tee-shirt Armani.

— Je crois que je suis un sale con, dit-il.

— Oui, c'est le mot.

— C'est que... Je ne comprenais pas la situation.

— C'est ça, tu ne comprenais pas.

— Qu'est-ce que tu vas faire, maintenant?

— Je viens de virer Arthur.

— Mon Dieu! Et quoi d'autre?

— Je ne sais pas. On verra comment les choses vont tourner.

Lewyn opina du chef et s'en alla, mal à l'aise. Sanders décida de ne rien faire pour dissiper ce malaise. Il savait que leur amitié finirait pas prendre le dessus, et puis Adele et Susan étaient bonnes amies. Mais, en attendant, il n'était pas mauvais de le laisser un peu se ronger les sangs.

A 1 heure de l'après-midi, Cindy vint l'avertir que Max Dorfman venait de rejoindre Garvin et Marden dans la salle de conférences.

— Et John Conley?

— Il est parti. Il est en réunion avec les financiers.

— C'est bon signe.

— On dit que Nichols a été licencié.

— Qu'est-ce qui permet de penser ça?

— Il a pris l'avion il y a une heure.

Un quart d'heure plus tard, Sanders aperçut Ed Nichols dans un couloir. Sanders rejoignit Cindy à son bureau.

— Vous m'avez bien dit que Nichols était rentré chez lui en avion ?

— Eh bien, c'est ce qu'on m'avait dit. C'est fou. Vous savez ce qu'on dit à propos de Meredith, à présent ?

— Non, quoi ?

— On dit qu'elle reste.

— Je n'y crois pas !

— Bill Everts a dit à la secrétaire de Stephanie Kaplan que Meredith Johnson ne serait pas licenciée et que Garvin la soutient à 100 p. 100. Phil Blackburn va porter le chapeau pour ce qui s'est passé en Malaisie, mais Garvin estime que Meredith est jeune et qu'il ne faudrait pas retenir cela contre elle. Alors elle garde son poste.

— Je n'y crois pas.

Cindy haussa les épaules.

— En tout cas, c'est ce qu'on raconte.

Et, avec un autre haussement d'épaules, elle quitta la pièce.

Il se prit à nouveau à regarder par la fenêtre. Ce n'était qu'une rumeur. Quelques instants plus tard, la sonnerie de l'interphone retentit.

— Tom ? Meredith Johnson vient d'appeler. Elle voudrait vous voir tout de suite dans son bureau.

Des flots de lumière inondaient le bureau du quatrième étage par les grandes baies vitrées. Dans le vestibule, la secrétaire de Meredith n'était pas à sa table. La porte était entrouverte. Il frappa.

— Entre, dit Meredith.

Elle se tenait debout, appuyée contre son bureau, les bras croisés sur la poitrine. Elle l'attendait.

— Bonjour, Tom.

— Meredith.

— Entre. Je ne mords pas.

Il entra, laissant la porte ouverte derrière lui.

— Je dois dire que tu t'es surpassé, ce matin, Tom. J'ai été surprise par la quantité d'informations que tu as pu réunir en si peu de temps. Et la méthode que tu as utilisée au cours de la réunion était particulièrement habile.

Il ne dit rien.

— Oui, tu as vraiment fait très fort. Tu es fier de toi ? dit-elle en le regardant durement.

— Meredith...

— Tu crois que tu t'es vengé, finalement ? Eh bien, j'ai une nouvelle pour toi, Tom. Tu ne sais rien de ce qui s'est vraiment passé.

Elle s'éloigna du bureau, et il vit alors une grosse boîte en carton à côté du téléphone. Elle fit le tour de la table et se mit à disposer des photos, des papiers et un stylo dans la boîte.

— Tout ça, c'était une idée de Garvin, reprit-elle. Depuis trois ans, Garvin cherchait un repreneur. Il n'en trouvait pas. Finalement, il m'a chargée de cette recherche, et j'ai fini par lui en trouver un. J'ai démarché vingt-sept sociétés avant de tomber sur Conley-White. Ils étaient intéressés, et j'ai mis le paquet. Je n'ai pas lésiné. J'ai fait tout ce qu'il fallait pour que l'affaire se fasse. Tout ce qu'il fallait, je dis bien !

Avec colère, elle fourra de nouveaux papiers dans la boîte. Sanders l'observait sans rien dire.

— Du moment que je lui apportais Nichols sur un plateau, Garvin était content. Il n'était pas regardant sur la manière dont je m'y prenais. Ça ne l'intéressait même pas. Tout ce qu'il voulait, c'était que ça se fasse. Je me suis cassé le cul pour lui. Parce que j'avais la possibilité d'obtenir ce poste, ce qui était une chance fabuleuse dans ma carrière. Pourquoi est-ce que je ne l'aurais pas obtenu ? J'ai fait le travail qu'on attendait de moi. C'est moi qui ai monté cet accord. Ce poste, je le méritais. Je t'ai battu à la loyale.

Sanders ne dit toujours rien.

— Mais, finalement, ça n'a pas tourné comme prévu. Quand les choses se sont gâtées, Garvin ne m'a plus soutenue. Tout le monde dit qu'il se conduisait comme un père avec moi. En fait, il se servait de moi, c'est tout. Il faisait un marché. Et il continue. Peu lui importe de savoir qui en souffrira. On continue ! Maintenant, il va falloir que je trouve un avocat pour négocier mes indemnités de départ. Tout le monde s'en fout.

Elle ferma la boîte et s'appuya dessus.

— Mais je t'avais battu à la loyale, Tom. Je ne mérite pas ce qui m'arrive. J'ai été baisée par ce putain de système.

— Certainement pas ! dit Sanders. Pendant des années, tu as baisé avec tes subordonnés. Tu t'es servie des avantages que te donnait ta position hiérarchique. Tu trichais. Tu étais paresseuse. Chez toi, tout est dans les apparences, et tu ne peux pas ouvrir la bouche sans proférer un mensonge. Ça a toujours été comme ça. Maintenant, tu t'apitoies sur ton sort. Mais tu sais quoi, Meredith ? Le système ne t'a pas baisée. Il t'a révélée. Et il t'a rejetée. Parce que, au fond, tu n'y comprends rien. (Il pivota sur les talons.) Puisque tu pars, je te souhaite un bon voyage.

Il quitta la pièce en claquant la porte derrière lui.

Il était de retour dans son bureau cinq minutes plus tard, encore furieux, et il se mit à faire les cent pas derrière sa table.

Mary Anne Hunter fit alors son entrée, vêtue d'un sweat-shirt et d'un caleçon de gymnastique. Elle s'assit et posa ses pieds chaussés de tennis sur le bureau de Sanders.

— Qu'est-ce qui te préoccupe autant ? La conférence de presse ?

— Quelle conférence de presse ?

— Celle qui doit avoir lieu à 16 heures.

— Qui l'a annoncée ?

— Marian, aux relations publiques. Elle jure que ça vient de Garvin lui-même. Et la secrétaire de Marian a appelé les journaux, les radios et les stations de télévision.

Sanders secoua la tête.

— C'est trop tôt.

Avec tout ce qui s'était passé, la conférence de presse ne pouvait pas avoir lieu avant le lendemain.

— Je crois qu'ils la feront quand même, dit Hunter. Ils doivent annoncer que la fusion est annulée. Tu sais ce qu'on raconte, à propos de Blackburn ?

— Quoi ?

— Que Garvin lui a offert un million de dollars pour son départ.

— Incroyable !

— C'est pourtant ce qu'on dit.

— Il faut demander à Stephanie.

— Personne ne sait où elle est. On dit qu'elle est rentrée à Cupertino pour s'occuper des questions financières, maintenant que la fusion est annulée.

Mary Anne Hunter se leva et gagna la fenêtre.

– Au moins, il fait beau.

– Oui, enfin.

– Je crois que je vais aller courir. Je ne supporte pas d'attendre comme ça.

– A ta place, dit Sanders, je ne quitterais pas le bâtiment.

Elle sourit.

– Je crois que tu as raison. (Elle demeura près de la fenêtre pendant un moment.) Tiens, finalement, ça doit être ça.

– Qu'y a-t-il ?

Du doigt, Hunter montra la rue.

– Il y a des camionnettes avec des antennes sur le toit. Tout compte fait, je crois que cette conférence de presse va avoir lieu.

La conférence de presse se déroula à 16 heures, dans la grande salle de conférences du rez-de-chaussée. Les projecteurs s'allumèrent lorsque Garvin s'approcha du micro, à l'extrémité de la table.

— J'ai toujours été d'avis, déclara-t-il, que les femmes doivent être mieux représentées dans les organes de direction des grandes entreprises. À l'aube du XXIe siècle, les femmes américaines représentent un potentiel sous-utilisé. Et cela est aussi vrai dans la haute technologie que dans les autres industries. C'est donc avec un grand plaisir que je vous annonce que, dans le cadre de notre fusion avec Conley-White Communications, la nouvelle vice-présidente de Digital Communications à Seattle est une femme particulièrement talentueuse, venue tout droit de notre siège à Cupertino. Il s'agit d'un membre apprécié de notre équipe, depuis plusieurs années, et je suis sûr que l'avenir lui permettra de donner plus encore la mesure de ses compétences. J'ai l'honneur de vous présenter la nouvelle vice-présidente pour les opérations d'avant-garde, Mme Stephanie Kaplan.

Au milieu des applaudissements, Stephanie Kaplan s'avança vers le micro en rejetant en arrière une mèche de cheveux gris. Elle portait un tailleur marron foncé et souriait sans forfanterie.

— Merci, Bob. Et merci à tous ceux qui n'ont pas ménagé leur peine pour que ce département devienne ce qu'il est à présent. Je tiens à dire avant tout le plaisir que j'aurai à travailler avec les chefs de service ici présents, Mary Anne Hunter, Mark Lewyn, Don Cherry et, bien sûr, Tom Sanders. Voilà des gens bourrés de talent, qui sont au cœur de notre société, et j'entends travailler avec eux main dans la main. Quant à moi, j'ai des liens aussi bien personnels que professionnels ici, à Seattle, et je tiens à vous dire que je suis absolument ravie de venir m'y installer.

De retour à son bureau, Sanders reçut un coup de téléphone de Louise Fernandez.

– J'ai fini par avoir des nouvelles d'Alan. Vous êtes prêt ? Arthur A. Friend est en congé sabbatique au Népal. Personne ne pénètre dans son bureau en dehors de sa secrétaire et de deux étudiants en qui il a toute confiance. En fait, pendant son absence, seul un étudiant est venu à son bureau. Un étudiant en chimie de deuxième année nommé Jonathan...

– Kaplan, dit Sanders.

– Oui. Vous savez qui c'est ?

– C'est le fils de notre nouvelle directrice. Stephanie Kaplan vient d'être nommée chef du département.

Louise Fernandez demeura silencieuse pendant un moment.

– Ce doit être une femme remarquable, dit-elle.

Garvin donna rendez-vous à Louise Fernandez à l'hôtel Quatre Saisons. Ils se retrouvèrent dans le petit bar sombre au milieu de l'après-midi.

— Vous avez fait un sacré bon boulot, madame, dit-il. Je peux vous dire, néanmoins, que la justice n'y a pas trouvé son compte. Une femme innocente a payé pour un homme rusé et calculateur.

— Voyons, monsieur Garvin, est-ce pour me dire cela que vous m'avez fait venir ici ? Pour vous plaindre ?

— Écoutez, il faut reconnaître que ces histoires de harcèlement sexuel ont pris des proportions inimaginables. Dans toutes les sociétés que je connais, il y a au moins une dizaine d'affaires de ce genre en cours. Où cela va-t-il finir ?

— Je ne m'inquiète pas trop, répondit Fernandez, ça finira par s'arranger.

— A la fin, peut-être. Mais, en attendant, des personnes innocentes...

— Je ne vois pas beaucoup d'innocents dans le cadre de mon travail, rétorqua-t-elle. Par exemple, je me suis rendu compte que certains membres de la direction de DigiCom connaissaient le comportement de Meredith Johnson depuis au moins un an et n'ont rien fait pour y remédier.

Garvin se raidit.

— Qui vous a dit cela ? C'est parfaitement faux.

Elle ne répondit rien.

— Et vous n'auriez jamais pu le prouver ! ajouta-t-il.

Louise Fernandez leva un sourcil circonspect et ne répondit toujours rien.

— Qui vous a dit ça ? dit Garvin. Je veux le savoir.

– Écoutez, monsieur Garvin. Il y a un certain nombre de comportements sur lesquels il est désormais impossible de fermer les yeux. Le supérieur qui met la main au sexe, qui pince les seins dans l'ascenseur, qui invite une secrétaire pour un voyage d'affaires mais ne réserve qu'une seule chambre d'hôtel. Tout ça, c'est de l'histoire ancienne. Si l'un de vos cadres se conduit de cette façon, que ce soit un homme ou une femme, qu'il soit homosexuel ou hétérosexuel, vous êtes obligé d'y mettre un terme.

– Bon, d'accord, mais parfois il est difficile de savoir...

– Oui, dit Fernandez, parce qu'il y a la situation totalement opposée. Une salariée n'apprécie pas une remarque de mauvais goût et porte plainte. Il faut bien lui expliquer qu'il ne s'agit pas là de harcèlement sexuel. Mais, déjà, son supérieur a été accusé, et au sein de l'entreprise tout le monde est au courant. Il ne travaillera plus avec elle, le doute s'installe, les rancœurs, et l'ambiance devient détestable. Je vois beaucoup ce genre de chose. C'est regrettable, il est vrai. Vous savez, mon mari travaille dans le même cabinet que moi.

– Hum...

– Quand nous nous sommes connus, il m'a demandé cinq fois de sortir avec lui un soir. J'ai d'abord refusé, puis j'ai fini par accepter. Nous formons un couple heureux, à présent. L'autre jour, il m'a dit que, vu le climat actuel dans les entreprises, si nous nous rencontrions aujourd'hui, il ne m'inviterait pas cinq fois de suite. Il abandonnerait.

– Vous voyez? C'est exactement ce que je vous dis!

– Je sais. Mais ce genre de situation va finir par disparaître. Dans un an ou deux, tout le monde connaîtra les nouvelles règles du jeu.

– Oui, mais...

– Mais le problème, c'est qu'il existe une situation intermédiaire, entre ces deux extrêmes que j'ai évoqués, dit Louise Fernandez. Des situations peu claires. On ne sait pas très bien qui a fait quoi. C'est la majorité des plaintes que nous traitons. Jusqu'à présent, la société s'est intéressée surtout à la victime, pas à la personne accusée. Mais celui qu'on accuse a également des problèmes. Une plainte pour harcèlement sexuel est une arme, et l'on n'a pas encore trouvé de bonne parade. Tout le monde peut se servir d'une telle arme, et, croyez-moi, les gens ne s'en privent pas. Je pense que ça va durer encore un certain temps.

Garvin laissa échapper un soupir.

– C'est comme ces histoires de réalité virtuelle que vous utilisez, reprit Fernandez. Ces environnements semblent réels, mais ils ne le sont pas. Nous vivons tous les jours dans des environnements virtuels définis par nos idées. Ces environnements changent. Ils ont changé vis-à-vis des femmes, et ils vont changer vis-à-vis des hommes. Les hommes n'ont pas aimé autrefois la façon dont ça a changé, et les femmes ne vont pas aimer les changements qui s'annoncent. Et un certain nombre de gens vont en profiter. Mais, en fin de compte, ça va s'arranger.

— Quand ? Quand tout cela va-t-il finir ? demanda Garvin en secouant la tête.

— Lorsque les femmes auront la moitié des emplois, dit Louise Fernandez. Voilà quand ça finira.

— Vous savez que j'y suis favorable.

— Oui, et je pense que vous avez nommé à la tête du département une femme de valeur. Je vous félicite, monsieur Garvin.

Mary Anne Hunter fut chargée de conduire Meredith Johnson à l'aéroport, où elle devait prendre un avion pour Cupertino. Les deux femmes demeurèrent silencieuses pendant un quart d'heure. Sanglée dans son imperméable, Meredith regardait par la vitre de la voiture.

Finalement, alors qu'elles passaient devant l'usine Boeing, Meredith déclara :

— De toute façon, je ne me plaisais pas ici.

Mary Anne répondit avec circonspection :

— C'est une ville qui a ses bons et ses mauvais côtés.

Nouveau silence. Puis Meredith demanda :

— Vous êtes une amie de Sanders ?

— Oui.

— C'est un chic type. Autrefois, déjà. Vous savez, nous avons eu une relation, tous les deux.

— Oui, je l'ai entendu dire.

— Tom n'a rien fait de mal, dit Meredith. Il n'a pas su comment se débrouiller avec une remarque faite en passant, comme ça.

— Euh... euh...

— Dans les entreprises, les femmes doivent être parfaites, tout le temps, sinon on ne les rate pas. Un petit pas de côté, et c'est la mise à mort.

— Euh... euh...

— Vous savez ce que je veux dire.

— Oui, dit Hunter, je sais.

Nouveau silence. Fort long. Meredith remua sur son siège. Elle regardait dehors.

— C'est le système, dit finalement Meredith. Voilà le problème. J'ai été violée par ce putain de système.

Sanders avait quitté le bâtiment de DigiCom et s'apprêtait à aller chercher Susan et les enfants à l'aéroport, lorsqu'il rencontra Stephanie Kaplan dans la rue. Il la félicita pour sa nomination. Elle lui serra la main et, sans sourire, lui dit :

— Merci pour votre soutien.

— C'est plutôt à moi de vous remercier. C'est bon d'avoir une amie.

— Oui, dit-elle, l'amitié est une chose précieuse. Comme la compétence. Vous savez, Tom, je ne vais pas garder ce poste très longtemps. Nichols n'est plus directeur financier chez Conley-White, et leur vice-président est un homme bien gentil mais un peu terne. D'ici à un an, ils vont chercher quelqu'un d'autre. Lorsque je prendrai ce poste, il faudra bien que quelqu'un dirige la nouvelle société ici. Je me dis que cela pourrait fort bien être vous.

Sanders inclina légèrement la tête.

— Mais ça, c'est l'avenir, dit Kaplan d'un air joyeux. En attendant, il va falloir se remettre au travail. C'est le chaos dans ce département. On ne songe plus qu'à cette fusion, et l'incompétence des gens de Cupertino a semé la pagaille dans les usines. Il va falloir remettre tout en marche. J'ai fixé la première réunion touchant aux questions de production à 7 heures demain matin, avec tous les chefs de division. On se verra à ce moment-là, Tom.

Et elle s'éloigna.

A l'aéroport de Sea-Tac, Sanders, près des portes de débarquement, regardait défiler devant lui les passagers du vol de Phoenix. Eliza l'aperçut la première et se jeta dans ses bras en criant : « Papa! » Elle avait bronzé.

– Ça s'est bien passé, à Phoenix ?

– C'était super! On a fait du cheval, on a mangé des tacos, et tu sais quoi ?

– Non, quoi ?

– J'ai vu un serpent.

– Un vrai ?

– Oui. Un vert! Il était grand comme ça, dit-elle en écartant les bras.

– Il était vraiment très grand.

– Mais tu sais quoi ? Les serpents verts, y font pas mal!

Susan arriva alors, avec Matthew dans les bras. Elle aussi était bronzée. Il l'embrassa.

– J'ai dit à papa pour le serpent, lança alors Eliza.

– Comment vas-tu ? demanda Susan en dévisageant son mari.

– Ça va. Mais je suis fatigué.

– C'est fini ?

– Oui. Fini.

Ils s'éloignèrent ensemble. Susan passa son bras autour de la taille de Tom.

– J'ai réfléchi, dit-elle. Peut-être est-ce que je voyage trop. On devrait passer plus de temps ensemble.

– Ce serait bien.

Ils se dirigèrent vers la salle des bagages. Sa fille dans les bras, ses petites mains sur ses épaules, Sanders tourna la tête et aperçut

Meredith Johnson qui attendait devant le comptoir d'une des portes d'embarquement. Elle avait les cheveux tirés en arrière et portait un imperméable. Elle ne le vit pas.

— C'est quelqu'un que tu connais ? demanda Susan.
— Non, dit-il. Je ne la connais pas.

Épilogue

Constance Walsh a été licenciée par le *Post-Intelligencer* et a porté plainte contre le journal pour licenciement abusif et discrimination sexuelle, en se fondant sur l'article VII de la loi sur les droits civils de 1964. Les deux parties sont parvenues à un arrangement à l'amiable.

Philip Blackburn a retrouvé un poste de chef du service juridique, au sein de la société Silicon Holographics de Mountain View, en Californie, une entreprise deux fois plus importante que DigiCom. Il a été récemment élu président du Comité d'éthique du barreau de San Francisco.

Edward Nichols a bénéficié d'une retraite anticipée et s'est installé avec sa femme à Nassau, aux Bahamas. Il y travaille à temps partiel en qualité de consultant pour des firmes pétrolières.

Elizabeth « Betsy » Ross a trouvé du travail chez Conrad Computer à Sunnyvale, en Californie, et a rejoint peu de temps après les alcooliques anonymes.

John Conley a été nommé vice-président chargé de la prospective chez Conley-White Communications. Il s'est tué dans un accident de voiture six mois plus tard à Patchogue, dans l'État de New York.

Arthur Kahn a été engagé chez Bull Data Systems à Kuala Lumpur, en Malaisie.

Louise Fernandez a été nommée au Federal Bench. Elle prononça un discours devant le barreau de Seattle, au cours duquel elle fit valoir que les plaintes pour harcèlement sexuel étaient de plus en plus souvent utilisées pour régler des différends au sein des entreprises. Elle suggéra qu'à l'avenir il serait peut-être nécessaire de réviser la loi ou de limiter le rôle des avocats dans ce genre d'affaire. Son discours fut fraîchement accueilli.

Meredith Johnson a été nommée vice-présidente chargée des services généraux et de la prospective au bureau d'IBM à Paris. Elle épousa ensuite l'ambassadeur des États-Unis en France, Edward Harmon, après le divorce de ce dernier. Depuis lors, elle s'est retirée de la vie professionnelle.

Postface

L'affaire racontée ici est fondée sur une histoire vraie. En l'utilisant pour ce roman, je n'ai nullement eu l'intention de nier que la grande majorité des plaintes pour harcèlement sexuel soit déposée par des femmes. Je ne cherche pas non plus à dissimuler le fait que le harcèlement sexuel est avant tout un abus de pouvoir. Au contraire : l'avantage d'inverser ainsi les rôles, c'est de pouvoir présenter des aspects des choses occultés par les réponses traditionnelles et la rhétorique conventionnelle. Quelle que soit la façon dont les lecteurs appréhenderont cette histoire, il est important de souligner que les comportements des deux protagonistes se font face comme dans les taches d'encre de Rorschach. L'intérêt du test de Rorschach réside dans ce qu'il nous révèle sur nous-même.

Il est également important de souligner que, dans sa forme présente, cette histoire est une fiction. Les accusations de harcèlement sexuel sur le lieu de travail mettant en jeu des questions juridiques complexes, et faisant courir des risques non seulement aux personnes impliquées mais encore aux entreprises, il a été nécessaire de déguiser soigneusement les événements réels. Les protagonistes n'ont accepté de témoigner qu'à la condition que leur identité soit dissimulée. Qu'ils trouvent ici l'expression de ma reconnaissance pour m'avoir aidé à clarifier les problèmes difficiles qui se posent au cours des enquêtes relatives à des faits de harcèlement sexuel.

Je tiens également à exprimer ma gratitude aux avocats, aux directeurs des ressources humaines, aux cadres et aux employés de différentes sociétés qui m'ont communiqué nombre d'informations précieuses sur ce sujet. Le fait que toutes ces personnes aient demandé à garder l'anonymat prouve à quel point le harcèlement sexuel demeure un sujet délicat à aborder.

Aubin Imprimeur

LIGUGÉ, POITIERS

Nᵒ d'édition 24895 / Nᵒ d'impression L 48226

Dépôt légal, février 1995

Imprimé en France